Über den Autor

Stefan Wetterau wurde 1972 im nordosthessischen Herleshausen geboren. Er schreibt seit frühester Jugend, inspiriert von Romanen zahlreicher Autoren aus unterschiedlichsten Stilrichtungen. So lassen sich auch die Genres seiner bisherigen Veröffentlichungen selten in Schubladen sortieren, ihre Geschichten überschreiten diese Grenzen oft in überraschende Richtungen.

Hauptberuflich ist Stefan Wetterau – nach einer Lehre zum Landschaftsgärtner und einigen Jahren in diesem Beruf – selbständiger Programmierer und Webentwickler. Neben dem Schreiben widmet er sich dem Schlagzeug und der Gitarre. Er lebt mit seiner Frau seit der Jahrtausendwende in Sindelfingen.

Mehr unter https://www.stefanwetterau.de

Stefan Wetterau

# DER GLANZ DES ROSENKÄFERS

Roman

© 2022 Stefan Wetterau

Coverdesign von: Doreen Wetterau

ISBN Softcover: 978-3-347-67812-5
ISBN Hardcover: 978-3-347-67818-7
ISBN E-Book: 978-3-347-67820-0
ISBN Großschrift: 978-3-347-67826-2

Druck und Distribution im Auftrag des Autors:
tredition GmbH, Halenreie 40-44, 22359 Hamburg, Germany

Das Werk, einschließlich seiner Teile, ist urheberrechtlich geschützt. Für die Inhalte ist der Autor verantwortlich. Jede Verwertung ist ohne seine Zustimmung unzulässig. Die Publikation und Verbreitung erfolgen im Auftrag des Autors, zu erreichen unter: tredition GmbH, Abteilung "Impressumservice", Halenreie 40-44, 22359 Hamburg, Deutschland.

1. Auflage 2022

Sämtliche Handlungen und Personen im Roman sind frei erfunden und jede Ähnlichkeit mit lebenden oder verstorbenen Personen ist rein zufällig

*Für alle Menschen,
die im Kleinen noch das Große sehen*

*Und umgekehrt*

# 0

Ich hasse sie. Fast alle.

Auf diese schlichte Aussage muss ich meine Empfindungen kondensieren, um halbwegs die Motivation für diesen Plan darlegen zu können.

Hass ist ein derart simpler Begriff, so wenige Buchstaben, auch in anderen Sprachen – hate, haine, odio. Viel zu einfach, um ein Gefühl solcher Kraft und einzigartiger emotionaler Energie zu beschreiben.

Dabei könnte ich mich differenzierter erklären, so wie sich mein Fokus nicht auf alle Beteiligten gleichmäßig richtet.

Weshalb? Sie tragen nicht durchweg dieselbe Schuld, auch wenn sie sich schuldig gemacht haben, jeder und jede auf seine und ihre Weise. Sei es durch offen aggressives Verhalten bis hin zum tätlichen Angriff, durch Unterdrückung, verbale Attacken. Verharmlosung werfe ich ihnen vor, das Kleinreden, das Schulterzucken. Die Ignoranz und das bewusste Wegsehen. Und schwer wiegt die Schuld der Lüge, das Verdrehen von Fakten, Aussagen anderer und das eigene Tun betreffend. All dessen haben sie sich schuldig gemacht.

So wie ich.

# 1

Derart gerade Straßen hatte Simon noch nie gesehen. Die durchgehende Mittellinie spaltete das graue Asphaltband symmetrisch in zwei Hälften. Dass Amerika wegen der schieren Größe, der flachen Landschaften hier in Florida und der Distanz zwischen den einzelnen Orten solche effizienten Routen wie mit dem Lineal gezogen hatte, wusste er von den zahlreichen Erzählungen seiner Schwester.

Carola, die er wie alle ihre Freunde Carol nannten, hatte diesen Winkel Amerikas in den vergangenen Jahren oft aus beruflichen Gründen besucht. Der Stress, den ihr Job als Flugbegleiterin mit sich brachte, wurde durch regelmäßige kurze Auszeiten an den unterschiedlichsten Orten der Welt abgemildert. Mit Begeisterung hatte sie ihrem Zwillingsbruder oft von den weiten Landschaften des Sunshine-States berichtet, den endlosen Stränden, den pulsierenden Städten, Miami, Orlando. Neid empfand Simon nur zu Beginn, als seine Schwester neu in dem Job war und ihre Euphorie sich aus Restbeständen jugendlicher Energie speiste. Inzwischen war diese einer gewissen Ernüchterung und Routine gewichen, Carol agierte besonnener. Die Jet-Lags taten ihr Übriges.

Die Gelassenheit machte sich an ihrem Fahrstil bemerkbar. Früher wäre Simon nicht freiwillig zu ihr ins Auto gestiegen. Sie war damals ein unglaubliches Energiebündel gewesen, das sich unschwer durch alle möglichen Reize vom eigentlichen Tun ablenken ließ. Es grenzte an ein Wunder, dass sie nie mehr als den einen oder anderen Blechschaden verursacht hatte. Heute steuerte Carol das knallrote Cabrio lässig mit drei Fingern einer Hand. Die gegebenen Geschwindigkeitsbegrenzungen machten ihr hier nichts aus, dafür war sie viel zu entspannt.

Simons rechter Arm lag auf der Tür, hin und wieder hob er ihn an, ließ ihn vom warmen Fahrtwind tragen. So wie sie es als Kinder getan hatten. Ein zufriedenes Lächeln schlich sich hartnäckig in sein Gesicht. Warum auch nicht? Einmal mit dem Cabrio durch Amerika cruisen, den ganzen Scheiß mit der Arbeit im engen, grauen, spießigen Deutschland hinter sich lassen. Davon hatten Carol und er jahrelang geredet. Und jetzt taten sie es, und es war so einfach und so perfekt.

Die Sonne stand hoch im Süden und ließ den heißen Straßenbelag flimmern. Durch die dunklen Sonnenbrillen nahmen die beiden Zwanzigjährigen die Farben noch kräftiger wahr. Die Konturen von Bäumen, Gräsern und Cumuluswolken erschienen fast unerträglich scharf.

Aus dem Radio grummelte und schraddelte Muddy Waters' unerreichtes *Mannish Boy*, während sie ihren Blick über das schier endlose Marschland des Lake Okeechobee schweifen ließen, dessen Ufer sich zu ihrer Linken dahinzog. Die gleichnamige Stadt hatten sie vor einer halben Stunde hinter sich gelassen und fuhren nun auf der Florida State Road 78 am See entlang ins Herz des Glades County.

Ziel war LaBelle, »die Schöne«, wagte Simon eine freie Übersetzung. Ob der Name der Stadt Ehre machte, würde sich noch zeigen. Es roch hin und wieder nach Sumpfland und Morast, dann schlug ihnen der Geruch von kochendem Asphalt und Diesel entgegen, wenn Carol einen Sattelschlepper überholte. Der späte Junivormittag war extrem heiß, selbst für den siebenundzwanzigsten Breitengrad.

Beiläufig strich Simon über die beigefarbene

Innenverkleidung der Beifahrertür der Corvette. Seit etlichen Kilometern hatten sie beide kein Wort gewechselt und fanden das Schweigen überhaupt nicht peinlich.

Wegen des ganzen Geschwätzes mit Fluggästen und Kunden machte es Carol und Simon nichts aus, wortlos in diesem Wagen zu sitzen und die schwüle Luft Floridas an sich vorbeibrausen zu lassen. Einmal musste Carol scharf bremsen, weil ein Gürteltier über den Asphalt watschelte. Kurz sah es sie träge an, dann verschwand es im trockenen hohen Gras neben der Straße.

Irgendwann brach Carol das Schweigen. »Du siehst gut aus, hatte ich das schon erwähnt?« Ein ironisches Lächeln umspielte ihre Lippen. »Wenn man das so sagen kann.« Sie warf ihrem Bruder kurz einen Seitenblick zu und richtete ihre Augen wieder auf die Straße.

Simon lachte auf. »Ja, ist schon klar. Wenn du wüsstest, wie ich wirklich aussehe! Ich habe monatelang Überstunden geschoben, mich mit nervigen Kunden rumgeschlagen und zu wenig geschlafen.«

Acht Monate Arbeit ohne einen einzigen Tag Urlaub hatte er hinter sich, und sie hatten Wochenendschichten geschoben, alles für die Kohle. First-Level-Support für einen Internetkonzern war mentaler Höchstleistungssport und moralisch fordernd, wenn man im Sinne der Firmenphilosophie handeln wollte, die den Kunden auf einen unantastbaren Sockel hievte. Mit welch ausgemachter Dummheit man sich dabei bisweilen konfrontiert sah, entbehrte für Außenstehende jeglicher Vorstellungskraft. Den ganzen Tag, Stunde um Stunde, genervtes Geplapper von überforderten Tech-Dilettanten, die den Fehler logischerweise beim Anbieter vermuteten. Und dabei zu blöd waren, einen Stecker in die richtige Buchse zu schieben oder ihren Chip in die Nähe eines Transponders zu bewegen. Hin und wieder taugte eine Konversation zur kollegialen Aufheiterung, wenn nicht sogar kollektivem Gelächter. Die Mehrzahl der verbalen Auseinandersetzungen zehrte dagegen gewaltig an der Arbeitsmoral aller Help-Desk-Mitarbeiter.

Entspannt lehnte sich Simon mit der Schulter gegen die Beifahrertür und betrachtete seine Schwester mit eindeutig übertriebenem Interesse.

»Was glotzt du so?«, blaffte sie ihn unsicher grinsend an, als sie es bemerkte. »Stimmt was nicht?«

»Das Kompliment gebe ich gern zurück«, erklärte Simon. »Den Sixties-Style hast du gut drauf, das muss ich zugeben.«

Mit der Cat-Eye-Sonnenbrille und dem wehenden weißen Schal war jedes Klischee erfüllt und hätte Grace Kelly vor Neid erblassen lassen. Das taillierte sonnengelbe Swingkleid ergänzte den Look perfekt.

Diese Gedanken behielt Simon für sich. Er liebte seine Schwester, vor allem, weil sie sich nicht oft sahen. Die räumliche Distanz ihrer Wohnorte, die sich berufs- und familienbedingt ergeben hatte, verhinderte regelmäßige Treffen in kurzen Zeitabständen. Einzig Besuche bei ihren Eltern, die inzwischen gemeinsam in einem Seniorenheim lebten, führten die Familie zwei- bis dreimal pro Jahr zusammen.

»Du weißt, dass das nur Fassade ist«, erwiderte sie trotzig. Simon sah das unterdrückte Lächeln. Sie seufzte. »Wer hat sich das Setting denn dieses Mal ausgedacht?«

Ihr Bruder zuckte mit den Achseln. »Keine Ahnung. Einer von den Wichtigs, vermute ich. Nina oder Yvonne. Die haben doch ein Faible für so ausgefallene Drehbücher. Weißt du noch, vor fünfzehn Jahren? Disco-Mania?«

»Hör bloß auf!«, schnauzte Carol ungehalten. »Die ganze Scheiß-Musik, Schlaghosen und Glitzer. Ich bekomme heute noch das Kotzen!«

»Ach, komm! Wieso? War doch lustig! *WaaaaaayMCA!*«

»Hör sofort auf! Den Song krieg ich für den Rest der Woche nicht mehr aus dem Kopf.«

»*YMCAy – hey!*«, fuhr Simon ungerührt fort und übertönte damit das Autoradio. Seinen Gesang begleitete er mit übertriebenen Disco-Moves. Er bemerkte Carols Reaktion. »Was grinst du so?«

»Ich frag mich gerade, welcher von den Village People du gewesen wärst.« Sie schenkte ihm ihr breitestes Zahnpasta-Lächeln.

»Schau auf die Straße, Schwester«, antwortete Simon, ein Grinsen vermochte er jedoch auch nicht zu unterdrücken. »Die waren doch alle schwul.«

»Na und?« Stirnrunzeln bei Carol.

Er dachte nach. In den Siebzigern war Homosexualität ein heikles Thema, und eigentlich vertrat er die Ansicht, die Gesellschaft wäre heute ein Stück weiter. Sie beide wussten es besser.

»Welche Rolle hätte ich da schon übernehmen können? Einen IT-Nerd gab es in der Band nicht.«

Carol schmunzelte. »In der Tat.«

»Ich frage mich, was wir in zehn Jahren veranstalten. Oder in zwanzig.«

»Das wäre dann 1944.«

»Party im Führerbunker. Garantiert eine Bombenstimmung!«

Seinen Sarkasmus teilte Carol in dem Fall nicht. »Da sollten sie sich was anderes ausdenken«, gab sie schmallippig zurück. »Wenn wir bis dahin den Zirkus überhaupt noch veranstalten. Wir werden ja auch nicht jünger.«

Simon rümpfte die Nase. »Da ist was Wahres dran«, gab er zu.

Carol ließ die Corvette ausrollen und brachte sie an einer Haltelinie zum Stehen. Die State Road 78 mündete hier in den Highway 27. Links, gen Osten, lag in zwei Meilen Entfernung Moore Haven, eine dieser nichtssagenden Südstaatenstädte, deren Straßenplanung ausschließlich Neunzig-Grad-Winkel kannte und beim Durchfahren in Erinnerung blieb wie der Geschmack von Wasser. Aus der Richtung näherte sich mit beträchtlichem Gepolter ein imposanter Truck. Die schwarze Zugmaschine war üppig mit Chrom verziert und blitzte in der hoch stehenden Mittagssonne wie ein Weihnachtsbaum. Die Plane des Aufliegers zeigte den mittels kursiver Schrift Dynamik suggerierenden Namen einer US-Firma, die Simon nicht kannte.

Irgendjemand aus der Abschlussklasse hatte bereits beim ersten Klassentreffen zum fünfjährigen Jubiläum des Mittelstufenabschlusses die Idee mit den Retro-Events präsentiert. Dieselbe Zeitspanne, die seit der mittleren Reife verstrichen war, wollten sie bei ihren Zusammentreffen in die Vergangenheit reisen und diese Zeiten aufleben lassen. Die ambivalente Ära der Popper und des Grunge zu Beginn der Neunziger war das erste Thema. Da hatten sie sich hervorragend einfühlen können. Nach der anfänglichen Zurückhaltung waren rasch alle Hemmungen gefallen, zumal nicht wenige aus der Klasse durch ihre Eltern und eigene Erinnerungen aus der Kindheit und beginnenden Pubertät Kontakt zu dieser Zeit herstellen konnten. Zu Paula Abdul und Nirvana gleichermaßen hatte die Tanzfläche gebrannt.

Gefolgt waren die Achtziger in stonewashed Jeans,

Schulterpolstern und Leggins. Simon gruselte es beim Gedanken an die damalige Mode und die Musik. Der bevorstehende Exkurs in die frühen Sechziger lag ihm da näher, selbst wenn sie zu der Zeit noch nicht auf der Welt gewesen waren. Die Klamotten dieser Ära hatten ihre zigfach wiederholte Renaissance verdientermaßen erlebt, und auch die Songs aus der Zeit waren ihm näher. Passend dazu drang Sam Cooke's *Twistin the Night Away* aus dem Radio.

Geduldig ließ Carol den Truck passieren. Sie bog rechts ab und folgte dem Gefährt in größer werdendem Abstand. Eile war nicht geboten. Es war gerade Mittag, und die Party startete erst am späten Nachmittag. Bis LaBelle waren es nur noch achtzig Meilen.

Die Hitze wurde allmählich unangenehm. Simon beugte sich vor und öffnete das Handschuhfach. Eine MacLite-Taschenlampe, verschiedene Straßenkarten mit umgeknickten Ecken und schlampig gefaltet, eine leere Bierdose und eine Baseballkappe mit dem Logo einer lokalen Brauerei. Er fischte sie heraus, klappte das Fach wieder zu und setzte die Cap auf. Erwartungsvoll sah er Carol an. »Und?«

Sie betrachtete ihn kurz und nickte anerkennend. »Du kannst alles tragen.«

Er nahm sie nie völlig ernst und verübelte ihr ihre verbalen Spitzen nur selten. Carol hatte sich in der Familie permanent gegen den übermächtigen Vater behaupten müssen, der es zu keiner Zeit aus seiner Haut geschafft hatte. Diese Haut war als hohes Tier eines Automobilkonzerns außergewöhnlich dick geworden, und das Alter, das manche Zeitgenossen milde stimmte, vermochte sie nicht wieder abzutragen. Ihre Mutter hatte sich in dieses Szenario gefügt. Katholisch erzogen und aus einer erzkonservativen Gegend, war der erfolgreiche Karrierist eine gute Partie, der man eigene Ambitionen zugunsten von Ansehen und Wohlstand gern unterordnete. Dagegen hatte Carol mit Ausdauer rebelliert und praktisch mit der Volljährigkeit ihren Ausweg in der Flucht gefunden. Darüber war die Verbindung zu den Eltern zunächst in eine Eiszeit verfallen. Die Gletscher schmolzen erst, als sie ihnen ihren ersten Enkel schenkte. Natürlich konnte sie in der Erziehung des kleinen Carl kaum etwas richtig machen, was Anlass zu verschiedenen Reibereien mit ihrem Vater war. Immerhin genügte der Erhalt der Erblinie für ein Wiederaufleben der familiären Bindungen.

Simon war heilfroh, dass seine Schwester ihn begleitete. Ohne sie hätte er schon vor Jahren die Teilnahme an den Treffen eingestellt. Die Hälfte seiner ehemaligen Klassenkameraden war ihm seit dem Schulabschluss fremd geworden. Abgesehen von den organisierten Events pflegten sie keinen nennenswerten Kontakt. Er war zwei Jahre nach dem Abschluss, dem anschließenden Zivildienst und der Ausbildung zum Systeminformatiker weggezogen. Hatte diverse Beziehungen durchlebt und eine davon zu guter Letzt geheiratet. Sechzehn Jahre führten sie eine vorbildhafte Partnerschaft, die zwei Kinder hervorbrachte.

Das Scheitern seiner Ehe stellte für die Eltern ebenso einen Affront dar wie Carols jugendliche Renitenz und ihr Bruch, den das trotzige Verlassen des Elternhauses mit sich brachte. Grundsolide Werte wie Familienzusammenhalt, Loyalität und Tradition standen bei den Hilgenbergs weit über individuellen Bedürfnissen wie Kreativität und Freiheit. Dass Simons Kinder, Sara und Emil, nach der Scheidung bei der Mutter wohnten und darüber hinaus deren Nachnamen trugen, war seinem Dad mehr als nur ein Dorn im Auge, schlimmer: ein Stachel im Fleisch.

Als ob sie seine Gedanken gelesen hätte, fragte Carol unvermittelt: »Wie geht es den Kids?«

»Ha, Kids ist gut«, stieß Simon belustigt aus. »Sara ist fünfundzwanzig und hat seit drei Jahren einen festen Freund. Ich warte täglich auf den Anruf mit der freudigen Verkündung, dass ich Großvater werde.«

»Opa Simon«, witzelte Carol. »Klingt doch gar nicht schlecht.«

»Ja, wenn es in einem Kitschroman steht oder eine sechsjährige Göre mit Zahnlücke in einem französischen Film säuselt. Ich assoziiere damit bloß den Begriff *alt*.«

»Für das Gefühl braucht es keine Enkel«, erklärte Carol nüchtern.

»Na, herzlichen Dank auch!«

Bevor Simon sich weiter in den Sumpf des Selbstmitleids hineinstrampelte, fuhr sie fort: »Ernsthaft. Ich bin seit fünf Jahren Oma. Da war ich Mitte vierzig, und mein Lieblings-Doc breitete vor mir das gesamte Potpourri der Menopause aus. Stimmungsschwankungen, Schlafstörungen, Migräneschübe. Und ich so: Yeah, Bingo, mein Zettel hat gewonnen!«

»Sorry, war nicht so gemeint.«

»Kein Thema. Wir haben alle unser Päckchen zu tragen. Was macht Sara?«

»Sie hat vor ein paar Monaten einen Unverpackt-Laden eröffnet. Und bevor du fragst: Ja, ich war auch skeptisch. Aber in dem Stadtviertel, wo sie wohnen, gab es wohl bisher keinen. Und die Leute scheinen darauf gewartet zu haben.«

»Hm, da drück ich mal die Daumen. Was ist mit Emil?«

»Immer noch im Studium, macht demnächst seinen Bachelor. Dann hängt er den Master noch dran.«

Carol schnalzte beeindruckt mit der Zunge. »Guter Junge. Umweltwissenschaften, oder? Sie werden sich um ihn reißen.«

»Wenn es nicht schon zu spät ist. Um etwas zu reißen, meine ich.«

»Dein Optimismus ist mir stets Vorbild und Motivation, Bruderherz!«

Simon schnaubte. »Ach, komm schon, vor zehn Jahren hatten sie es noch in der Hand, da hätte man echt was bewegen können. Und was ist passiert? Nichts!« Er zog die Kappe tiefer ins Gesicht und verschränkte die Arme vor der Brust. »Stattdessen machen sich die Reichen weiter die Taschen voll, und ein Viertel der Menschheit krepiert wegen Dürren oder Überschwemmungen.«

Dem hatte Carol nichts entgegenzusetzen. »Die Hoffnung stirbt zuletzt. Und dass deine Kids sich so engagieren, macht mir Mut.«

Simon besann sich wieder. Vielleicht teilte er manchmal zu hart aus, dachte er im Stillen. »Sorry, das Thema bringt mich auf die Palme. Dad mit seinem ewigen Gelaber von der ach so wichtigen Wirtschaft, der alles andere unterzuordnen sei, weißt du noch?«

Seine Schwester nickte. »Nur zu gut.«

Er mochte das nicht weiter vertiefen. Mit Carol ließ sich darüber vortrefflich diskutieren, ohne dass sie sich am Ende in die Haare gerieten. Mit seinem Vater dagegen hatte er zahllose hitzige Debatten geführt. Seinen Argumenten war der alte Herr nie zugänglich gewesen, zu kurzsichtig stellte er die Konzerninteressen über das Wohl nachfolgender Generationen. Einsicht zeigte er auch im Alter nicht, obwohl die Vorhersagen der Klimaforscher in den vergangenen zwanzig Jahren nicht nur eingetreten, sondern teils drastisch übertroffen worden waren.

»Du hast deinen Spirit an die Kids weitergegeben, darauf kannst du echt stolz sein.« Carol fügte das nicht bloß hinzu, um ihren Bruder zu besänftigen. Aus Ihren Worten sprach aufrichtige Anerkennung. Sie streckte sich und kreiste mit den Schultern.

»Soll ich den Rest fahren?«, fragte Simon.

»Lass gut sein. Da vorn kommt die Abzweigung auf die 29, von da ist es nicht mehr weit.«

## 2

Die Hitze war schon um halb zehn morgens unerträglich. Herr Köhler hatte es am Tag zuvor angedeutet: »Morgen kann es sein, dass es Hitzefrei gibt.« Das freudige Gejubel der 6a hatte er lächelnd zur Kenntnis genommen, sich kurz zurückgelehnt und die Klasse dann noch einmal zur Ruhe gemahnt. »Aber erst tretet ihr morgen früh an, dann wird entschieden. Verstanden?«

Auch ihm kam ein freier Tag bei Mittagstemperaturen über dreißig Grad gelegen. Nicht nur die Schüler waren bei dieser Hitze unleidlich und unkonzentriert. Er selbst neigte zu rasenden Kopfschmerzen und legte sich mittags gern in das Gästebett im Souterrain. Arbeiten konnte er abends immer noch, wenn die Sonne glühend hinter den Hügeln im Westen versunken war.

Malte, Tobi und David waren solche Pausen fremd. Mit ihren elf und zwölf Jahren steckten sie voller Energie und Tatendrang, verpulverten tagsüber ihre ganze Kraft, um abends selig ins Bett zu fallen und durchzuschlafen. Ob es da fünfunddreißig Grad im Schatten hatte oder klirrende Kälte, war ihnen einerlei. Zusammen mit ihren Klassenkameraden warteten sie ungeduldig auf die Durchsage aus dem Sekretariat.

Nachdem Rektor Gunkels Stimme über die schulweit hörbare Sprechanlage knarzend die Temperatur übermittelt hatte, war der Rest seiner arg bürokratisch formulierten Rede im euphorischen Jubel aller Klassen untergegangen. Sämtliche Schüler wussten über die Voraussetzungen für einen vorzeitigen hitzebedingten Schulschluss Bescheid.

Sekunden später platzten die Eingangstüren des Schulkomplexes auf und spuckten Kolonnen von johlenden Schülerinnen und Schülern aus.

Die drei Jungs hatten sich am Vortag verabredet. Die Ranzen auf dem Rücken, schwangen sie sich auf ihre Räder und preschten vom Schulhof.

»Wer als Erster da ist!«, brüllte Malte und legte noch eine Schippe drauf. Er hatte zum Geburtstag vor einigen Wochen von seinen Großeltern ein neues knallrotes Rad mit einundzwanzig Gängen geschenkt bekommen. Da konnten die anderen beiden nicht mithalten, selbst als es kurz vor dem Ortsausgang ein gutes Stück bergab ging.

»Dieser Angeber«, rief David über seine Schulter Tobi zu. »Mit so einem Rad könnte ich das auch.«

»Ist doch egal«, gab der zurück, wie immer die Ruhe selbst. »Er muss nur aufpassen. Irgendwann nimmt ihn noch ein Trecker auf die Hörner.«

Wie aufs Kommando sahen sie Malte schlingernd eine Vollbremsung hinlegen, kurz bevor er das Ende der Ausfallstraße erreichte, die dort auf die Umgehungsstraße des Dorfes stieß. Ein Lkw mit Anhänger einer örtlichen Spedition bretterte vor ihm entlang. Der Fahrer machte seinem Unmut über den kleinen Kamikaze-Radler mit unwirschem Hupen Luft.

Mit dem roten Schopf, dem grellgrünen Batikshirt und den käsigen Beinen, die ihm im Sommer meist übel verbrannten und nie braun wurden, war Malte auch in zweihundert Metern Entfernung noch so gut zu sehen wie eine Leuchtboje auf hoher See.

»Uiuiui«, raunte er übertrieben und grinste, als seine Verfolger ihn erreichten. Der Schrecken stand ihm ins von unbändigen Locken umrahmte Gesicht geschrieben. Dabei strahlte er ein gewisses Maß an Stolz aus, als stellte die überstandene Gefahr eine ganz passable Leistung dar, der eine angemessene Bewunderung gebührte.

Tobi betrachtete kritisch die zwei Meter lange schwarze Bremsspur auf dem Asphalt. »Das hätte leicht schiefgehen können.«

»Isses aber nicht«, krähte Malte und stieg wieder in die Pedale.

»Der ist total gaga«, konstatierte David und sah Tobi ungläubig an. Der schüttelte stumm den Kopf und setzte sich wie sein Freund auf den Sattel, um Malte zu folgen.

Anderthalb Kilometer nach dem Ortsschild verließ der Rothaarige in einem waghalsigen Manöver links die Landstraße, was ihm abermals das hysterische Hupen eines entgegenkommenden Kleintransporters bescherte und seinen beiden Verfolgern für einen Moment den Atem raubte.

Auf einem sachte ansteigenden, ausgefahrenen Feldweg folgten sie ihrem Klassenkameraden. Beiderseits des Weges und in dessen Mitte wuchs sattes hohes Gras, trockene Ähren strichen über die Haut ihrer nackten Schienbeine. Hinter ihnen blieb die Landstraße mit dem Lärm einzelner vorbeifahrender Autos zurück, die wilden Zwetschgen und Apfelbäume links und rechts rückten näher heran. Schon bald war durch das Unterholz das Plätschern des Bachs zu hören.

Malte hatte sein Tempo gedrosselt und sich von Tobi und David einholen lassen. Sie stoppten, stiegen vom Rad und lauschten. Außer dem Rinnsal im Gebüsch, dem Zirpen einzelner Grillen und dem Summen eifriger Hummeln hörten sie nichts. Ein heißer Wind trug die letzten Gerüche der Rapsblüte das Tal herauf, mit ihnen feinen Staub von den trockenen Feldern und die Blütenblätter des

Holunders.

Es war dieselbe Stelle wie vorgestern, am Sonntag, an der sie den Feldweg rechts verließen. Das niedergetrampelte Gras hatte sich wieder aufgerichtet, so dass ihr letzter Besuch vermutlich unbemerkt geblieben war.

Nach wenigen Metern erreichten sie die ersten niedrigen Zweige der Bäume und schoben mit eingezogenen Köpfen ihre Räder in den Schatten. Dort lehnten sie diese an verschiedene Stämme. Malte band sein neues Rad mit überzogenem Gehabe mithilfe einer dicken Kette und einem ähnlich soliden Schloss an einen Baum. David und Tobi verfolgten das stirnrunzelnd.

»Was denn?«, erwiderte Malte großspurig. »Man weiß ja nie, welches Gesocks sich hier so rumtreibt.« Damit sprang er ins tiefere Unterholz davon.

Die Stelle hatten Tobi und David in diesem Frühjahr entdeckt, auf einer ihrer ungeplanten Radtouren rund ums Dorf. Zehn Schritte ins Dickicht hinein wichen die dickeren Stämme zurück, und es eröffnete sich eine kleine ovale Lichtung, über die eine Handvoll ausladende Äste ragten. Hier lagen mehrere Findlinge in loser Anordnung im Kreis, auf denen es sich gut sitzen ließ. Während der Mittagshitze befanden sie sich größtenteils im lichten Schatten der größeren Apfelbäume am Rand. Ein wenig weiter wand sich der Bach an der Lichtung vorbei, bevor das Wasser wieder im Dunkel verschwand.

Wie so viele Generationen von Jungs vor ihnen trieb sie das Streben nach Unabhängigkeit und Freiheit in die Natur, wo sie unbeobachtet von Eltern, Großeltern und den anderen argwöhnischen Alten im Dorf tun und lassen konnten, was sie wollten. Trotz Konsole und Nintendo starb diese Spezies nicht aus. Das Betätigungsfeld dieser eingeschworenen Gemeinschaften auf Zeit reichte vom Feuermachen über das Bauen von Dämmen in Bachläufen bis hin zum Errichten von mehr oder weniger soliden Unterständen, dem sogenannten »Budenbauen«.

Der stets aktive und über die Maßen neugierige Malte – er hätte es »wissbegierig« genannt – hatte sich erst zwei Wochen zuvor eingeklinkt. Gewissermaßen hatte er sich den beiden anderen aufgedrängt. Zumindest war es ihnen nicht gelungen, ihr Tun außerhalb des Ortes vor ihm geheim zu halten. Auf dem Fahrradparkplatz hatte er sie so lange mit Fragen bombardiert, bis sie ihn zähneknirschend in ihr kleines Geheimnis eingeweiht und mitgenommen hatten. Natürlich nur unter der Auflage strengster Verschwiegenheit.

Ihren Aufenthaltsort hielten sie so geheim wie möglich. Es ließ sich nicht vermeiden, dass der Landwirt, der die Felder ein Stück weiter den Weg hinauf bewirtschaftete, die Jungs ein- oder zweimal dabei beobachtete, wie sie gerade von den Rädern sprangen und sich hastig zu verbergen suchten, als er mit dem Trecker vorbeikam. Das Dorf war allerdings klein, und der grummelige alte Mann kannte sie. Er machte sich nichts daraus, dass ein paar Halbstarke sich hier draußen vergnügten. Die Jungs vermuteten, dass er und seine Altersgenossen sich als Zwölfjährige auf ähnliche Weise außerhalb des Ortes die Zeit vertrieben hatten. Wann immer das gewesen sein mochte.

In der Schule mussten sie besonders umsichtig vorgehen. Zunächst waren es drei der Mädchen aus ihrer Schulklasse, denen auffiel, dass Tobi, David und Malte auf dem Pausenhof permanent zusammenstanden und eifrig tuschelten. Katarina, bekannt dafür, nicht auf den Mund gefallen zu sein, wagte es als Erste, die drei anzusprechen.

»Na, ihr? Was treibt ihr so?«, fragte sie unverhohlen offensiv.

Die Jungs wurden auffällig still und wechselten vielsagende Blicke. Katarina zählten sie nicht zu ihrem engeren Freundeskreis, zumal sie dicke mit Sabine war, die nicht weit weg bei Nina stand. Ihr Geheimnis wähnten sie bei ihr nicht in vertrauenswürdigen Händen.

»Äh, nix«, sagte Malte einigermaßen resolut, wie er fand. Er hoffte, die knappe Antwort kam beim Gegenüber unmissverständlich an. Seine Verunsicherung versuchte er zu verbergen. Katarina war nicht bloß neugierig, sondern im wörtlichen Sinne schlagfertig. Mit ihren kurzen braunen Haaren und dem kräftigen Körperbau war haarscharf ein Junge an ihr vorbeigegangen. Es war vorgekommen, dass selbst größere Kerle aus der Klasse von ihr Tritte und sogar Kinnhaken kassiert hatten.

Katarina verschränkte empört die Arme. »Aber ihr quatscht doch seit einer Viertelstunde.«

»Es geht darum, wo wir so mit unseren Eltern hinfahren in den Ferien«, erklärte Tobi trocken und wollte das so stehen lassen in der Hoffnung, dass Katarina das nicht interessierte. Doch die ließ nicht locker.

»Und, wo geht's hin?«, fragte sie mit vorgerecktem Kinn in Tobis Richtung.

»Ferienlager im Sauerland«, antwortete der große Junge prompt und mit säuerlicher Miene. David war platt, wie überzeugend Tobi diese Lüge vorbrachte. Vielleicht stimmte das ja sogar.

Die Selbstsicherheit des Mädchens brachte das nicht ins Wanken, eher spornte es sie an. Forsch sah sie David an. »Und du? Wo geht es hin dieses Jahr?«

Der ganzen Klasse einschließlich der Lehrer war

bekannt, dass Davids Familienverhältnisse von schwieriger Natur waren. Sein Vater Hans war vor sieben Jahren an einem Schlaganfall gestorben. David hatte ihn im Garten gefunden, ausgestreckt auf dem Rasen, daneben der fallengelassene Eimer mit Küchenresten, die er zum Komposthaufen hatte bringen wollen. Eine rauchende Zigarette lag neben ihm im Gras, der buchstäbliche Sargnagel nach einer jahrzehntelangen Karriere als Kettenraucher. Das Gesicht war eine graue Maske maßlosen Entsetzens und hatte sich in die Erinnerung des Jungen unauslöschlich eingebrannt.

Wie viele Minuten der Fünfjährige schweigend und völlig ausdruckslos auf dem Plattenweg gestanden und die hässliche Fratze des plötzlichen Todes betrachtet hatte, wusste später niemand zu sagen. Nachbarn behaupteten, der Tag hätte aus dem fröhlichen Jungen einen anderen gemacht, einen introvertierten, stillen Einzelgänger. Freundschaften hielten bei ihm nur so lange, wie es die Situation erforderte, sei es im Kindergarten oder kurze Zeit später in der Schule. David wuchs nicht so schnell wie seine Altersgenossen und maß mit dem Schulbeginn im Schnitt einen halben Kopf weniger als alle anderen. Hinter vorgehaltener Hand stellten manche Dorfbewohner Vergleiche mit Oskar Matzerath an, und schon bald bekamen Gleichaltrige das mit und verpassten ihm diesen Spitznamen, obwohl die wenigsten *Die Blechtrommel* gelesen hatten.

Damit nicht genug. Davids Mutter Marlies verlor mit dem Tod des Ehemannes jeglichen Halt. Er war es, der für den Unterhalt sorgte, sie hatte sich mit der Geburt des Sohnes der Rolle der Hausfrau ergeben. Die Witwenrente hätte vielleicht ausgereicht, um den Kredit für das erst kurz zuvor gebaute Haus weiterhin zahlen zu können, wäre da nicht der Alkohol gewesen. Eine latente Neigung zur Flasche hatte Marlies schon in der Jugend entwickelt, auf Partys und Familienfesten den einen oder anderen Totalabsturz zelebriert. Stolz war sie nicht darauf. Das geordnete Familienleben vermochte die Sucht eine ganze Weile zu unterdrücken. Hans' Verlust sprengte die dünne Schale täglicher Strukturen hinfort und setzte Marlies schutzlos dem allgegenwärtigen Bombardement der Versuchungen aus. Sie gab ihm nach.

Die Raten konnten bald nicht mehr bezahlt werden. Das Haus wurde verkauft, und Marlies zog mit David in eine Zweizimmerwohnung in einer Reihenhaussiedlung. Für ein paar Wochen fand sie eine Anstellung im örtlichen Supermarkt, in dem sie Regale einräumte. Ihre Abhängigkeit blieb den Vorgesetzten nicht verborgen oder war ihnen sogar bekannt. Man kannte sich im Ort. Eine Chance wollten sie ihr geben. Ihre Unpünktlichkeit und das mangelhafte Ergebnis ihrer Arbeit führten schlussendlich zu ihrer Entlassung während der Probezeit. Und öffneten die Schleusen vollends.

Diese ganze Geschichte kannten Davids Klassenkameraden. Einigen war das einerlei, den meisten tat ihr Mitschüler leid, und sie nahmen ihn in Schutz, vor allem in der Grundschule. Mit Beginn der Mittelstufe kam ein Dutzend weiterer Kinder von einer Schule aus dem Nachbarort hinzu, wo der Realschulzweig nicht angeboten wurde. Diese kannten Davids Vorgeschichte nicht und hatten seine Entwicklung in den Jahren seit dem Tod des Vaters nicht mitverfolgt. Darunter waren Kai und Arne, beide vom Typ Draufgänger und Großmaul, die sich um das emotionale Katastrophengebiet hinter Davids verletzlicher Fassade nicht scherten und hin und wieder gegen den Kleinen austeilten. Insgeheim zählte der Junge Katarina zu dieser Kategorie Menschen hinzu. Auch sie war erst seit knapp zwei Jahren eine Klassenkameradin.

Dass sie nun ihm diese bohrende Frage stellte, überraschte ihn also nicht im Geringsten, trotzdem trafen die Worte ihn unvorbereitet. Er setzte zu einer Antwort an, verlor sich aber in unartikuliertem Gestammel. Die Röte stieg ihm ins Gesicht. Zwischen seinen Sommersprossen fiel das keinem der anderen auf.

»Was, *äh*?«, ätzte Katarina. »Hast du's schon wieder vergessen, wo ihr hinfahrt? Oder wird das nix mit dir und deiner Schnapsmama? Bestimmt findet man euch wieder den ganzen Sommer unten am Fluss auf der Bank.«

Verlegen senkte David den Kopf und wusste nichts zu erwidern. In seinem Innern schrie alles durcheinander, er sollte sich wehren, Katarina anbrüllen, ihr an die Gurgel springen. Stärker war dagegen die Lähmung, die bleierne Schwere. Sie klebte ihn am Boden fest und raubte ihm jeglichen Willen zu einer standhaften Reaktion. Was hätte er gegen das größere Mädchen auch ausrichten können? Er, der kleine Oskar?

Tobi wurde es in dem Moment zu viel. Aus seinem Gesicht sprach eine Mischung aus Verärgerung und Verachtung. Er schob sich halb vor David.

»Jetzt mach mal halblang. Was bildest du dir ein, hier so auf ihm rumzuhacken!«, tönte er ungewohnt voluminös im Bass eines frühen Stimmbruchs. »Du weißt genau, dass das alles nicht seine Schuld ist. Sei lieber froh, dass es dir und deiner Familie so gut geht. Und jetzt zieh ab zu deinen Freundinnen!«

Katarina war einen Schritt zurückgewichen. Derlei Wutausbrüche waren weder sie noch die beiden Jungs von Tobi gewöhnt. Sie wagte es nicht, weitere Worte an einen von ihnen zu richten. Stattdessen starrte sie den größeren Jungen zwei Sekunden lang an, machte eine unbestimmte wegwerfende Geste mit den Armen, drehte sich um und schritt grimmig von dannen.

»Respekt, Tobi!« Malte nickte anerkennend und nahm beiläufig wahr, dass einige andere, die in der Nähe standen und die Auseinandersetzung verfolgt hatten, erstaunt zu ihnen und insbesondere Tobi herüberschauten. »Der hast du aber einen eingeschenkt.«

»Ist doch wahr«, brummte Tobi und stopfte die Hände tief in die Hosentaschen. »Kann sich wohl alles erlauben.«

David war noch völlig geplättet und sah den Größeren ungläubig an. Es war lange her, dass sich jemand für ihn eingesetzt hatte. Sein Herz machte mehrere Sprünge vor Freude darüber, einen so großartigen Freund zu haben. Zaghaft drückte er Tobis Unterarm.

»Danke, Tobi, ich …«, flüsterte er.

Weiter kam er nicht. »Ach, lass«, grummelte Tobi und drehte sich weg. David verstand das nicht als Ablehnung, und seiner Freude tat es keinen Abbruch.

Ab dem Tag wagte es niemand mehr, David direkt anzugreifen, sei es verbal oder gar handgreiflich. Wenn sich Schüler aus ihrer Klasse zu ihnen gesellten, drehten sich ihre Gespräche ausschließlich um alles andere, nur nicht um ihre heimlichen Treffen. Stellte jemand die Frage, was sie nachmittags unternahmen, redeten sie sich mit Hausaufgaben, gemeinschaftlichem Lernen oder familiären Verpflichtungen heraus, für welche die anderen wenig Interesse aufbrachten. Sie gingen dazu über, nach der Schule zuerst nach Hause zu fahren und einzeln zu ihrem Außenposten zu radeln, wie sie die Lichtung in dem Dickicht schon bald nannten. Auf diese Weise sank die

Wahrscheinlichkeit, dass ein allzu neugieriger Genosse auf das Trio aufmerksam wurde und die Verfolgung aufnahm.

Während der ersten gemeinsamen Wochen zu dritt hatten sie sich mit dem Bau eines bescheidenen Staudamms beschäftigt. Das Vorhaben folgte zunächst dem reinen Selbstzweck, nämlich sich möglichst mit Schlamm einzusauen und mit Freunden etwas Konstruktives auf die Beine zu stellen. Davids Mutter hatte ihm diverse Male Hausarrest angedroht, sollte er noch einmal derart schmutzig nach Hause kommen. In die Tat hatte sie die Ankündigung nicht umgesetzt. David vermutete insgeheim, dass sie die Worte im Suff geäußert und am Morgen darauf vergessen hatte.

Die Stabilität des Damms war von eher fragwürdiger Natur, und nicht selten war das Bauwerk am nächsten Tag schon wieder hinüber, beziehungsweise buchstäblich den Bach hinunter.

»Wollen wir uns nicht mal einen eigenen Pool bauen?«, fragte Malte an einem außergewöhnlich heißen Tag Mitte Juni.

»Wie meinst du das?«, wollte David wissen. »Wir haben doch keine Fliesen und so.«

»Nee, nicht so einen Pool«, entgegnete Malte lachend. »Fliesen sind was für Spießer. In der Natur baust du dir deinen Pool mit den Dingen, die du zur Verfügung hast. Stämme, Steine und so weiter.« Er wandte Tobi den Blick zu. »Was meinst du? Ist das machbar?«

Auf die Meinung des mit wenigen Monaten Älteren in der Runde schien Malte große Stücke zu halten, nicht erst seit dessen Auftreten gegenüber Katarina. Tobi machte stets einen überlegten Eindruck und neigte nicht dazu, überstürzt zu handeln. David fand das bewundernswert, zumal sein Freund mit diesen Stärken in der Schule einigen

Erfolg hatte.

Der sah die beiden kurz nacheinander an, dabei drehte er einen Kiesel zwischen den Fingern. Sein hageres Gesicht verriet keinerlei Regung, ein paar Sekunden lang dachte er nach. »So machen es die Großen auch. Also Naturvölker, und so. Habe ich in einer Dokumentation gesehen.« Er zuckte mit den Achseln. »Das sollte schon auch hier funktionieren.«

Nach den ersten größeren Konstruktionen, die vom aufgestauten Wasser des gar nicht so schwach dahinplätschernden Bachs ebenso davongeschwemmt wurden wie ihre früheren Versuche, gingen die drei die Errichtung mit mehr Bedacht an. Sie schafften dickere Stämme herbei, schnitten diese auf geeignete Längen zu und spitzten sie am einen Ende an. Eine von Malte im Schuppen des Großvaters »geliehene« Säge und ein kleines schartiges Beil leisteten dabei nützliche Dienste. Mit anderen dicken Stämmen und größeren Steinen gelang es ihnen, an einer günstigen Stelle mehrere Pfähle in den Bachlauf einzuschlagen, die Zwischenräume mit weiteren Felsbrocken, Ästen und Reisig aufzufüllen und zum Schluss mit Lehmklumpen abzudichten. Am Ende sickerte nur an wenigen Stellen Wasser durch die Wand. Der Rest floss wie geplant seitlich über einen Kanal am Damm vorbei in den unteren Lauf.

So entstand ein annähernd kreisrundes Bassin von immerhin vier Metern Durchmesser, das an der aufgebauten Barriere achtzig Zentimeter tief war und den drei Jungs die Möglichkeit zu einem kühlen Bad und erfrischenden Raufereien bot. Dass das angestaute Wasser durch ihre Bewegungen aufgewühlt und schlammig wurde, kümmerte sie dabei absolut nicht. Genauso wenig scherten sie sich darum, sich geschützt vom Schatten der Bäume bis auf die

Haut auszuziehen. Die eine oder andere naive Frotzelei über ihre Geschlechtsteile waren von harmloser Natur.

So verging der sommerliche Juni mit wenigen kühleren Episoden, die auf heftige Sommergewitter folgten. Der Juli war ebenso geprägt von langen, heißen Tagen.

Dann kamen die Sommerferien. Mit dem Ausbleiben der lästigen schulischen Pflichten dehnten sich die Stunden in ihrem kleinen Tal endlos. Immer wieder mussten sie mehr oder minder heftige und unterschiedlich ernst gemeinte Schimpftiraden ihrer Eltern über sich ergehen lassen, ausgelöst vom Zustand ihrer schlammverkrusteten Hosen oder dem späten Zeitpunkt ihrer Rückkehr.

Für David hätte der Sommer ewig weitergehen dürfen. Sie organisierten Limo und Eistee, wobei Tobi der Spendabelste war und in stiller Übereinkunft mit Malte davon absah, mehr Einsatz von David einzufordern, dessen prekäre finanzielle Verhältnisse das nicht zuließen. Der machte das mit verstärktem Eifer bei der Beschaffung von Baumaterial und Brennholz wett. Inzwischen schafften sie es, in einer Mulde zwischen den Findlingen hin und wieder ein Feuer zu entfachen. Für Grillwurst oder anderes Essen langte das Taschengeld von keinem. Außerdem wollten sie bei ihren Eltern nicht Alarm auslösen mit der Information, dass sie die Zubereitung auf einem Feuer im trockenen Unterholz in Angriff nehmen würden. Der Außenposten wäre schnell Geschichte gewesen.

Spät in den Sommerferien saßen sie wieder am Feuer beieinander. Dieses Mal erfüllte es seinen wärmenden Zweck, denn es war ein eher kühler Tag. Nach anfänglichen Schwierigkeiten beim Anzünden wärmten die Flammen die blanken Unterschenkel der Jungs.

»Ging ja gerade noch einmal gut«, murmelte Malte. Er

war an dem Tag ungewohnt zurückhaltend. Der Qualm der zögerlich kokelnden Feuerstelle hatte ihm offenbar die Stimmung verhagelt, vermutete David.

»Brennt doch«, sagte er und rieb sich die Hände. »Alles gut.«

»Pst«, machte Tobi und reckte den Hals. Die anderen hielten den Atem an und lauschten ebenfalls.

Aus der Richtung, in welcher der Feldweg lag, den sie immer heraufkamen, drangen Stimmen. Das Knacken von Holz war zu hören.

»Scheiße«, stieß David aus.

»Wer ist das denn?«, wollte Tobi wissen und sah die beiden anderen abwechselnd an.

Die Geräusche kamen näher. Die Stimmen waren die von jungen Menschen. Das Krachen von Ästen erscholl, zusammen mit dem *Pling* einer Fahrradklingel, als das zugehörige Rad achtlos hingeworfen wurde. Dann traten zwei Jungs und zwei Mädchen aus dem Unterholz. Arne und Kai standen dort, hinter ihnen stolperten Katarina und Sabine zwischen den Ästen hervor.

»Oskar!«, rief Kai in gespielter Überraschung aus.

»Na, schau an«, sagte Arne süffisant und begleitete seine Aussage mit einem strahlenden Lächeln. »Was ist das denn für eine lustige Truppe?«

Katarina stemmte die Fäuste in die Hüften, ihre Augen funkelten. »Hab ich's doch gewusst!«, presste sie hervor.

Tobi und David starrten die Neuankömmlinge ungläubig an. Dass Malte verlegen lächelte, bekamen sie nicht mit.

## 3

Simon sank ein wenig tiefer in den Sitz. Seine gelöste Laune hatte sich in Wohlgefallen aufgelöst. Das Familienthema trübte seine Stimmung, dieser ewige Zwist mit seinem starrsinnigen Vater, dem kein Mensch auf der Welt irgendetwas recht machen konnte, schon gar nicht seine eigenen Kinder. Er würde noch auf dem Sterbebett das Mantra von der Allmacht der regulierenden Ökonomie beten.

Das Treffen mit seinen früheren Klassenkameraden stand unmittelbar bevor. Die letzten beiden Jubiläen hatte Simon sausen lassen. Bis auf seine Schwester hatte er fast alle seine Mitstreiter fünfzehn Jahre lang nicht gesehen.

Etwas, das er in seinem Augenwinkel wahrnahm, riss ihn aus seinen Gedanken. Ein oder zwei Meilen abseits der Straße tauchte zwischen niedrigem Buschwerk immer wieder eine Farm auf, ein flaches Gebäude, umringt von mehreren lose angeordneten Scheunen und Ställen, deren mit Blech gedeckte Dächer in der Sonne schimmerten. Die reflektierten Sonnenstrahlen blitzten nicht in allen Lücken zwischen den Bäumen und Sträuchern auf: Jedes zweite oder dritte Mal, wenn die weit verstreuten Pflanzen den Blick auf die Gebäude freigaben, waren die Dächer mit roten Ziegeln gedeckt, und sie schienen nicht so groß und dafür höher zu sein.

Simon blinzelte, schob kurz die Sonnenbrille hoch und kniff sich mit Daumen und Zeigefinger in die Augenwinkel. Als er den Blick wieder nach rechts wandte, sah er das erwartete Szenario der ausgedehnten Südstaatenfarm. Keine roten Dächer mehr.

Carol blieb sein Stimmungsumschwung nicht verborgen. Seine Zwillingsschwester hatte einen angeborenen Sinn für seine Gefühlslage. »Was ist los? Alles in Ordnung?«

»Passt schon«, war seine knappe Antwort.

»Los, sag. Ich merk doch, dass was nicht stimmt.«

»Ich hab schon Halluzinationen«, bekannte er mürrisch. »Wahrscheinlich schlecht geschlafen wegen dem ganzen Tamtam um dieses Klassentreffen.«

»Was hast du gesehen?«, wollte Carol stirnrunzelnd wissen.

Er beschrieb ihr grob die wechselnde Form und Farbe der Dächer der Farm.

»Das sind nur die Nebenwirkungen des Eingriffs«, versuchte sie ihn zu beruhigen. »Völlig normal in den ersten Monaten. Ist bei dir ja noch nicht so lange her.«

Simon griff sich hinter das linke Ohr und befühlte die Haut unter dem Haaransatz. Sie war glatt und ohne Makel. »Drei Wochen«, sagte er gedankenverloren.

»Und Stress fördert die Nebenwirkungen zusätzlich«, ergänzte Carol. »Du hast den Kopf ja auch voller Zeugs. Ist wirklich alles ok?« Sie sah ihn besorgt an.

Seufzend setzte sich Simon aufrechter hin und strich sich mit der Handfläche über den Dreitagebart. »Mir sind die anderen so fremd geworden. Ich hab doch mit denen gar nichts mehr zu tun. In all den Jahren tauschen wir uns nur noch aus, um das nächste Treffen zu organisieren.«

»Man muss ja nicht mit jedem ständig in Kontakt bleiben«, entgegnete Carol schulterzuckend und nahm den Fuß vom Gaspedal. »Außerdem kommen sowieso nicht mehr alle. Es ist nur noch der harte Kern von damals. Also die, die besonders dicke miteinander waren.«

Sie ließ den Wagen bis an die Haltelinie rollen, neben

der ein verbeultes Stop-Schild stand, und hielt dann vollständig.

»Und die das nötige Pfund Extrovertiertheit oder Leidensfähigkeit mitbringen, um sich dieses Event zu geben«, murrte Simon.

Weit und breit war kein anderes Fahrzeug zu sehen, geschweige denn eine Highway Patrol. Scherereien mit den lokalen Behörden wollten sie sich ersparen, daher hielt sich Carol an die Verkehrsregeln. Zur Genüge hatten sie Stories gehört von Bekannten, die Stunden, wenn nicht Nächte auf Polizeirevieren verbracht hatten, weil sie den Blinker falsch gesetzt hatten. Kein Filmklischee.

»Langsam bedaure ich, dass ich dich zum Mitkommen überredet habe«, beschwerte sich Carol ohne viel Nachdruck. »Ich kann es ja zum Teil nachvollziehen. Einige der Figuren brauche ich auch nicht. Aber wer weiß, wie viele Treffen es noch gibt.«

»Hast ja recht«, gab Simon zu. »Ich reiß mich schon zusammen. Gute Miene zum bösen Spiel und so weiter. Sind ja nur die paar Stunden.«

Seine Schwester lächelte und tätschelte ihm den Kopf. »Braver Junge.«

»Lass das«, maulte Simon mit kindisch verstellter Stimme und duckte sich weg.

Nachdem sie links Richtung Südwesten abgebogen waren und wieder Fahrt aufnahmen, glich die Szenerie zu beiden Seiten des Asphalts den Landschaften auf den vergangenen zweihundert Meilen bis auf wenige Details. Plattes Buschland mit endlosen Weideflächen, von Zäunen unterbrochen, rustikal wirkende hölzerne Telegrafen- und Strommasten mit Keramikisolatoren. Hier und da ein Caravan-Park, da eine Farm.

Nach einer Handvoll weiterer Meilen erreichten sie La-Belle, was sich lediglich durch ein eher unauffälliges Ortsschild und eine höhere Dichte an Bauwerken bemerkbar machte.

Carol drosselte das Tempo und ließ die Gebäude vorüberziehen, meist weiße, einstöckige Bauten aus Holz. Simon stellte sich unweigerlich die Frage, weshalb die von Hurrikans und Tornados geplagten Amerikaner nicht doch mal auf die Idee kamen, anstelle von Brettern und Nägeln einmal Steine und Mörtel zu verwenden.

Auf den Straßen war wenig los, wofür die Hitze des Nachmittags verantwortlich sein mochte. Vor einigen Häusern saßen Einheimische unter schattigen Vordächern bei kalten Getränken auf Bänken und beäugten müde und manches Mal argwöhnisch die Vorbeifahrenden. Touristen war man hier vermutlich nicht gewöhnt.

So etwas wie einen Stadtkern gab es in LaBelle nicht, das ähnlich uninspiriert mit dem Geodreieck geplant worden war wie die meisten anderen Städte im ländlichen Florida. Nicht einmal einen Kirchturm vermochte Simon auszumachen.

Nach einigen weiteren Abbiegemanövern verkündete Carol: »Wir sind da.«

Mit einem Kopfnicken deutete sie ein Stück die Straße hinab auf einen Diner auf der rechten Seite. Es handelte sich auch hier um ein einstöckiges Gebäude, das aus der Masse der anderen Bauten allein durch die auffällige Leuchtreklame herausstach. Die komplette Front war verglast, darüber prangte auf einem das ganze Haus umspannenden orangeroten Streifen in neongelben Lettern, umrahmt von unzähligen Glühbirnen, der Schriftzug »Donnie's Diner & Motel«. Wem das immer noch nicht auffiel, brauchte nur den Blick zu heben, um an einem Masten, von jeder Seite bestens sichtbar, dasselbe Logo in doppelter Größe zu erblicken. Donnie hatte marketingtechnisch alles gegeben.

Carol bog von der Straße ab und lenkte die Corvette durch eine ausreichend breite Einfahrt am Diner vorbei zu einem Parkplatz auf der Rückseite. Dort stellte sie den Motor aus und ließ sich in den Sitz sinken. Hier waren verschiedene Fahrzeuge abgestellt worden, darunter ein weißer Ford Mustang und ein türkisfarbener Chevrolet Impala.

An den Diner schloss sich das fünfzig Meter lange, zweistöckige Motel an. Auf den beiden Etagen gab es jeweils zwölf gleichartige Fenster mit Türen daneben. Im Erdgeschoss waren diese ebenerdig vom Parkplatz zu erreichen. Das erste Geschoss mit dem durchgehenden Balkon erreichte man über eine stählerne Außentreppe, die in der Ecke zwischen Diner und Motel montiert war. Vor dem Trakt waren kreisrunde Löcher im Asphalt mit niedrigen Betonmauern eingefasst, aus denen recht traurig wirkende Palmen wuchsen.

Ein Schrei riss Carol und Simon aus ihren Betrachtungen der Oldtimer, die hier alle einen über die Maßen gepflegten Eindruck vermittelten. Der Diner war auch auf der Rückseite mit großflächigen Fenstern versehen und besaß eine zweiflügelige Tür. Darin stand eine dralle Frau undefinierbaren Alters in einem pinkfarbenen Petticoat mit weißen Polka-Dots, die wasserstoffblonden Haare hochgesteckt, und breitete einladend und mit strahlendem Lächeln die Arme aus. Selbst auf die Entfernung von knapp dreißig Metern war ein Übermaß an Schminke zu erkennen.

»Was zur Hölle ist *das*?«, fragte Simon konsterniert und zwang sich zu einem Lächeln, für den Fall, dass sein

Gegenüber das sah und es dem reibungslosen Verlauf des Abends dienlich war.

Carol ging es ähnlich. Sie legte nachdenklich den Kopf schräg. »Ich vermute, das ist Nina.«

»Sie steht auf diesen Zirkus, oder?«

»So was von.«

In der Einfahrt heulte ein voluminöser Motor auf, bevor ein dazu passender schwarzer Dodge D-100 auf den Parkplatz preschte und dabei einen ähnlich monströsen Eindruck machte wie wenige Stunden zuvor der Truck auf dem Highway. Split und Staub spritzten auf, und das Ungetüm wurde einige Meter neben Carol und Simon zum Stehen gebracht.

Nina hatte plötzlich vor allem Augen für die Insassen des Pickup-Trucks und ließ abermals einen hochfrequenten Schrei der Begeisterung vernehmen, bevor sie die Stufen vom Eingang heruntereilte.

»Und *das*?«, versetzte Simon knapp und beobachtete, wie drei Männer dem Monstrum entstiegen. Was ihr Outfit anging, hatten sie sich wohl abgesprochen. Sie trugen rotweiße College-Jacken, Jeans und hatten ihre Frisuren zu Tollen gegelt. Der Fahrer war größer und kräftiger gebaut als seine beiden Begleiter, sein Haar war schwarz. Lässig setzte er die Pilotenbrille ab und stieß beiläufig die Tür des Wagens zu. Der Beifahrer war drahtig und agil, der andere eher von durchschnittlicher Statur. Wie die Mitglieder einer Retro-Boy-Band warfen sie sich in die Brust und blickten sich mit übertriebener Arroganz um.

»Lass mich raten«, setzte Simon hinzu. »Das Trio Infernale: Arne, Malte und Kai.«

»Erster Preis für dich, Bruder!«, verkündete Carol mit ihrer vollkommensten Flugbegleiterinnen-Stimme.

Simon seufzte. »Und du wunderst dich, dass ich keine Lust auf dieses Kasperletheater habe.«

## 4

Bereits Mitte der 2000er Jahre gab es die ersten Einsätze von RFID-Chips in Form von Implantaten beim Menschen. Zunächst nutzten Tech-Begeisterte die unter die Haut gespritzten, winzigen Chips als genauso hippes wie nützliches Instrument, um bequem Haustüren zu öffnen. Dabei stammte die Technik ursprünglich aus den 1960er Jahren, als Waren mit eingesetzten Chips gegen Diebstahl gesichert wurden. Im folgenden Jahrzehnt kennzeichnete man in der Landwirtschaft Nutztiere mit den kleinen Bauteilen.

Weiterentwicklungen der Basistechnologie folgten in immer kürzeren Zeitabständen und brachten weitere Einsatzzwecke hervor wie das bargeldlose Zahlen per Handauflegen oder den Ersatz des Personalausweises.

Es wundert nicht, dass die auf den Chips gespeicherten Daten – persönliche Daten, Informationen zum Gesundheitszustand und durchgeführten Behandlungen, Bankdaten und Bonität – rasch Begehrlichkeiten bei Verbrechern weckten. Datendiebstahl per drahtloser Übertragung war innerhalb kurzer Zeit ein weit verbreitetes Problem und damit verbunden der Kontrollverlust über das eigene Konto. Entwickler und Kriminelle lieferten sich von Beginn an einen eifrigen Schlagabtausch.

Trotz dieser Probleme und aller Bedenken hielt der Erfolg der RFID-Chips an und bereitete den Boden für die nächsten gewaltigen Meilensteine im informations- und kommunikationstechnischen Fortschritt.

*Boris Walker: Chipped – Siegeszug der Vernetzung, Einleitung*

## 5

Carol stand neben dem Wagen und arrangierte ihren Schal, während Simon die langgezogene Beifahrertür aufstieß und sich aus dem Sitz schälte. Sie hatten nur eine einzige Pause eingelegt, und das war bereits zweieinhalb Stunden her. Trotz der bequemen Polsterung waren seine Gelenke ein wenig eingerostet. Er streckte sich.

»Na, dann los«, murmelte er und trottete neben seiner Schwester hinüber zum Diner.

Nina wurde von den drei anderen Neuankömmlingen umringt und klimperte dabei kokett mit den verlängerten Wimpern. Die Männer hatten sie der Reihe nach zur Begrüßung umarmt und waren in den zu erwartenden Austausch erster Nettigkeiten vertieft.

»Gut siehst du aus«, wagte Kai ein Kompliment. »Mit dem Outfit hast du voll ins Schwarze getroffen.«

»Umwerfend«, setzte Arne die Lobeshymne fort. »Absolut umwerfend.«

»Ach, kommt, Jungs«, wehrte Nina ab. »Ihr wisst doch, das ist alles Fassade.« In gespielter Verlegenheit senkte sie den Blick.

*Fishing for compliments* schoss es Simon durch den Kopf, als sie zu der kleinen Gruppe traten. In den vergangenen Jahrzehnten hatte sich nichts geändert. Bestimmte Charakterzüge legte man nie ab.

»Na, hallo, wen haben wir denn hier?«, rief Arne aus, ehrliche Wiedersehensfreude im Gesicht. »Die Hilgenberg-Twins geben sich die Ehre.«

Die nächste Willkommensrunde stand an, doppeltes Küsschen für die Damen und Fist-Bumps für die Herren.

Carol erntete einen üppigen Strauß überschwänglicher Komplimente für ihr Outfit.

»Du warst ein paarmal nicht dabei, oder Simon?«, stellte Malte fest. »Wie lange ist das her?«

Verlegen machte das Simon nicht, er zögerte allerdings, weil er tatsächlich nachrechnen musste. War es wirklich das Abba-Event gewesen?

»Fünfzehn Jahre, denke ich. Kurz bevor es mit Covid-19 losging.«

Sie nickten beifällig. »Ja, damals ging es los«, bestätigte Malte. Betretenes Schweigen breitete sich aus.

»Aber davon wollen wir uns heute nicht die Stimmung vermiesen lassen, oder?«, zwitscherte Nina und strahlte in die Runde.

*Nein, vor allem du nicht,* dachte Simon. Sofern du was zu saufen hast und genügend Typen um dich herum, die dich anhimmeln oder dir zumindest das Gefühl geben, hübsch und begehrenswert zu sein, kann neben dir die Apokalypse ihr Abendprogramm starten. Hauptsache, die Frisur sitzt. Er bemühte sich, seine Gedanken nicht in einer mürrischen Miene zur Schau zu stellen.

Carol stand wie üblich über solchen Dingen. Sicher ging ihr Ähnliches durch den Kopf, wusste Simon. Sie wischte das souverän beiseite. »Können wir reingehen, oder wenigstens in den Schatten?«, fragte sie und fächerte sich demonstrativ mit dem Ende ihres Schals Luft ins Gesicht. »Wir werden ja gebraten hier draußen.«

Sie einigten sich auf die überdachte Außenterrasse, weil im Innenraum Rauchverbot herrschte. Die Lufttemperatur war unter dem Vordach, das sich um das halbe Gebäude zog, um einiges erträglicher als in der sengenden Sonne auf dem glühenden Beton des Parkplatzes. Schweißflecken an dafür prädestinierten Stellen ließen sich nicht vermeiden, und glücklicherweise trug eine leichte Brise allzu aufdringliche Körpergerüche davon.

»Ist sonst schon jemand da?«, wollte Kai wissen. »Oder sind wir die Ersten?«

»Lydia, Kerstin, Maria und Tobi sind drin und besprechen noch ein paar Dinge mit dem Inhaber.« Nina deutete mit dem Daumen über ihre Schulter ins Innere des Diners. »Wir sind ja nicht die Einzigen hier, und sie wollen ein bisschen Schönwetter machen, falls wir heute Abend ... äh, ein wenig aus dem Rahmen fallen.« Sie lachte auf. Die anderen lächelten vielsagend.

Arne und Malte boten unterschiedliche Zigarettensorten an. Carol zog die Marke von Arne vor, Simon lehnte ab, ebenso Nina.

»Ich hab es mir vor der ersten Schwangerschaft abgewöhnt«, erklärte sie.

Simon verbuchte das als Plus auf ihrer Pro- und Contraliste. Die Minusseite war derzeit länger; mal sehen, wo das am Abend hinführte.

Malte nickte anerkennend. »Respekt, Nina. Ich qualme, seit ich denken kann.«

»Dann ist das ja noch nicht *so* lang«, lachte Kai und kassierte einen nett gemeinten Boxhieb in die Seite.

»Und, Carol, du warst nicht ganz so erfolgreich wie Nina, wie ich sehe«. Arne nahm einen kräftigen Zug aus seiner Kippe und atmete durch die Nase aus. »Keine Kinder?«

Sie verschränkte die Arme vor der Brust und hielt ihre Zigarette lässig in der Linken erhoben. Mit ihrem Outfit, dem schlichten gelben Swingkleid, dem Schal und der ins Haar geschobenen Sonnenbrille ging sie als Stilikone der

Sechziger durch. Simon fragte sich, ob Nina nicht innerlich kochte angesichts Carols natürlicher Attraktivität.

»Ich bin inzwischen Großmutter«, erklärte sie voller Überzeugung und ließ die anderen sprachlos glotzen. »Ich habe auch aufgehört, als ich schwanger wurde. Und als meine Tochter ihren Scheißer ankündigte, hab ich prompt wieder angefangen zu quarzen. So here we are.« Und inhalierte einen ordentlichen Zug.

»Das glaub ich jetzt nicht«, erwiderte Arne, trat einen Schritt zurück und musterte Carol eingehend von Kopf bis Fuß.

»Ich kann's bestätigen«, sagte Simon. »Der Kleine ist eine Plage.« Seine Schwester hob zustimmend den Daumen und grinste.

»Wir müssen das nächste Mal ein ganz normales Treffen organisieren«, meinte Kai. »Alle ohne Verkleidung und völlig ungeschminkt.«

»Och nee, ich weiß nicht.« Nina lächelte unsicher.

Bevor darauf jemand eingehen konnte oder der unselige Staffelstab der gegenseitigen Status-Quo-Abfrage an Simon weitergereicht wurde, fuhr ein weißer VW Käfer rasselnd auf den Parkplatz. Als die Fahrerin die Gruppe auf der Veranda erblickte, erscholl ein vieltöniges Hupen. Wie ein junger Welpe vollführte das Gefährt zwei freudige Runden auf der größtenteils freien Fläche und hielt schließlich diagonal am Rand, hingeschwemmt wie Treibholz. Die Türen flogen auf, und drei Frauen stiegen aus, wie sie unterschiedlicher nicht hätten sein können.

Die Fahrerin war eine Erscheinung. Ihr blondes Haar hatte sie zu einem Pferdeschwanz gebunden, das Pony umrahmte ein Gesicht ohne jeden Makel. Grüne Augen und ein perfektes Lächeln strahlten den Anwesenden entgegen.

Sie drehte sich einmal im Kreis und ließ ihren himmelblauen Petticoat fliegen, dann machte sie einen Knicks und genoss den Applaus der anderen.

»Sabine!«, rief Malte. »Der Knaller, wie eh und je!«

Simon war geneigt, seine Anerkennung charmanter zu formulieren, allerdings wäre sein Kommentar im Beifall der anderen untergegangen. Mit Sabine hatte er nie viel zu tun gehabt. Sie hatten sich gegenseitig respektiert und das eine oder andere Wort gewechselt, für mehr spielten sie jedoch in verschiedenen Ligen. Unterschiedlichen Sportarten, korrigierte er sich. Sie war die sprichwörtliche Klassenschönheit, der alle Herzen zuflogen. Eitelkeit oder affektiertes Gehabe hatte sie nicht nötig.

Auf der Beifahrerseite richtete sich Katarina auf, die den Sitz vorgeklappt hatte, um die Mitfahrerin auf dem Rücksitz aussteigen zu lassen. Kati war immer noch von stattlicher Statur, milderte ihre maskuline Anmutung jedoch durch schulterlange, wild toupierte dunkle Haare. Mit dem weinroten schulterfreien Hosenanzug repräsentierte sie den Typ Lady-Vamp. Sie musste ebenfalls lächeln, während Sabine ihre kleine Showeinlage absolvierte.

Hinter ihr reckte sich die zierliche Gestalt ihrer aller Dauer-Klassensprecherin Yvonne. Sie schob die Sonnenbrille in den rot getönten Pagenschnitt und warf die Tür des Käfers zu. Das schlichte weiße Kleid war insgesamt recht luftig geschnitten, tailliert und stellte Yvonnes äußerst schlanken Körper zur Schau. Simon gewann sofort den Eindruck, dass die Frau eine Essstörung hatte.

Nina ließ es sich nicht nehmen, abermals einen quietschenden Freudenschrei von sich zu geben. Sie stürmte erneut die Stufen hinab auf die drei Neuankömmlinge zu.

»Dann sind wir ja fast vollzählig«, stellte Arne fest.

Kai nickte. »Ja, fehlt nur noch Frank.«

Simon versetzte der Name einen Schlag in die Magengrube. Er zuckte unwillkürlich zusammen, riss die Augen auf und starrte über die Häuser jenseits des Parkplatzes hinweg.

Dort hingen zahllose Stromkabel parallel in sanften Bögen zwischen Betonmasten. Während er den Blick daran entlanggleiten ließ, veränderten sie ihre Farbe von Schwarz über dunkles Lila bis hin zu Purpur, bevor sie durchsichtig wurden und vollständig verblassten. Zurück blieben die nutzlosen Masten. Irritiert schloss Simon kurz die Augen und schüttelte den Kopf. Die Stromkabel waren wieder da.

Den anderen blieb seine Reaktion nicht verborgen. »Was ist los?«, fragte Arne besorgt.

Carol legte ihrem Zwillingsbruder die Hand auf die Schulter. »Ihr wisst es nicht?«

Sie schüttelten die Köpfe. »Nein, was denn? Sag schon!«, rief Malte.

Bevor sie antwortete, richtete sie ihren sorgenvollen Blick auf Simon, dessen Augen auf einen abstrakten Punkt hinter seinen ehemaligen Klassenkameraden fokussiert waren. »Ist es okay?«

Simon nickte. Er musste sich kurz sammeln, um wieder bei den anderen zu sein. »Ja, klar. Es kam nur so unerwartet. Ich hätte natürlich wissen müssen, dass jemand fragt. Ich dachte nur, alle wüssten Bescheid.«

Seufzend nahm Carol die Hand von seiner Schulter und drückte die Zigarette in einem Aschenbecher auf einem nahegelegenen Tisch aus. »Es war vor sechseinhalb Jahren, im Winter. Er hat sich vor einen Zug geworfen.«

Die anderen wurden kreidebleich, und Simon schluckte schwer. Malte hob entsetzt die Hand vor den Mund.

»Was … wieso hat er …?« Mehr brachte Arne nicht hervor, die anderen starrten Carol mit aufgerissenen Augen an.

»Depressionen, schon seit Jahren«, erklärte sie knapp. »Eine Zeitlang hatte er es gut im Griff. Er hatte eine lange Therapie hinter sich, ja, und Medikamente haben wohl auch geholfen. Zwischenzeitlich hatte er eine ganz gut laufende Beziehung, nichts arg Festes, aber immerhin konnte die Frau ihn ein wenig aufbauen. Hat dann aber irgendwann aufgegeben.«

»Ich hab letztes Mal gar nichts gemerkt«, sagte Malte mit rauer Stimme. »Vor zehn Jahren war das. Er war dermaßen gut drauf. So kannte ich ihn von früher gar nicht. Er hat Witze gerissen und einen Haufen anderes abgefahrenes Zeug von seinem Job bei der Bank erzählt.« Ungläubig schüttelte er den Kopf.

»Das war wohl einer seiner besseren Tage«, wagte Carol einen Erklärungsversuch. »Man hört das ja immer wieder, dass sich euphorische Phasen mit tiefster Niedergeschlagenheit abwechseln.«

»Aber in der Schule war das doch noch nicht so«, stellte Kai fest.

Carol verneinte. »Das kam später. Es muss irgendwas passiert sein.«

*Irgendwas*, dachte Simon im Stillen und bemühte sich um Beherrschung, die anderen nicht grimmig anzusehen. Sie wussten alle, was geschehen war. Und nicht erst nach der mittleren Reife. Was Frank so zugesetzt hatte, war viel früher passiert. Über Jahre hatte das Erlebte sich in ihn hineingefressen und seine Seele zersetzt wie der Krebs den Körper. Am Ende brauchte es nicht mehr viel, um den letzten Rest Überlebenswillen hinwegzufegen.

Frank hatte es ihm alles noch einmal ausgebreitet, in

einem endlos langen Telefonat. Seine tränenerstickte Stimme am anderen Ende der Leitung verlieh dem Erlebten, dem durchgemachten Horror aus Kinderzeiten, eine unbeschreibliche Klarheit.

Alles war da an jenem Abend, bevor sein Freund aufs Gleis ging. In aller Deutlichkeit hatte Simon die Bilder wieder vor Augen gehabt, während er Franks rauen Worten gelauscht hatte, wie sie bei Regen dort im Dunkeln gestanden hatten. Und am nächsten Tag war alles ausgelöscht und hinweggefegt, als Simon die schreckliche Nachricht hörte, dass sein Freund vom Zug überrollt worden war.

# 6

Ich war Teil dieser Gemeinschaft, auf meine Weise. Tief habe ich mich hineinziehen lassen in diesen Sumpf aus Verleumdung und Lügen. Dem Sog konnte ich ebenso wenig entrinnen wie alle anderen. Es zog Kreise, die über den der eingeschworenen Klassengemeinschaft weit hinausgingen. Sogar über die Schule hinaus.

Klar, es waren die Umstände, die damaligen Zeiten. Wir sind alle Opportunisten. Was würden wir tun, wenn der Feind vor dem Dorf steht? Die Flucht ergreifen? Uns dem Kampf stellen, den sicheren Tod vor Augen? Oder uns ergeben und das Beste aus der Situation machen, gar mit dem Gegner kooperieren und damit die Schwächsten opfern?

Darf ich mich deshalb auch »Opfer« nennen, ein Opfer der Umstände? Oh ja, mich haben sie ebenfalls fertiggemacht, damals, als wir Kinder waren. Aber darf das als Entschuldigung dienen, als ausreichender Grund für einen Freispruch?

Ganz sicher nicht. Weil ich daraus hätte lernen können, nein, *müssen*, um es im Erwachsenenalter besser zu machen. Viel früher hätte ich einschreiten und den grausamen Verlauf ändern können. Hätte, hätte, ...

Zu der Überzeugung haben mich viele schlaflose Nächte voller Albträume und Visionen gebracht. Opfer sind meine Lieben und meine ungeborenen Kinder, weil ich zu einer aufrichtigen Beziehung wegen meiner Erlebnisse lange Zeit nicht fähig gewesen bin.

Aufrichtig war ich auch meinem Therapeuten gegenüber nicht, dem ich nie die ganze Geschichte erzählt habe. Dieser gutmütige alte Mann, der längst die Pension hätte genießen sollen. Ausgenutzt habe ich seine wohlmeinende Art, die Ernsthaftigkeit, mit der er dem geleisteten hippokratischen Eid durch sein Handeln gerecht werden wollte. Vor zwanzig Jahren hätte ich auf seiner Couch alle Dämme einreißen, die ganze Wahrheit fließen lassen sollen wie die Tränenflut, die nachts mein Kissen durchnässte. Vielleicht hätte ich dann wieder schlafen können.

Und zu welchem Zweck? Der Eid auf der einen Seite, die ärztliche Schweigepflicht auf der anderen. Und ich, ein psychisches Wrack, das allerhand wirres Zeug von Vorurteilen, Lügen und Boshaftigkeiten aus Schulzeiten fabuliert. Von arglistigen Rotzgören und ihrem perfiden Treiben. Selbst wenn es für irgendeinen verantwortungsbewussten Polizeibeamten einen Sinn ergeben hätte, es mangelte an Beweisen. Kein stichhaltiges Indiz konnte ich für meine abstruse Story aufbieten. Und hätte am Ende wieder da gestanden, wo ich versuchte, alles aufzulösen: vor der Tür eines anderen Psychotherapeuten.

Und ich hasse dieses Dorf, dieses Kaff, das sie alle geboren hat, sie geworfen hat wie eine mythologische Monstrosität ihre Missgeburten. Wie sie es weiter tun wird, immerfort, dieselben verkorksten Charaktere der von Traditionen und Ritualen durchseuchten ländlichen Ödnis, aus der nur wenige zu entkommen vermögen.

Sind *sie* Opfer, weil sie zufällig am falschen Ort zur Welt kamen und vom ersten Tag an von den falschen Menschen umgeben sind? So wie das afghanische Mädchen das falsche schreckliche Los gezogen hat, unter den Taliban aufwachsen zu müssen, ohne Chance auf Bildung, geschweige denn Gleichberechtigung. Oder der kleine Junge in West-Sahara, im Tschad, Tansania, Somalia – Zutreffendes bitte ankreuzen, hahaha! – mit seinen Geschwistern und Cousins und

Cousinen und Freunden.

Nein, die Kinder dieses Kaffs sind keine Opfer. Sie suchen sie sich. Sie brauchen sie. Zur Bestätigung ihres eigenen armseligen Daseins. Sie brüsten sich damit, Bescheid zu wissen und sich vermeintlich über die anderen erheben zu können. Entscheiden zu können, was richtig ist und was falsch. Wer dazugehören darf und wer nicht. Dabei liegt ihr Horizont nicht weiter entfernt als die nächste Hügelkette.

Sie hätten alle Mittel in der Hand, im Gegensatz zu dem Mädchen in Afghanistan, dem Jungen in Zentralafrika. Sie haben die Freiheit, und sie haben Zugang zu Informationen. Sie könnten sich erheben aus dem Sumpf der Traditionen und der althergebrachten Rituale, alte Ansichten zurücklassen wie ungeliebte Bekannte. Die Welt des Internets eröffnet ihnen nicht nur die Möglichkeit zur Erlangung von umfassendem Wissen, sondern ebenso Einblick in andere Kulturen und Lebenseinstellungen. Hier könnten sie lernen, Erlebtes und Gehörtes kritisch zu hinterfragen und die eigene Meinung und Ansicht zu überdenken und neu zu justieren. Und was stellen sie damit an? Sie sammeln Kindern gleich die tief hängenden Früchte, die ihnen am besten schmecken und die sie kennen. Neues kommt nicht auf den Tisch. Sie setzen trotz aller gegebenen Chancen das fort, was ihre Vorfahren ihnen vorgelebt haben.

Doch mir geben diese bahnbrechenden technischen Möglichkeiten nun das richtige Werkzeug in die Hand. Lang habe ich diese Entwicklung verfolgt und parallel diesen Plan reifen lassen. Habe die Rückschläge zur Kenntnis genommen, die auch mich in meinem Ansinnen zurückgeworfen haben. Diese Zeit habe ich genutzt zu einer feineren Ausarbeitung der Planung. Die schreckliche Dimension der sich mit der neuen Technologie eröffnenden Möglichkeiten ist mir nur ansatzweise bewusst, und zu einem gewissen Grad bin ich gottfroh, dass ich den Fortgang dieser Geschichte nicht mehr erleben werde.

Für heute und die nächsten Stunden, vielleicht Tage, bin ich dankbar für den Inhalt von Pandoras Büchse, welche durch die wilde Entschlossenheit des menschlichen Wahnsinns geöffnet wurde.

Da sind wir also. Wiedervereint. Bis auf diejenigen, die auf dieses Stelldichein keine Lust haben. Von Anfang an waren nicht alle mit dabei, weil es wie in jeder Gemeinschaft die gibt, die draußen stehen und nur zusehen. Sie sind entweder traurig, neidisch oder wütend, weil sie es nicht schaffen, zum inneren Kreis zu gehören.

Was macht denn diese Menschen, zu deren Freunden sie sich zählen möchten, so besonders, dass es zu solch tiefgehenden Emotionen kommt? Was zieht die Schwachen am Rand zu den vermeintlichen Stars hin, den schillernden Lichtgestalten, diese stets beliebten und bewunderten Schönen und Starken? Wie leicht lassen wir uns blenden von Äußerlichkeiten und zweifelhaft erlangtem Ruhm, der doch so vergänglich und unnütz ist?

So einfach sind wir manipulierbar und zugänglich für die Einflüsterungen unserer Freunde. »Hast du gesehen, wie umwerfend sie heute wieder aussieht?«, wird da hinter vorgehaltener Hand gefragt. »Wie macht er das bloß mit den Frauen? Ich wünschte, ich hätte auch diesen Mut, so auf die Mädchen zuzugehen.«

Wir sortieren uns ein auf der menschengemachten Hitparade der Anführer und der ihnen Folgenden. Ständig schauen wir nach oben, weil da immer noch mindestens einer über uns ist.

Des Glückes Tod ist der Vergleich. Frei nach

Kierkegaard.

Derweil vergessen und übersehen wir die, die weiter unten stehen und diese Leiter niemals zu erklimmen vermögen. Oder es versuchen und abstürzen.

Das sind diejenigen, die auf der Strecke geblieben sind und bei unserer lustigen Party nicht dabei sind. Sie haben wir zurückgelassen, im Stich gelassen. Sie sind es, die wir auszublenden und zu vergessen versuchen. Die einen können das besser als die anderen. Sie führen weiter ihr Leben im Licht und schauen nicht nach hinten in die Schatten.

Ich glaube, dass die Geister sie heimsuchen, wenn wir nicht hinsehen. In den spärlichen stillen Stunden der Einsamkeit kehren die Gesichter zurück, in die sie vor langer Zeit ein letztes Mal geschaut haben, schmerzverzerrt, tränenüberströmt und blutig. Nachts liegt ihr in den Betten neben euren Frauen und Männern, wälzt euch von einer Seite auf die andere in schweißnassen Laken und vermögt die schreienden Fratzen doch nicht abzuschütteln. Die von Pein und Unglauben weit aufgerissenen Münder speien euch lautlose Vorwürfe entgegen. *Wie konntest du das tun? Ihr alle? Was gab euch das Recht dazu?*

Mich drängt es, es ihnen ebenso in die hübschen Gesichter zu schreien, gleich hier und jetzt. Doch ich muss mich in Geduld üben. Es würde nichts bringen. Mein ganzer sorgfältig ausgearbeiteter Plan wäre zunichte, all die Jahre der Vorbereitung und des Wartens umsonst.

Bis jetzt ahnen sie nichts. Sie sind nett zueinander, haben der ungeschönten, manchmal brutalen Direktheit von Kindheit und Pubertät den Mantel der erwachsenen Reife übergezogen. Hier und da blitzt es durch, das Fiese und Verschlagene, sei es in einem mit Humor verzierten bissigen Kommentar über das fortschreitende Alter oder einem abgedroschenen Witz zur beruflichen Karriere. Augenscheinlich ist das nicht böse gemeint, aber es sind die Risse im glänzenden Lack des Anstands, durch die wir die wahre Gestalt des niederträchtigen menschlichen Charakters hervorlugen sehen.

Zweifel kommen einmal mehr auf, ob mein Vorhaben zu vermessen ist und sich überhaupt in die Tat umsetzen lässt. Ich frage mich, ob mir das durch mein Tun bevorstehende Urteil über die anderen zusteht. Oder ob ich mich damit über sie zu erheben versuche und nicht nur Genugtuung, sondern auch Absolution erlangen möchte.

Sollte ich nicht weiterhin mein Dasein fristen mit der unerträglichen Last des schlechten Gewissens, das wir teilen, um damit meine Schuld abzutragen? Ist diese Schuld denn zu sühnen, indem ich die Wahrheit ans Licht zerre?

Es spielt keine Rolle. Denn was ich mir wünsche, ob ich durch mein Unterfangen alles ins Reine bringe oder alte Wunden aufreiße und die anderen mit mir ins Verderben stürze, ist einzig und allein Frieden. Koste es, was es wolle.

# 7

»Mir gefällt es gar nicht, dass die jetzt auch dabei sind«, flüsterte David Tobi ins Ohr. Es war der erste Schultag nach den Ferien, die kleine Pause nach der ersten Stunde. Malte war zur Toilette geeilt, für ein paar Minuten waren sie unter sich. »Arne und seine Jungs und die beiden Mädchen waren schon genug. Warum jetzt auch noch die anderen?«

Verstohlen wanderte sein Blick zu den Schülern aus ihrer Klasse. Nina stand bei Sabine und versuchte, dieser durch ihr überdrehtes Gebaren zu gefallen. Die lachte hin und wieder beflissen und erntete halbwegs beifälliges Nicken von Katarina, die ihre Begeisterung nicht ganz teilte. Ihre Einstellung zu Ninas Oberflächlichkeit war ihr anzusehen.

Tobi hatte, für ihn typisch, wenn er nachdachte, die langen Arme tief in die Hosentaschen geschoben und sah sich mit forschem Blick um. Dabei legte er die Stirn in Falten, wodurch sich ein senkrechtes Grübchen zwischen seinen Augenbrauen bildete.

»Am Anfang hat es mir auch besser gefallen«, gab er schließlich zu. Er hatte Kai und Arne entdeckt, die mit Maria und Lydia zusammenstanden. Die Mädchen waren nach Davids Ansicht nicht die dicksten Freunde der beiden Jungs, allerdings scharten sie gern Angehörige des weiblichen Geschlechts um sich. Das machte Eindruck bei allen anderen.

»Ich hoffe, sie bringen nicht noch die ganze Klasse mit zum Außenposten«, murmelte David.

Tobi sah ihn an und zuckte mit den Achseln, ohne die

Hände aus den Taschen zu nehmen. »Tut mir echt leid für dich. Ich bin auch kein großer Fan von den anderen, aber was sollen wir denn machen? Willst du den Außenposten aufgeben? Sollen wir eine Stelle woanders suchen?«

Der Blick des Kleineren hellte sich bei diesem Vorschlag sichtlich auf. »Warum nicht? Das ist eine gute Idee!«

»Das fällt den anderen sofort auf, wenn wir nicht mehr dabei sind. Es würde nur ein paar Tage dauern, bis Arne und seine Kumpels uns folgen und unser neues Versteck finden.« Tobi presste die Lippen aufeinander und schüttelte den Kopf. Er seufzte.

»Du hast recht. Dann geht alles wieder von vorne los.« David ließ die Schultern hängen.

»Wenn wir dann überhaupt noch bei den anderen mitmachen können«, gab Tobi zusätzlich zu bedenken. »Vielleicht macht das alles nur schlimmer.«

Daran hatte David noch gar nicht gedacht. Es war nicht ausgeschlossen, dass der Rest der Gruppe es ihnen übelnehmen würde, wenn sie sich abkapselten. Ausgrenzung konnte er wahrhaftig nicht gebrauchen. Mit dem Außenposten hatten er, Tobi und Malte in den ersten Wochen das erlangt, wonach sich vor allem er, David, gesehnt hatte: Freiheit. Es gab dort keinerlei Zwänge, nur Gleichgesinnte. Er war nicht gefordert, jemandem zu gefallen und durfte ganz er selbst sein. Da waren keine Lehrer, die ihn unter Druck setzten, keine anderen Kinder, denen er etwas vormachen musste. Und dort war auch seine Mutter nicht, die ihm selten das Gefühl gab, eine wichtige Rolle in ihrem Leben zu spielen.

Die Ankunft der Neuen hatte das schlagartig geändert. Besonders Kai und Arne hatten nach nur wenigen Tagen das Ruder übernommen und koordinierten seitdem die meisten Aktivitäten im Außenposten. Sie verteilten die Aufgaben, sei es das Beschaffen von Brennholz, das Aufräumen rund um den Sitzplatz und im nahegelegenen Unterholz, die Instandhaltung des Damms.

Mit dem Vorschlag, einen der Anwesenden als Wachtposten einzuteilen, schlich sich langsam so etwas wie eine Hierarchie in die Gemeinschaft. Anfangs war jeder einmal an der Reihe. Nach wenigen Wochen waren es jedoch stets dieselben, die sich am Rand des Dickichts in der Nähe des Feldwegs wiederfanden: David und Tobi. Hin und wieder gesellte sich Katarina freiwillig zu einem von ihnen. Sie erklärte das damit, dass sie mit dem überheblichen Getue der Machos in der Gemeinschaft ihre Probleme hätte. David nahm das nickend zur Kenntnis, ein schaler Beigeschmack blieb: War sie nur da, um die Wächter zu überwachen? Das Misstrauen war da, und es machte ihn traurig.

Die Aufgabe indes war absolut sinnlos. Abgesehen von dem Landwirt, der alle paar Tage mit dem Mähbalken und später mit dem am Traktor montierten Heuwender vorbeikam und ihnen wissenden Blicks zunickte, tat sich auf dem Feldweg praktisch nichts.

Malte kehrte von seinem kleinen Geschäft zurück und hatte Frank und Simon im Schlepptau.

»Na, ihr?«, meldete sich der Rothaarige zu Wort. »Was gibt's zu besprechen?«

»Sag du es uns«, entgegnete David etwas spitz, aber der Unterton entging Malte offensichtlich.

Er deutete mit dem Daumen über die Schulter. »Die beiden kommen heute Nachmittag auch dazu. Jetzt sind wir eine richtig starke Truppe.«

David klappte kurz die Kinnlade herunter, dann presste er die Kiefer so hart zusammen, dass seine Zähne knirschten. Tobi sah Malte mit versteinerter Miene an. Für ein paar Sekunden herrschte betretenes Schweigen.

Einwände zu erheben hätte keinen Sinn ergeben. Schon beim Erscheinen der ersten Neuankömmlinge in den Wochen zuvor hatten weder David noch Tobi nennenswerte Gegenwehr geleistet. Ihnen war klargewesen, dass es aussichtslos war, Arne und seine Freunde wegzuschicken. Sie hätten die Aufforderung nicht bloß ignoriert, sondern womöglich Schlimmeres angerichtet. Kai und Arne waren nicht unbedingt die Schlägertypen, von denen man aus anderen Klassen Berichte hörte. Trotzdem hatten sie sich durch ihr Äußeres und ein paar Rempeleien gehörigen Respekt verschafft.

David versuchte es auf andere Weise. »Habt ihr euch das gut überlegt? Da ist es ganz schön schmutzig. Und momentan gibt's da ziemlich viele Zecken.«

Frank schob mit dem Zeigefinger die dunkel umrandete Brille nach oben und zuckte mit den Schultern, und Simon erklärte gelassen: »Na, und? Ich hatte dieses Jahr schon drei. Da, da und da.« Er zeigte nacheinander auf seine linke Brust, die Achsel und seine rechte Kniekehle. »Hat beim Rausmachen gar nicht wehgetan.«

Mehr Argumente hatte David nicht aufzubieten und sah Tobi hilflos an. Der zuckte wieder einmal gleichgültig mit den Schultern. Seine Art, mit Herausforderungen umzugehen: Hinnehmen.

»Na gut«, stimmte David zu. Nicht, dass seine Entscheidung für irgendjemanden eine Bedeutung gehabt hätte. Zu sagen hatte er ohnehin nichts im Außenposten.

Die Schulglocke schrillte und rief zur dritten Stunde.

David hatte Mühe, den Worten von Frau Nolte zu folgen. Er schnappte nur Bruchstücke ihrer Ausführungen auf, die sie aus einem alten Schinken über die Entdecker Amerikas vorlas. Er spürte die Blicke der anderen im Rücken. Da war Getuschel und Gekicher, gleichermaßen von Mädchen wie Jungs. Ob das ihm galt, konnte er nicht wissen. Der abfällige Unterton genügte ihm, um sich im Fokus zu fühlen und unwillkürlich kleinzumachen.

Warum saß er auch in diesem Schuljahr wieder in der ersten Reihe? Das war wohl die unausgesprochene Hackordnung in jeder Schulklasse: Die Starken, die Rüpel und die Störenfriede sicherten sich immer gleich die Plätze in den hinteren Reihen. Dort wähnten sie sich sicher vor der Entdeckung ihrer albernen Machenschaften, vor allem dem Austausch von Nachrichten und schmuddeligen Kritzeleien auf winzigen Zetteln. Die Stühle davor wurden von den nicht ganz so Burschikosen besetzt, die noch genug Ansehen beim Rest besaßen, damit ihnen ihre Platzwahl nicht streitig gemacht wurde. Und vorn saßen entweder die Streber oder diejenigen, die zu langsam oder zu machtlos für die Eroberung der Logenplätze waren.

Immerhin hatte David den vorletzten Platz außen in der ersten Reihe ergattert, nach wie vor zu nah am Pult, aber zumindest nicht in der direkten Blickrichtung seiner Lehrer. Links neben ihm saß die stille Annika, von der kaum jemand in der Klasse etwas wusste. Sie verließ in den Pausen den Klassenraum nur, wenn es sein musste, und selbst dann stand sie draußen meistens allein. Daneben folgte Yvonne, die als Einzige jedes Jahr um den Platz in der Mitte direkt gegenüber des Pults kämpfte.

Seinen Freund Tobi hatte Herr Köhler wie im Schuljahr zuvor in die Reihe hinter David ganz außen platziert, damit der überdurchschnittlich große Junge niemandem die Sicht versperrte.

Tobis Worte gingen David nicht aus dem Kopf. Zunächst erschien das Finden eines neuen Außenpostens, der ausschließlich ihnen gehörte und von dem die anderen nichts wussten, eine brillante Idee. Natürlich mussten sie von Anfang an dafür sorgen, dass niemand etwas davon mitbekam. Sie würden Ausreden und allerlei stichhaltige Begründungen finden müssen, um den anderen keinen Anlass zum Misstrauen zu geben. Wie im Frühjahr war der Weg über das jeweilige Zuhause unumgänglich. Zusammen direkt vom Schulhof aus zu ihrem neuen Versteck zu radeln, war zu riskant. Umwege und verschiedene, wechselnde Routen waren eine weitere Idee.

Je mehr er darüber nachdachte, desto tiefer entwickelte sich seine Abneigung gegenüber Kai, Arne und den anderen, die derart brachial in ihr Idyll eingebrochen waren. Er lehnte nicht alle gleichermaßen ab, nicht einmal die Neuen, die nach und nach dazustießen. Mit Frank und Simon hatte er keine Probleme. Die beiden waren dicke Kumpels und bisher meistens unter sich geblieben. Sie teilten ihre Begeisterung für Computer und Programmierung, womit David nicht viel anfangen konnte. Umso mehr wunderte es ihn, dass die zwei ihre Tastaturen und Joysticks liegenlassen und bei der Gemeinschaft im Außenposten dabei sein wollten. Möglicherweise war dieses Interesse nur von kurzer Dauer und würde in ein paar Tagen wieder abflauen, spätestens im Herbst, wenn es für den Aufenthalt draußen zu ungemütlich wurde. David gab das sporadische Fernbleiben der empfindlichen Mädchen während der letzten Tage einen winzigen Funken Hoffnung.

Mit keinem von ihnen konnte er besonders viel anfangen. Entweder waren sie zu kindisch, wie die überdrehte Nina, oder zu abgehoben und auf sich fixiert wie Sabine.

Katarinas kühle Art war ihm unheimlich, und ihr Verhalten im Außenposten wusste er überhaupt nicht zu deuten. Für David war sie weder Mädchen noch Junge, irgendetwas dazwischen. Und ihr schien es egal zu sein, was Jungs von ihr hielten. Er wurde nicht schlau aus ihr.

Einziger Fixpunkt war Tobi, der ihm kontinuierlich zur Seite stand und ihn sogar verteidigte, wenn es erforderlich war. Das mochte der Grund sein, warum die anderen sich mit weiteren Angriffen zurückhielten. Auf den ruhigen, unerschütterlichen Tobi konnte sich David verlassen. Für ihn war er der große Bruder, den er nie hatte. Vielleicht sogar noch ein wenig mehr. Tobi war nicht so kompliziert wie die Mädchen und nicht so tumb wie die meisten Jungs in der Klasse. Was er tat und sagte, zeugte von Bedacht und Intelligenz. David verbrachte gern Zeit mit ihm. Ein weiterer Grund, warum ihm die Invasion im Außenposten derart zuwider war.

Er warf einen schüchternen Blick über die Schulter. Tobi saß entspannt auf seinem Platz in der Nähe des Fensters zum Schulhof. Das Sonnenlicht verlieh ihm eine eigenartige Aura. Er drehte einen Bleistift zwischen den schlanken Fingern und widmete seine Aufmerksamkeit Frau Noltes Vortrag. Dass David ihn ansah, bekam er nicht mit.

Aus dem Augenwinkel registrierte David, dass Kai und Arne mit den Mädchen in der Reihe vor ihnen tuschelten, Lydia und Maria hatten ihre Stühle leicht nach hinten gekippt und beherrschten sich mühsam, nicht zu kichern.

»David? Kannst du bitte kurz wiederholen, was passierte, als die Europäer Amerika entdeckt hatten?«

Sein hochroter Kopf fuhr herum, und David sah sich Frau Noltes auffordernden Blick ausgesetzt. Sie war Referendarin, höchstens Mitte Zwanzig und keine allzu strenge

Lehrerin, sonst hätte sie in der Vergangenheit und auch heute in der letzten Bank für mehr Ruhe gesorgt. In der Tat schaute sie ihn recht freundlich an und versuchte ihn so zur Teilnahme am Unterricht zu ermutigen. Sie hatte David leider in einem Moment größter Unaufmerksamkeit erwischt.

»Ich, äh, ... die Europäer«, stammelte er. Am liebsten wäre er im Boden versunken. Aus der letzten Reihe vernahm er Kichern und ein unterdrücktes Prusten. David wagte es nicht, sich umzudrehen. Er zog den Kopf ein und starrte Löcher in das Buch auf seinem Tisch.

Frau Nolte ließ sich ihre Enttäuschung nicht anmerken. Ihr Blick glitt durch die Klasse. »Wer kann David unter die Arme greifen?«

»Oh, da wüsste ich wen«, murmelte jemand von hinten und provozierte abermals mühsam beherrschtes Kichern. David war ohne hinzusehen klar, von wem dieser dämliche Kommentar geäußert worden war: Kai. Zorn und Enttäuschung trieben ihm die Röte in die Wangen.

Das Klingeln der Pausenglocke erlöste ihn aus seiner Schockstarre und die anderen aus der Verlegenheit, auf Frau Noltes Frage eine zufriedenstellende Antwort liefern zu müssen.

»In der nächsten Stunde will ich von allen eine einseitige schriftliche Zusammenfassung zu den Folgen der Entdeckung Amerikas«, rief Frau Nolte über das Stühlerücken und das einsetzende Geplapper der Schulklasse hinweg. Das genervte Murren, das ihrer Aufforderung folgte, honorierte sie mit einem Lächeln. »Nur zur Übung, nicht zur Strafe«, setzte sie hinzu.

Träge packte David seinen Schreibblock und seine Mappe ein. Was für ein grauenhafter erster Schultag: Seine liebgewonnene zweite Heimat wurde durch die Aufnahme weiterer Mitschüler vollends zunichtegemacht. Und dann die peinliche Bloßstellung vor der ganzen Klasse durch Frau Nolte.

»Ist alles in Ordnung mit dir?«, riss ihre Stimme ihn aus seinen düsteren Gedanken.

Überrascht hob er den Kopf. Sie sah ihn weiterhin freundlich an, und er glaubte sogar, so etwas wie Besorgnis zu erkennen.

»Ja, alles okay«, gab David mit rauer Stimme zurück. Er hoffte, es klang nicht abweisend.

Frau Nolte legte skeptisch den Kopf schräg und betrachtete ihn. Sie sah so jung aus, mit ihrem schwarzen Pferdeschwanz und der hellblauen Brille. Sie hätte Davids große Schwester sein können. Wie es wohl wäre, eine solche zu haben? Würde sie ihn in Schutz nehmen und Kai die Leviten lesen?

»Wenn es ein Problem gibt, komm gern auf mich zu, ja? Du hast nur in der Stunde so einen traurigen Eindruck gemacht.«

*Und da haben Sie nichts Besseres zu tun, als mich hier zum Mops zu machen?* Aus einem ersten Impuls heraus wollte er sie am liebsten anblaffen. Im nächsten Moment hätte er ihr gern sein Herz ausgeschüttet. Zu beidem fehlte ihm der Mut.

»Na ja, erster Schultag und so.« David rang sich ein Lächeln ab und hoffte, Frau Noltes fürsorgliche Wissbegierde wäre damit befriedigt.

»In Ordnung«, sagte sie und begann, Hefte und Bücher in ihre Tasche zu packen. »Mein Angebot steht: Wenn du reden möchtest, dann melde dich gern bei mir.« Sie schenkte ihm noch einmal ihr aufrichtiges Lächeln und verließ den Klassenraum.

David verfolgte, wie ihr Pferdeschwanz wippend durch

die Tür verschwand, und blieb ratlos zurück. Erwachsene, Lehrer, Frauen! In der einen Minute machen sie dich komplett lächerlich, in der anderen wollen sie sich kümmern. Sollte einer schlau draus werden.

## 8

Ein paar Schlucke des ersten Biers schafften es, Simon aus seinem emotionalen Tief zu holen. Er hatte kaum mitbekommen, wie Nina es für ihn und die anderen besorgt hatte. Im Vergleich zu den Biersorten, die er aus Deutschland kannte, war das Gebräu recht schwach, schmeckte allerdings nicht so übel wie erwartet. Es war eiskalt. Darüber hinaus war es eventuell von Vorteil, wenn er nicht innerhalb von zwei Stunden betrunken sein würde.

Sie standen nach wie vor draußen auf der Terrasse beisammen. Die Sonne war gewandert und warf ihre sengenden Strahlen auf die Stufen, die hinab zum Parkplatz führten. Die Frauen, die mit dem VW Käfer angekommen waren, gesellten sich zu ihnen in den Schatten und äußerten ihren Unmut über die Hitze.

»Wer hatte denn die grandiose Idee, den Diner hier in der Gluthitze von Florida zu organisieren?«, fragte Yvonne. Sie fächelte sich theatralisch Luft mit den Händen zu. »Gab es keine Lokale an der Ostküste? Oder in Kalifornien, wenn es schon Amerika sein sollte?«

Malte drückte seine Zigarette im Aschenbecher auf dem Stehtisch aus. »Wir haben doch drüber abgestimmt«, bemerkte er knapp.

»Ja, und dabei ist dieser Hochofen herausgekommen?«, bohrte Yvonne weiter.

Für Simon war die Spannung zwischen den beiden fast greifbar. Er erinnerte sich daran, dass Yvonnes Art in der Klasse schon immer polarisiert hatte. Weshalb sie ohne Ausnahme jedes Jahr zur Klassensprecherin gewählt worden war, konnte nur daran liegen, dass den Job sonst keiner hatte machen wollen.

»Der Inhaber hat nun mal gerade Retro-Wochen, das passt doch zu unserem Jubiläum. Und es sollte eben so authentisch wie möglich sein«, ergänzte Arne.

»Das ist es auf jeden Fall«, erscholl eine tiefe Stimme aus dem Halbdunkel des Diners. Ein großgewachsener Mann von hagerer, jedoch nicht krankhaft dünner Statur trat nach draußen und ließ den Blick durch die Runde schweifen. Er trug einen schicken dunkelblauen Blazer über einer Jeans. Sein Haar war im Gegensatz zu dem der anderen Männer kurz und stachelig toupiert. »Drinnen läuft eine Klimaanlage auf Hochtouren, da ist es wie im Kühlschrank. Geschissen auf den Klimawandel.« Er grinste.

»Tobi!«, rief Carol aus. »Schön, dass du es geschafft hast. Ich hatte gehört, es könnte knapp werden.« Sie schenkte ihm eine herzliche Umarmung und überließ ihn dann der Begrüßung durch die anderen.

»Ja, ich war vorgestern noch in Schweden.«

»Nobelpreis abholen?«, witzelte Kai und provozierte allgemeines Gelächter.

»Vielleicht nächstes Jahr«, antwortete Tobi ernst, worauf das Gekicher verstummte und alle ihn erstaunt ansahen.

»You're serious?«, fragte Sabine.

Er nickte nachdenklich, dann grinste er. »Reingefallen!«

Arne verpasste ihm einen freundschaftlichen Hieb auf die Schulter. »Hey, Mann, so kenne ich dich ja gar nicht! Seit wann bist du so eine Witzmaschine?«

Tobi zuckte lächelnd mit den Achseln. »Man wächst mit seinen Aufgaben.«

»Was machst du in Schweden?«, fragte Nina. »Da ist es

doch kalt.«

Simon musste schmunzeln, was Nina glücklicherweise nicht mitbekam. Sie war definitiv nicht an ihren Aufgaben gewachsen. Oder diese waren zu einfach gewesen.

»Nur im Winter«, erklärte Tobi und ließ ebenfalls nicht erkennen, ob er Ninas Äußerung amüsant fand. »Im Sommer ist es vor allem in Südschweden schon verdammt heiß. In Mittelschweden bauen sie inzwischen Wein an. Ich bin mit unserem Boss oben im Norden gewesen. Wir prüfen dort, wo noch neue Wasserkraftwerke gebaut werden können.«

»Du bist von den Staudämmen also nicht weggekommen«, meinte Simon.

Tobi lachte auf. »Nein, nicht ganz. Nur dass wir nicht mehr mit Holzpflöcken und Reisig hantieren. Unsere Dämme halten damit auch ein kleines bisschen länger.«

»Und produzieren auch noch Strom.«

»Apropos Strom«, klinkte sich Yvonne ein. »Eine gute Sache kann ich dem Setting hier abgewinnen: Endlich kann ich mal so eine Karre fahren.« Sie deutete mit einer Kopfbewegung in Richtung des Parkplatzes, wo der VW Käfer in der Sonne glänzte. Sie hatte sich ein gut gepflegtes Exemplar herausgelassen, dessen chromglänzende Stoßstangen denen der amerikanischen Straßenkreuzer ernsthaft Konkurrenz machten.

»Die fahren doch auch bei uns immer noch«, gab Malte zu bedenken. »Oder wieder. Ein Bekannter macht eine Menge Asche mit der Restaurierung dieser Dinger.«

»Ja, aber sie fahren alle mit Strom oder Wasserstoff«, seufzte Yvonne. »Sie machen keinen Krach und stinken nicht. Stattdessen müssen sie über Soundsysteme Motorengeräusche erzeugen, damit nicht irgendwer die Karre überhört und überfahren wird. Und hinten tropft entweder Wasser raus oder gar nichts.«

Carol rümpfte die Nase. »Und Gestank und Lärm sagen dir mehr zu? Ich musste eben fast kotzen, als ich auf dem Highway einen Truck überholt habe. Der hat uns seine Abgaswolke direkt ins Gesicht geblasen. *Sehr* authentisch.«

Simon wunderte sich über die früher immer korrekte Yvonne, die sich selten zu Schimpfwörtern hatte hinreißen lassen und auch sonst den biederen Anstrich durch vornehme Zurückhaltung komplettiert hatte. Von ihr hatte er nicht erwartet, dass sie eine Lanze für die inzwischen in Verruf geratene Verbrennertechnik brechen würde.

»Nein, um Himmels willen!«, wehrte diese prompt ab. »Ich finde es ja gut, dass die alten Kisten allmählich verschwinden. Das ist mehr so ein Anfall von Nostalgie.«

Die Sonne war ein Stück gewandert und warf ihre sengenden Strahlen schon auf die Veranda zu ihren Füßen. »Lasst uns mal reingehen«, schlug Sabine vor und sorgte dafür, dass die Stimmung nicht wieder bedrohlich kippte. »Es wird wirklich langsam zu heiß.«

Sobald sie durch die breite Tür traten, traf sie die Kühle der Air Condition wie ein frostiger Luftzug beim Verlassen des Hauses im tiefsten Winter ihrer Jugend. Unwillkürlich umschlossen vor allem die Frauen ihre Oberkörper mit den Armen und rieben sich die Oberarme.

»Brrr!«, machte Yvonne. »Ja, spinn ich denn? Da sind wir ja morgen alle krank!« Sie warf einen Blick nach oben, wo zwei Deckenventilatoren die eisige Luft in dem Raum verteilten.

»Dir kann man es aber auch nicht recht machen«, sagte Malte. »Erst zu heiß, dann zu kalt.«

An der Fensterfront parallel zur Einfahrt waren Tische

mit weißen Platten und verchromten Beinen platziert. Daran hatten jeweils sechs Gäste auf bequem aussehenden, mit rotem Kunstleder bezogenen Bänken Platz. Lampen, die an langen Kabeln von der Decke hingen, beleuchteten mit orangefarbenen Keramikschirmen die Tische.

Die gegenüberliegende Innenseite des Diners dominierte die voluminöse Theke. Im Gegensatz zu den Burger-Restaurants, die sie alle kannten, passte der Tresen eher in einen Pub oder eine stylische Kneipe. Barhocker mit ebenso rot bezogenen Sitzen waren davor aufgereiht. In der Mitte thronte eine ansehnliche Zapfanlage, die mit einem guten Dutzend unterschiedlicher Biersorten aufwartete. An den verchromten Hebeln waren kunstvoll designte Labels der Brauereien angebracht.

Die Rückseite des Diners schmückte das hervorragend gestaltete Bild eines roten Cadillacs, der vor einem palmengesäumten Hoteleingang in der Sonne parkte. Links davon war die Durchreiche zur Küche zu erkennen, auf der anderen Seite reichte ein Regal bis zur Decke, in dem allerhand Flaschen mit unterschiedlichen Alkoholika aufgereiht waren. Zur Rechten der Theke führte ein Durchgang zu einer Tür, an der ein weißes Schild mit schnörkeliger schwarzer Schrift zu den Rest-Rooms wies. Auf dem Weg dorthin stand an der Außenwand eine Wurlitzer-Jukebox. Sie war ausgeschaltet oder vielleicht defekt.

Hinter der Theke war niemand zu sehen. Auf den Barhockern saßen zwei Frauen, die eine mit zu einem Dutt arrangierten schwarzen Haaren und einer dunklen Cat-Eye-Brille. Ihr knallroter Lippenstift wirkte wegen ihres blassen Teints extremer als beabsichtigt. Im Gegensatz zu ihrer Sitznachbarin war sie von schlanker, zierlicher Statur. Diese trug ihre roten Haare in einem Pferdeschwanz und hatte ansonsten auf übermäßigen Gebrauch von Make-up verzichtet. Beide hatten für den Tag schlichte Pepitakleider gewählt, die sich nur in der Farbe unterschieden: Das der Schwarzhaarigen war rot mit weißen Punkten, das der anderen schwarz-weiß gemustert. Zwischen ihnen auf dem blankpolierten und mit Chrom eingefassten Tresen standen zwei leere Cocktailgläser mit einem ansehnlichen Sortiment an Papierschirmchen, Fähnchen und Strohhalmen.

»Man gewöhnt sich dran«, entgegnete die Rothaarige, die Yvonnes Beschwerde beim Betreten des Innenraums mitgehört hatte. »Du wirst noch dankbar sein. Nachts wird es draußen auch nicht kälter. Und die Moskitos mögen es hier drinnen gar nicht.«

»Maria! Lydia!«, rief Carol erfreut aus und trat zu den beiden Frauen, die von ihren Hockern rutschten, um die Eintretenden zu begrüßen. Ihre Riemchenpumps klapperten auf dem schwarz-weißen Fliesenboden.

Simon fielen die beiden Gäste am anderen Ende des Diners auf. Eine Frau mittleren Alters in einem schlichten himmelblauen Kleid, das ihn in Deutschland an einen Krankenhauskittel erinnert hätte, saß auf der ersten Bank neben dem vorderen Eingang. Ihr pechschwarzes Haar war wellig und schulterlang, und ihre braune Hautfärbung ließ auf eine spanische Herkunft schließen. Der etwa zehnjährige Junge an ihrer Seite hatte ebenso dunkles Haar. Er war völlig in den Verzehr eines Burgers vertieft, der vor ihm auf einem Teller neben einem Glas Cola aufragte wie ein zu erklimmender Gipfel. Von den neuen Gästen nahm er keine Notiz, und die Frau warf ihnen nur einen beiläufigen Blick zu.

Sabine bemerkte die beiden anderen Besucher ebenfalls. »Ich dachte, wir hätten das Lokal für uns allein?«, fragte sie irritiert.

Lydia schüttelte den Kopf. »Das war leider nicht möglich. Der Inhaber hat den Laden erst vor ein paar Monaten übernommen und auf Vordermann gebracht. Er hat einiges investiert und kann es sich nicht leisten, auf Gäste zu verzichten.«

»Wo ist … Donnie eigentlich«, fragte Arne und sah sich um.

»Komme gleich!«, erscholl es durch die grell erleuchtete Durchreiche neben dem Bild des Cadillacs. Donnies Stimme wurde abgesehen vom Scheppern von Töpfen begleitet von allerhand Geplapper der Küchenmannschaft oder dem Bericht eines hysterischen Sportreporters im Radio.

Simon fühlte sich seltsam unwohl im Innern des Diners. Schon während der ganzen Fahrt hatte er mit sich gehadert, ob seine Teilnahme an dem Event eine gute Idee war. Abgesehen davon, dass er nun, da alle anwesend waren, bemerkte, wie wenig er mit den meisten anfangen konnte, hatte die Erinnerung an Franks Suizid alte Wunden wieder klaffend aufgerissen. Zuvor hatte er das noch gut ausblenden können, wollte die Umstände seines Todes beiseiteschieben und versuchen, vorbehaltlos auf seine ehemaligen Mitschüler zuzugehen. Vielleicht so etwas wie einen Neuanfang hinzubekommen.

Sie waren aufrichtig betroffen, als sie von Franks Ableben erfahren hatten. Bei keinem hatte Simon Gleichgültigkeit ausmachen können, sofern ihm das aufgrund seiner eigenen Gefühle möglich war. Frank war wie er selbst immer Teil der Klassengemeinschaft gewesen, wenn auch nie ein Mitglied des harten innersten Kreises. Zu dem zählten aus seiner Sicht Arne, Kai, Malte sowie Sabine und Nina. Im

Stillen betrachtete er Frank und sich und die anderen Frauen, die heute anwesend waren, eher zum Hofstaat des *Inner Circles*. Mit der Aufnahme in die Gruppe des Außenpostens hatte sich ihr Gefühl des Zusammenhalts gefestigt. Alle Beteiligten hatten insbesondere zu Beginn in jenem schicksalhaften Schuljahr eine starke Bindung zueinander aufgebaut. So erschien es Simon zumindest damals. Davon war heute nichts mehr übrig. Daran vermochte die allgemeine Betroffenheit kaum etwas zu ändern, welche die schreckliche Neuigkeit verursacht hatte und die Simon deutlich spürte.

Eine Schwingtür öffnete sich links des Thekenbereichs, und Donnie, ein drahtiger Mittfünfziger, trat mit ausgreifenden Schritten auf die Gruppe zu. Sein graues Haupthaar ließ eine deutliche Tendenz Richtung Weiß erkennen und war zu großen Teilen zugunsten einer Halbglatze ausgedünnt. Er trug schwarze Stoffhosen und ein helles Hemd, an dessen Revers ein Schild mit seinem Namen klemmte.

»So, willkommen, willkommen, alle miteinander«, rief er in sauberstem Deutsch aus und musterte die neuen Gesichter. Seine Bewegungen hatten etwas Fahriges. Simon erklärte es sich mit einer verständlichen Nervosität wegen des neueröffneten Lokals, dessen Wirtschaftlichkeit Donnie unter Beweis stellen musste. Etwas in seinem Gestus passte jedoch nicht zu dieser Art Lampenfieber. Das hektische Umherblicken, das Kneten der Hände, wenn sie gerade nichts Solides wie die Kante des Tresens in greifbarer Nähe hatten. Alkohol? Oder vielleicht Dope?

»Freut mich sehr, dass es geklappt hat und ihr meinen Laden für euer Treffen gewählt habt. War die Anfahrt okay?«

Sie nickten einhellig. Simon wollte am liebsten

anmerken, dass er auf einen Teil der langen Strecke gern verzichtet hätte. Zur Einstimmung auf das Event war die Fahrt durch den Sunshine State sicher gut geeignet, sie hatte ihn allerdings zu sehr zum Grübeln angeregt. Momentan wäre es ihm recht gewesen, schlichtweg aufkreuzen und wieder verschwinden zu können.

»Sind denn nun alle da?«, fragte Donnie.

»Ja, wir sind vollzählig«, bestätigte Sabine und kam damit Yvonne zuvor, die zu einer Antwort angehoben hatte. Simon entging nicht, wie die ehemalige Klassensprecherin die Lippen aufeinanderpresste. Das aufgesetzte Lächeln erreichte ihre Augen nicht mehr.

»Prima.« Donnie warf einen Blick auf die Zeiger der Uhr, die gut sichtbar in der rechten oberen Ecke des Bilds hinter dem Tresen hing. »Es ist jetzt vier Uhr. Wir haben hinten noch ein paar Dinge vorzubereiten. In einer Stunde kann es aus meiner Sicht losgehen, wenn ihr mögt. Bis dahin könnt ihr gern was trinken. Ich sag Val Bescheid, sie kann bis nachher die Theke übernehmen.«

»Können wir erstmal unsere Zimmer beziehen?«, fragte Sabine.

»Ach, natürlich, klar.« Donnie hob entschuldigend die Hände, eilte hinter den Tresen und öffnete eine Schublade, die sich darunter verbarg. Nach einigem Klimpern förderte er eine Handvoll Zimmerschlüssel zutage, die er den Gästen hinüberreichte. »Wir haben die hinteren sechs Zimmer im Obergeschoss für euch reserviert und vorbereitet. Das letzte ist das Dreibettzimmer. Ihr habt euch ja schon passend aufgeteilt, glaube ich.«

»Das passt, vielen Dank«, sagte Sabine und verteilte die Schlüssel. Die messingfarbenen Anhänger zeigten in schwarzer Prägung die Zimmernummern.

»Die beiden Tische da am Ende der Reihe sind für euch reserviert. Die sind leider fest montiert, sonst hätte ich euch eine Tafel gestellt.« Donnie klammerte die Finger um die Kante des Tresens und wippte auf den Zehenballen vor und zurück.

»Das geht völlig in Ordnung, Donnie.« Arne schien die Nervosität des Inhabers auch aufzufallen.

»Ja, und äh, sorry, dass ihr den Diner nicht komplett für euch habt. Das macht für mich erst ab dreißig Personen Sinn. Aber Val und ich kümmern uns bevorzugt um euch, verlasst euch drauf.«

»Alles bestens«, betonte Arne noch einmal, was auf den Wirt keine beruhigende Wirkung zeigte.

»Kann ich sonst etwas für euch tun?«, fragte Donnie, der nervös in Richtung Küche schielte.

»Alles in Ordnung«, versicherte ihm Sabine. »Wir bringen erst einmal unser Gepäck hinauf und machen uns etwas frisch.«

Simon trank mit einem Schluck sein inzwischen schales Bier aus und stellte das Glas auf die Theke, wo Donnie es eifrig einsammelte und in das Spülbecken legte.

Bevor er sich den anderen anschloss, ließ Simon den Blick noch einmal durch den Raum schweifen. Und erstarrte, als er die Augen des kleinen Jungen neben dem Eingang sah. Er hatte den Burger mit beiden Händen umklammert und gerade einen Bissen davon genommen. Er kaute genüsslich und hielt das inzwischen arg ramponierte Brötchen mit auf den Tisch gestützten Ellenbogen vor sich. Rote Soße tropfte zäh auf den Teller. Dabei sah der Junge Simon direkt an, ohne zu blinzeln. Dunkle Augen, die nicht zu einem Zehnjährigen passen wollten, als wären sie die eines älteren Menschen. Wissen sprach daraus, nicht im

Sinne von Weisheit, vielmehr die Kenntnis von Dingen, die der Junge nicht hätte wissen können, nicht wissen *dürfen*. Über Ereignisse, die weit vor seiner Geburt vorgefallen waren.

Zur Bewegungslosigkeit erstarrt, glotzte Simon zurück. Die Mutter des Kleinen schien das nicht zu interessieren. Sie saß neben ihm und war in die Lektüre einer Illustrierten vertieft. Im Blick des Jungen veränderte sich eine Kleinigkeit, eine Nuance kam hinzu, der Ausdruck von Erkennen: Ja, ich kenne dich, Simon, und ich sehe, dass du das weißt. Und das ist gut so.

»Kommst du?«, hörte er Carol fragen. Er zuckte zusammen und kehrte ins Hier und Jetzt zurück. Der Junge sah nun aus dem Fenster und kaute zufrieden. »Was ist, Träumer?«

Widerstrebend wandte sich Simon zum Gehen, so als könnte er etwas Entscheidendes verpassen, wenn er sich umdrehte. Er folgte Carol nach draußen in die Nachmittagshitze, und ein Stück der Eiseskälte aus dem Inneren des Diners blieb an ihm haften. Er glaubte, den Blick aus diesen dunklen Augen immer noch im Rücken zu spüren. Augen, die er kannte.

## 9

Das Gras war wieder trocken. Tobi, David und Katarina konnten ihren Posten am Rand des Dickichts in gewohnter Weise einnehmen. Sie lagen bäuchlings auf einem freien Flecken zwischen hohen Gräsern, das sie mit einer schartigen Sichel kurz hielten, und stützten das Kinn in die Hände.

Durch die wankenden Halme waren Spaziergänger auf dem Weg gut zu sehen, die Beobachter selbst aber waren vor neugierigen Blicken aus dieser Richtung geschützt. Kai hatte sie vor einiger Zeit aufgefordert, nicht allzu auffällige Kleidung zu tragen und stattdessen grüne und braune T-Shirts und Hosen anzuziehen. Tobi hatte nach verhaltenem Murren seitens David zu bedenken gegeben, dass Dreck an Sachen in diesen Tarnfarben nicht so auffiel wie an bunten Klamotten. Dadurch gab es bei den Eltern weniger Anlass zu Beschwerden.

In der Woche zuvor hatte es mehrmals heftig gewittert, worauf die Sommerhitze eine empfindlich kühle Pause eingelegt hatte. Nicht jeden Tag war David zum Außenposten gefahren. An einem Tag waren die Regengüsse so ausdauernd und heftig, dass an einen Aufenthalt im Freien nicht zu denken war. Der Unterstand, den die Gemeinschaft in den letzten Ferienwochen geplant und dessen Bau kurz nach Beginn des Schuljahrs begonnen hatte, war bis jetzt nur ein Gebilde aus sechs mannshohen Pfosten und einigen Diagonalstreben. Ein Dach fehlte.

Hinter ihnen erschollen wieder Rufe und Gelächter. Sägegeräusche waren zu hören und Klopfen von Hämmern, die Nägel in Holz trieben. Der Ausbau des Unterstands war in vollem Gange und verursachte entsprechenden Lärm. David verstand umso weniger, weshalb ihre Tarnung so wichtig war, wenn die Verborgenheit des Außenpostens durch das geräuschvolle Werkeln in Gefahr gebracht wurde.

»Den Krach hört man noch am anderen Ende des Dorfes«, murmelte David missmutig. »Da können wir ja gleich ein Plakat hier aufhängen mit *Herzlich willkommen!*«

Katarina lachte humorlos auf. »Und wir stellen am besten Wegweiser unten an die Straße.«

An Katarinas Anwesenheit während der Wache hatte sich David inzwischen gewöhnt. Dass sie zu Scherzen aufgelegt war, fand er nach wie vor merkwürdig, aber auf diese Weise kamen sie sich ein Stück weit näher. Ein Rest Misstrauen blieb, weil ihm ihre Intentionen nicht einleuchteten. Ihm war zu gut in Erinnerung, wie sie ihn und Tobi zum ersten Mal auf dem Schulhof versucht hatte auszufragen. Besonders ihre Anfeindungen seine Mutter betreffend stießen ihm bitter auf. Dass ihr durch Tobis Einschreiten Einhalt geboten worden und sie daraufhin schmollend abgezogen war, milderte die unschöne Erfahrung wenig. Am besten erinnerte er sich an ihre Ankunft im Außenposten zusammen mit Arne und seinen Kumpanen. Und besonders ihren vorwurfsvollen Blick.

Tobi schwieg wie immer zu solchen Gelegenheiten und verriet durch keine Regung, was er vom Tun seiner Mitschüler hielt. Er hatte sich auf die Seite gelegt und den Kopf in die Hand gestützt. Gelangweilt half er einer Ameise, die sich an einem kleinen weißen Klümpchen abmühte, mit einem abgerissenen Grashalm immer wieder auf andere Halme und Blätter von Wiesenkräutern hinauf.

»Immerhin müssen wir uns nicht die Finger schmutzig

machen«, ergänzte Katarina.

»Oder bekommen blaue Daumen«, setzte David hinzu. »Malte hat sich vorgestern beim Zusammenbauen des Unterstands auf die Finger gehauen.«

»Autsch«, sagte Tobi völlig emotionslos und schob die Ameise mit dem Halm hinüber auf einen Breitwegerich.

»Halb so wild«, meinte David. »Ab und zu braucht er mal einen Dämpfer, der ihn bremst. Mittlerweile wütet er schon wieder wie eh und je.«

Sie verfielen in Schweigen und lauschten dem Treiben im Inneren des Dickichts. Arne war zu hören, wie er jemanden dazu antrieb, Material wie Stämme und Bretter herbeizuschaffen. Kai, der rief: »Halt mal hier mit fest!«, oder: »Bring mal noch ein paar Nägel aus dem Beutel da!« Die anderen waren mit Feuereifer dabei, vor allem die Jungs. Den meisten war es egal, dass sie herumkommandiert wurden, für sie zählten das Gemeinschaftserlebnis und das Werk, das sie zusammen schufen.

Frank hatte über seinen Vater eine ganze Reihe alter Bretter organisiert, die vom Dachboden eines Schuppens im Garten stammten und nicht mehr gebraucht wurden. Lydias Onkel besaß einen Fahrradanhänger, den sie ausliehen und mit dickem Draht an Kais Fahrrad anhängten, um das Holz zum Außenposten zu transportieren. Die Bretter mussten sie in der Regel zuschneiden. Sie machten sich sogar die Mühe, alte rostige Nägel und Krampen herauszuziehen.

»Wie kommen sie überhaupt voran? Du warst doch eben mal nachschauen.« David hatte den Kopf Katarina zugewandt.

»Die linke Außenseite ist vom Boden hinauf zur Hälfte zu«, berichtete sie. »Aber schnell geht es nicht. Sie mühen sich mit der rostigen Säge ziemlich ab. Außerdem machen sie länger Pausen, als sie arbeiten. Mal sehen, ob die Bude vor Weihnachten fertig ist.«

*Wenn sie überhaupt fertig wird*, dachte David bei sich. Seiner Meinung nach waren an der Planung und Konstruktion zu viele beteiligt. Zu viele, die keine Ahnung hatten und dafür mit allerhand Halbwissen glänzten. Es war zu teils lebhaften Diskussion gekommen, sogar zwischen Kai, Arne, Sabine und Nina, bei denen die speziellen unterschiedlichen Bedürfnisse von Jungs und Mädchen in der Planung Thema waren: Auf welche Seite kommt der Eingang, wohin kommen die Fenster, wo sitzen die Frauen, wo die Männer? Bekommen wir Fensterläden, Blumenkästen? Letzteres hatte zu ausgelassenem Gelächter bei den Jungs und in der direkten Folge zu heftigen Reaktionen in Form von Schmollmündern und trotziger Missachtung durch die Mädchen geführt. Mühsam hatten sich die Gemüter wieder beruhigt, und es waren machbare Kompromisse gefunden worden.

Wegen dieser Meinungsverschiedenheiten verzögerte sich der Bau des Unterstands von Beginn an. David glaubte tatsächlich nicht mehr an dessen Fertigstellung in diesem Jahr. Es war ihm inzwischen egal, ob sie die Bude überhaupt hinbekamen. Er wurde praktisch jeden zweiten Tag zur Wache abgestellt. Wenn er fragte, weshalb er so oft an der Reihe war, hieß es, er sei nicht stark genug für die anstehenden Arbeiten. Das kränkte ihn ungemein, zum einen, weil er seine Kraft schon beim Bau des Staudamms unter Beweis gestellt hatte, zum anderen, weil die Begründung so offensichtlich an den Haaren herbeigezogen war. Es ging nur darum, ihn aufs Abstellgleis zu schieben.

Der Geruch von Heu wehte den Feldweg herauf, in der

Ferne war das Rumoren eines Traktors zu hören. Es war bereits später Nachmittag, und die Schatten wurden länger. Da die Sonne von Westen her die östliche Seite des Feldwegs mit den Sträuchern beschien, wo sie ihren Ausguck eingerichtet hatten, hielten sie es hier noch gut aus. Sobald die Sonne untergegangen war, wurde es hier jedoch empfindlich kühl.

Der Feldweg war an dieser Stelle zehn Meter entfernt und lag schon im Schatten. Die Luft war voller Insekten und Staub, den der Landwirt mit seinem Gerät hinter dem gegenüberliegenden Hang auf dem Feld aufwirbelte.

»Hört ihr das?«, fragte Tobi unvermittelt. David war in Gedanken versunken und hatte abwesend an einem abgerissenen Grashalm geknabbert. Sie lauschten.

Vom unteren Ende des Taleinschnitts waren normalerweise nur vorbeifahrende Autos zu hören. Dann und wann fuhr Bauer Wernher hier vorbei, hatte sie bisher aber in Ruhe gelassen.

Sie hörten, wie ein Pkw auf der Hauptstraße abbremste und in den Feldweg hineinfuhr. Steine knirschten unter Reifen.

Katarina war bereits auf den Beinen und verschwand geduckt zwischen den Schlehen und Brombeeren in ihrem Rücken, als das Motorengeräusch erstarb. Tobi und David duckten sich tiefer ins Gras und spitzten die Ohren.

Wenig später schlug eine Autotür zu und wurde verschlossen. Im Buschwerk hinter den beiden verstummte das Durcheinander aus Rufen, Sägen und Hämmern. Katarina hatte die anderen gewarnt.

Die Sekunden verstrichen. Die Jungs trauten sich kaum, zu atmen, geschweige denn sich zu bewegen. Einzelne Schritte auf einer der ausgefahrenen Spuren des Feldwegs waren hörbar, als die Person, die da heraufkam, auf einen Stein oder die Scherbe eines zerbrochenen Dachziegels trat, mit deren Schutt der Bauer den Weg ausgebessert hatte.

Die Sonne stand niedrig über den Büschen der gegenüberliegenden Böschung. Den Kopf geduckt, vermochten David und Tobi die Silhouette des Fremden nur schemenhaft erkennen.

Gegen das Sonnenlicht trug die Person einen weißen Hut mit breiter Krempe und eine Sonnenbrille. Die Schritte waren bedächtig, von Schlendern mochte David trotzdem nicht sprechen. Er hatte vielmehr das Gefühl, der Spaziergänger ginge bewusst langsam, weil er etwas suchte oder sich zumindest aufmerksam umsah. Hin und wieder hielt er inne. Sie verfolgten, wie der Blick umherwanderte. Die Sonne blitzte in den Brillengläsern. Es war unmöglich, zu erkennen, um wen es sich da handelte, auch nicht, ob es ein Mann oder eine Frau war.

Der Unbekannte ging noch einige Meter weiter und erreichte die Biegung des Weges, bevor dieser in das Feld am Ende mündete. Dort vollführte die Person einen ausgiebigen Rundumblick und verharrte dann mehrere Sekunden. Sie wandte sich schließlich um und begann den Abstieg. Die Schritte waren merklich schneller und holten weiter aus, als ob die Person genug gesehen hatte oder enttäuscht war, nicht das Erhoffte gefunden zu haben.

Einmal blieb sie stehen, ausgerechnet an der Stelle, an welcher der Zugang zum Außenposten am nächsten und durch niedergetrampeltes Gras am offensichtlichsten war. Sie ermahnten sich immer wieder gegenseitig, nicht den gleichen Pfad mehrmals zu benutzen, damit kein ausgetretener Weg entstand, der zufälligen Passanten die Existenz ihres Verstecks verriet. Manche waren sogar dazu übergegangen, ihre Räder am Rand eines Feldes entlangzuschieben, das fünfzig Meter jenseits des Baches endete, auf der gegenüberliegenden Seite des Außenpostens, und von dort Wege zum Lager zu benutzen. Trotzdem konnte der Zustand des Grases rund um die Stelle, wo sie meistens das Dickicht betraten und jetzt Tobi und David lagen, allzu aufmerksame Spaziergänger schon in die richtige Richtung lenken.

Die Silhouette des Fremden setzte sich wieder in Bewegung und schritt den Feldweg ohne weitere Pausen hinunter. Der Hut geriet außer Sichtweite der beiden Wächter. Sie atmeten hörbar aus.

Eine Autotür fiel blechern zu, ein Motor startete. Das Knirschen von Reifen, ein Wendemanöver und das leiser werdende Motorengeräusch gaben Entwarnung.

»Wer war das denn?«, fragte David heiser und richtete sich ein wenig auf. Auf dem von ihrer Position aus sichtbaren Stück Weg war nichts Auffälliges mehr zu entdecken.

Tobi tat es ihm gleich und schüttelte den Kopf. »Ich hab keine Ahnung«, bekannte er nüchtern. »Aber einer sollte den anderen Bescheid sagen, dass die Luft wieder rein ist.«

»Ich mach das«, sagte David und war schon auf den Beinen.

Er zitterte vor Aufregung, als er die offene Lichtung des Außenpostens betrat. Der Platz war menschenleer. Achtlos hatten die heimlichen Handwerker ihre Werkzeuge fallengelassen und sich ins Unterholz davongemacht. Das Gerippe des Unterstands stand verlassen da, ein Brett an der Seitenwand war nur mit einem Nagel befestigt worden und hing senkrecht herab.

Die anderen der Gruppe hatten sich, so gut es ging, zwischen den Sträuchern verborgen. Da David das Gelände allerdings gut kannte, entdeckte er die meisten sofort. Sie erkannten ihn und gaben ihre Deckung auf. Arne und Sabine waren als Erste bei ihm.

»Habt ihr was erkennen können? Wer war es?«, fragte Arne. Er trug eine zerschlissene Jeans und ein graues T-Shirt, das schon ein paar Löcher davongetragen hatte.

David schüttelte bedauernd den Kopf. Die Aufregung verpuffte, als ihm klar wurde, dass seine Neuigkeiten bei den anderen auf wenig Begeisterung stoßen würden. »Nichts zu machen. Da kam jemand den Weg rauf und hat sich neugierig umgeguckt. Ist fast bis hoch zum Feld und dann wieder runter. Kam mit dem Auto.«

»Wieso habt ihr denn nicht gesehen, wer es war?«, fragte Sabine entrüstet.

Kai setzte hinzu: »Kann doch nicht so schwierig sein!«

»Man sieht da gerade nicht gut, und … und wir wollten ja nicht entdeckt werden«, wagte David eine Erklärung, die in seinen Ohren sofort nach Verteidigung klang. Wieso musste er sich jetzt rechtfertigen? Schließlich hatten sie ihren Job erfüllt und die anderen rechtzeitig gewarnt.

Als ob ihm seine Gedanken im Gesicht geschrieben standen, entgegnete Kai ätzend: »Aber ihr solltet Eindringlinge auch idifi … iderwizi … erkennen können, wenn welche kommen.« Das fehlende Verb minderte die Giftigkeit seines Vorwurfs erheblich.

David hob zu weiteren Verteidigungen an, da stand Katarina neben ihm.

»Die Sonne steht gerade sehr tief dort am Rand«, erklärte sie und deutete mit ausgestrecktem Arm in die Richtung des Durchgangs. »Außerdem macht der Bauer ziemlich viel Dreck. Durch den Staub siehst du kaum, was auf dem Weg passiert.«

Verblüfft sah David zu der einen Kopf größeren Katarina auf. Ihre unerwartete Unterstützung brachte ihn komplett aus dem Konzept. Den anderen schien es genauso zu gehen. Zumindest äußerten sie keine weiteren Vorwürfe.

»Dann sollten wir zusehen, dass wir den Ausguck woanders einrichten«, meinte Arne zähneknirschend. »Oder einen zweiten …«

»Schaut mal, was ich gefunden habe!«, rief Malte aus der Richtung, aus der der Bach durchs Dickicht herabkam, und unterbrach Arnes Ausführungen. Neugierig setzte sich die Gruppe in Bewegung.

David wollte Katarina für ihren Beistand danken. Bevor er auf sich aufmerksam machen und etwas sagen konnte, hatte sie sich den anderen angeschlossen. Niedergeschlagen trottete er hinter ihnen her.

Sie fanden Malte zwanzig Meter den Bachlauf hinauf in der Nähe des seichten Ufers. Er hockte auf dem Wurzelwerk einer Erle und beugte sich über ein buntes Sammelsurium von Papier, das in Form eines losen Stapels aus einem blauen Plastikmüllsack auf den Waldboden herausgekippt war. Im Halbdunkel des späten Nachmittags war nicht sofort zu erkennen, um was es sich dabei handelte.

Sie scharten sich dichter um Malte und seinen Fund. Jemand hatte hier seinen Papiermüll entsorgt. Das musste vor nicht allzu langer Zeit geschehen sein, denn der Sack war intakt und die Zeitschriften darin waren kaum durchnässt. Sie waren aus mehreren Jahrgängen und wiesen unterschiedlichste Zustände des Gebrauchs auf.

»Ach du Scheiße!«, stieß Frank aus, als er die Motive auf den Titelseiten erkennen konnte. Nina ließ einen amüsierten Kiekser vernehmen.

Malte strahlte über beide Ohren. »Pornos!«

# 10

Um 2020 wurden die ersten Versuche unternommen, Gehirnströme durch die Verbindung elektronischer Interfaces mit einem Computer zu lesen und im nächsten Schritt auch zu beeinflussen. NCI, das Neural Control Interface, oder BCI, das Brain Computer Interface, waren nur einige davon.

Antrieb zu diesen Bestrebungen war zunächst die Linderung neurologischer Schäden und ihrer Folgeerscheinungen. Unfallopfern ermöglichte dies, einen gelähmten Arm und die Finger zu steuern. Querschnittgelähmte, deren Prognose denkbar ungünstig stand, lernten das Laufen wieder. Gehörlosen konnte ein erheblicher Teil ihrer akustischen Fähigkeiten zurückgegeben werden. Krankheiten wie Parkinson und Alzheimer wurden erfolgreich bekämpft.

Natürlich stand hinter allem – neben dem offensichtlichen Willen zur Hilfe für Bedürftige – das Streben des Menschen nach Optimierung und letzten Endes der Profit. Tesla-Gründer Elon Musk rief das wohl bekannteste Projekt Neuralink ins Leben. Weniger populär war zunächst das Unternehmen Blackrock Neuratech, das von den PayPal-Foundern unterstützt wurde. Es dauerte nicht lang, bis große Player wie Google und das neu benannte Meta des Facebook-Gründers Zuckerberg auf den Plan traten, um ihren Teil vom Kuchen einzufordern.

Neben dem exponentiell wachsenden medizinischen Marktsegment wurde in rasender Geschwindigkeit der kommerziell nutzbare Vergnügungssektor etabliert. Erste Gehversuche mit rudimentär ausgerüsteten Chips waren äußerst erfolgreich, welche die Gehirnströme für die visuelle und akustische Wahrnehmung über spezielle Wellenmuster beeinflussten und zunächst außen am Kopf platziert waren. In der Folge gerieten VR-Brillen rasch ins Abseits.

Von da an war es eine Frage von wenigen Jahren, bis sich die ersten Techbegeisterten kommerzielle Nano-Chips implantieren ließen.

*Boris Walker: Chipped – Siegeszug der Vernetzung, Kapitel 2*

## 11

Das Rauschen der Dusche und der Klimaanlage vermischte sich mit dem Wispern in Simons Schädel. Er saß auf der Kante seines Betts und hatte die Stirn in die Hände gelegt, die Ellenbogen auf den Knien aufgestützt. Die kühle Dusche hatte kurz geholfen und ihm einen klaren Kopf beschert. Jetzt schwitzte er wieder. Er würde das Hemd noch einmal wechseln, bevor sie das Zimmer verließen.

Simon roch das Desinfektionsmittel, das man zur Reinigung benutzt hatte, und den süßlichen Duft des Waschmittels, der in den Laken und Bezügen steckte. Die beiden Betten standen im Abstand von zwei Metern, dazwischen eine niedrige Kommode aus dunklem Holz, darauf eine Nachttischlampe mit einem vergilbten Stoffschirm und einem verdächtig verlaufenen Fleck. Gegenüber, neben dem Fenster zum Parkplatz, gab es einen dreieckigen Resopaltisch mit gelblicher Tischplatte, auf dem ein Röhrenradio mit hölzernem Gehäuse stand. Ein Stuhl war daneben platziert, von ähnlicher Art wie im Diner.

Das Zimmer war recht nüchtern gestaltet: grauer Teppichboden und grün gestrichene Wände. Der Raum war sauber und passte in die gewählte Zeit und Gegend. Die zurückgezogene Gardine gab den Blick auf den glühenden Parkplatz frei. Ein paar Palmwedel drängten sich in den Fensterausschnitt.

Es waren keine regelrechten Kopfschmerzen, eher eine latente und nicht durchgehend greifbare Benommenheit, die an Simons Konstitution zehrte. Die Wochen zuvor waren jenseits aller Vorstellungskraft anstrengend gewesen.

Die neue Software war mit zwei Monaten Verspätung ausgeliefert worden, was das Unternehmen eine fünfstellige Vertragsstrafe gekostet hatte. Diese war eventuell ein Klacks, wenn sich manifestierte, was zahllose Anrufe wütender Anwender in den Tagen nach dem Roll-Out angekündigt hatten: Die Software war noch voller Fehler, nicht nur oberflächlicher Natur. Berechnungen stimmten teilweise auf kaum nachvollziehbare Weise nicht, und unter bestimmten Hard- und Softwarekonstellationen neigte das Programm zu willkürlichen Abstürzen.

Die paar Tage hatte sich Simon nur freinehmen dürfen, weil er im First Level Support ohnehin die Probleme der Anwender nicht direkt lösen und ihren verbal geäußerten Frust nur ins firmeneigene Ticketsystem weiterreichen konnte. Das Unternehmen nahm zähneknirschend in Kauf, dass Simon wie einige seiner Kollegen und Kolleginnen in der Abteilung kurz vorm Burn-Out herumkurvten. Die Reihen des Second-Level-Supports wurden aufgestockt. Das technisch versiertere Personal nahm die Anliegen der Nutzer direkt an und durchschaute diese oftmals besser.

Carol hatte es angedeutet: Seine Aussetzer zeigten, dass er am Limit war, sonst käme es nicht in diesem Maße zu den visuellen Phänomenen, die er ihr beschrieben hatte. Die Eindrücke der Südstaatenfarm und die verschwundenen Stromkabel seien damit zu erklären. Sie selbst hatte nach ihrem Eingriff noch Wochen später ähnliche Empfindungen, sagte sie: Sie hörte Stimmen und seltsame Geräusche. Manches Mal roch sie nichts mehr, bevor sie von Düften überwältigt wurde, die definitiv nicht da sein konnten und die sie nur aus Erinnerungen an ihre Kindheit kannte.

Die Dusche wurde abgestellt. Irgendwo in der Wand

gurgelte abfließendes Wasser. Simon hörte Carol in dem winzigen Bad vor sich hin singen.

Sie war immer guter Dinge, dabei bodenständig und mit dem nötigen Überblick gesegnet. Nicht wie Nina, die zwar unermüdlich ihre Frohnatur zur Schau stellte, die aber keinerlei Substanz beherbergte und auf die man sich, wenn moralische Unterstützung erforderlich war, nie verlassen konnte. So hatte Simon sie aus Schulzeiten in Erinnerung, und wie er sie seit ihrer Ankunft erlebte, hatte sich an dieser Grundeinstellung nichts geändert. Nina war der extreme Fall derer, die weder weitergefahren noch falsch abgebogen waren. Sie war einfach am Straßenrand stehengeblieben.

Gewisse Charakterzüge fand Simon immer noch bei allen seinen ehemaligen Schulkameraden. Arne war nach wie vor sehr dominant und selbstbewusst, legte aber ein ausreichendes Maß an erwachsener Vernunft an den Tag. Trotzdem fragte sich Simon, ob er in schwierigen Situationen noch dazu neigte, die Beherrschung zu verlieren.

Kai war von ähnlicher Natur, und es wunderte Simon nicht, dass Arne und er Jahrzehnte nach dem Schulabschluss noch befreundet waren. Malte, der Dritte in diesem Bunde, war ebenfalls erwachsen geworden, doch unter der Fassade schlummerte immer noch eine kaum zu bändigende Energie, die ihm selbst zur Gefahr werden konnte.

Wieder ein Schub im Kopf, ein Rauschen wie das Aufbranden einer riesigen Welle. Kurz glaubte Simon, nicht einmal mehr etwas Anderes zu hören. Das Geräusch verblasste und ließ einen nervigen atonalen Pfeifton zurück, der erst Sekunden später verebbte.

Er hätte sich nie darauf einlassen sollen, weder auf den Eingriff noch auf dieses unselige Klassentreffen. Außer seiner Schwester waren ihm alle Beteiligten zuwider oder einerlei und gaben ihm nichts, dem er etwas Positives abgewinnen konnte. Letzten Endes hatten Carols Überredungskünste obsiegt, die es immer wieder schaffte, seinen Starrsinn niederzuringen.

Sie hatte es ein wenig leichter, mit den anderen klarzukommen: Ihre Altersstufe hatte bis zu Beginn der achten Klasse aus zwei Parallelklassen bestanden. Dann hatten fast alle Mitschüler zum gymnasialen Zweig gewechselt. Sehr zum Unmut ihrer Eltern hatten Carols Noten dafür nicht gereicht, und die Schulleitung hatte beschlossen, die verbliebenen Schüler der beiden Klassen zusammenzulegen. Erst da hatte Carol die ganzen Freaks aus Simons Klassengemeinschaft näher kennengelernt.

Mit den Mädchen war sie einigermaßen klargekommen. Ihre tiefgründige Menschenkenntnis war Simon bisweilen unheimlich. Innerhalb kürzester Zeit konnte sie ihre Mitschülerinnen in die für sie vorgesehenen Schubladen stopfen und hatte für den Umgang mit ihnen scheinbar immer das richtige Handbuch dabei. So schaffte sie es schnell, sich zu integrieren. Sie kam mit der selbstbewussten Schönheit einer Sabine ebenso zurecht wie mit der versnobten Distinguiertheit einer Yvonne. Auch Ninas unverhohlen zur Schau gestellte Naivität wusste sie gekonnt zu ignorieren, ohne dem blonden Wonneproppen das Gefühl zu geben, ein Dummerchen zu sein.

Summend trat Carol aus dem Badezimmer, ein graues Handtuch um den Körper geschlungen und ein weißes auf dem Kopf. Sie erblickte ihren Bruder auf der Bettkante und blieb wie angewurzelt stehen. »Oha! Depri-Alarm!«, konstatierte sie.

»Halb so wild«, wehrte Simon ab und machte eine

wegwerfende Bewegung mit beiden Händen. Er stand auf und streckte sich. »Nur Kopfweh. Ist einfach zu heiß hier.« Die Worte kosteten ihn Kraft und purzelten wie dicke Klumpen über seine Zunge.

Sie sah ihn skeptisch an, während sie sich die Haare trockenrieb. »Hattest du wieder visuelle Aussetzer?«, fragte sie zielsicher.

»Dir kann man aber auch nichts vormachen, oder?« Er grinste gequält.

»Damit ist nicht zu spaßen«, sagte sie ernst und rubbelte sich einen Rest Feuchtigkeit aus den Haaren. Sie warf das feuchte weiße Handtuch über eine Stuhllehne und baute sich vor Simon auf, die Hände in die Hüften gestemmt. »Ich hab dir gesagt, dass die subkutane Variante nicht so gut funktioniert.«

»Und du weißt, dass ich mir kein Loch in den Schädel bohren lassen werde«, gab er grimmig zurück.

»Der Eingriff wird über die Halsvene vorgenommen …«

»Das weiß ich«, unterbrach er sie und versuchte sofort, die Schärfe aus seinen Worten zu nehmen. »Trotzdem möchte ich nicht, dass jemand in meinem Kopf rumfummelt. Dass das Ding da unter meiner Haut steckt, ist schon schlimm genug.«

»Ich sag's ja nur«, sagte Carol beschwichtigend. »Aber wenn das nicht besser wird, musst du gleich nächste Woche noch einmal hin. Das muss eingestellt werden, bevor du noch durchdrehst oder auf andere Weise Schaden davonträgst.«

»Werde ich machen, versprochen.«

»Ich nehme dich beim Wort, kleiner Bruder.« Sie strich ihm fürsorglich übers Haar. »Was hast du gesehen?«

Er hatte gedacht, sie würde auf seinen Bericht verzichten, hatte sich aber wie so oft getäuscht. Sie vermochte den Faden eines Gesprächs an jeder x-beliebigen Stelle wieder aufzunehmen, selbst wenn dieses schon mehrere Windungen den Fluss hinabgeflossen war.

»Dieser Junge im Diner«, setzte er an und hielt inne. Er erinnerte sich an die Augen des Kleinen, die ihn so durchdringend, so wissend angesehen hatten. Unwillkürlich lief ihm ein Schauder über den Rücken.

Carol legte die Stirn in Falten, brauchte eine Sekunde, um sich an den kleinen Besucher zu erinnern. »Ach, der. Was ist mit ihm?«

Die Worte kamen, ohne dass er darüber nachgedacht hatte oder sie aussprechen wollte. »Er macht mir Angst.«

Jeder andere hätte das lächerlich gefunden, Carol blieb todernst. Simon nahm das als Aufforderung und Ermutigung weiterzusprechen.

»Er hat mich angesehen, als würde er mich kennen«, erklärte er, um eine präzise Beschreibung seiner aufgewühlten Empfindungen bemüht. »Und ich kenne auch ihn irgendwie.«

»Du weißt, dass das höchst unwahrscheinlich ist.« Trotz aller Skepsis, die Carols Worte vermittelten, zweifelte sie nicht grundsätzlich an Simons Verstand.

Er nickte. »Jaja, ist mir schon klar. Das hast du mir vorher lang und breit erklärt. Nur wir aus der Klasse und die Leute aus dem Diner. Mit mehr Menschen würden wir hier gar nicht zu tun haben.« Simon wandte sich um und ging einmal im Motelzimmer auf und ab. Er rieb sich mit beiden Händen übers Gesicht und stand wieder seiner Schwester gegenüber. Sah sie fragend an. »Hab ich mir den Scheißer dann nur eingebildet?«, fragte er hilflos.

Carol sortierte ihre Gedanken und ihre Worte, bevor sie antwortete. »Den Jungen und seine Mutter habe ich auch gesehen. Die sitzen bestimmt immer noch da, und er mampft seinen Burger.«

»Aber du hast doch erklärt, dass …«

Sie winkte hektisch mit beiden Händen und schnitt ihm das Wort ab. »Ich weiß, was ich gesagt habe. Und ich bin bis eben auch davon ausgegangen, dass es exakt so abläuft, wie ich es dir erklärt habe und wie die anderen es in ihren Nachrichten mit abgenickt haben. Mann, wie lange haben wir das Treffen denn geplant? Es war doch alles besprochen.«

»Eben!«

»Du hast es gehört: Donnie braucht die zusätzlichen Gäste fürs Geschäft.« Carol warf ratlos die Arme in die Luft. »Vielleicht sind es aber auch NPCs.«

»Was, bitte?«, fragte Simon ungehalten.

»*Non-player characters*«, erklärte seine Schwester. »Digitale Komparsen, denen man ein paar Instruktionen ins Drehbuch schreibt und die das Setting per künstlicher Intelligenz steuert.« Sie sah Simons unwilligen Blick und ließ ein resigniertes Schnaufen vernehmen. »Ich weiß es doch auch nicht. Die anderen waren genauso überrascht wie wir. Es wird schon alles seine Richtigkeit haben.«

»Wirklich, Carol, seine Richtigkeit hat es nicht«, sagte Simon bitter.

»Wieso denn nur?« Allmählich verlor sie die Geduld.

»Wenn das nur irgendein Gast wäre, der da in der Ecke sitzt und seine Fritten in sich reinstopft und dann geht, ist das eine Sache. Aber nicht, wenn er mich anstarrt und mir das Gefühl gibt, ich hätte ihm in die Cola gespuckt.«

Zum ersten Mal erlebte Simon seine Schwester ratlos.

Sie schwieg und sah ihn nachdenklich an. Einen Moment lang wusste er nicht, ob sie ihn als Nächstes entnervt anblaffen oder ihn beruhigend in den Arm nehmen würde.

Sie entschied sich für einen Blick aus dem Fenster. Mit verschränkten Armen trat sie vor die Scheibe und sah hinaus auf den Parkplatz. Das Motelgebäude warf inzwischen seinen Schatten auf die Hälfte der Fläche davor, der Rest und die gegenüberliegende Mauer strahlten noch in der Hitze der Nachmittagssonne. Jenseits der grob verputzten Wand ragten verschiedene flache Wohnhäuser und ein paar Werkhallen empor. Die Luft über den Dächern flimmerte.

Simon trat neben Carol und stopfte die Hände in die Hosentaschen. »Ganz schön heiß hier«, stellte er fest.

»Hm«, bestätigte sie gedankenverloren. »Sei froh, dass die Klimaanlage hier so gut funktioniert. Es wäre sonst nicht auszuhalten.«

Einige Sekunden lang lauschte Simon dem Rasseln der Anlage, deren vergilbter Blechkasten über der Tür montiert war. Carol hatte darauf bestanden, die Temperatur nicht zu weit herunterzuregeln. In ihrem Beruf hatte sie sich die eine oder andere Erkältung zugezogen, weil das Hotelpersonal, das ihr Zimmer hergerichtet hatte, offenbar der Meinung war, nur in einer Tiefkühltruhe fänden die Gäste einen gesunden Schlaf.

»Du solltest vielleicht noch einmal hinuntergehen«, schlug Carol zögernd vor. Der Unterton in ihren Worten verriet es: Sie schien von der Idee selbst nicht überzeugt zu sein.

»Wozu soll das gut sein?«

Sie zuckte mit den Achseln. »Vielleicht genügt es, wenn du den Jungen noch einmal siehst und feststellst, dass nichts Außergewöhnliches an ihm ist. Kinder glotzen einen ja gern mal an und feixen. Ist doch möglich, dass du das falsch aufgefasst hast und es überbewertest.«

Simon ließ die Schultern hängen und sah nach draußen. Schließlich fasste er sich ein Herz und trat zur Tür.

»Was tust du?«, fragte Carol.

»Was du gesagt hast«, antwortete er und griff nach der Klinke. »Nachschauen, ob der Hosenscheißer immer noch feixt.«

Seine Schwester hob den Daumen und lächelte ihn aufmunternd an.

Die Hitze schlug über Simon zusammen, als wäre er ins Innere eines Stahlwerks getreten, obwohl sich der Eingang zum Motelzimmer im Schatten gen Osten öffnete und darüber hinaus der davor verlaufende offene Gang überdacht war. Eilig schloss Simon die Tür. Wahrscheinlich würde er sogar noch einmal duschen müssen, wenn er über den Parkplatz rannte und sich der Sonne des Spätnachmittags aussetzte. Er spürte, wie ihm unter den Achseln wieder der Schweiß ausbrach. Flecken an den betreffenden Stellen des dunkelblauen Hemds waren eine Frage von Sekunden.

Am Fuß der Treppe erfasste Simon eine Böe. Leichter Wind war aufgekommen. Für Abkühlung sorgte der nicht, eher für das Gefühl, vor einem gigantischen Föhn zu stehen. Die Palmwedel über Simon gerieten in Bewegung und raschelten wie trockenes Stroh.

Auf dem Weg hinüber zum Diner begegnete ihm keine Menschenseele. Es waren noch zwei Autos hinzugekommen, Mittelklassewagen amerikanischer Marken, die Simon unbekannt waren. Vermutlich gehörten sie dem Personal, das allmählich für die Abendschicht eintrudelte.

Die zwanzig Meter zwischen dem Schatten des Motels und der überdachten Veranda legte Simon mit großen

Schritten zurück, um sich möglichst wenig der sengenden Sonne auszusetzen. Einmal mehr fragte er sich, wer dieses Setting ausgesucht hatte und wieso. Insgeheim pflichtete er Yvonne bei, Authentizität hin oder her. Ein Diner in den US-amerikanischen Sechzigern als Kulisse für ihr Klassentreffen war eine brillante Idee. Prinzipiell wäre ihm nichts Besseres eingefallen. Die wenig attraktive Alternative war eine verrauchte Dorfkneipe in Deutschland.

Trotzdem hatte es der Organisator mit der Realität ein wenig übertrieben. Der Diner hätte gern im trubeligen New York sein dürfen, oder in San Francisco. Zum einen wären dort die klimatischen Verhältnisse erträglicher gewesen. Der andere Kritikpunkt war dieses Kaff. Außer dem Restaurant blieben ihnen kaum Möglichkeiten für die Abendgestaltung. In einer der Metropolen hätten sie später noch um die Häuser ziehen und andere Lokale besuchen können. Am Ende spielte der Preis des gebuchten Settings eine Rolle, vermutete Simon.

Bei der Fahrt durch den Ort hatte er keine Bars oder Pubs gesehen. Wahrscheinlich gab es sie, aber niemand hatte sich die Mühe gemacht, diese vorher zu recherchieren, geschweige denn zu prüfen, ob sie für die Gruppe der Mittfünfziger etwas Geeignetes darstellten. Vor seinem inneren Auge stellte er sich heruntergekommene Spelunken mit rauchvergilbten Decken und bierverklebten Tischoberflächen vor, in denen sich durchreisende Trucker und fragwürdige Motorradgangs mit Bier und importiertem Rum in Stimmung brachten, bevor sie lautstark und Fäuste schwingend aufeinander losgingen. Simon hasste sich für dieses Klischeedenken, abschalten konnte er es nicht und grinste in sich hinein.

Er öffnete einen Flügel der Hintertür, die Donnie oder

Val zwischenzeitlich geschlossen hatten, damit die Hitze draußen und die Kälte drinblieben. Die frostige Luft ließ ihn abermals schaudern und trieb ihm die Gänsehaut über den Rücken. An der Decke rotierten mit leisem Surren die Ventilatoren, einer lief nicht ganz rund und verursachte bei jeder Umdrehung ein penetrantes Klickgeräusch.

Der Diner war menschenleer. Hinter der Theke war niemand, Simon hörte wieder das Klappern von Pfannen und Besteck aus der Küche. Die Jukebox war angeworfen worden, funkelte wie ein Weihnachtsbaum und spielte einen Song von Roy Orbison, den Simon nicht kannte.

Der Junge und seine Mutter hatten das Lokal verlassen. Eine Last fiel von Simons Schultern, und er atmete erleichtert aus. Er hatte gehofft, dass er sich den seltsamen Blick des Kindes nur eingebildet hatte und wirklich nichts Bedeutsames darin zu lesen war, so wie es auch Carol ihm erklärt hatte. Umso besser, dass der Kleine bereits verschwunden war und Simon sich der Konfrontation entziehen konnte.

Die Überreste ihres Mahls hatten die beiden Gäste auf dem Tisch zurückgelassen: Auf dem Tablett stand das Glas, einen Rest Cola am Boden, daneben der Teller mit ein paar übriggelassenen Pommes Frites. Eine Lache Ketchup war ebenfalls darauf verteilt, eine zerknüllte Serviette komplettierte das chaotische Arrangement.

Bei dem Anblick wurde Simon wieder mulmig zumute. Irgendetwas drängte aus seinem Unterbewusstsein nach oben, eine Erinnerung, die er längst begraben wähnte. Er trat näher an den Tisch, und Schritt für Schritt wurde die schemenhafte Rückblende schärfer und greifbarer.

Das Bild aus der Vergangenheit war schlagartig wieder da. Das Blut rauschte in Simons Ohren, vermischte sich mit dem Sirren der Ventilatoren und dem Klick-klick-klick des einen defekten Flügels. Die Musik war verstummt. Oder übertönt.

Auf dem Teller hatte der Junge mit den übrigen Pommes einen Smiley geformt, grob zwar, aber eindeutig erkennbar. Allerdings grinste er nicht wie seine klassischen Vorbilder. Jeweils zwei dünne Fritten lagen über Kreuz und stellten die Augen dar. Drei andere, in einem leicht zu beiden Seiten abwärts gerichteten Bogen arrangiert, verdeutlichen den leidenden Gesichtsausdruck. Der dicke Klecks Ketchup, der gewissermaßen am Kinn des Smileys klebte, hätte mit einiger Phantasie eine herausgestreckte oder hängende Zunge sein können.

Oder Blut.

## 12

Lasst uns beginnen. Es sind alle da.

Ein wenig Zeit bleibt mir noch, bis sie sich wieder versammeln. Sie müssen erst ihr Äußeres aufhübschen. Wie grotesk das anmutet, wenn ich bedenke, dass sie sich ohnehin nicht im Original sehen.

Das erste Zusammentreffen verlief ja recht harmonisch. Ab einem gewissen Alter obsiegt nun einmal die Vernunft.

Früher hätte ich mich an einen dieser inzwischen antiquierten Laptops setzen müssen, ein paar Programme gestartet, eine Verbindung zum Internet hergestellt. Ich schmunzle beim Gedanken an die ersten Hackerfilme. Untersetzte Nerds mit Brillengläsern dick wie Aschenbecherböden hockten in verdunkelten Zimmern vor monströsen Monochrombildschirmen, Kolonnen von grün leuchtenden Kommandozeilen vor sich, die außer ihnen und wenigen Eingeweihten niemand begriff. Computersteinzeit, über die manche heute lachen. Für mich der unvermeidliche Beginn eines Zeitalters, ohne das es unsere schöne neue Welt nie gegeben hätte. Vielleicht wäre das besser gewesen für uns alle. Aber es hätte mir das hier nicht ermöglicht.

Die Vorbereitung über ein Terminal indes war notwendig. Ich sah mich um Jahre zurückversetzt, in eine Zeit, zu der ich in einem Großraumbüro mit Dutzenden anderen willigen Arbeitstieren eingepfercht war. Nur dass ich dieses Mal allein dasaß, keine Kollegen, ohne dicke Brille, haha!

Die Programme waren schnell organisiert. Nur wenige Male musste ich dazu mit dem Tor-Browser in die verwirrenden Tiefen des Darknets. Darin war rasch ein williger kasachischer Hacker gefunden, der meine Kohle dankbar annahm und mir ohne Zögern nicht nur die notwendige Software beschaffte, sondern mir diese auch noch in gebrochenem Englisch lang und breit erklärte. Ein paar Mal war er für meine Begriffe zu neugierig, und ich musste mit vagen Ausreden und einer halbgaren Geschichte über eine gescheiterte Beziehung für Ablenkung sorgen. Glücklicherweise fand der gesamte Austausch anonym und verschlüsselt statt. Nicht dass mein kasachischer Komplize eines Tages vor der Tür steht, oder sogar die Polizei.

Mich gruselt's, wenn ich daran denke, wie lächerlich einfach die Beschaffung und Einrichtung war und was es für Möglichkeiten den Menschen in die Hände spielt, die mit größerer krimineller Energie als meiner eigenen unterwegs sind. Dazu musste ich nicht einmal aus dem Haus und mich in die fragwürdigen Viertel einer Großstadt begeben wie ein Junkie auf der Suche nach dem nächsten Gramm Koks. Alles war ein paar Mausklicks entfernt.

Und nach der Installation habe ich nun eine ganze Welt im Griff, ohne diese überholten technischen Artefakte. Oder besser gesagt im Kopf, in diesem lächerlich kleinen Chip, den ich mit mir herumtrage wie Milliarden anderer. Mit Zugriff auf das ganze digitale Universum, das man uns geschaffen hat, auf unsere Geschichte und Vergangenheit, all die Errungenschaften und Fehler, unsere Gefühle und dunkelsten seelischen Abgründe.

Auch sie schleppen ihre Vergangenheit mit sich herum wie ein schmuddeliges Heft, in das sie ihre schlimmsten Gedanken geschrieben haben und das sie vor langer Zeit unter den Dielen auf dem Dachboden verborgen haben. Doch das reicht nicht, um das darin Enthaltene zurückzulassen. Sie haben es selbst niedergeschrieben, wie ich, und allein das genügt, um die Worte und die Gedanken und Bilder, die sie hervorgebracht haben, nicht mehr vergessen zu können.

Wie leicht hätten wir es haben können, wären wir nie wieder zusammengekommen. Hätten wir alle unsere mehr oder weniger bedeutungslosen Leben geführt, jeder und jede für sich. Die eine in dieser Stadt, der andere in dem Land, möglicherweise wären die Worte auf den vergilbten Seiten verblasst und das Papier unter den Dielen irgendwann vermodert oder von den Mäusen gefressen worden.

Mit jedem dieser unseligen Treffen haben sie die Erinnerung wiederaufleben lassen, wie ein verzehrendes Feuer, das kurz vor dem Erlöschen ist. Neues Holz haben wir hineingeworfen, Scheit um Scheit, auf dass es niemals ausgehe. Nicht um uns daran zu wärmen, nein. Damit wir seine Glut spüren, die sengende Hitze der Schuld, die auf unserer Haut brennt und all die kleinen Härchen versengt. Damit die Brandwunden bleiben und erneuert werden und uns jeden Tag aufs Neue daran erinnern, was wir getan haben und was nicht.

Simon, der arme Tropf. Ihn erwischt es als Ersten. Ein wenig tut er mir ja schon leid. Zufall. Es hätte jeden anderen treffen können, aber er scheint empfänglich für die Eingebungen, die das Setting ihm anbietet. Dass er der Unerfahrenste ist, prädestiniert ihn dazu. Irgendwo musste ich ja beginnen, und die Technik hat ihn gewählt. Meine erste Wahl war er nicht, er stand nicht an vorderster Front, damals nicht und damit auch nicht oben auf meiner Liste. Aber er war dabei und scheint mir ein Geheimnis mit sich herumzutragen, hinter das ich noch kommen werde. Er bietet sich an als Übungsobjekt, und vielleicht ist er auch der Schlüssel.

Denn testen konnte ich meinen Plan nicht. Er lässt sich nur einmal ausführen, und entweder er gelingt, oder er scheitert. Und ich mit ihm.

## 13

Stumm schoben Tobi und David ihre Räder die letzten Meter am Feldrand entlang. Zu ihrer Rechten erstreckte sich der abgeerntete Acker, aus dem noch die Halme des Getreides ragten. Dazwischen verstreut spross allerhand grünes Kraut, das der Mähdrescher nur zum Teil dem Erdboden gleichgemacht hatte: Melde, Kornblumen, Disteln.

Die Sonne schien den Jungs warm in den Rücken. Sie waren heute früher dran, es war erst kurz vor eins. Die letzte Stunde war ausgefallen, weil Herr Köhler an einer wichtigen Konferenz teilnahm. Inzwischen wusste die gesamte Klasse von ihrer kollektiven Freizeitbeschäftigung, und die meisten Schüler gehörten zur Gemeinschaft. Da war Geheimhaltung gegenüber anderen Mitschülern nicht mehr oberstes Gebot. Tobi und David schwangen sich auf die Räder in der Absicht, nur kurz bei Tobis Eltern Bescheid zu sagen. Dessen Mutter hatte sie allerdings mit einem üppigen Teller Spaghetti aufgehalten, sonst wären sie zusammen mit ihren Mitschülern im Außenposten eingetroffen.

Sie erreichten einen Feldahorn, der knapp neben dem Feld stand und hin und wieder vom Landwirt seitlich zurechtgestutzt wurde. Der Baum war die Wegmarke, die in etwa die Stelle andeutete, in der man den Weg ins Dickicht einschlagen musste, um von der östlichen Seite zum Außenposten zu gelangen.

Die Spätsommersonne hatte die langen Halme und Ähren schon vergilben lassen, das Gras am Boden war dunkelgrün und wurde trocken. Wilde Zwetschgen wuchsen hier und da wie eine undisziplinierte Armee und erforderten einen Zickzackkurs, den die Jungs immer wieder variierten, um keine dauerhaften Trampelpfade zu produzieren.

»Man hört gar nichts«, bemerkte David, blieb stehen und lauschte. Bis zum Außenposten waren es noch gut dreißig Meter durch dichter werdendes Unterholz. Irgendwo am Himmel über ihnen zwitscherte ausdauernd eine Feldlerche, und in der Ferne hörte man den Verkehr der Bundesstraße. Aus dem Dickicht erscholl kein Laut.

Tobi war ebenfalls stehengeblieben und horchte angestrengt. »Stimmt. Die müssten längst da sein. Wollten die nicht heute Mittag schon am Unterstand weiterbauen?«

»So hat es Kai eben gesagt. Die wollten nach der Vierten direkt hierher und mit der Rückwand weitermachen.«

Kein Hammerschlag und kein Rufen war zu hören, kein Vergleich zu jenem denkwürdigen Tag, an dem der Fremde auf dem Feldweg aufgetaucht war.

»Die machen bestimmt schon Pause«, vermutete Tobi.

»Das trau ich denen zu«, murmelte David düster.

Sie setzten sich wieder in Bewegung und wurden von den Sträuchern und Bäumen verschluckt.

Kurz vor dem Bach lehnten sie ihre Fahrräder an eine Erle und folgten schweigend dem Weg. Die Stille war unheimlich. Mit Kai wollten Arne, Malte, Simon und Frank schon früh mit dem Ausbau des Unterstands fortfahren und hatten sich direkt nach Unterrichtsschluss aus dem Staub gemacht. Sie mussten den westlichen Eingang vom Feldweg aus gewählt haben, ihre Fahrräder waren jedenfalls nirgends zu sehen.

Tobi und David betraten die Lichtung jenseits des Baches und trauten ihren Augen nicht. Niemand arbeitete am

Unterstand. Die Werkzeuge lagen ungenutzt in der Nähe des hölzernen Konstrukts auf dem Boden. Ein Brett war quer über zwei dicke Bohlen gelegt worden und wartete auf seinen Zuschnitt.

Die fünf Jungs saßen verteilt auf den Steinen und einem der Stämme, den sie in den vergangenen Wochen zusätzlich als Sitzmöglichkeit herbeigerollt hatten, rund um die Feuerstelle. Auch Sabine und Nina waren da. Ohne Ausnahme starrten sie fasziniert in verschiedene Exemplare der gefundenen Zeitschriften und blätterten darin hektisch vor und zurück. Von den beiden Neuankömmlingen nahmen sie entweder keine Notiz, oder es war ihnen egal, dass diese sie unverhohlen irritiert ansahen.

»Was ... macht ihr da?«, fragte David verdattert. Tobi hatte die Hände in den Hosentaschen und schaute mit langem Gesicht von einem zum anderen.

»Wonach sieht's denn aus?«, warf ihm Malte lachend und ohne jede Verlegenheit entgegen. »Wir bilden uns weiter.«

Die anderen lachten und sahen zum Teil auf. Einzig Sabine schien die Situation ein wenig unangenehm zu sein. Sie klappte das Heft zu und warf es auf den Balken neben sich. Es rutschte davon herunter und landete im Staub. Sie ignorierte das, stand auf und streckte sich.

»Wollten wir nicht arbeiten?«, rief sie aus. Die in die Hüften gestemmten Fäuste vermochten ihrer aufgesetzten Empörung wenig Überzeugendes zu verleihen. »Hallo! Machen wir heute noch was Sinnvolles?«, setzte sie hinzu. »Ansonsten geh ich nach Hause.«

Simon stand nun auch auf. Erst als er Tobi, David und Sabine ansah, wurde er sich der fragenden Blicke der beiden Jungs gewahr. Mit halbherziger Verachtung warf er das

Erotikheft auf den Stein und trottete wortlos zu dem Brett auf den Bohlen. Dort griff er sich die Säge und begann stumm mit der Arbeit. Die wollte ihm nicht recht gelingen, das Sägeblatt verkantete sich immer wieder, und das Holz rutschte hin und her. Ein unwilliger Ausdruck machte sich auf Simons Gesicht breit. Unter zusammengezogenen Augenbrauen schielte er mehrfach zu seinen Klassenkameraden herüber.

Das Geräusch der Säge weckte sie aus ihrer Trance. Einer nach dem anderen legten sie die Hefte beiseite und erhoben sich. Frank, Arne und Kai gesellten sich zu Simon und begutachteten kurz sein Tun. Frank half Simon, indem er das Brett mit beiden Händen festhielt. Die anderen zwei machten sich daran, weitere Holzstücke herbeizuschaffen und das zu kürzende Maß anzuzeichnen.

Malte war der Meinung, seine Begeisterung für den Inhalt der Hefte mit den anderen teilen zu müssen. Kraftvoll sprang er von seinem Stein auf und trat grinsend zu der kleinen Gruppe, die Zeitschrift aufgeschlagen vor sich hertragend.

»Das müsst ihr euch ansehen«, rief er aus. Seine Augen leuchteten in dem blassen Gesicht. »Die machen hier Sachen, das glaubt ihr nicht.« Er hielt Tobi und David die Seiten abwechselnd vor die Nase.

Es dauerte ein paar Sekunden, bis David darauf irgendetwas erkannte. Malte konnte nicht stillhalten, und die Schatten der Zweige und Blätter, die auf den Abbildungen hin- und hertanzten, erschwerten das Erkennen zusätzlich. Vielleicht waren es aber auch die eindeutigen Fotos von Vaginas und Penissen, die teils grotesken Stellungen der … *Ja, was?*, dachte David bei sich. Fotomodelle? Nannte man Menschen so, die sich beim Sex derart bereitwillig fotografieren ließen? Er bemerkte nicht, dass er einen völlig ratlosen Gesichtsausdruck zur Schau stellte.

Malte sah ihn verblüfft an. Er glaubte, in Davids Reaktion Ekel erkannt zu haben und grinste. »Magst du das nicht? Vielleicht gefällt dir das hier besser. Warte mal.« Eifrig blätterte er einige Seiten um.

»Mensch, Malte, lass es doch einfach«, sagte Sabine und rollte die Augen.

Das erregte Ninas Aufmerksamkeit. Sie klappte ihr Heft zu und gesellte sich zu ihrer Freundin und den Jungs. »Was ist denn los hier?«, fragte sie.

»Malte macht mal wieder Stress.« Sabine war aufrichtig genervt von Maltes Eifer und wie er den kleineren David drangsalierte.

Das interessierte den rothaarigen Jungen nicht. Er fand eine vermeintlich aufregende Stelle in dem inzwischen arg zerfledderten Heft und präsentierte sie David.

Die Doppelseite zeigte ein Dutzend Bilder in Form einer Art Collage. Abgebildet waren ausschließlich gut gebaute Männer, die die unterschiedlichsten Stellungen demonstrierten und dabei mehr oder weniger überzeugend höchste Erregung zur Schau stellten. Geöffnete Lippen sollten suggerieren, der Dargestellte stöhnte, während er lustvoll den Kopf zurücklegte und mit halb geschlossenen Lidern zur Decke hinaufsah.

Für die erklärenden Texte, die seitlich in Form stilisierter Sprechblasen über den Bildrändern platziert waren, hatte David kein Auge. Was er da sah, brachte ihn völlig aus dem Konzept. Bisher waren Geschichten von homosexuellen Männern kindisches Gelaber seiner Klassenkameraden gewesen. Er hatte sich einfach nicht vorstellen können, dass es so etwas wirklich gab.

Mit hektisch hin und her zuckenden Augen versuchte er, den Sinn der Bilder zu erfassen, zu begreifen, was die Männer da taten. Frauen und Männer gingen zusammen ins Bett, kuschelten sich dort aneinander, knutschten, und dann passierten komische Dinge mit den Körperteilen zwischen ihren Beinen. Davon hatte ihm seine Mutter in einem halbwegs klaren Moment in einem Anfall von Aufklärungswillen erzählt. Vieles hatte er bereits gewusst, schließlich sprachen sie seit der vierten Klasse untereinander davon. Und seine erste Erektion war auch schon eine Weile her.

Was er hier aber sah, konnte er nicht ohne Weiteres verarbeiten. Es war so neu und andersartig. So völlig jenseits seiner Vorstellungskraft. Was David am meisten irritierte war, dass es ihn nicht einmal anwiderte, wie Malte es vermutete. Es war, als hätten sie in Geografie bisher ausschließlich über Europa gesprochen, ohne eine Ahnung von anderen Kontinenten zu haben. Und dann verteilte Frau Nolte neue Bücher mit Dutzenden von Landkarten und ganzseitigen Bildern von Canyons und Urwäldern und sagte: »Und nun sehen wir uns Amerika an.« So fühlte es sich an. Groß, unbekannt, unheimlich, gefährlich. Und herausfordernd, interessant, lockend, bereit ...

Mit einem beiläufigen Schlenker seiner Linken schlug Tobi dem kleineren Malte das Heft aus den Händen. Mit flatternden Seiten fiel es zu Boden wie ein von einer Kugel getroffener Vogel.

»Jetzt reicht es«, grollte er. »Merkst du nicht, dass es genug ist?«

Sabine und David sahen ihn verblüfft an. Auch die anderen unterbrachen ihre Arbeiten und schauten erstaunt über die Lichtung herüber. Tobi fuhr selten aus der Haut. Es musste schon etwas Gravierendes passieren, bevor er mit solchem Nachdruck einschritt.

Malte hob abwehrend die Hände und trat einige Schritte zurück. »Schon gut, ist ja schon gut.« Er hob das Heft auf und schlug die zerfledderten Seiten zusammen. Schnell fand er die Fassung wieder und sah seine drei Mitschüler verschmitzt an. »Ich dachte halt, es interessiert euch.«

Damit drehte er sich um und schlenderte von dannen. Pfeifend sammelte er die von den anderen liegengelassenen Zeitschriften ein und klemmte sie sich bündelweise unter den Arm. »Ich bring die dann mal wieder weg«, erklärte er, an niemanden Spezielles gerichtet. »Ihr wisst ja, wo ihr sie findet.«

Damit verschwand er nach einigen Metern zwischen den Sträuchern den Bachlauf hinauf. Die anderen Jungs nahmen ihre Arbeit wieder auf.

»Danke, dass du was gesagt hast«, wandte sich Sabine an Tobi. »Er weiß einfach nicht, wann er endlich die Klappe halten sollte.«

David war erschüttert von dem Gesehenen. Zu einem klaren Gedanken, geschweige denn zu einem Wort des Dankes an seinen Freund war er nicht fähig. Er sah die Fotos vor seinem inneren Auge, wie ein Nachbild, wenn man zu lange in eine helle Lampe oder die Sonne geschaut hatte.

Er wandte den Blick zu Tobi um und glotzte ihn an wie ein dummes Hundewelpen. Sein großer Freund war ihm wieder zur Seite gesprungen und hatte Schlimmeres von ihm abgewendet.

Bevor David etwas sagen konnte, winkte Tobi auf seine grantige Art ab. »Lasst uns den anderen helfen.« Mit diesen Worten ging er hinüber zu Frank und Simon. David sah ihm ratlos hinterher.

»Ich hab genug für heute«, sagte Sabine düster und

schlang die Arme um ihren Oberkörper, als wäre ihr kalt. David konnte unmöglich sagen, ob ihr im Nachhinein die infantile Begeisterung der Gruppe an den Erotikheften zu schaffen machte, die sie zu einem gewissen Grad geteilt hatte. Vielleicht war es aber tatsächlich die Art und Weise, wie Malte auf David losgegangen war.

Nina sah ihre Freundin fragend an. »Wie meinst du das?«

»Weiß nicht. Die Stimmung ist irgendwie … komisch.«

»Und das heißt?« Nina war völlig verunsichert.

»Ich geh für heute nach Hause«, erklärte Sabine, zuckte mit den Achseln und ließ die Arme hängen. »Da warten noch Hausaufgaben. Momentan werden wir hier nicht gebraucht, glaube ich. Und auf Wacheschieben habe ich keine Lust.«

Sie beobachteten das Werkeln der Jungs. Anders als sonst war von Ausgelassenheit keine Spur. Üblicherweise kommandierten Arne und Kai die anderen herum, man rief sich Aufforderungen und Frotzeleien über die Lichtung hinweg zu oder stand zu einem kurzen Gespräch beieinander.

Heute arbeiteten die Jungs in kleinen Gruppen konzentriert an ihren Aufgaben. Tobi, Frank und Simon waren mit dem Zuschnitt beschäftigt, Arne und Kai organisierten brauchbare Bretter aus dem lose hingeworfenen Haufen am Rand des Platzes und nagelten fertige Teile an die Pfähle, die die Rückwand des Unterstands bilden sollten.

Nina schien die merkwürdige Atmosphäre im Außenposten nun ebenfalls aufzufallen. Ihr Dauerlächeln war verblasst. »Ich glaub, dann geh ich auch.«

Sie wandte sich zum Gehen und stapfte den

Trampelpfad in Richtung Feldweg davon. Sabine schloss sich ihr an, blieb nach ein paar Schritten stehen und sah David an.

»Alles in Ordnung mit dir? Möchtest du bleiben?«

David verwirrte dieses plötzliche fürsorgliche Interesse, das er besonders von Sabine nicht gewöhnt war, die ihm sonst keine Aufmerksamkeit schenkte. Er konnte nur mit den Schultern zucken.

Sabine seufzte. »Du musst es wissen.« Damit verschwand sie im Dickicht in Richtung Feldweg.

Was war denn heute los? Warum waren alle so merkwürdig drauf, vor allem ihm gegenüber? Erst drangsalierte Malte ihn, dem es eine diebische Freude zu bereiten schien, ihn in Verlegenheit zu bringen. Es war einer seiner schlechteren Charakterzüge, den auch andere zu spüren bekamen. Selbst Älteren und Stärkeren gegenüber verhielt sich Malte oft respektlos und sprach, bevor er nachdachte. Das hatte ihm neben berechtigten grantigen Kommentaren mehrfach Ohrfeigen eingebracht. Mit großer Vorliebe teilte er jedoch gegen Schwächere aus.

Dann Tobi, der in scheinbar stoischer Ruhe alles beobachtete und erst einschritt, wenn die Situation eskalierte. David rechnete es ihm hoch an, dass er ihn in Schutz nahm. Aber warum griff er nicht früher ein?

Nein, auf Tobi ließ er nichts kommen. Seine Zurückhaltung und das Zögern deuteten auf eine gewisse Hemmschwelle hin, die er zu überwinden hatte. Vielleicht war es ein Stück weit Furcht, und es brauchte erst ein ordentliches Maß an Wut, bis Tobi sich überwand. Auf keinen Fall wollte David seinen großen Freund verlieren oder gegen sich haben. Der Gedanke an einen Verlust jagte ihm einen eisigen Schauer über den Rücken.

Im gleichen Moment erschreckte ihn eine völlig absurde Schlussfolgerung: War Tobi mehr als nur ein guter Freund und großer Bruder für ihn? Er verbrachte so viel Zeit mit ihm und fühlte sich dermaßen wohl in seiner Gesellschaft, dass er an die Mädchen in seiner Klasse oder aus dem Dorf selten einen Gedanken verschwendete.

Die Glut fuhr ihm in den Bauch. Die Fotos, die er vor wenigen Minuten angestarrt hatte, zeigten eine Welt, die er sich am Morgen noch nicht hatte vorstellen können. Und in diese neue Welt passte es nur zu gut, dass er besser mit Tobi zurechtkam als mit Sabine oder Nina.

Alles in ihm sträubte sich gegen diesen Gedankengang, doch er wurde ihn an diesem Tag und den darauffolgenden nicht mehr los.

# 14

»Na, schon Hunger?«, rief Donnie über den knödelnden Roy Orbison hinweg und riss Simon aus seiner Schockstarre. Er zuckte bei den Worten des Mannes sichtbar zusammen und fuhr herum.

Der Betreiber des Diners blieb abrupt stehen. Im Angesicht von Simons kreidebleichem Gesicht erstarb sein freundliches Lächeln. Unsicherheit machte sich auf seinen Zügen breit. Nervös knetete er wieder seine Hände.

»Geht es Ihnen nicht gut?«, fragte er aufrichtig besorgt. »Ist es die Hitze? Wollen Sie noch etwas trinken?«

Simon sah ihn ratlos an und schüttelte den Kopf.

»Val!«, rief Donnie über die Schulter in Richtung der Theke.

Aus der Durchreiche antwortete eine weibliche Stimme. »Ja?«

»Mach mal eine Limo fertig, hier hat jemand Durst!«

»Geht klar! Bin gleich vorn.«

»Wenn Sie sonst was brauchen, sagen Sie einfach einem von uns Bescheid, okay?« Donnie war ernsthaft besorgt.

»Passt schon, geht schon wieder«, gab Simon zurück.

Donnie schien nicht überzeugt. Er trat mit einem zweifelnden Seitenblick zu dem jungen Mann neben den Tisch und betrachtete die Hinterlassenschaften seiner Gäste. Er schnalzte mit der Zunge.

»Tss, so sind sie. Was soll man sagen? Eigentlich haben sie keine Kohle, und dann lassen sie die Hälfte des Essens zurück. Und dann noch so.« Er deutete mit einer heftigen Geste auf die restlichen Pommes und die Ketchuppfütze. Das skurrile Arrangement, das der Junge auf dem Teller kreiert hatte, schien für Donnie keinerlei Bedeutung zu haben.

»Ja«, krächzte Simon, um überhaupt eine Reaktion zu zeigen. Er räusperte sich. Vielleicht war das Getränk doch keine so üble Idee. »Früher hätte es so etwas nicht gegeben.« Selbst in seinen eigenen Ohren klang diese angestaubte Feststellung unglaublich fad.

Donnie nahm davon keinerlei Notiz. Er war damit beschäftigt, das Glas und die zerknüllte Serviette auf das Tablett zu räumen und den Tisch mit einem feuchten Lappen abzuwischen. Er pfiff erstaunlich treffsicher die Melodie des nächsten Songs mit. Die Jukebox gab Sam Cooke's *Wonderful World* zum Besten. *Ha, welch eine Farce!*, schoss es Simon durch den Kopf.

»Kennen Sie die beiden?«, fragte er.

»Wen meinen Sie?« Donnie balancierte das Tablett gefährlich in der Rechten und deutete mit einer Kopfbewegung auf die leere Sitzbank. »Die zwei, die eben hier saßen? Das sind Lucia und … äh …« Sein Blick fokussierte einen beliebigen Punkt hinter Simons Schulter. Die Stirn zeigte eine beachtliche Anzahl an Falten, er geriet mehr und mehr ins Grübeln. Seufzend legte er den Kopf schief und lächelte sein Gegenüber verlegen an. »Ehrlich, mir ist der Name komplett entfallen.«

»Schon okay«, entgegnete Simon und konnte seine Enttäuschung schwer verbergen. Wenn er den Jungen schon nicht kannte, hätte vielleicht dessen Name irgendeine Erinnerung oder Verbindung zu jemand anderem herstellen können, den Simon von früher kannte. Er wurde das unangenehme Gefühl nicht los, dass Donnie nicht die Wahrheit sagte und ihm der Name des Jungen doch geläufig war.

»Ah, die Limo«, riss der Wirt ihn aus seinen Gedanken und setzte sich eilig in Richtung Küche in Bewegung, um sein Tablett loszuwerden.

Simon sah hinüber zum Tresen, auf dem ein Longdrinkglas mit einer hellgelben Flüssigkeit stand. Val, die Kellnerin, die es gefüllt und dort hingestellt hatte, war wieder in der Küche verschwunden.

Träge näherte er sich einem der Barhocker und hievte sich hinauf. Ewigkeiten hatte er nicht mehr auf so einem Stuhl gesessen, und er fragte sich, wie man es einen ganzen Abend darauf aushalten konnte, vor allem wenn der Alkoholpegel stieg.

Trotz des geräuschvollen Treibens in der Küche und den appetitanregenden Gerüchen nach gegrillten Burgerpatties fühlte sich Simon in dem menschenleeren Diner wie der letzte Mensch auf Erden. Das Setting war gut gewählt, und Donnie hatte sich große Mühe gegeben, die Sixties wiederzubeleben. Zahlreiche Details der Inneneinrichtung konnten die Gäste vergessen lassen, dass diese Zeiten siebzig Jahre her waren. Die Musik der Jukebox, Donnies Outfit, all die Autos auf dem Parkplatz, die nicht nach Oldtimern, sondern wie neue Fahrzeuge aussahen, komplettierten den authentischen Gesamteindruck. Was fehlte, waren andere Menschen, die die Bühne belebten. Simon wusste, dass es aufwändig und kostspielig war, Statisten für ein solches Event zu finden. Ihm war das Begründung genug, warum die Klasse weitgehend einvernehmlich das Treffen nicht in einer großen Stadt veranstaltet hatte. Dort hätte es viel mehr Komparsen gebraucht.

Glaubte Simon zumindest. Zur im Vorfeld getroffenen Vereinbarung gehörte es, dass alle Beteiligten sich für die gesamte Dauer verpflichteten, sich dem Setting entsprechend zu verhalten. Das schloss die Kleidung und so weit wie möglich das Auftreten ein. Angesagt war bei den Jungs eine gewisse James-Dean-mäßige Macho-Attitüde. Die Mädchen durften mit Koketterie und verhaltenem Sex-Appeal die Angehörigen des anderen Geschlechts um den Verstand bringen. Natürlich nur im Spiel. Die meisten lebten in festen Beziehungen. Simon war sich sicher, dass unter ihnen niemand war, der wirkliches Interesse an jemandem aus der Klasse hegte. Aber was wusste er schon. Er war diesen Treffen jahrelang ferngeblieben und pflegte keinen Kontakt zu den anderen. Bestimmt hatte es inzwischen Scheidungen gegeben, oder es gab unter ihnen Freigeister, für die ein Seitensprung legitim und nicht der Rede wert war.

Wichtiger als die Outfits und das zeitgemäße Verhalten war die Übereinkunft, dass niemand vorher ausstieg. Alle sollten und wollten bis zum nächsten Morgen mitmachen, so gut sie konnten. Das war für Simon fast ein K.O.-Kriterium gewesen, das nur Carols Überredungskunst zu entkräften vermochte. Er hatte ohnehin wenig Interesse an dem Treffen entwickelt. Sich einer verschworenen Gemeinschaft gleich schriftlich zu verpflichten, kam ihm seltsam und fast übergriffig vor.

Unheimlich war ihm das vor allem, weil es nicht echt war. Und weil alle anderen mit dieser künstlichen Welt problemlos klarzukommen schienen. Sie waren auch übereingekommen, die Technik, die sie nutzten, während ihres Klassentreffens nicht zu thematisieren, um ihm nicht den Zauber zu rauben.

Beim Treffen fünf Jahre zuvor, an dem Simon nicht teilgenommen hatte, war der ganze virtuelle Firlefanz noch Zukunftsmusik gewesen. Carol hatte ihm davon berichtet.

Die wilden 69er waren das Thema. Da war es ausreichend, sich in Hippieklamotten zu hüllen und sich auf einem Grillplatz zu verabreden. Zu den Songs von Jimi Hendrix, dem jungen Joe Cocker und The Doors war die Veranstaltung zu einem eher braven Abklatsch von Woodstock mutiert, hatte Carol erzählt. Später am Abend hatte die eine oder andere Tüte die Runde gemacht. Die meisten der Teilnehmer wussten am nächsten Morgen nicht mehr so genau, wie das Treffen weitergegangen war und die Nacht geendet hatte.

Dem rasanten technischen Fortschritt sei Dank, hatten sie den Genuss von Gras oder anderen bewusstseinserweiternden Substanzen dieses Jahr nicht nötig. Simon sah die Nebenwirkungen der Alternative, er nannte es im Stillen »Ersatzdroge«, äußerst kritisch. Dem Trend der Zeit hatte er sich allerdings nicht mehr verschließen können. In der westlichen Welt trugen inzwischen Milliarden von Menschen einen Chip mit sich herum, und sei es nur, um mit anderen in Verbindung zu bleiben. Diese rasante Entwicklung hatte in den ersten Jahren niemand vorausgesehen. Die Vorzüge der Realitätsflucht waren vielen Nutzern willkommen, die sich mit den wachsenden Problemen in der gesamten Welt und verstärkt vor der eigenen Haustür konfrontiert sahen. Simon ertrug die Bilder von Naturkatastrophen in Südostasien, hungernden Menschen und den daraus folgenden Flüchtlingsströmen in Afrika, den nach wie vor brennenden Wäldern in Brasilien und den Trümmern des Osteuropa-Krieges schon lange nicht mehr. Ungeachtet dessen hatte er sich bis zum Schluss dagegen gewehrt, wie Millionen andere die Tür zu verschließen und die Welt ausschließlich durch die rosarote Brille zu betrachten.

»Na, was grübelst du?«

Simon hatte nicht bemerkt, dass jemand hinter die Theke getreten war und ihn direkt ansah. Eine junge Frau in einer zum Konzept des Diners passenden roten Bluse stand da, das rotblonde Haar zu einem Dutt frisiert und die Hände auf die Kante der Spüle gestützt. Sie war von zierlicher Statur, die um die Taille gebundene weiße Schürze betonte ihre schmale Silhouette. Simon hätte unmöglich ihr Alter schätzen können, sie mochte sechzehn sein oder Mitte dreißig. Ihr reales Alter wiederum stand auf einem ganz anderen Blatt.

Zunächst musste er sich sortieren und wieder im Jetzt und Hier orientieren. Wo auch immer Letzteres war. Das Pommes-Gesicht auf dem Teller hatte ihn komplett aus dem Konzept gebracht. Seine Gedanken mäanderten einige Meilen die Straße hinunter.

»So allerhand«, gab er endlich zurück und erwiderte das offene Lächeln der Kellnerin.

»Lass mich teilhaben«, entgegnete sie und streckte ihm die Rechte hin. »Ich bin Val.«

»Simon«, stellte er sich vor und ergriff die winzige Hand. »Wie alt bist du?«

Sie erhob in gespielter Entrüstung den Zeigefinger. »Fragt man das eine Dame?«

Simon lächelte in überzogener Verlegenheit. »Sorry, nein. Wo sind meine Manieren?«

»Außerdem«, sie beugte sich verschwörerisch vor und flüsterte, »gibt es da doch diese Vereinbarung, damit alles möglichst echt wirkt. Wenn ich dir mein Alter verrate, ist doch das ganze Spiel futsch.«

»Auch wieder richtig. Aber gerade das war Teil der Grübelei.« Simon zuckte entschuldigend mit den Schultern.

»Was glaubst du denn, wie alt ich bin?«

»Kunststück«, lachte sie auf. »Ihr seid hier für euer fünfunddreißigjähriges Klassentreffen. In Mathe war ich nicht die große Leuchte, aber ein bisschen rechnen kann ich schon noch.«

»Ich dachte, ich versuch es mal. Aber ernsthaft, auch wenn es gegen diese Vereinbarung ist: Ich komme mit dem Ganzen hier nicht so richtig klar.« Er fasste sich unwillkürlich hinters linke Ohr.

»Ah«, sagte Val wissend und verschränkte die Arme. »Du bist ein Newbie!«

»Was hat mich verraten?«

»Du dich selbst, alles an dir.«

Er machte ein säuerliches Gesicht, ohne nennenswerte Überzeugung.

»So war es nicht gemeint«, beschwichtigte die kleine Kellnerin lächelnd und wischte Simons Mimosenmiene beiseite. »Du glaubst gar nicht, mit wie vielen Greenhorns ich es hier in dem Lokal zu tun habe. Wir machen ja alle paar Wochen ein anderes Setting. Mittelalterbankett, römische Orgien, 2000er-Party …«

Simon stöhnte auf. »Ach herrje, das hatte ich live und in Farbe!«

»Und wieder ein Hinweis auf dein Alter«, rief Val aus.

»Bekenne mich schuldig.«

Sie lächelte. »Die Settings sind inzwischen komplett abgefahren und so detailreich, dass manche alles, was sie sehen, hören und anfassen, für echt halten.«

»Auch was sie schmecken?«, fragte Simon. Er hob skeptisch die Augenbraue und schielte auf sein fast leeres Glas. Die Zitronenlimonade war ziemlich erfrischend gewesen.

Val beugte sich wieder verschwörerisch vor und

flüsterte: »Wenn du wüsstest.« Sie lachte, als sie Simons verunsicherten Blick erkannte. »Nur Spaß! Wir haben hier unsere Vorschriften, was Speisen und Getränke angeht. Das eine oder andere Tuning geben wir deinen Geschmacksknospen sicher mit, manche Aromen sind mittlerweile einfach zu teuer oder gibt es gar nicht mehr. Aber wir schenken hier kein Spülwasser aus und verarschen damit digital deine Zunge.«

»Da bin ich ja beruhigt«, gab Simon verhalten zurück. »Ich musste gerade an diese Szene aus diesem alten Film denken, wo die Maschinen die Menschen als Batterien benutzen …«

»Matrix.« Vals Augen leuchteten. »Als Cypher mit Agent Smith im Restaurant sitzt und über das virtuelle Steak und den Segen von Unwissenheit philosophiert.«

»Ich bin beeindruckt, dass du den Film kennst«, sagte Simon und grinste sie verschmitzt an. »Ein Hinweis auf dein Alter?«

»Haha, nein. Der Film ist wieder dermaßen im Gespräch, seit die Chips aufgekommen sind.«

»Ich hab davon gehört. Und auch, dass nicht jeder die Chips gut findet«, ergänzte er bitter.

Val stieß einen verächtlichen Seufzer aus. »Ein paar verstreute ewig Gestrige, die mit der neuen Welt nicht klarkommen. Die sterben entweder aus oder kommen noch auf den Trichter.«

»Ich bin da nicht so sicher«, kommentierte Simon. »Anfang der Zwanziger wollten sich auch nicht alle impfen lassen, weil sie Angst vor dem Stoff hatten.«

»Ja, da sollten auch Chips drin sein«, lachte Val. »Da hatten sie Schiss vor der totalen Kontrolle. Zehn Jahre später können sie die kleinen Dinger nicht schnell genug im

Körper haben.«

Simon lächelte. »Was ich meine, ist, dass es immer eine Anzahl an Menschen geben wird, die nicht jeden Scheiß mitmachen.«

»Da mag was dran sein. Wie auch immer: Sowas wie Zion wird es nicht geben.« Sie strich ihre Schürze glatt. »So. Und jetzt gehe ich eine rauchen, bevor hier die Party steigt.«

Sie öffnete eine Schublade unter der Theke und beförderte eine Packung Zigaretten und ein Benzinfeuerzeug zutage.

»Rauchst du?«, fragte sie und fingerte eine Kippe aus der Schachtel.

Simon schüttelte den Kopf. »Hab ich mir abgewöhnt.«

»Beneidenswert«, bekannte die Kellnerin und warf die Packung zurück in die Schublade, die sie mit der Hüfte zustieß. Sie eilte hinter der Theke hervor und durch den Vordereingang nach draußen.

Simon drehte das Glas in den Händen, der Rest der Limonade schwappte am Grund. Authentisch. Sogar die Kohlensäure war aus dem Getränk entschwunden, so dass die Neige fad schmeckte. Am Rand erkannte Simon Spuren seiner Lippen, und die Außenseite trug erkennbar Abdrücke seiner feuchten Finger.

Wie ein Dinosaurier fühlte er sich unter all den Begeisterten, denen es nichts ausmachte, alle Sinne der Illusion zu opfern. Er ertrug lieber das Übel der Welt und all den Schmerz und stellte die reale Empfindung über die Betäubung. Und Val prophezeite ihm das Aussterben seiner Art.

## 15

»Was ist denn mit dir?«, fragte Katarina, vermutlich harscher als gewollt. Sie hatte diese unwirsche Art, alles auf eine unnachahmliche Art pampig klingen zu lassen. »Du machst so ein komisches Gesicht. Und seit einer Viertelstunde sagst du gar nichts mehr.«

Verunsichert sah David Katarina an, die neben ihm im Gras auf dem Bauch lag und mit ihm die Wache übernommen hatte. Regen und Wind hatten in den Tagen zuvor die Halme abseits des Feldwegs niedergedrückt, so dass sie einige Meter zurückgewichen waren. Der Wachtposten befand sich halb unter einem Bogen ineinander gewachsener Brombeer- und Rosenzweige, die genug Platz für zwei junge Menschen ließen. Das Laub an den stacheligen Ruten hatte immerhin dafür gesorgt, dass der spärlich bewachsene Boden darunter einigermaßen trocken geblieben war. Trotzdem hatte Katarina eine alte Picknickdecke mitgebracht, nachdem sie am Tag zuvor mit feuchten Sachen nach Hause geradelt waren.

David war es unmöglich, zu erkennen, ob seine Klassenkameradin mit ihrer Frage ernsthaftes Interesse bekundete oder einfach nur von seinem Schweigen genervt war. Vielleicht interpretierte er zu viel in solche Zwischentöne, und eine tiefergehende Intention war gar nicht vorhanden. Sie waren erst zwölf, durchlebten die Wirren der Pubertät und das Erwachen bisher unbekannter Gefühle. Ein paar unbedachte Worte waren schnell in missverständlichem Ton geäußert und kamen beim Gegenüber falsch an.

Ging es dann so weiter? Musste man als Erwachsener immer und immer mehr darauf achten, was und wie man es formulierte, um beim anderen korrekt verstanden zu werden?

Es war bisher so einfach gewesen. Wenn dein zehnjähriger Klassenkamerad dir sagte, er hätte heute keinen Bock auf die Simpsons, so gab es da keinerlei Spielraum für Interpretationen. Er hatte dann genau das, keinen Bock auf Homer und Marge, und die plausibelste und damit wahrscheinlichste Erklärung war, dass er die Folge schon gesehen hatte. Unwahrscheinlich war, dass man seinem Kumpel in der Stunde zuvor mit einem unbedachten Wort die Laune vermiest hatte und er dies als willkommenen Anlass zur Absage der gemeinschaftlichen TV-Session nutzte.

Das wurde für David fühlbar komplizierter. Er glaubte zu spüren, wie zwischen den Wörtern seiner Schulkameraden unausgesprochene Zwischentöne mitschwangen, die die übermittelte Nachricht mit Emotionen oder zusätzlichen Informationen anreicherten. Malte hatte ein Talent dazu und dieses mit seiner widerlichen Aktion am vorigen Wochenende beeindruckend zur Schau gestellt. David die Bilder einfach zu zeigen wäre verzeihlich gewesen. Sie ihm buchstäblich unter die Nase zu reiben, während seine vermeintliche Ablehnung ihm ins Gesicht geschrieben stand, zeugte allerdings von einer Motivation, der etwas Provokatives, Aggressives, Bösartiges innewohnte.

*Wo kam das her?*, fragte sich David. Wurden sie alle mit diesem und ähnlichen Talenten geboren und wandten sie nach einer Weile des Reifens an? So wie er selbst nun offenbar in der Lage war, diese Zwischentöne zu hören, bei seinen Altersgenossen genauso wie bei Erwachsenen.

Noch komplizierter wurde es für David im Umgang mit den Mädchen. Bei den Jungs gab es fast kein anderes Thema mehr, wenn sie unter sich waren. Arne, Kai und

Malte taten sich besonders damit hervor, die optisch erkennbaren Merkmale des weiblichen Geschlechts bis ins Kleinste zu diskutieren und dabei keinen noch so schäbigen Ausdruck auszulassen. Im Brustton der Zusammengehörigkeit fielen die Umstehenden lachend mit ein und nahmen schon bald ein anderes der Mädchen ins Visier.

David konnte dem Gelaber nichts abgewinnen und versuchte ihm meist zu entgehen. Wenn er mit Tobi auf dem Schulhof abseits stand, fing er hin und wieder argwöhnische Blicke von Kai und Malte auf und sah dann schnell weg.

»Magst du nicht reden, oder was?«, riss Katarina ihn aus seinen düsteren Gedanken.

»Ich … weiß halt nicht, über was«, murmelte er, fast schon verzweifelt. Nach den Ereignissen der letzten Woche hatte er nicht einmal mehr die Kraft, so etwas wie Trotz zu vermitteln. Er fühlte sich tatsächlich schwach und ausgezehrt.

Katarina seufzte und rollte genervt die Augen gen Himmel. Sie wälzte sich auf die rechte Seite und stützte die Wange in die Hand. Durchdringend sah sie David an. »Erzähl doch einfach, was dir grad durch den Kopf geht. Du musst doch an irgendwas denken.«

Unmöglich konnte er ihr seine wirren Gedanken in begreiflichen Worten übermitteln. Er verstand ja selbst nicht, weshalb ihn das Handeln und die Äußerungen anderer Menschen so beschäftigten und mürbe machten.

»Ich überlege, ob ich hier noch lange mitmache«, brachte er mühsam hervor, um überhaupt etwas zu sagen, und erkannte im nächsten Augenblick, dass er das tatsächlich so meinte.

Katarina schien das nicht zu überraschen. »Kann ich

verstehen«, antwortete sie nickend, wobei die Hand ihre rechte Wange knautschte und zu einer Grimasse verzog. David konnte nicht erkennen, ob sie verschmitzt lächelte oder ärgerlich dreinschaute.

»Wie das?«, fragte er irritiert. Als Katarina nichts erwiderte, fügte er hinzu: »Weißt du, ich war von Anfang an dabei. Tobi und ich haben das hier angefangen, es war ja eigentlich unsere Idee.«

»Eben«, stimmte sie zu. »Und jetzt haben hier andere die Hosen an und spielen sich wie die Chefs auf. Natürlich gefällt dir das nicht.«

So viele Wörter hatte David in den ganzen Sommerwochen zuvor nicht mit Katarina gewechselt. Und mit diesem Maß an Verständnis hatte er schon gar nicht gerechnet. Unerwartet wurde ihm ein wenig warm ums Herz.

»Und was sollte ich deiner Meinung nach tun?«

Sie stieß seufzend die Luft aus. Mit dem linken Zeigefinger schubste sie eine Feuerwanze von der Picknickdecke. »Keine Ahnung«, gab sie zu. »So wie am Anfang wird es sicher nicht mehr.«

»Bestimmt nicht. Wir hatten schon die Idee, einen eigenen Außenposten woanders aufzubauen.« David sah das Mädchen unsicher an. Sollte er ihr überhaupt so viel erzählen? Vielleicht horchte sie ihn ja aus.

»Wir?« Katarina legte die Stirn in Falten.

»Tobi hat das mal gesagt«, erklärte David zögerlich. »War aber eine blöde Idee. Die anderen würden das bestimmt mitbekommen und sich wieder einmischen.«

»Stimmt. So groß ist die Gemeinde nicht, da gibt es nicht so viele Möglichkeiten zum Budenbauen.« Ein weiterer schwarz-roter Käfer unternahm einen unfreiwilligen Flug, beschleunigt von Katarinas schnipsendem Finger.

»Wo ist Tobi eigentlich? Ich hab ihn im Lager eben gar nicht gesehen.«

»Er wollte später kommen. Er nimmt jetzt meistens den Eingang übers Feld.«

»Und er übernimmt keine Wache mehr?«

Die Frage versetzte David einen Stich. Tobi hatte in der vergangenen Woche nur einmal den Wachtposten mit ihm und Katarina geteilt. An den anderen Tagen hatte er sich an den Bauarbeiten am Unterstand beteiligt. Das unausgesprochene Führungstrio, bestehend aus Kai, Arne und Malte, hatte seine Fähigkeiten als Baumeister für sich entdeckt und spannte ihn für seine Zwecke ein, sobald er die Lichtung betrat. Nennenswerte Gegenwehr zeigte Tobi nicht und schien sich in der Rolle des Ingenieurs der Gruppe gut zu gefallen, auch wenn das den meisten aufgrund seiner reservierten Art nicht auffiel. David kannte ihn besser und sah sehr wohl, dass die ihm entgegengebrachte Aufmerksamkeit Tobi schmeichelte. Insgeheim fragte er sich, ob es den Jungs einzig und allein darum ging, die beiden Freunde voneinander zu trennen.

»Die anderen brauchen ihn wohl für den Unterstand«, versetzte David knapp.

Katarina lachte und schaffte es, die Situation damit unverhofft zu entschärfen.

»Was ist so komisch?«

»Muss er das Dach halten, weil er so groß ist?«, fragte sie zurück, warf sich auf den Rücken und lachte wieder.

David grinste und fiel mit ein. Er ließ sich ebenfalls zurückfallen und wurde von Katarinas Lachen angesteckt, die sich nicht einkriegen konnte. Beide malten sich aus, wie Tobi in seiner stoischen Ruhe mit ausgestreckten Armen die Holzplatte des Dachs gen Himmel streckte, während die anderen Jungs in gewohntem Chaos zwischen seinen Beinen herumwuselten.

Durch das Blätterdach sah David, wie die Sonne hinter den Wolken hervorkam und einzelne Strahlen durch das Dickicht sandte. Er blinzelte und merkte, dass das auch an einer Träne lag, die ihm der Lachanfall beschert hatte.

Als er sich einigermaßen beruhigt hatte, wandte er Katarina den Kopf zu. Sie wischte sich mit den Fingern der Rechten die Tränen aus den Augen und hielt sich mit der anderen Hand den Bauch, den es eben noch geschüttelt hatte. Dabei straffte sich ihr T-Shirt, und die sanfte Wölbung kleiner Brüste wurde unter dem Stoff sichtbar. Das angenehm warme Gefühl kehrte zurück.

In dem Moment nahm David Katarina zum ersten Mal als Mädchen wahr. Gedanken an Gespräche der anderen Jungs über Brüste und Pos kamen ihm kurz in den Sinn, doch er fand sie schäbig und unpassend und verdrängte sie sofort wieder. Das Mädchen neben sich hatte er nie als solches gesehen, mit seinen kurzen braunen Haaren und der oftmals rabiaten Art, die eher einem Jungen gut zu Gesicht gestanden hatte. Nun lachte sie herzhaft und ungewohnt freundlich auf eine so schöne Art, dass er sich kaum sattsehen konnte.

Gerade rechtzeitig wandte er den Blick nach oben, bevor Katarina mitbekam, dass er sie und insbesondere ihre Brust anstarrte. Sein Lächeln blieb und entging ihr nicht.

»Der war gut, oder?«, fragte sie und kicherte noch einmal.

David sah sie an und nickte. Ein Bild drängte sich ihm auf. »Und wenn er schon mal da oben ist, kann er ja auch gleich die Dachrinne anbringen.«

Das brachte das Fass erneut zum Überlaufen. Prustend

brachen sie beide in wildes Gelächter aus, hielten sich den Bauch und wälzten sich von einer Seite auf die andere. David schoss kurz durch den Kopf, dass es nicht in Ordnung war, sich über seinen Freund lustig zu machen. Er musste dann nur wieder die sich am Boden windende Katarina ansehen oder sich das Bild ausmalen, wie Tobi eine Dachrinne in die Höhe hielt, um abermals wiehernd loszulachen.

Der herrliche Moment dauerte gefühlt ewig. David hatte den Eindruck, Dämme seien gebrochen. Er saugte Energie auf, die sich in den vergangenen Wochen hinter dem Wall angestaut hatte.

Allmählich beruhigten sie sich wieder und blieben zufällig einander zugewandt liegen, Tränen in den Augen. Sie grinsten sich in unverstellter kindischer Freude an. David spürte Katarinas keuchenden, heißen Atem im Gesicht und wieder – oder weiterhin? – diese warme Empfindung im Innersten.

Katarina schien etwas in seinem Blick zu lesen, was sie nicht unbedingt verunsicherte, aber doch innehalten ließ. Sie sah David weiter unverwandt an. Fühlte sie auch etwas, ging es ihr etwa genauso?

»Warte kurz, halt still!«, sagte er und legte seinen Zeigefinger an Katarinas Schläfe. Sie zuckte kaum merklich, wich aber bei der Berührung nicht zurück. Schielend folgten ihre Augen seiner Bewegung. Ihre Haut war warm und weich und vom Schweiß etwas feucht. Ein Käfer hatte sich in ihr Haar verirrt, zögerte kurz und krabbelte auf Davids Fingerkuppe. Vorsichtig hielt er das Tier so zwischen sich und das Mädchen, dass sie beide es gut sehen konnten.

»Was ist das denn?«, flüsterte Katarina fasziniert und konnte den Blick nicht von dem schillernden Insekt abwenden.

»Ein Goldglänzender Rosenkäfer«, erklärte David ohne Zögern.

Katarinas Faszination wandte sich nun ihm zu. »Woher weißt du denn sowas?«

Er zuckte mit den Achseln. »Ich habe es mal nachgeschlagen, nachdem ich einen gesehen habe.« Dass er den Käfer und unzählige andere Insekten und Blüten schon einmal gezeichnet hatte, im Garten seiner Großeltern, verschwieg er seiner Klassenkameradin. Ihre augenblickliche Freude und die Anerkennung seines Wissens genügten ihm.

Der Käfer öffnete für eine Sekunde die metallisch schimmernden Deckflügel, legte sie wieder an und begann, mit den Vorderbeinen seine Fühler zu putzen. Fasziniert verfolgten Katarina und David sein Tun.

Im Gebüsch knackte ein Zweig, Schritte näherten sich schnell. Bevor Katarina und David reagieren konnten, stand Malte vor dem Rosendickicht und beugte sich durch die Öffnung unter dem Bogen. Irritiert sah er die beiden abwechselnd an, wie sie da dicht beieinanderlagen und sich dabei auch noch gut zu amüsieren schienen. Argwohn machte sich in seinem Gesicht breit.

»Was ist denn hier los?«, stieß er stirnrunzelnd hervor. »Wir haben lautes Lachen gehört. Was ist denn?«

David war wie vor den Kopf geschlagen. Er konnte an Maltes Blick ablesen, was diesem durch den Sinn ging. Da waren wieder die Gedanken an die Wörter zwischen den Zeilen.

Geistesgegenwärtig klaubte Katarina den Käfer von Davids Finger, den dieser schon fast vergessen hatte. Sie schubste das Insekt auf ihre Handfläche und rappelte sich mühsam auf die Knie, um Malte ihren Fund zu präsentieren.

»Schau mal«, rief sie unbedarft und so begeistert, dass David ihr die Euphorie ohne Weiteres abgekauft hätte. Womöglich war diese sogar echt. »Ein golden glänzender Rosenkäfer.«

Malte stand die Verwirrung ins Gesicht geschrieben. Sein Argwohn wich Unverständnis, als er das Insekt betrachtete. »Und was ist daran so komisch?«

Katarina zuckte mit den Schultern, was der Käfer zum Anlass nahm, brummend die Flucht zu ergreifen. Er wählte eine Flugroute, die direkt an Maltes Kopf entlangführte und diesen reflexartig zurückschrecken ließ. Seine Frage schien er darüber zu vergessen.

»Für einen Wachtposten seid ihr ein bisschen zu laut«, stellte er grimmig fest.

»Kommt doch eh keiner«, gab Katarina schlagfertig zurück und grinste Malte herausfordernd an.

Dem hatte er nichts Konkretes entgegenzusetzen. »Komm mit«, versetzte er stattdessen in ihre Richtung. »Wir brauchen dich mal am Unterstand.«

»Ach so?«, erwiderte sie überrascht. »Na dann.« Sie zuckte unbedarft mit den Achseln und warf David ein Lächeln zu, das auch Malte nicht entging. Sie rappelte sich auf und verschaffte sich Platz auf dem Weg ins Freie, indem sie den draußen Stehenden unwirsch beiseiteschob. Mit stampfenden Schritten verschwand sie im Dickicht in Richtung Außenposten.

»Und du, pass schön auf, ja?« Malte versuchte, möglichst viel Autorität in seine Worte zu legen, die bei David nicht richtig verfing. »Das hier ist ein Wachtposten. Wäre nicht gut, wenn euer Gelächter noch Leute anlockt.«

David wurde das Grinsen nicht los. »Jawoll, Chef!«, gab er zackig zurück und salutierte theatralisch. Er wunderte sich selbst über so viel schlagfertige Courage.

Malte nötigte die Reaktion des Kleineren ein weiteres verwirrtes Stirnrunzeln ab. Eine Erwiderung wollte ihm nicht einfallen. Ohne ein Wort wandte er sich zum Gehen und folgte Katarina ins Innere des Unterholzes.

In dem Augenblick konnte nichts David etwas anhaben. Er hatte es Malte gezeigt, und der hatte klein beigegeben und sich verzogen. Das gemeinsame unverhoffte Erlebnis mit Katarina hatte ihm Kraft gegeben, ihn regelrecht aufgeladen. So unerwartet und verwirrend dieses warme Gefühl war, er wollte es nicht mehr missen. Vielleicht musste er es nicht verstehen, all die feinen Nuancen und Zwischentöne, zumindest nicht, warum es sie gab und woher der Drang der Menschen kam, sie zu Wohl oder Wehe des Gegenübers zu nutzen. Wichtig war in dem Moment allein, dass es diese Töne gab und dass er, David, sie hören konnte.

Das fühlte sich dermaßen überragend an, dass er sich über die anderen erhoben sah, die wenig oder nichts von dem wahrnahmen, was Menschen abseits von Worten miteinander austauschten. Weil er *verstand*, was zwischen den Menschen ablief.

Katarina. Was auch immer da eben geschehen war und noch kommen mochte: Etwas Besonderes war passiert. Jetzt hatte er eine Ahnung von der Aufregung, die die ganze Welt erfasste, wenn es um Beziehungen zwischen Mädchen und Jungs, Frauen und Männern ging. Und das war weit entfernt von dem, was seine Klassenkameraden im Sinn hatten.

David ließ sich auf den Rücken fallen und verschränkte die Hände unter dem Kopf. Durch das Blätterdach sah er den blauen Himmel und spürte die warmen Sonnenstrahlen des Spätsommers auf der Haut. Das Leben fühlte sich gar nicht mehr so schlecht an.

# 16

Die konsequente Weiterentwicklung des Differential Global Positioning Systems (DGPS) zu DGPS+, das mit der Positionierung der letzten vierzehn Satelliten im Dezember 2028 an den Start ging, eröffnete in bestehenden Anwendungsgebieten, in denen Positionsdaten verarbeitet werden, erhebliche Verbesserungen. Die zentimetergenaue Bestimmung des GPS-Empfängers beispielsweise in Fahrzeugen ermöglicht nun das automatische satellitengestützte Einparken ohne nennenswertes Kollisionsrisiko.

Einhergehend mit dem Aufkommen der Chip-Implantate erfuhr der offene Strafvollzug eine bemerkenswerte Entlastung der Justizvollzugsanstalten und der mit ihnen verbundenen Behörden. Verurteilte Straftäter dürfen seit 2031 nach entsprechender Prüfung und mit ihrem Einverständnis im offenen Vollzug an einem Ort ihrer Wahl, in der Regel an ihrem Wohnort, ihre Strafe als Hausarrest absitzen. Die hochgenaue Bestimmung ihres Aufenthaltsortes anhand des DGPS+-fähigen implantierten Chips ersetzt das lästige Tragen einer elektronischen Fußfessel und vermittelt den Betroffenen ein größeres Gefühl von Freiheit. Psychologische Studien, die das Projekt von Beginn an begleiten, bestätigen die positive Wirkung auf den Prozess der Resozialisierung.

Datenschutzbehörden lehnen diese Art der Überwachung vehement ab. Trotz Zustimmung der Betroffenen stehe das Tracking des Aufenthaltsortes einer Vielzahl nationaler und internationaler Gesetze entgegen. Die Mehrheit der Ethikkommissionen in zahlreichen Ländern verweisen auf das Fehlen geeigneter langfristiger Studien zur Nachhaltigkeit dieser Maßnahmen und stellen damit die vorgenannten Untersuchungen in Frage.

*Aus My Scientist, Ausgabe 05/2033*

## 17

Die hintere Eingangstür öffnete sich, und Lydia, Maria und Carol traten ein. Sie trugen dieselben Kleider wie am Nachmittag, sahen aber alle nach der kurzen Pause und einer Dusche erfrischt aus. Sie schauten sich im Diner um und gesellten sich zu Simon an die Theke.

»Na, wie siehst du denn aus?«, fragte Carol besorgt, als sie den abgeschlagenen Ausdruck im Gesicht ihres Bruders erkannte. Er war dankbar, dass sie seine Probleme vor den anderen nicht direkt ansprach.

Maria schien Simons Zustand jedoch ebenfalls zu bemerken. »Alles in Ordnung mit dir?«

Er rutschte von seinem Barhocker, streckte sich und nickte. »Schon okay. Die Hitze macht mir zu schaffen. Aber jetzt geht es. Hier drinnen lässt es sich ja aushalten.«

Lydia warf sich das Ende ihres weißen Schaltuchs über die Schulter. »Ich finde es etwas zu kühl. Aber man kann es ja nicht jedem recht machen.«

Draußen sank die Sonne. Der größte Teil des Parkplatzes lag im Schatten des Moteltraktes. Andere Autos waren nicht dazugekommen, und durch den Haupteingang hatten bisher keine weiteren Gäste den Diner betreten.

Simon sah auf die Uhr hinter der Theke. Es war bereits halb sechs.

»Ist nicht sehr gut besucht, findet ihr nicht?«, wunderte er sich.

Lydia pflichtete ihm bei. »Donnie sagte, abends wäre hier eigentlich ganz schön was los. Aber es gibt ein Footballspiel in der Nähe, auf das alle ganz wild sind.«

»Und er hat keinen Fernseher«, ergänzte Maria. »Ansonsten wäre der Laden wohl rappelvoll. Dafür kann es hier später noch hoch hergehen.«

Merkwürdig war es trotzdem, dass nicht der eine oder andere hungrige Gast das Lokal aufsuchte. Nicht jeder stand auf Football. Simon schrieb das Ausbleiben von Besuchern dem gebuchten Setting zu. Zwar hatte Donnie angedeutet, dass er der Schulklasse seinen Diner nicht exklusiv anbieten konnte, das hieß aber offensichtlich nicht, dass permanent Betrieb herrschen würde.

Die Tür zum Parkplatz öffnete sich abermals. Arne, Kai und Malte traten ein wie ein eingespieltes Rockabilly-Ensemble. Sie hatten ihre Tollen nachgegelt (falls das überhaupt nötig war, überlegte Simon), und ihre Creeper-Schuhe glänzten wie soeben poliert. Lässig schlenderten sie zu den Anwesenden und warfen sich in Pose.

»Ihr habt aber auch alles gegeben, oder?« Carol nickte anerkennend. Simon, der seine Schwester besser kannte als die anderen, erkannte eine Spur Sarkasmus in ihrer Frage.

Kai steckte die Daumen in die Taschen seiner Jeans und imitierte mit kühlem Blick das Kauen eines Kaugummis. Dann grinste er. »Ich frage mich, ob die Jungs damals wirklich so drauf waren oder das nur aus diesen James-Dean-Filmen überliefert ist.«

Arne fingerte an der Gesäßtasche seiner Jeans herum und förderte einen Kamm zutage. Theatralisch fuhr er damit durch die frisch zementierte Tolle. »Weiß gar nicht, was der da redet.« Sie brachen in Gelächter aus.

Donnie kam aus der Küche geeilt, weil er die Gruppe gehört hatte, und baute sich hinter dem Tresen auf.

»Da seid ihr ja. Kann ich euch schon was anbieten? Wir haben so ziemlich alles da: Bier, Whisky, Wein, Cola, Limo.

Wir können euch auch Cocktails mixen. Die meisten stehen auf den Karten auf den Tischen. Specials fragt ihr am besten nachher bei Val an, die hat ein paar echt gute im Repertoire.«

Der Redefluss des Wirtes ging einher mit hektischen Gesten seiner Hände. Während er von einem Fuß auf den anderen trat, zählte er die genannten Getränke vage an den Fingern auf.

Simon dachte an sein Gespräch mit Val und fragte sich, welche der aufgezählten Drinks Donnie tatsächlich im Sortiment hatte. Und die auch noch so schmeckten, wie er sie kannte. Er verdrängte den Gedanken daran, dass er vielleicht nur preiswerten Ersatz trinken würde. Den Rest würden das Setting und der Prozessor in seinem Kopf erledigen, indem sie seiner Zunge einen Bourbon oder ein Lager vorgaukelten.

In dem Moment wurde erneut die Hintertür geöffnet. Tobi hielt den Flügel auf und ließ Katarina, Sabine, Nina und Yvonne eintreten, bevor er hereinkam und die Tür hinter ihm zufiel.

»Damit wären wir komplett«, stellte Carol fest.

Der Reihe nach gaben sie bei Donnie ihre Getränkebestellung auf, der die Wünsche hektisch mit einem winzigen Bleistift auf den Zettel eines Blocks kritzelte. Der Wirt ging die Liste noch einmal durch und ließ sich die einzelnen Posten bestätigen.

»Ich sag Val Bescheid und kümmere mich anschließend um die Burger, wenn es recht ist.« Er wandte sich zum Gehen, dann fiel ihm noch etwas ein. »Ach ja: Die Jukebox läuft heute Abend ohne Münzeinwurf. Falls ihr was Bestimmtes hören wollt, müsst ihr einfach die passenden Tasten drücken. Ansonsten läuft das Magazin in

Dauerschleife von vorn bis hinten durch.« Ohne eine Reaktion abzuwarten, verschwand Donnie in der Küche. Aus der Durchreiche war kurz darauf das Zischen von Bratfett zu hören.

»Ganz schön hektisch, der Knabe«, sagte Tobi ernst mit hochgezogener Augenbraue.

»Ja. Er sollte mal seine Ritalin-Dosis einstellen lassen«, ergänzte Malte. Der Witz kam nicht bei allen gut an, das Schmunzeln fiel mager aus. Simon musste an Schulzeiten denken, zu denen sein Klassenkamerad durch sein überdrehtes Verhalten aufgefallen war und Anlass zu der Vermutung gegeben hatte, an ADHS zu leiden. Vielleicht wusste er am besten um die Wirkung des Medikaments.

»Da spricht der Kenner«, sagte Kai prompt. Da er über Jahre ein enger Freund von Malte gewesen war, nahm dieser ihm das nicht übel und honorierte den Einwand mit einem nett gemeinten Knuff gegen den Oberarm.

Malte deutete mit dem Daumen in die Richtung der Jukebox. »Kommt, wir schauen mal, was dieser Spotify-Opa so hergibt.« Mit Kai und Arne an der Seite schlenderten sie hinüber zu der Wurlitzer und diskutierten lautstark die vorhandenen Titel, die, ebenfalls authentisch, alle aus dem Jahr 1964 und den Jahren davor stammten. Schnell driftete das Gespräch ab, und das Trio tauschte sich über die unterschiedlichen Audio-Streaming-Dienste, bevorzugte Genres und Playlists aus.

Carol grinste. »Ganz wie früher.«

Aus der Küche tauchte Val auf und begrüßte alle Anwesenden mit einem breiten Lächeln. »Hallo, hallo, hallo!«, rief sie aus. In der Hand hielt sie den Zettel mit den bestellten Getränken. »Dann wollen wir mal.«

Yvonne machte ein Hohlkreuz und verzog das Gesicht.

»Ich muss mich setzen.«

»Alles in Ordnung?«, fragte Sabine.

»Schon okay«, antwortete Yvonne und winkte ab. »Bandscheibenvorfall vor drei Jahren.«

Simon beobachtete Yvonne, Sabine und Nina, wie sie sich an einen der Tische setzten. Allesamt hatten sie sich ein jugendliches Aussehen verpasst, das perfekt über ihr wirkliches Alter hinwegtäuschte. Damit einhergehende körperliche Gebrechen vermochte diese Fassade nur bedingt zu verschleiern. Dazu zählten Yvonnes Rückenprobleme genauso wie Ninas latentes Übergewicht. In geringem Maß ließ sich die Statur virtuell optimieren, trotzdem waren dieser Simulation Grenzen gesetzt.

Im Stillen fragte sich Simon, wer von den Jungs seine originale Haarfarbe hatte, wenn nicht ohnehin Halbglatzen die Häupter zierten. Sein eigenes Haar wurde auch merklich dünner. Weitere Bilder von Falten und schlaffen Trizepsen drängten sich ihm auf.

Lydia und Maria hievten sich auf die Barhocker vor der Theke, auf denen sie am Nachmittag gesessen hatten, und verfolgten, wie Val die ersten Bierkrüge unter dem Zapfhahn füllte.

Carol wandte sich Tobi zu und musste den Kopf heben. Simon erwartete einen infantilen Spruch wie: »Wie ist denn die Luft da oben?« Aber dazu war seine Schwester zu erwachsen, wusste er.

»Na, Tobi?«, sagte sie. »Wie ist denn die Luft da oben?«

Simon starrte sie verblüfft an.

»In Schweden, meine ich«, setzte sie grinsend hinzu und verschränkte kokett die Arme unter der Brust.

Tobi lächelte aufrichtig amüsiert. Im Kindesalter war er nicht als Spaßvogel bekannt gewesen. Das schien sich zwischenzeitlich geändert zu haben.

»Angenehm. Man kann es dort fast das ganze Jahr über gut aushalten. Je nach Breitengrad. Ich sagte es ja eben schon. In Südschweden ist es mittlerweile im Sommer wie in der Provence, als wir noch zur Schule gingen.«

Simon erinnerte sich an ihre Abschlussfahrt im Juni 1999. Zwölf Stunden Anreise mit dem Bus, die reinste Tortur. Bei einem der Tagesausflüge war zwischen Avignon und Carpentras die Klimaanlage im Bus ausgefallen. Bei Temperaturen an die vierzig Grad im Bus hatten einige von ihnen Schwindelanfälle bekommen. Maria hatte sich im Bus übergeben. Sie hatten eine Stunde an einer Landstraße im spärlichen Schatten von Olivenbäumen ausharren müssen, bis der Bus gereinigt war und der Gestank nach Erbrochenem nicht weitere solcher Anfälle verursachte.

»Mir wird heute noch übel, wenn ich daran denke«, sagte Carol und lächelte übertrieben gequält. »Und in Schweden ist es inzwischen auch so heiß?«

»Wie gesagt, im Sommer im Süden«, bestätigte Tobi nickend. »Da sind fünfunddreißig Grad keine Seltenheit. Nur dass du es im Gegensatz zur Provence zusätzlich mit Milliarden von Stechmücken zu tun hast.«

»Na super«, meinte Carol sarkastisch.

»Wie bist du eigentlich zu dem Beruf gekommen?«, fragte Simon. »Doch nicht wirklich wegen unserer Budenbauerei damals.« Er musste sich auf andere Gedanken bringen. Tobis Werdegang interessierte ihn. Carol hatte ihm vor einiger Zeit berichtet, Tobi hätte sich eisern zu einem Einser-Abitur gepaukt und das Ingenieurstudium im Eiltempo absolviert.

Der lachte auf. »Nein. Ich weiß, das passt gut ins Bild und wäre eine schöne kitschige Anekdote. *Sein Faible für den*

*Dammbau entdeckte er im Schlamm des Erlenbachs.*«

»Ja, genau«, bestätigte Carol lächelnd.

»Nur dass der Bach bald Geschichte ist«, ergänzte Simon düster.

Tobi runzelte die Stirn. »Wieso?«

»Die Gemeinde erweitert dort noch einmal das Industriegebiet. Sie haben in den Zwanzigern schon einen langen Abschnitt verrohrt. Demnächst ist der Rest bis hinunter zur Umgehungsstraße dran.«

»Gibt es denn so viele Firmen, die sich da ansiedeln wollen?«, fragte Tobi skeptisch. »Die Region war schon tot, als ich dort weggezogen bin, und die meisten Unternehmen haben leere Lagerhallen hinterlassen.«

Simon hob ratlos die Schultern.

»Und wie bist du nun auf den Beruf gekommen?«, hakte Carol nach.

»Herr Köhler hat mich darauf gebracht«, erklärte Tobi. »Das muss in der Neunten oder Zehnten gewesen sein, als wir in Physik das Thema mal gestreift haben.«

»Lebt er noch?«, fragte Simon. Vage erinnerte er sich an ihren Klassenlehrer, der in den letzten beiden Mittelstufenjahren zusätzlich Physik unterrichtete. Er war ein kleinerer Mann mit scheinbar unzähmbaren schwarzen Haaren und ebensolchem Bart gewesen.

Tobi nickte. »Er ist nach der Pensionierung nach Dänemark gezogen, lebte dort erst an der Küste. Er war etwas zu optimistisch, als er das Haus dort kaufte. Wegen des Meeresspiegelanstiegs hat er mittlerweile wieder verkauft und ist nach Kopenhagen gezogen. Ab und zu besuche ich ihn, wenn ich mal in der Stadt bin.«

»Er muss doch auch schon in die Siebzig sein«, vermutete Carol.

»Zweiundachtzig«, sagte Tobi. »Und er ist noch recht rüstig. Fährt sogar Fahrrad.«

Die Zwillinge nickten beeindruckt.

»Was ist mit den anderen?«, fragte Carol. »Frau Persch und Herr Erbel?«

»Er hieß Ebel«, sagte Simon.

»Der lebt in Berlin, hat mir Herr Köhler gesagt«, erzählte Tobi. »Frau Persch ist vor ein paar Jahren gestorben.«

Lydia reichte ihm und Simon je ein Bierglas, das Val auf die Theke gestellt hatte. »Bitteschön!«

»Vielen Dank«, sagte Simon. Tobi nickte und prostete ihm zu.

»Könnt ihr nicht warten?«, fragte Carol.

Tobi nahm unbeeindruckt ein paar Schlucke und wischte sich mit einem Taschentuch den Schaum von den Lippen. »Ich hab Durst«, bekannte er und hob entschuldigend die Schultern.

»Waren das alle?«, fragte Simon. »Wir hatten doch noch andere Lehrer.«

»Ja, aber teilweise nur kurz.« Carol machte ein nachdenkliches Gesicht. Sie wandte sich Simon zu. »Du hast mal was von einer Erdkundelehrerin erzählt, die war da, bevor ich in eure Klasse gekommen bin. Die fanden alle Jungs bei euch ganz schnuckelig.«

Simon glaubte, ein Zischen zu hören, wie ein Kabel, das einen Kurzschluss verursacht, oder wie reißender Stoff. Er schloss kurz die Augen. Als er sie wieder öffnete, wich er schockiert einen halben Schritt zurück. Sein Bier schwappte wild im Glas umher, und ein paar Tropfen landeten auf seinem Hemd. Sein freier Arm ruderte kurz haltlos in der Luft, bevor er die Kante des Tresens neben Lydia zu fassen bekam.

Seine Schwester trug das Gesicht von Frau Nolte, ihrer Erdkundelehrerin aus der sechsten Klasse. Die grünen Augen und die runden, leicht geröteten Wangen waren unverkennbar. Das übrige Erscheinungsbild war weiter das von Carol und machte den Anblick umso verstörender. Sie lächelte ihn freundlich an, dann wich ihre Mimik einem fragenden Gesichtsausdruck.

»Was ist mit dir, Simon?«, fragte sie, und es war eindeutig die Stimme von Frau Nolte, an die er sich nur zu gut erinnerte.

Tobi stand neben ihr und sah seinen ehemaligen Mitschüler besorgt an. Flüchtig schoss Simon durch den Kopf, dass Tobi scheinbar nichts Ungewöhnliches bemerkte, weder das geänderte Gesicht noch die fremde Stimme. Auch Lydia und Maria hatten ausschließlich Augen für sein eigenes merkwürdiges Verhalten.

Mühsam bugsierte Simon sein Bierglas auf die Theke. Er stützte sich mit beiden Händen auf die Kante und beugte sich keuchend vornüber, als müsste er sich übergeben. Er schloss die Augen und konzentrierte sich. Ganz leicht wummerten Wellen von Kopfschmerzen, als rollte in einigen Kilometern Entfernung ein Güterzug vorüber.

Jemand packte ihn an der Schulter. »Simon! He, Simon!« Es war Tobis Stimme.

Vorsichtig öffnete er die Augen und erkannte nach einem Blinzeln die junge Kellnerin hinter dem Zapfhahn. Sie hatte im Befüllen eines Bierkruges innegehalten, der halb gefüllt auf der Theke vor ihr stand. Sorge lag in ihren Zügen, und so etwas wie Mitleid schien sich in ihrem Gesichtsausdruck widerzuspiegeln.

Langsam wandte Simon den anderen neben sich den

Kopf zu. Carols Gesicht war wieder das ihre. Sie beugte sich zu ihm herab und sah ihn besorgt an. »Geht's denn?«, fragte sie ihn mit der ihm vertrauten Stimme.

Er nickte und richtete sich auf. »Danke«, sagte er an Tobi gewandt, der seine Schulter losließ.

Lydia und Maria waren ebenfalls wie vom Donner gerührt. »Was ist denn los mit dir?«, fragte Maria.

Simon sah Carol fragend an. Sie wusste, was er ihr mitzuteilen versuchte.

»Migräneschübe«, äußerte sie ohne merkliches Zögern. »Er hat das schon einige Jahre. Ich denke, der Stress der letzten Monate und jetzt die Hitze machen es schlimmer.«

»Du Ärmster«, sagte Maria in aufrichtigem Bedauern.

»Vielleicht legst du dich besser noch einmal eine halbe Stunde hin«, schlug Lydia vor.

Für den Moment erschien ihm das der vernünftigste Vorschlag. Wie das bei den anderen ankam, war ihm einerlei. Er straffte sich und nickte. »Werde ich machen, wenigstens eine Viertelstunde Powernapping, dann bin ich wie neu.«

Carol beobachtete ihn skeptisch. »Kommst du klar? Soll ich dich begleiten?«

»Geht schon, ich krieg das hin.« Er rang sich ein Lächeln ab. »Macht ihr mal weiter. Ich stoße dann wieder dazu.«

Beim Verlassen des Diners versuchte er, so normal wie möglich zu wirken, vor allem, damit sich seine Schwester keine unnötigen Gedanken machte. Die Frauen auf den Bänken und die drei Männer bei der Jukebox musterten ihn ebenfalls besorgt. Das mühsam souveräne Auftreten wurde durch einen eisigen Schauder zunichtegemacht, als Simon unter dem Deckenventilator entlangging. Die Blicke der anderen ignorierend, öffnete er die Tür und trat eilig nach draußen. Blechern fiel die Tür hinter ihm zu.

Nur noch die Spitzen der Haus- und Fabrikdächer rings um den Parkplatz leuchteten in den letzten Sonnenstrahlen. Die Wärme des Spätnachmittags schlug Simon entgegen. Die größte Hitze war vergangen, dennoch war der Wechsel der Temperatur wieder eine Wucht, die sein Körper zunächst verarbeiten musste.

Kurz hielt er inne. Aus dem Inneren des Diners vernahm er das dumpfe Wummern der Bässe eines Songs, den er beim Verlassen nicht mehr richtig gehört hatte. Sonst war da hin und wieder das Geräusch eines vorbeifahrenden Autos oder Lastwagens auf der anderen Seite des Gebäudes, in der Ferne ein Hupen. Dazwischen nichts als der in Wogen aufkommende und abflauende schwülwarme Wind, der ein paar Staubwolken auf dem trockenen Asphalt des Parkplatzes aufwirbelte und die Blätter der Palmen rascheln ließ.

Simon drehte sich um und beobachtete seine ehemaligen Klassenkameraden durch die Scheiben. Die Gespräche wurden lockerer, je weiter der Spätnachmittag voranschritt. Die alte Vertrautheit kehrte teilweise zurück, und der Alkohol trug dazu bei, dass die Zungen sich lösten.

Sabine und Nina saßen sich gegenüber auf den Bänken am Fenster, Letztere mit dem Rücken in Simons Richtung, und waren in eine lebhafte Diskussion vertieft, begleitet von ausladenden Gesten seitens Nina. Yvonne und Katarina saßen daneben, lauschten die meiste Zeit und machten hin und wieder einen Einwurf, wenn der Redeschwall der anderen beiden es zuließ.

Ähnlich energisch ging es beim Trio vor der Wurlitzer zu. Simon vermutete, dass sich ihre Gespräche längst nicht mehr um die Musikauswahl drehten. Bestimmt waren die

Jungs bei gängigen Themen wie Autos, Sport und Karriere angelangt. Insgeheim war er froh, dass er sich in seinem jetzigen Zustand nicht daran beteiligen musste.

Ruhiger ging es bei den Übrigen am Tresen zu. Lydia und Maria tauschten sich dort aus, beide ihre Cocktailgläser in den Händen. Tobi und Carol sprachen sicher über ihn. Seine Schwester warf ihm wiederholt besorgte Blicke durch die Scheiben der Tür zu. Simon lächelte und hob beschwichtigend die Hand.

Er schritt die Stufen hinab zum Parkplatz und bewegte sich ohne Eile in Richtung Motel. An Schlaf war nicht zu denken. Sein Herz raste immer noch und wollte sich erst recht nicht beruhigen, wenn sich ihm das Gesicht von Frau Nolte wieder aufdrängte, das Carol getragen hatte. Viel gab er inzwischen nicht mehr auf die Erklärungsversuche seiner Schwester für diese Aussetzer, egal ob diese nur Nebenwirkungen wegen des erst kürzlich erfolgten Eingriffs darstellten. Plausibel klang das allemal. Er verglich es mit sehr real scheinenden Träumen in unruhigen Nächten, wenn der Geist tagsüber Erlebtes zu verarbeiten versuchte und die krudesten Stories dabei herauskamen. Es war durchaus möglich, dass die Namen seiner ehemaligen Mitschüler sein ohnehin überlastetes Hirn noch weiter strapazierten. Die nicht anwesenden Lehrer und die Erinnerung an deren Gesichter ließen die Sicherungen komplett durchbrennen.

Simon blieb am Fuß der Stahltreppe vor dem Motel stehen und schüttelte den brummenden Kopf. Er fragte sich zum x-ten Male, warum er sich zu diesem technischen Unfug hatte überreden lassen. Er kannte viele, die sich dem Chipping verweigerten. In der IT-Branche kam man zwangsläufig mit euphorischen Befürwortern wie vehementen Gegnern gleichermaßen in Kontakt. Simon war offen für die gesamte Bandbreite an Pro und Contra und hatte dem Drängen seiner Freunde und Verwandten, ein Mitglied dieser digitalen Gemeinschaft zu werden, erst spät nachgegeben. Gerade jetzt wäre er gern Teil der schrumpfenden Minderheit der Verweigerer gewesen.

Das Brummen wollte nicht verschwinden. Simon lauschte in sich hinein und stellte irritiert fest, dass der wabernde Ton nicht in seinem Kopf zu sein schien. Er hörte ihn wirklich, wenn das auch nicht zwangsläufig bedeutete, dass er da war. Schließlich konnte der blöde Chip solche Geräusche simulieren, oder er war schlichtweg defekt.

Einen Ursprung hatte der Brummton nicht. Egal, in welche Richtung sich Simon wandte, er kam von überall. Nein, nicht vom Diner her, stellte er fest, während er sich um die eigene Achse drehte.

Versuchsweise ließ er die Treppe hinter sich und ging ein paar Schritte am Motel entlang. Je mehr er sich vom Diner entfernte, umso lauter und eindringlicher wurde das Brummen. Es war hier eindeutig außerhalb seines Kopfes und klang, als stünden jenseits der Mauer, die den Parkplatz umgab, unzählige große Transformatoren oder Generatoren.

Noch ein Dutzend Schritte, es war nicht weit bis zum Ende des Moteltraktes zu seiner Linken. Der Parkplatz hatte hier eine zusätzliche Ausfahrt. Der Asphalt endete ein paar Meter nach der Grundstücksgrenze, die durch die Mauer zu beiden Seiten markiert wurde, und ging in einen groben Schotterweg über. Die wenigen Gebäude links und rechts davon waren keine massiven Wohnhäuser. Es handelte sich eher um dauerhaft abgestellte Wohnwagen und größere Trailer sowie vereinzelt ein paar Wellblechhütten und verwahrlost wirkende Baracken.

Simon blinzelte. Zunächst schob er es auf die aufkommende Dämmerung, dass er Details an den Gebäuden und den Trailern nicht ausmachen konnte. Für Beeinträchtigungen dieser Art war es jedoch rings um ihn noch zu hell. Ein Seitenblick auf einen dunkelblauen Buick, der mehr als zehn Meter entfernt geparkt war, zeigte gestochen scharf dessen Nummernschild. Simon konnte die Jahreszahl 1960 am oberen Rand erkennen, deren 19 links und 60 rechts in den Ecken stand, dazwischen die Wörter »Sunshine State« in Großbuchstaben.

Die Fenster und Türen an den Trailern erschienen hingegen ungewöhnlich grob. Nein, schlicht, verbesserte sich Simon. Es gab keine feineren Details, alle Flächen und Kanten wirkten schmucklos und dabei vollkommen gerade. Sträucher, Zaunpfosten und Briefkästen waren auf ihre Umrisse und Grundfarben reduziert. Schatten besaßen keine Nuancen und waren von einheitlichem Grau. Die Buchstaben und Ziffern auf einem Hinweisschild waren nur unregelmäßige Glyphen ohne Bedeutung in irgendeiner Sprache, die Simon nicht geläufig war. Eine logische Erklärung drängte sich auf: Aus der Ferne wären reale Zeichen ohnehin nicht lesbar gewesen, und dieser angedeutete Ersatz war realistisch genug.

Der Schotter des Wegs und das verdorrte Gras abseits davon wurden mit wachsender Entfernung zwar kleiner und vermittelten eine gewisse Tiefe. Simon erkannte dessen ungeachtet eindeutig sich wiederholende Muster wie bei Tapeten oder einem schlampig verlegten Laminatboden. Er hatte das Gefühl, ein lieblos programmiertes Computerspiel zu betrachten.

Über den unerwarteten visuellen Eindruck hatte Simon das Brummen fast vergessen. Bevor er die Ausfahrt erreichte, erlangte das Geräusch eine so ungeheure Intensität, dass er stehenbleiben musste. Er konnte nicht mehr sagen, ob es von außen kam oder in seinem Kopf wummerte. Es war nicht übermäßig laut, aber so durchdringend, dass Simon die Vibrationen körperlich spürte. Und damit kehrten auch die Kopfschmerzen zurück. Es fühlte sich an, als drückte ihm jemand von beiden Seiten die Fäuste gegen den Schädel.

Mit Schrecken erkannte Simon, dass er nicht weitergehen wollte. Er hätte es gekonnt, vielleicht noch bis zur Grundstücksgrenze zwischen den beiden Enden der Mauer. Er wollte nicht, weil er ahnte, dass das Wummern dort unerträglich sein würde.

Des Denkens war er kaum fähig, allein ein Gedanke schoss ihm durch den Sinn: Wieso sollte er hier nicht weitergehen *dürfen*?

Vor sich erkannte er seinen eigenen Schatten, der lang über den Asphalt bis hinaus auf den Schotter geworfen wurde. Das Brummen hatte Simon dermaßen abgelenkt, dass ihm seine dunkel und ungewöhnlich scharf auf dem Boden liegende Silhouette nicht aufgefallen war. Er runzelte die Stirn und beobachtete einige Sekunden lang verwirrt den gelben Lichtschein rund um seine Kontur. Er drehte sich um.

Das Innere des Diners stand in Flammen.

## 18

»Hast du gelernt?«, fragte Katarina düster und kramte in der Tasche, die sie zwischen ihre Füße gestellt hatte, nach ihrer Brotdose.

David schüttelte den Kopf. »Nicht wirklich«, gab er zu. »Ich weiß auch gar nicht, was es da noch zu lernen gab. Die ganze Story mit den Eroberern haben wir doch wochenlang durchgekaut. Wie scheiße sie sich den Einwohnern gegenüber verhalten haben, die Krankheiten, die sie eingeschleppt haben und so weiter. Ich denke, das bekomme ich so hin. Mut zur Lücke.«

Er biss in sein Pausenbrot, das er sich vor der Schule zuhause mit Butter geschmiert und mit einer einzelnen Scheibe Käse belegt hatte. Seine Mutter hatte noch im Bett gelegen und sich nicht geregt, als er in der Küche versehentlich das Messer fallen gelassen hatte.

Katarina fand endlich ihre Box in den Tiefen der Tasche und platzierte sie auf den Knien. Feierlich entfernte sie den halbtransparenten Plastikdeckel. Zum Vorschein kam ein mit Schinken, Käse und einem Salatblatt belegtes Sandwich, das klischeemäßig diagonal in zwei Dreiecke geschnitten war. Und damit nicht genug: Daneben lagen blaue Weintrauben und ein Schokoriegel.

David schnalzte anerkennend mit der Zunge. »Nicht schlecht.«

»Du kannst gern die Hälfte haben«, sagte Katarina verlegen. Sie hatte morgens bereits gefrühstückt und noch gar keinen Hunger. Dass die dünne Stulle in Davids Händen seine erste Mahlzeit des Tages war, konnte sie nur vermuten.

Der sah sie mit großen Augen an. »Ehrlich?«

Sie nickte und legte ohne Zögern eine Hälfte des Sandwichs in Davids zerkratzte Box, die zwischen ihnen auf der Bank lag. »Ist ja genug da. Und ich hab nicht so großen Hunger.«

»D … Danke«, brachte er gerührt hervor. Verwundert betrachtete er die Toastscheiben und sah dann das Mädchen neben sich an. »Aber …«

»Papperlapapp!«, unterbrach sie ihn. »Iss es, bevor ich es mir anders überlege.« Herzhaft biss sie in ihre Hälfte.

Sie saßen an einem Hang gegenüber des Schulgebäudes, von wo aus sie den Großteil des Schulhofs im Blick hatten. In der zum großen Teil verglasten Front des zweckmäßigen Traktes spiegelten sich leicht verzerrt Schönwetterwolken an einem blauen Himmel.

Hunderte Schüler nutzten die große Pause und das nach wie vor gute Wetter des Altweibersommers für allerlei körperliche Betätigungen. Etliche Jungs bolzten auf dem asphaltierten Fußballplatz zu Füßen des Hangs. Andere spielten an einem der Betontische Tischtennis im Rundlauf, bei dem bis zu zehn Kinder permanent um die Platte kreisten und mit der bloßen Hand einen Gummiball auf die gegenüberliegende Seite schlugen. Erreichte man den Ball nicht oder er verfehlte die Tischplatte, dann schied man aus. Die Kleineren spielten Fangen oder Verstecken – klassische Spiele kamen nie aus der Mode.

Schüler der höheren Klassen standen in unterschiedlich großen Gruppen beieinander und quatschten. Je älter, umso ausgeprägter fiel David bei ihnen ein gewisses affektiertes Verhalten auf. Die Kleidung, die sie nach Möglichkeit täglich wechselten und bestenfalls nicht noch einmal trugen, musste von bestimmten In-Marken stammen und dies über gut sichtbare Labels kenntlich machen. Das beiläufig wirkende Beiseitestreichen der Haare, wahlweise durch eine kapriziöse Kopfbewegung ohne den Einsatz der Hand erreicht, gehörte dazu wie die latent arrogante Tonlage. David verstand nicht, wie das bei den Umstehenden Eindruck wecken sollte. Für ihn klang das Nörgelige und Genervte abstoßend und unattraktiv, egal ob Mädchen oder Jungs dieses Verhalten an den Tag legten.

»Was glotzt der denn so?«, fragte Katarina und riss ihn aus seinen Gedanken. Sie hatte argwöhnisch die Augenbrauen zusammengezogen, was in der Mitte ihrer Stirn eine senkrechte Falte entstehen ließ, die David irgendwie süß fand.

Er folgte ihrem Blick und entdeckte Kai, Arne und Malte am Rand des Schulhofs. Arne stand mit dem Rücken zu ihnen und präsentierte auf seiner roten Jacke eine sportliche, weiße 09 irgendeines Teams. Er gestikulierte mit großer Ernsthaftigkeit, die sich an Malte richtete. Der stand ihm gegenüber, stellte ein gewissenhaftes Gesicht zur Schau und lauschte angestrengt. Kai als Drittem im Bunde schien das nicht besonders wichtig zu sein, er hörte nur mit halbem Ohr zu und schielte immer wieder den Hang zu Katarina und David herauf. Auf die Distanz von über fünfzig Metern war keine Mimik zu erkennen, allerdings irritierte David das merkwürdige Interesse, welches das ständige Wenden des Kopfes in ihre Richtung vermittelte. Und es verunsicherte ihn so sehr, dass er schließlich den Blick abwandte. Halbherzig biss er in sein Brot.

»Ich hab keine Ahnung«, antwortete er kauend und hoffte, dass es nicht zu pampig ankam. Sicherheitshalber setzte er hinzu: »Bestimmt langweilt er sich nur.«

Katarina überzeugte das nicht. Sie brachte weiter den

Mumm auf, das Trio auf gleiche Weise anzustarren und das, wie David fand, auf eine ziemlich provokante Art.

»Der hat doch einen an der Waffel, so wie der glotzt«, platzte es aus ihr heraus. Entrüstet stützte sie die Hände auf die vordere Kante der Bank, als wollte sie jeden Moment aufspringen.

David hätte sie am liebsten am Unterarm gepackt, um sie aufzuhalten. Er traute sich nicht, sie zu anzufassen. Sie waren sich zwar langsam vertrauter, seit sie vor einigen Tagen gemeinsam die Wache gehalten hatten. Sie zu berühren kam für David aber nicht in Frage.

»Lass ihn doch«, sagte er stattdessen abfällig und hoffte, das würde ausreichen, um Katarinas Temperament abzukühlen. »Wer weiß, was ihm wieder Bekloptes durch den Kopf geht. Wahrscheinlich hat er Stress zuhause und versucht, das an irgendwem auszulassen.«

Katarinas Groll wollte nicht weichen. Nach wie vor die Stirn in Falten, sah sie ihn an. Er musste sich zusammenreißen, um nicht erschrocken zurückzuweichen.

»Das ist aber noch lange kein Grund, so zu starren. Soll er besser Holz hacken gehen oder kalt duschen.« Sie wandte sich wieder gen Schulhof und zeigte erbost hinüber zu den Jungs. »Jetzt sieh dir das an!«

Malte und Arne hatten ihr Gespräch unterbrochen. Alle drei sahen herauf zu ihnen. Malte formte mit beiden Händen ein Herz, das er vor seiner Brust pulsieren ließ, und legte in gespielter emotionaler Überwältigung den Kopf schief. Kai grinste und warf ihnen zwischendurch alberne Küsschen zu. Arne schenkte den beiden ein breites Lächeln.

»Diese …«, grollte Katarina, mehr fiel ihr nicht ein. Sie sprang auf die Füße und ballte die Fäuste.

»Katarina, nicht!«, rief David. Er war selbst erstaunt über seine volle Stimme und darüber, dass seine Worte das ungestüme Mädchen innehalten ließen. Nach zwei stampfenden Schritten blieb sie stehen und sah ihn finster an.

»Was ist? Willst du dir das gefallen lassen?«, fragte sie ihn hitzig.

»Das … bringt doch nichts«, stammelte er und sank in sich zusammen. Im Grunde wusste er nicht, was er wollte. Eine Konfrontation würde zu nichts führen und die Gräben, die zwischen ihm und den anderen, die sich im Außenposten trafen, noch tiefer reißen. Andererseits schämte er sich in Grund und Boden dafür, dass er statt des Mädchens nicht selbst den Mut aufbrachte, die drei Großmäuler zur Rede zu stellen und ihnen wenigstens verbal die Stirn zu bieten. Was genauso wenig zu irgendetwas geführt hätte. Die sprichwörtliche Zwickmühle.

Inzwischen traute er sich nur noch etwa jeden zweiten Tag in den Außenposten und nahm ohne Umweg gleich den Platz des Wachtpostens ein, um den Jungs um Malte aus dem Weg zu gehen. Zwar hatten sie ihn seit dem peinlichen Vorfall mit dem Pornoheftchen mit solchen Dingen in Ruhe gelassen, sie verhielten sich ab dem Tag allerdings seltsam distanziert. Sie mieden ihn oder wussten zumindest nicht recht, was sie mit ihm anfangen sollten.

Tobi versuchte, ihn hin und wieder zu motivieren und die Dinge nicht so ernst zu sehen. Sie wären schließlich Kinder, sagte er, und bestimmte Frotzeleien seien normal und meistens nicht so gemeint.

Sein Freund war ihm mit diesem Rat leider keine große Hilfe. Überhaupt entsprachen diese Worte nicht seinem vertrauten souveränen Auftreten den anderen gegenüber. Schwäche war das bei Tobi sicher nicht, bestimmt hegte er keine Sympathien für diese Kotzbrocken dort unten auf dem Schulhof. Wenn Tobi nicht mit ihm zusammen war, gesellte er sich eher zu Frank und Simon oder wechselte hier und da ein paar Worte mit den Mädchen aus der Klasse. Momentan stand er mit Sabine und Yvonne bei Herrn Ebel, ihrem Sportlehrer, der die Pausenaufsicht hatte. Sie waren ins Gespräch vertieft.

Das war David leider ebenfalls aufgefallen: Seit ein paar Tagen verbrachte Tobi weniger Zeit mit ihm. Er spürte, dass das mit Katarina zusammenhing, deren Nähe er suchte, wenn auch vorsichtig und nicht zu offensichtlich. Es wurmte ihn, nicht zu wissen, ob Tobi das aus Rücksichtnahme oder einem trotzigen Neid heraus tat. Gleichermaßen zerriss es ihn, weil sein Freund und die vielen schönen Stunden, die sie gemeinsam und unbeschwert in den ersten Tagen im Außenposten erlebt hatten, ihm fehlten. Andererseits mochte er die aufkeimenden warmen Gefühle, die sich in ihm in Katarinas Gesellschaft ausbreiteten, nicht missen und die zarte Zuneigung des Mädchens nicht aufs Spiel setzen.

Es war zum Verrücktwerden!

Katarina stand immer noch da, die Fäuste in die Hüften gestemmt, und sah abwechselnd die feixenden Jungs und den am Boden zerstörten David an. Der leichte Herbstwind zerzauste ihre Haare, einige Strähnen wedelten störrisch vor ihren Augen.

*Sie sieht aus wie Jeanne d'Arc*, dachte David verwirrt. Gleich würde sie sich trotz einer Übermacht von Gegnern in den aussichtslosen Kampf stürzen. Bewundernd sah er zu ihr auf.

Etwas in seinem Blick schien ihre unbändige Wut zu zähmen. Die senkrechte Falte auf ihrer Stirn verschwand, und ein verhaltenes Lächeln breitete sich auf ihren Lippen aus. Sie hatte nur noch Augen für ihn und ignorierte Arne, Kai und Malte, die sich weiterhin abmühten, mit Gesten und Mimik auf sich aufmerksam zu machen und ihrer beider Zorn heraufzubeschwören.

Katarina verschränkte trotzig die Arme und schenkte David einen gleichermaßen herausfordernden wie warmherzigen Blick.

»Ich weiß jetzt, was wir machen«, sagte sie voller Überzeugung.

Die Wärme in Davids Bauch war zurück und kletterte auf dem Thermometer ein paar Stufen überspringend ins siedend Heiße. Er stützte die Hände auf die Bank, weil er vor Verlegenheit nicht wusste, wohin damit.

»Und … was genau?« Wollte er das wirklich wissen?

Er verfolgte, wie Katarina die paar Schritte zu ihm zurückkam und sich zu ihm hinabbeugte. Sie stützte die Hände auf die Knie und brachte ihr Gesicht nah an seines. Die Sonne glitzerte in ihren Augen und ließ ihre Iris grün funkeln. David konnte die Sommersprossen auf ihrer Nase und ihren Wangen erkennen, die sich unter der Sommerbräune fast verborgen hielten, und sah die winzigen Poren an ihrem Kinn.

Kurz wandte sie sich um und warf dem Trio einen frechen Blick zu. Die Jungs hatten ihr Theater beendet, standen abwartend da und starrten zu ihnen herauf. David nahm das nur am Rande wahr, Katarinas Gesicht so nah vor seinem, ihr warmer Atem, das Kitzeln ihres Haars auf seiner Stirn. Er glaubte, sein Herz müsste jeden Moment vor Aufregung aus der Brust springen.

Ohne ein weiteres Wort beugte sie sich ein wenig vor und berührte seine Lippen sanft mit ihren. Für zwei

Sekunden. Oder Monate. Oder Jahre.

Das Gefühl konnte er später nicht mehr genau beschreiben. Für diesen kurzen Augenblick blieb die Zeit stehen. Alle Geräusche, das Rauschen des Windes, das Gejohle und Gebrabbel des Schulhofs verstummten, die Welt zog sich diskret zurück wie das Meer bei Ebbe. An zwei wuchtige Herzschläge erinnerte sich David später lange Zeit, die in seinen Ohren wummerten wie Bässe im Zimmer von Tobis großem Bruder Maximilian.

Dann drängte die Realität in seine Sinne, schwappte die Welt zurück ans Ufer seiner Wahrnehmung. David hatte die Augen nicht geschlossen, glaubte aber gerade in dem Moment zu erwachen. Sein Herz machte einen weiteren erfreuten Sprung, als er feststellte, dass er das vorhin nicht geträumt hatte und Katarina immer noch vor ihm stand, das Gesicht dicht vor seinem, und ihn verschmitzt anlächelte.

»Und? War's schlimm?«, fragte sie sanft.

Er brachte keine Worte zustande und schüttelte nur den Kopf. Immerhin stahl sich ein Lächeln auf seine Lippen. Seine verhaltene Reaktion schien Katarina nicht zu stören.

»Dann ist ja gut.« Sie richtete sich auf. Der Gong gab das Zeichen zum Pausenende.

Beide beobachteten Arne, Kai und Malte, die in Richtung Schulgebäude trotteten und ihnen unverhohlen Seitenblicke zuwarfen. Sie ließen keine richtige Reaktion erkennen, weder Häme noch Verachtung. Sie konnten entweder nicht glauben, was sie gesehen hatten, oder sie versuchten, es mit Ignoranz zu überspielen.

David sah Tobi, der wie so oft die Hände tief in die Hosentaschen vergrub und zusammen mit Sabine und Yvonne zum Eingang unterwegs war. *Haben sie den Kuss gesehen?*, fragte er sich. War er gut oder schlecht? Natürlich, er war mehr als nur gut. Überwältigend, episch, irre, einzigartig, unbeschreiblich.

*War er für die anderen so atemberaubend wie für mich?*, fragte er sich. Wie hatte das ausgesehen? Und war das überhaupt wichtig? Für David war Katarinas Kuss das Beste, was ihm in seinem Leben bisher passiert war. Da sollte es ihm doch egal sein, was die anderen dazu zu sagen hatten!

»Komm«, sagte Katarina. »Wir müssen.«

Er dachte schon, sie würde ihm die Hand hinhalten, damit sie wie ein Paar hinunter zur Schule gehen könnten. Das erschien ihr dann aber doch zu übertrieben.

Trotzdem wurden sie beide das Grinsen nicht los, während sie den Hang hinabgingen.

## 19

Die Unwissenheit treibt mich in den Wahnsinn, genauso wie sie mich anpeitscht. Ich weiß nichts, und sie wissen alles. Diese Diskrepanz hat mich hierhergebracht und zu dem gemacht, was ich heute bin. Ein Wrack, voller Hass und Abneigung gegen diese Horde von arroganten Schnöseln und Besserwissern, die sich in ihrem vermeintlichen Erfolg sonnen. Sie malen ihre genialen Fähigkeiten und Errungenschaften in den schillerndsten Farben aus und tragen sie protzend vor sich her. Auf dieselbe Art, wie sie ihre unechten Klamotten auftragen, als hätten sie von Mode und Stil eine Ahnung, vom Stil der 1960er ganz zu schweigen.

Ja, schweigen tun sie, über ihre schlechten Eigenschaften, die finsteren Kapitel ihrer Laufbahnen, ob sie nun selbst schuld daran sind oder nicht.

Da ist die, die von ihrem Mann ein halbes Jahrzehnt lang geschlagen wurde und den allseits bekannten Weg der Verdrängung beschritt, Sonnenbrillen an dunklen Tagen und Geschichten von Haushaltsunfällen.

Da taumelt der Ex-Junkie und Immer-noch-Alkoholiker mit seinen fahrigen Gesten, der seine Hände vom Griff zur Flasche abhält, indem er ihnen eine Kippe nach der anderen aufdrängt. Dazu musste ich nicht einmal tief graben. Jeder mit ein bisschen Menschenkenntnis entziffert die Zeichen der Sucht. Manisch fährt er sich alle paar Minuten über die unechte Tolle. Und ich weiß, dass er in Wahrheit versucht, die wenigen störrischen Strähnen an ihren Platz zu bringen, die im wahren Leben die Halbglatze kaum zu verbergen vermögen.

Da hockt Frau Teflon, die sich niemals hat etwas zuschulden kommen lassen. Alles perlt an ihr ab. Immer den guten Eindruck wahren, in der Klasse, bei Lehrern, den Eltern, den Nachbarn und in der Kirche. Sie war eins der frühen Opfer von Photoshop, Instagram und TikTok, später von Botox und Personal Trainern. Sie zählt noch heute Schönheitschirurgen und einen renommierten Osteopathen zu ihren besten Kontakten. Und kotzen habe ich sie sehen, in der Schule, direkt nach der großen Pause, wenn sie ihr Brot überhaupt gegessen und nicht sofort in den Mülleimer geworfen hat. Und niemand wollte es wahrhaben.

So könnte ich weitermachen und mich weiter in ihrem Dreck suhlen, den schlammigen Untiefen ihrer verlogenen Halbwahrheiten. Und würde doch nicht bis auf den Grund dringen. Dorthin, wo ich das ganze üble Bild finde, das sie gemeinsam erschaffen und vor aller Welt verborgen haben. Das gesamte Lügengebäude, das sie rund um die bittere Wahrheit errichtet haben, nicht einmal dieses ist zu entdecken, geschweige denn einzureißen. Weil das Gebäude im undurchdringlichen Wald ihrer Verschwiegenheit steht.

An die Bäume dieses Waldes lege ich nun die Axt.

## 20

Wie versteinert stand Simon am Ende des Parkplatzes. Er war nicht imstande, sich zu bewegen, und konnte nur ungläubig starren.

Hinter den Fenstern des Diners schlugen Flammen vom Boden bis zur Decke, der gesamte Innenraum wurde von der Feuersbrunst eingenommen. Gelb und rot züngelte das Feuer an den Scheiben empor, schwärzte diese an zahllosen Stellen, bevor die Gluthitze den daran haftenden Ruß wieder verbrannte und den Blick auf das Inferno im Inneren erneut freigab.

Schwarzer Rauch quoll aus Ritzen und Öffnungen im Gebäude, waberte unter dem Dach hervor und stieg wallend in den dunkler werdenden Himmel. Die Sonne strahlte die Wolke glutrot an. Hier und da züngelten die Flammen außerhalb des Diners an der Unterseite des Vordachs wie Schlangen, die sich um die Gravitation nicht scherten.

Zäh löste sich Simon aus seiner Starre, machte erst einen Schritt, dann den nächsten. Das Gesehene drängte sich mit Macht in seine Wahrnehmung, verlangte den ihm angemessenen Platz. Das Szenario besaß eine schmerzhafte Schärfe, die Farben, vor allem das Orangerot der Flammen, stachen hart in den Augen.

Wie konnte das Feuer sich so schnell ausbreiten? Wieso hatte er es bis vor einigen Augenblicken nicht bemerkt?

Über das wieder abklingende Wummern in seinen Ohren hörte Simon das Knistern der Flammen, dazwischen das Krachen von berstendem Glas und das Kreischen sich biegenden Metalls.

Nach wenigen hastigen Schritten nahm die gleißende

Fensterfront des Diners Simons gesamtes Gesichtsfeld ein wie ein Film in Cinemascope. Die Strahlungshitze des Feuers kam bei ihm an. Er spürte die Glut im Gesicht und auf der Haut seiner Unterarme. Je näher er dem Gebäude kam, umso unerträglicher wurde es.

Funken stoben aus dem Dach und setzten die trockenen Blätter von zwei nahe beim Diner stehenden Palmen in Brand. Es dauerte nur wenige Sekunden, bis die Baumkronen lichterloh in Flammen standen wie gigantische Fackeln.

Am Fuß der Außentreppe, die hinauf auf die Veranda und zur Hintertür führte, blieb Simon stehen. Die Hitze versengte ihm die Härchen auf den Unterarmen, als er die Augen gegen die Helligkeit abschirmte. Er wandte den Kopf halb ab und konnte nur durch die gespreizten Finger sehen. Einzelne Funken bissen ihm in die Haut, brannten Löcher in sein Hemd, und er musste einige Schritte zurückweichen. Ein brennender Palmwedel ging zwei Meter neben ihm zu Boden, und er sprang hastig zurück.

Im Inneren war nichts zu erkennen. Er wollte es nicht wahrhaben, sein Verstand weigerte sich gegen die Konsequenz des Ganzen: Da drinnen konnte niemand überlebt haben. Wenn die anderen nicht längst das Gebäude verlassen hatten, waren sie tot. Verbrannt.

Carol. Sie mussten draußen sein. Bestimmt waren sie zur Vordertür hinaus und standen auf der gegenüberliegenden Straßenseite. Warteten dort auf das Eintreffen der Feuerwehr.

Simon wich weiter zurück und eilte dann mit langen Schritten hinüber zur Einfahrt, über die sie am Nachmittag den Parkplatz erreicht hatten. Er konnte die Augen nicht von dem Flammenmeer abwenden.

Die Fenster an der Seite des Diners zeigten kein anderes

Bild. Überall Flammen und rußgeschwärzte Scheiben. Kurz glaubte Simon, in der hinteren Ecke einen schwarzen Klumpen auszumachen, vielleicht die geschmolzenen Überreste der gepolsterten Bank, auf der Nina und Yvonne gesessen hatten. Saßen die beiden noch darauf? Hatten die Flammen sie mitten im Gespräch überrollt?

Der Gedanke fuhr Simon stählern durchs Innere und ließ ihn taumeln. Das konnte alles nicht wahr sein! Das durfte nicht sein!

Er strauchelte und stützte sich an der gegenüberliegenden Mauer mit einer Hand ab. Der raue Putz war warm vom Feuerschein. Mit der anderen Hand hielt er seinen rebellierenden Bauch. Stoßweise ging sein Atem. Die Hitze versengte Simon die Härchen im Gesicht, aber er konnte die Augen nicht von der lodernden Fensterfront abwenden.

Über sich nahm er ein Flackern wahr. Er wandte den Blick nach oben zum Logo mit der Schrift »Donnie's Diner« auf dem Mast, den Carol und er bei ihrer Ankunft gesehen hatten.

Die Neonbeleuchtung der einzelnen Buchstaben spielte verrückt. Im Sekundentakt fielen manche Zeichen aus und flammten wieder auf. Simon glaubte zunächst an eine optische Täuschung. Hatte das Feuer einen Sicherungskasten im Gebäude erreicht und die Leitungen zerstört?

Wirre Kombinationen der wenigen Lettern leuchteten auf und verschwanden wieder in den Schwaden des aufsteigenden Rauchs.

*D… nn… e's … ner – onni … D… n … r – Do …*

Eine heiße Böe blies Simon Qualm ins Gesicht. Er hustete und schloss kurz die Augen. Mühsam würgte er einen Brechreiz hinunter und spuckte einen rauchig schmeckenden Klumpen aus.

Als er den Blick erneut hob, waren alle Buchstaben erloschen. Über das Tosen des Brandes hinweg vernahm Simon das Sirren der Neonröhren. Dann flammten einige Zeichen wieder auf und bildeten eine neue, eindringliche Botschaft:

*D … ie Di … e … – Die Die … – Stirb Stirb …*

Mit einem ohrenbetäubenden Knall barst eine Scheibe in der Mitte des Gebäudes. Scharfkantige Scherben gingen klirrend zu Boden, die Druckwelle schleuderte Glasteile meterweit nach draußen. Simons Kopf fuhr herum. Instinktiv riss er den Arm vor die Augen. Er hörte, wie etliche Splitter neben ihm an der Mauer abprallten, ein paar kleinere spürte er an seinen Hosenbeinen. Glück oder Zufall, er bemerkte keine Treffer an den Armen oder in seinem Gesicht.

Durch das Loch, das die zerbrochene Scheibe hinterließ, drang ungehindert die Gluthitze des Infernos nach draußen. Simon spürte wieder das Sengen auf seiner Haut und setzte sich stolpernd in Bewegung. Dicht an die Mauer gedrängt hetzte er der Straße vor dem Diner entgegen. Ein hektischer Blick nach oben zeigte weiterhin die Botschaft: *Die Die …*

Das unwirkliche Licht und der wallende Rauch, der in seinen Augen biss, machten es Simon unmöglich, vor sich viel zu sehen. Durch die Schlieren erkannte er ein helles Rechteck, ein beleuchtetes Schaufenster auf der Straßenseite gegenüber des Diners. Vielleicht war es auch nur die Spiegelung des Feuers in der Glasscheibe. Immer noch kein Blaulicht.

Es waren nur wenige Schritte bis zum Ende der Mauer und der rettenden Straße. Niemand kam ihm entgegen, um ihm zu helfen. Wo waren sie denn alle?

Mehr stolpernd als aufrecht gehend erreichte Simon die Straße. Der Rauch war hier nicht mehr so dicht und erlaubte tiefere Atemzüge. Trotzdem musste er husten und spuckte bitteren Schleim aus. Hektisch sah er die Fahrbahn hinauf und hinab. Keine Menschenseele ließ sich blicken. Kein einziges Fahrzeug war unterwegs.

Panisch fasste sich Simon mit beiden Händen an die Schläfen, versuchte das stete Pochen in seinem Kopf auszublenden und die Hysterie niederzukämpfen. Es konnte doch nicht sein, dass in dem Kaff niemand etwas von dem Inferno mitbekam. Da waren Häuser, in deren Fenstern Licht brannte, das konnte Simon deutlich erkennen. Er trat auf die Straße. Die Hitze der Flammen strahlte brutal in seinen Rücken.

»Hilfe!«, schrie er, so laut er konnte. Der Ruf schabte über seine malträtierten Stimmbänder wie Schmirgelpapier. Er holte tief Luft und rief noch einmal: »Hilfe! Ist denn da niemand?«

Nach wenigen Schritten blieb Simon auf der Fahrbahn stehen. Ein anderes Detail drang trotz der Panik in seine Wahrnehmung: Die Gebäude hatten ähnlich schlichte Konturen wie die Trailer am hinteren Ende des Motelparkplatzes. Womöglich waren diese Häuser nicht einmal echt, und er stand in der Realität gerade wie ein Idiot im Nirgendwo und glotzte hinaus auf ein Weizenfeld.

Hinter ihm knallte es erneut, gefolgt von einem Splitterregen. Eine Scheibe in der Vorderseite des Diners war der Hitze zum Opfer gefallen.

Simons Kopf fuhr herum. Eine gigantische Flammenzunge drang aus dem Inneren und leckte meterhoch gen Himmel. Er musste die Augen gegen die Hitze und die gleißende Helligkeit mit dem Unterarm schützen. Sein Blick glitt hinauf zu dem Schild auf dem Mast.

Die Buchstabenfolge formulierte nicht mehr die morbide Aufforderung *stirb stirb*. Im Abstand von zwei Sekunden gingen die Neonröhren an und wieder aus und zeigten im Wechsel die Zeichen *D* und dann *D … ie … D. D Died*.

Ein Ächzen entrang sich Simons Kehle. So verwirrend die Nachricht dort in acht Metern Höhe war, irgendetwas rührte an seiner Erinnerung, ganz tief drinnen. Und es schmerzte.

*D Starb.*

Mühsam riss sich Simon von dem Anblick los. Mit erhobenem Arm vor den Augen näherte er sich dem Diner von der Straßenseite her. Alles in ihm schrie ihn an, es mache keinen Sinn, sich in Gefahr zu bringen. Die gleißende Hölle im Gebäude hatte mit Sicherheit inzwischen alles und jeden verschlungen.

In dem Moment erreichten die Flammen die Gasleitung in der Küche. Aus den Tiefen des Gebäudes grollte die Wucht der Explosion und zerriss die Wände und das Dach. Den aufsteigenden Rauchpilz sah Simon durch den Rauch nicht. Sämtliche Scheiben barsten auf einmal, Tausende Splitter stoben in alle Richtungen. Eine Flammenwand jagte aus dem Inneren hervor, direkt auf Simon zu. Er spürte, wie die unvorstellbare Hitze seine Haare komplett versengte, Augenbrauen, Bart, Haupthaar. Würde es wehtun?

# 21

Die umfassendste User Experience bei der Anwendung der Chip-Technologie wird durch den Einsatz unter dem Hinterhauptbein erreicht (sogenannte In-Cranio-Implantation). Die minimalinvasiven Eingriffe, die in der Regel über die Halsvene erfolgen, wurden inzwischen bei Milliarden Menschen vorgenommen und führten in seltensten Fällen zu Komplikationen wie Kopfschmerzen, kurzzeitigen Sinnesstörungen wie Aurensehen oder Benommenheit mit begleitender Übelkeit. Diese Nebenwirkungen vergingen meist innerhalb weniger Tage.

Die Chips haben üblicherweise die Form einer flachen elliptischen Pille und erreichten dank massiver Fortschritte in der Nanotechnologie bereits Anfang der 2030er Jahre kleinste Maße von neun mal fünf Millimetern bei einer Dicke von drei Millimetern. Es wird damit gerechnet, dass in wenigen Jahren die Millimetergrenze bei gleichbleibender und voraussichtlich sogar steigender Leistung unterschritten wird.

Die Chiptechnik ist von einer nahtlosen Hülle aus einer Titan-Platin-Legierung umgeben. Diese ist bei einer Stärke von wenigen Mikrometern praktisch unzerstörbar und wird vom menschlichen Körper hervorragend angenommen. Abstoßungen sind nicht dokumentiert.

Für die Energieversorgung kommen neueste Generationen thermoelektrischer Generatoren zum Einsatz, die ebenfalls in Größen von unter dreihundert Mikrometern hergestellt werden können. Dadurch steht dem Chip für einen dauerhaften Betrieb die Körperwärme des Trägers zur

Verfügung. Zusätzliche Energiequellen wie Lithium-Polymer-Batterien, welche dem Organismus unter Umständen schaden könnten, sowie das umstrittene induktive Laden dieser Akkumulatoren gehören damit der Vergangenheit an.

Alternativ zur In-Cranio-Implantation bieten die meisten Hersteller nach wie vor Chips mit den gleichen Fähigkeiten an, die subkutan implantiert werden. Hier wird ebenfalls eine Position in der Region des hinteren Schläfenbeins (Os temporale) oder des Hinterhauptbeins (Os occipitale) gewählt. An diesen Stellen hat sich die Verbindung zwischen der Technik und den Wahrnehmungsarealen des Gehirns als am zuverlässigsten erwiesen.

Subkutane Implantate erreichen im Vergleich zu In-Cranio-Implantaten nur leicht bessere Werte beim Empfang bei einer merklich reduzierten User Experience. Einzelne Hersteller subkutaner Implantate stehen in der Kritik, kleiner dimensionierte und damit fehleranfälligere Empfangstechnik zugunsten der hier höherwertigen Brain Control Interfaces zu verbauen, die aufgrund der geringfügig höheren Distanz zum Gehirn sowie der Barriere der Schädeldecke erforderlich sind.

Subkutane Implantate erfreuen sich dessen ungeachtet nach wie vor großer, wenn auch schwindender Beliebtheit. Trotz der beschriebenen Mängel hinsichtlich Empfangsqualität ziehen viele Träger die unkomplizierteren Eingriffe vor. Hinzu kommt ein nicht weichendes Misstrauen gegenüber einer Technik, die den Benutzern sprichwörtlich ins Gehirn gepflanzt wird.

*Boris Walker: Chipped – Siegeszug der Vernetzung, Kapitel 6*

## 22

Mit dem ersten Oktoberwochenende war der Sommer schlagartig zu Ende. Bis in den September hinein überwogen Phasen trockener, warmer Tage, die vor allem Anfang August von Hitzegewittern unterbrochen wurden.

Darauf folgte ein Kälteeinbruch mit Temperaturen unter fünfzehn Grad, begleitet von trübem Wetter und einem Wechsel von Nieselregen und Nebel. Beides war unangenehm und vermochte einen Menschen auf seine Weise nass zu machen. Und es schlug auf die Stimmung.

Die Besuche im Außenposten wurden weniger. Nur ein paar Hartgesottene, die es zuhause nicht aushielten, trafen sich noch direkt nach der Schule. Es waren meistens die Jungs rund um Arne, Kai und Malte. Den Mädchen war es schnell zu kalt, und sie statteten ihren Mitschülern lediglich kurze Stippvisiten ab, tauschten ein paar Worte zum Stand des Ausbaus des Unterstands und verkrümelten sich anschließend wieder in ihre warmen Zimmer.

Das Gebäude besaß inzwischen ein Dach aus mehr oder weniger nahtlos aneinandergefügten Brettern, auf das die größeren Jungs Dachpappe genagelt hatten. Drei Seiten der kleinen Baracke waren geschlossen, besaßen aber an günstigen Stellen Gucklöcher. Die der Lichtung zugewandte Vorderseite hatte ein quadratisches Fenster und die notwendige Öffnung zum Betreten des Inneren. Eine Tür war im Gespräch, aber es zeichnete sich ab, dass die Erbauer dieses Vorhaben wegen Mangels an weiteren Brettern auf das nächste Jahr verschieben würden.

Das Wetter nahm David zum willkommenen Anlass,

nicht mehr täglich zum Außenposten zu radeln. Er begründete seine spärliche Beteiligung den anderen gegenüber mit seiner Mutter. Sie hätte ihm untersagt, sich bei schlechtem Wetter zu lange draußen aufzuhalten, weil er sich ansonsten erkälten würde.

Ihr war es dabei herzlich egal, wie lange er sich wo herumtrieb. Mit den kürzeren Tagen und der erdrückenden Nebeldecke schwand bei ihr das Wenige an Lebensfreude und Interesse, das sie über den Sommer entwickelt hatte. Sie gab sich verstärkt dem Verzehr von billigem Rotwein hin und verkroch sich in sich selbst. Praktisch jeden Tag fand David sie auf der Couch vor dem alten Fernseher, wo sie das Wohnzimmer mit ihren selbstgedrehten Zigaretten verpestete und dumpf eine der zahllosen Nachmittags-Talkshows glotzte. Darin schrien sich ähnlich hoffnungslose Fälle wegen fünfzehn Minuten zweifelhaften TV-Ruhms und irgendwelcher Lappalien gegenseitig an.

»Na, wie war's?«, fragte seine Mutter reflexartig, ohne die Augen vom Bildschirm abzuwenden, wenn David nach einem Nachmittag im Außenposten in die Dreizimmerwohnung zurückkehrte.

Er stand da und betrachtete niedergeschlagen das armselige Szenario. Der Qualm hing nicht nur in der Luft, er steckte bereits in den gelblich verfärbten Vorhängen, die immer halb zugezogen waren. Die Polster des Sofas und die abgeliebten Kissen, die seine Oma gehäkelt hatte, verströmten den Gestank kalten Tabakrauchs, wenn David morgens den Raum betrat.

Manchmal schaffte es seine Mutter zu später Stunde nicht ins Schlafzimmer und schlief vor der laufenden Glotze ein. Nachts wachte er von dem Geplapper auf, trottete hinüber und schaltete das TV-Gerät ab. Er räumte leere Weinflaschen und das Wasserglas, aus dem sie den Discounterwein trank, in die Küche, ordnete die zerlesenen Zeitschriften auf einen Stapel und deckte seine Mutter mit der muffigen Wolldecke zu. Hin und wieder drückte er eine glimmende Zigarette im Aschenbecher aus. Er hoffte, dass ihn nicht eines Nachts der Rauch eines Feuers oder schrilles Sirenengeheul weckte, weil seine Mutter im Suff die Kippe auf das Sofapolster oder den Teppich hatte fallen lassen.

Meistens stand er im Dunkeln da und betrachtete sie traurig aus müden Augen. Sie war nicht schön, nicht mehr. Am liebsten hätte er den Alkohol angeschrien, der sie zu dem gemacht hatte, was da auf dem Sofa vor sich hin vegetierte. Das fettige Haar band sie nach dem Aufwachen zu einem Pferdeschwanz und fixierte einige Strähnen mit Haarklammern. Tagsüber und am Abend löste sich das Haargummi oft und die Haare hingen ihr im Gesicht. Ihre Züge waren teigig geworden, die Haut unrein. Im Schlaf schnarchte sie auf ungesunde, abgehackte Weise und wimmerte oft in unruhigen Träumen, die David nicht haben wollte.

Er liebte sie, ganz auf seine Art. Sie war das Einzige an Familie, was er noch hatte. Da konnte er sie nicht dafür verurteilen, dass sie sich kaum für ihn interessierte.

Seine Freunde erzählten oft von ihren Eltern, wie sie sie maßregelten und ihnen Pflichten auferlegten, was in den meisten Fällen in vielfältige Konfrontationen mündete. David hatte davon gehört, dass die Pubertät zu allerhand Spannungen zwischen Eltern und ihren heranwachsenden Kindern führte. Jungs entdeckten den rebellischen Widerstand und testeten ihre Grenzen gegenüber dem Vater aus. Mädchen wurden launisch und ließen sich nichts mehr sagen, knallten Türen, schlossen sich in ihre Zimmer ein und übertönten die gleichermaßen wutschäumenden wie verzweifelten Klärungsversuche ihrer Eltern mit Ohrstöpseln und Hip-Hop.

Das alles war ihm fremd. Selbst wenn er Ansätze dazu verspürt hätte, gegen seine Mutter aufzubegehren, wäre das Resultat niemals ein Positives gewesen. Möglich, dass er sie aus ihrer Lethargie holte, mit Vorwürfen, wenn er sie anschrie, was für eine lausige Mama sie war. Er dachte oft darüber nach, wie ihre Reaktion ausfallen würde. Schrie sie zurück? Würde sie ihn packen und schütteln, um ihn zur Räson zu bringen? David glaubte, nein, er war sicher, dass sie zu schwach für solche Handlungen war. Außer einer halbherzigen Nachfrage nach seinen Gründen würde nichts kommen. Sie würde wieder zur Flasche greifen und hätte am folgenden Morgen vergessen, was zwischen ihnen vorgefallen war.

Deshalb konnte er es genauso gut dabei bewenden lassen, sie ab und zu daran zu erinnern, dass es ihn gab. Vielleicht war seine Anwesenheit der letzte Anker, der sie an Ort und Stelle hielt und sie nicht unwiederbringbar abdriften ließ.

Trotz seiner zwölf Jahre verspürte er so etwas wie Verantwortung für seine Mutter. Er hatte nicht die Macht, ihr aus der Misere zu helfen, in die sie seit dem Tod seines Vaters gerutscht war. Dafür brauchte es professionelle Hilfe. Das hatte Frau Persch, ihre Vertrauenslehrerin, ihm in einem Gespräch unter vier Augen im Vorjahr gesagt. Dabei hatte sie nicht weiter erklärt, was das bedeutete. Er hatte sich dazu belesen, herausgefunden, dass seine Mutter einen Entzug machen musste, was zur Konsequenz haben konnte, dass man ihn ihr wegnahm und er in ein Heim kam.

David hatte große Angst davor, dass es eines Tages an der Tür klingelte und zwei Mitarbeiter des Jugendamts im Treppenhaus standen. Dass sie ein paar Worte mit seiner zugedröhnten Mutter sprachen, bevor sie ihn packten und aus der Wohnung schleiften, während seine Mama ihm verwirrt und hilflos hinterherblickte. Soweit durfte es nicht kommen.

Wenn sie auch nur mit halbem Ohr zuhörte, erzählte David ihr lebhaft von seinen Erlebnissen des Tages, wie sie neue Bretter besorgt und zugeschnitten hatten, um diese an die Seitenwand des Unterstands zu nageln. Die Reparatur des Damms war nötig, sie hatten weitere Stämme ins Bachbett geschleift und Zwischenräume mit Grassoden zugestopft, die sie in der Nähe des Felds mit einem rostigen Spaten abgestochen hatten.

Selten löste seine Mutter die Augen vom Bildschirm und wandte ihm aufmerksam den Blick zu. Trotzdem wurde er nicht müde, ihr zu berichten. Bestätigung, ernsthaftes Lob und skeptische Gegenfragen blieben normalerweise aus. David gab sich damit zufrieden, dass sie überhaupt für einige Minuten aus ihrem Delirium erwachte und Notiz von ihm nahm.

Katarina gab ihm Hoffnung. Nach anfänglichem Zögern schilderte David ihr den Zustand seiner Mutter, zuerst ausweichend und die schmerzhaften Details verschweigend oder beschönigend. Er ließ aus, wie viel sie wirklich trank und wie es bei ihnen zuhause aussah. Dass er seine Mutter hin und wieder auf dem Boden zwischen Couch und Wohnzimmertisch vorfand. Einmal hatte sie mit erbrochenem Rotwein auf dem Pullover auf der Toilette gedöst.

Es war Balsam für seine Seele, wenigstens ein paar Details von seinem Zusammenleben mit seiner Mutter bei

Katarina loszuwerden. Sie zeigte vorsichtiges, aber ehrliches Interesse und fragte, wie es ihr und ihm ging, ohne zu neugierig aufzutreten.

Ob die Begründung, seine Mama hätte ihm die Besuche im Außenposten bei schlechtem Wetter verboten, die anderen überzeugte, war ihm inzwischen nicht mehr so wichtig. David wusste, dass die Alkoholsucht seiner Mutter im ganzen Dorf bekannt war und hinter vorgehaltener Hand über sie und ihn gesprochen wurde. Dagegen konnte er nichts ausrichten. An dieser Front war er genauso hilflos wie bei seiner Mutter, die er mit konkreten Taten nicht unterstützen konnte.

An einem Freitagmittag schwang sich David nach der letzten Stunde aufs Rad und fuhr aus dem Ort hinaus. Es war ein trüber Tag mit tief hängenden, konturlosen Wolken, die Luft war kühl. Einmal noch wollte er im Außenposten nach dem Rechten sehen, eine Art Bestandsaufnahme machen, bevor er dem Areal dort zumindest für die kommenden Wintermonate den Rücken kehrte. Er hatte die Lust verloren, sich am Bau des Unterstands zu beteiligen. Ohnehin war er kaum noch zu konstruktiven Arbeiten eingeteilt worden und hatte praktisch jedes Mal die Wache übernehmen müssen. Nicht nur empfand er diese Aufgabe inzwischen als sinnlos und wenig reizvoll, weil sich Spaziergänger und andere Passanten ohnehin nicht für das Treiben der Kinder dort im Unterholz interessierten. Davon abgesehen war der Boden zu dieser Jahreszeit permanent nass, so dass Hose und Pullover schon nach kurzer Zeit unangenehm feucht an der Haut klebten.

Auf dem Weg begegnete ihm keine Menschenseele. Die Fahrrinnen des Feldwegs waren matschig, die Fahrradspuren des Vortags hatte ein nächtlicher Regen weggewaschen.

Neue Spuren konnte David nicht erkennen. Die anderen aus seiner Klasse waren wohl zunächst nach Hause zum Mittagessen gefahren.

Im Unterholz fand er keine Fahrräder seiner Mitschüler. Die Blätter der Zwetschgen und Erlen waren zum Teil schon heruntergefallen, einiges gelbes Laub hing noch an den Bäumen. Mehr Licht als im Sommer fiel durch die Zweige, dennoch verlieh das graue Wetter dem Weg zur Lichtung etwas Trostloses.

Wie erwartet fand David rund um die Feuerstelle niemanden vor. Am Vortag hatten die Besucher die Werkzeuge notdürftig in den überdachten Unterstand geworfen und hastig den Ort verlassen, als der Regen eingesetzt hatte. Neben den Steinen, auf denen sie sich gewöhnlich hinsetzten, lagen einige weiße Plastikfolien gegen die Nässe, ein paar weitere hatte der Wind ins Gebüsch in Richtung des Baches geweht. Bei genauerem Hinsehen fand Davids Blick noch mehr Müll: leere Plastikflaschen, zerbeulte Getränkedosen, Fastfoodschachteln mit bunten und verblassenden Aufdrucken und feuchte Pizzakartons.

David stopfte die steifen Finger in die Hosentasche und stapfte unmotiviert umher. Im Frühjahr war das eine Oase gewesen, die Baumkronen hatten Schatten gespendet, und fast der gesamte Boden der Lichtung war mit Gras bewachsen. Jetzt reckten die Bäume ihre dürren schwarzen Äste in einen weißgrauen Himmel, das Gras war niedergetrampelt und an etlichen Stellen komplett verschwunden. Stattdessen war der Boden matschig und zernarbt von allzu vielen Füßen, die hier gewütet hatten.

So mussten sich Indios und die Maya gefühlt haben, nachdem die Europäer in ihr Land eingefallen waren. Von unverdorbener Natur konnte keine Rede mehr sein. Und nicht nur der Boden war in Amerika zertrampelt worden. Die vormals unberührte Lebensweise war dem überheblichen Wüten der christlichen Eroberer zum Opfer gefallen.

Im Unterholz den Bachlauf hinauf knackte ein Ast, Laub raschelte leise. David hörte deutlich, wie jemand sich hastig entfernte. Noch waren die Blätter in der Richtung zu dicht, eine Bewegung war nicht auszumachen.

Kurz überlegte er, ob er einfach verschwinden sollte. Wer wusste schon, wer sich zu dieser Tageszeit hier herumtrieb. David glaubte nicht, dass es jemand aus seiner Klasse war, weil ihm kein plausibler Grund für einen Besuch des Außenpostens einfallen wollte. Und warum sollte sich einer seiner Mitschüler vor ihm verbergen?

Die Neugier trug den Sieg davon, und in David keimte die Hoffnung, durch die Entdeckung und Entlarvung eines Eindringlings bei den Jungs Eindruck machen zu können.

Vorsichtig setzte er sich in Bewegung und duckte sich am Rand der Lichtung, bevor er in den Halbschatten der Bäume und Sträucher trat. Seine Schritte wählte er mit Bedacht, um nicht versehentlich wie der ungebetene Besucher auf einen dürren Zweig zu treten, egal ob dieser schon das Weite gesucht hatte. Vielleicht hielt er sich noch in der Nähe auf und wartete ab, bis David wieder verschwand.

Das Licht zwischen den dünnen Stämmen war dürftig. Die Luft, die vom feuchten Boden aufstieg, kroch direkt in Hosenbeine und Jackenärmel und ließ David frösteln.

Kein Laut war mehr zu vernehmen, nur das Plätschern des Baches zur Rechten, der unermüdlich den Regen des Vortags abtransportierte. Kein Wind wehte, der sonst das Geräusch vorbeifahrender Autos auf der nahen Straße den Feldweg heraufblies.

David erreichte die Stelle am Bach, an der sie einige

Wochen zuvor die Plastiktüten mit den Zeitschriften gefunden hatten. Er hatte diesen Ort gemieden, besonders nach der peinlichen Situation, in die ihn Malte damals gebracht hatte. Der Nachmittag hatte ihm unzählige schlaflose Nächte bereitet, sowohl wegen der Abbildungen als auch der Garstigkeit seines Klassenkameraden. Das Gefühl der Distanziertheit bei mehreren seiner Mitschüler hatte seitdem nicht weichen wollen, und er fragte sich, ob er sich das nur einbildete.

Offenbar hatten die anderen den willkürlich vom Besitzer der Zeitungen gewählten Ort am Fuß der Erle zu einem geeigneten Versteck für den Fund auserkoren. Vermutlich war das Malte, der sich zum Hüter des Zeitschriftenschatzes ernannt hatte. Der Baum wuchs halb auf einer kleinen Erhebung, und zwischen zwei übereinander parallel wachsenden Wurzeln war gerade genug Platz, um die Plastikbeutel dazwischenzuschieben. Von oberhalb des kleinen Hügels, aus der Richtung, aus der der Bach floss, war diese Lücke nicht auszumachen. Und von dort, wo David stand, wären die Tüten auch nicht sofort aufgefallen.

Ein flacher Haufen Laub lag davor. David vermutete, dass die braunen und grauen Blätter die Nische zuvor bedeckt hatten und der unbekannte Eindringling sie eben erst beiseitegeschoben hatte. Eine Tüte steckte in dem Loch, eine andere war umgekippt und die enthaltenen Zeitschriften lagen lose verstreut auf dem Boden.

Misstrauisch machte David einige Schritte auf den Baum zu und blieb ratlos vor dem Zeitschriftenwirrwarr stehen. Kurz streifte sein Blick die Cover. Nackte Haut drängte sich ihm auf, blanke Busen und Schamhaare, lüsterne Gesichtsausdrücke, die für seine Begriffe so unecht wirkten wie die ballonartigen Brüste.

Ein Rascheln hinter ihm ließ ihn aufschrecken. Hastig drehte er sich um.

Auf dem Weg, den er hergekommen war, standen Kai und Malte und starrten ihn an. David erkannte keine Überraschung in ihren Blicken, vielmehr war Kais Miene versteinert, und Malte grinste hämisch.

»Na, wen haben wir denn da?«, fragte er feixend.

Kai gab ihm kühl die Antwort: »Oskar.«

David fühlte sich wie gelähmt. Der ganze verdammte Nachmittag im September spulte sich vor seinem Inneren wieder und wieder ab. Er brauchte nur Sekunden, um sich auszumalen, welches Bild sich die anderen ab jetzt zusammenschustern würden.

»Ich … hab hier jemanden gehört«, stammelte er kleinlaut und selbst in seinen Ohren wenig überzeugend. Er machte eine hilflose Armbewegung in die Richtung der verstreuten Zeitschriften. Er wollte hinzufügen, dass jemand anderes das angerichtet haben musste und er den Ort exakt so vorgefunden hatte.

Malte kam ihm zuvor. »Hab ich es mir doch gedacht«, sagte er ernst. Seine überhebliche Miene hätte David ihm in dem Moment am liebsten eingeschlagen.

»Was? Das war ich nicht!«, rief er aus und trat energisch einen Schritt vor. Für einen Augenblick glaubte er, sein Gegenüber wiche ein paar Zentimeter zurück, doch vielleicht war das Wunschdenken.

Das Grinsen auf Maltes Zügen erlosch. Statt einer Erwiderung stapfte er geradewegs auf David zu, der aus Furcht mit einem seitlichen Schritt auswich. Er rechnete fest damit, dass sein Klassenkamerad die Hand gegen ihn erheben oder ihn anrempeln würde.

Der ging wortlos an ihm vorbei und blieb neben den

Zeitschriften stehen. Düster starrte er hinab auf das Loch zwischen den Wurzeln. Dann sah er Kai an.

»Da fehlt eine Tüte«, stellte er knapp fest.

Kai fing den Blick seines Freundes auf und schien sich genötigt, etwas zur Situation beizutragen.

»Es ist besser, du gehst jetzt«, presste er an David gerichtet hervor. Überzeugend kamen die Worte nicht, trotzdem schwang eine zusätzliche Nachricht darin mit.

Es war wohl auch besser, nicht noch einmal hierherzukommen.

## 23

Er saß. Das war das Erste, was er empfand. Da war keine Hitze mehr, trotzdem schwitzte er und roch, dass er stank. Kurz war da ein Geruch nach Rauch und Ruß, im nächsten Moment war das nur eine Täuschung oder eine Erinnerung. Nein, es war allein der saure Schweiß. Simon öffnete die Augen und hob den Kopf.

Vor sich erkannte er die Veranda hinter dem Diner. Lose verteilt standen darauf die Stühle und ein paar Stehtische, genau so, wie sie diese am Nachmittag vorgefunden hatten. Der einzige erkennbare Rauch ging in Form von bläulichen Kringeln von einer Zigarette aus, die jemand im Aschenbecher auf einem der Tische nicht vollständig ausgedrückt hatte. Der Himmel, den Simon jenseits der Überdachung erkannte, war nach wie vor hellblau, einige Dächer rings um den Parkplatz glommen in den letzten Sonnenstrahlen.

Erst jetzt wurde sich Simon seiner Schwester und Tobi bewusst. Der große Mann stand vor ihm, hatte die Hände in den Hosentaschen vergraben – wie früher, dachte Simon – und sah auf ihn herab, die Stirn in Falten gelegt. Echte Besorgnis sprach aus seinem Gesichtsausdruck.

Carol saß auf dem Stuhl neben ihm und schaute nicht weniger bekümmert drein. Sie beugte sich zu ihrem Bruder herüber und strich ihm sanft über den schweißnassen Arm.

Katarina stand in der offenen Tür, die sie mit der Schulter blockierte. »Ist alles in Ordnung mit ihm?«, wollte sie wissen.

»Ein Migräneschub«, erklärte Carol noch einmal ohne Zögern.

»Oje, damit ist nicht zu spaßen«, gab Katarina zurück. »Hat er was dabei? Sumatriptan oder sowas?«

»Ja, ich geh es ihm gleich holen.«

»Dann ist gut. Wenn ihr Hilfe braucht, sagt Bescheid.« Katarina schenkte ihnen ein aufmunterndes Lächeln und kehrte in den Diner zurück. Die Tür fiel hinter ihr ins Schloss.

Simon wusste die Situation nicht einzuordnen. Katarina schien abgesehen von einiger verständlicher Sorge wegen eines Migräneschubs nicht in Panik zu sein. Er saß weitgehend unversehrt auf einem Stuhl hinter dem Diner und versuchte, seiner Sinne wieder Herr zu werden. Der brüllende Kopfschmerz war dabei leider keine große Hilfe. Alle drei sprachen von ihm in der dritten Person, als sei er nicht bei ihnen oder läge im Koma. Bei der ganzen Verwirrung und nach seinen Erlebnissen konnte er sich sogar vorstellen, dass er für sie unsichtbar war und sie vor einem leeren Stuhl standen.

Wenigstens das schien nicht der Fall zu sein: Carol wandte sich ihrem Bruder zu. »Na, wieder unter den Lebenden?«, fragte sie mit einem humorlosen Lächeln.

Er lehnte den Kopf an die Scheibe hinter sich. »Weiß noch nicht«, krächzte er.

Tobi sah ihn forschend an und fragte an Carol gerichtet: »Migräne? Ernsthaft?« Er gab sich keine Mühe, seine Skepsis zu verbergen.

»Natürlich nicht«, antwortete sie. »Er hat das Implantat erst seit vierzehn Tagen. Das sind die üblichen Nebenwirkungen.«

»Und da nimmt er die Strapazen auf sich?« Tobi hob erstaunt die Augenbrauen.

Carol ergriff Simons Hand. Fürsorglich sah sie ihn an,

wie er mit geschlossenen Augen stoßweise atmete. »Ich hab ihn ein wenig gedrängt zu dem Klassentreffen«, gab sie zurück. »War vielleicht ein Fehler.«

»Der Diner ...«, flüsterte Simon und musste sich erst räuspern. »Der Diner hat gebrannt.«

»Was?«, rief Carol aus.

Er nickte mühsam. »Ich … hab's gesehen.«

Carol sah hilflos zu Tobi auf.

»Der ganze Laden stand in Flammen«, fuhr Simon fort und blickte ins Leere, als sähe er dort erneut die Feuersbrunst. Er hob träge den Arm und deutete vage zum hinteren Ende des Parkplatzes. Er runzelte die Stirn, weil ihm flüchtig die kastenartigen Trailer wieder einfielen. »Von dort hinten habe ich es beobachtet. Dann bin ich näher ran. Ich dachte, ich könnte euch da noch rausholen, aber es brannte so … es war so heiß.«

Zart strich Carol ihrem Bruder über den Unterarm. »Was ist dann passiert?«

»Ich wollte zur Straße. Ich dachte, ihr seid dort. Alle in Sicherheit.« Er sah Carol mit glänzenden Augen an. »Dann ist alles in die Luft geflogen.«

Carol ließ die Worte ein paar Sekunden sacken. »Simon, wir haben dich vor fünf Minuten hier draußen auf diesem Stuhl gefunden«, sagte sie gedehnt. »Du sahst aus, als wärst du bewusstlos.«

Simon riss die Augen auf, sah erst sie und dann Tobi an. »Unmöglich! Das war dermaßen real. Ich habe Splitter von einem Fenster abbekommen. Und die Flammen haben meine Haut versengt.«

Hastig betastete er sein Gesicht, das sich kühl anfühlte. Die Haare auf seinen Unterarmen waren unversehrt. Sein Hemd war zwar verschwitzt, trug aber keine Schäden oder

Spuren von Feuer und Ruß.

»Wirklich«, beharrte er und sah seine Schwester verzweifelt an. »Ich bin die Auffahrt entlanggelaufen, am Diner vorbei und vor zur Straße. Das war … so real.«

»Für dich vielleicht«, gab Tobi zu bedenken. Er hatte die Stirn nachdenklich in Falten gelegt.

Simon glaubte nicht, dass Tobi seine beschriebenen Eindrücke anzweifelte. »Du meinst, das war nur für mich bestimmt?«

»Könnte sein.«

»Aber warum? Wieso ich?« Simon deutete fahrig hinüber zur Einfahrt. »Dann müsstet ihr mich doch auch durchs Fenster gesehen haben!«

»Wir haben uns im Diner unterhalten, da ist uns das vielleicht entgangen«, sagte Tobi.

»Ich glaube dir, dass du das … erlebt hast«. Carol ergriff wieder seine zitternde Hand. »Aber von solchen Nebenwirkungen habe ich wirklich noch nichts gehört. Ein paar harmlose Sehstörungen vielleicht, JPEG-Artefakte, Störgeräusche oder Geräuschüberlagerungen von Realität und Simulation, alles schon dagewesen. Und alles eher willkürlich. Aber so eine abgefahrene Story ist mir bisher nicht untergekommen.«

Tobi nickte sachte, ließ das unkommentiert. »Nimmt er was gegen die Anfälle?«, fragte er stattdessen.

Sie schüttelte den Kopf. »Nein. Er hatte erst heute die ersten Schübe. Er lehnt ja alles ab, was mit Technik und Medizin zu tun hat. Sein Arzt hat ihm was Harmloses zur Beruhigung gegeben. Ist eher ein Placebo, denke ich.«

»Und da hat er sich chippen lassen?« Tobi verstand die Welt nicht mehr.

»Auch dazu habe ich ihn überredet. Vielleicht ebenfalls

ein Fehler. Ich mach mir nur Sorgen, weil die Anfälle sich häufen und nun scheinbar heftiger werden.«

»Ich hab was dabei«, sagte Tobi. »Das könnte vielleicht helfen.«

»Will nicht«, krächzte Simon mit geschlossenen Lidern. Er lehnte den Kopf wieder an die Scheibe hinter sich.

»Du hältst jetzt mal die Klappe«, blaffte Carol ihn ohne nennenswerten Nachdruck an. Sie wandte sich an Tobi. »Was hast du?«

»Ein Benzodiazepin aus Schweden. Nicht so ein Hammer wie Diazepam und extra für solche Fälle entwickelt.« Er nickte in Simons Richtung.

»Und wo ist der Haken?«

»Der Stoff ist noch in der Erprobung und bisher nicht freigegeben. Die Studien sind jedoch vielversprechend.«

Carol zögerte. »Ich weiß nicht. Wo hast du es her?«

Tobi lächelte verlegen. »Das willst du nicht wissen.«

»Geh es holen«, sagte sie und drückte Simons Hand. »Ich versuche, ihn noch das eine Mal zu überreden. Wenn das schiefgeht, mische ich mich nie wieder in sein Leben ein.«

»Gut«, sagte Tobi. »Gib mir fünf Minuten.«

Carol sah ihm hinterher, wie er mit langen Schritten über den inzwischen schattigen Parkplatz diagonal hinüber zu der Stahltreppe eilte und diese erklomm. Im warmen Wind hörte sie die trockenen Palmwedel rascheln.

»Ich meine das ernst, kleiner Bruder«, sagte sie leise und sah Simon an. »Wenn das hier ausgestanden ist, lasse ich dich in Ruhe.«

# 24

Die Blicke fühlte David schon am darauffolgenden Montag auf sich lasten wie die bleischwere Wolkendecke, die seit Tagen nicht weichen wollte. Er hatte damit gerechnet, dass Kai und Malte nicht zögern würden, anderen von seinem fragwürdigen Aufenthalt im Außenposten zu berichten, und war auf entsprechende Reaktionen gefasst.

Er betrat den Schulhof mit hochgezogenen Schultern, die Wollmütze tief ins Gesicht geschoben, und wich den argwöhnischen Blicken der anderen Schüler aus. Niemand sprach ihn auf dem Weg zum Gebäude an.

In dem Säulengang angekommen, der sich parallel zum Erdgeschoss entlang zog und bei Regen vor Nässe schützte, hob er erstmals den Kopf und sah sich um. Er war bewusst spät dran, um anderen keine Zeit zur Konfrontation zu geben. Am liebsten hätte er exakt die Sekunde abgepasst, in welcher der Schulgong die erste Stunde einläutete, und genau dann das Klassenzimmer betreten. Das hatte nicht ganz geklappt.

Wie zu erwarten, entdeckte David am Ende des Gangs Malte und Kai, die mit Arne zusammenstanden. Alle drei waren ungewohnt ruhig und sprachen nur wenig miteinander. Stattdessen warfen sie David vielsagende Blicke zu. Er erkannte keine Häme oder ein abfälliges Grinsen. Es war übertriebene Ernsthaftigkeit darin, als betrachteten sie einen bereits schuldig gesprochenen Verbrecher. David drehte sich weg.

Tobi stand unvermittelt vor ihm und sah auf ihn herab. »Alles okay bei dir?«, fragte er aufrichtig besorgt. Davids

Stimmung musste ihm ins Gesicht geschrieben stehen. »Welche Laus ist dir denn übers Leberwurstbrot gelaufen?«

David seufzte und ließ die Schultern hängen. Am liebsten hätte er Tobi auf der Stelle sein Herz ausgeschüttet und von dem fürchterlichen Missverständnis beim Außenposten erzählt.

Sofort befielen ihn Zweifel. Sie hatten seit über zwei Wochen kaum miteinander geredet. Sie beide waren nur noch selten gemeinsam im Außenposten. Katarina hatte einen wichtigen Platz in seinem Leben eingenommen, und Tobi hatte das erkannt und sich merklich zurückgezogen. David fürchtete immer noch, dass sein Freund wegen dem Mädchen eifersüchtig war. Schließlich hatten sie den ganzen Sommer über fast jeden Tag miteinander verbracht, bevor die Sympathie, die Katarina und David einander entgegenbrachten, für alle offensichtlich geworden war.

Tobis brummige Stimme schoben Davids Zweifel beiseite. »Nun rück schon raus damit. Du bist doch völlig durch den Wind.«

David gab sich einen Ruck. »Ich war letzten Freitag im Außenposten«, begann er. Wie sollte er erklären, was sich dort zugetragen hatte? Tobi war damals dabei gewesen, als Malte David mit dem Heft drangsaliert hatte. Er hatte auch Davids Reaktion verfolgt und wie er sich in den Tagen darauf verhalten hatte.

»Und?«

»Du erinnerst dich an die Hefte?«, fragte David mit gesenkter Stimme.

Etwas Hartes geriet in Tobis Blick. David wusste nicht, ob ihm das Thema unangenehm war oder irgendwas anderes nicht stimmte. »Hm«, brummte der Große bloß zur Bestätigung.

In dem Moment erscholl der Gong der Schule und blies Davids Mut davon, Tobi die ganze Geschichte zu erzählen.

Dem schien die Unterbrechung gut zu passen. »Lass uns in der großen Pause darüber reden«, sagte er knapp, packte die Riemen seines Rucksacks und eilte ins Gebäude.

David beeilte sich, ihm zu folgen, bevor Malte und seine Truppe ihn erreichen und in Verlegenheit bringen konnten.

Die Doppelstunde Englisch bei Herrn Köhler zog sich endlos dahin. David konnte den Ausführungen seines Lehrers zu verschiedenen Verbformen kaum folgen. Alle Schüler sollten der Reihe nach je eine andere Zeitform unterschiedlicher Sätze bilden und ihre eigenen Namen verwenden. Er ertappte sich dabei, wie er beim Mitlesen mit dem Finger mehrmals an der falschen Stelle stand. Dumpf brütete er vor sich hin und glaubte, die Augen der anderen in seinem Rücken zu spüren. Ihre Blicke bohrten sich in seinen Pulli und versengten den Stoff.

Wieso hatte er sich nicht vehementer gewehrt und war stattdessen wortlos abgezogen? Er ohrfeigte sich innerlich zum wiederholten Male, dass er nicht Malte die Stirn geboten hatte. Vielleicht war genau das der richtige Augenblick gewesen, um schreiend auf den nur wenig größeren Jungen loszugehen und ihm die Faust in die Visage zu rammen. Wenn er auch in dem folgenden, unausweichlichen Kampf mit großer Wahrscheinlichkeit den Kürzeren gezogen und unzählige Blutergüsse und Schrammen nach Hause getragen hätte, es erschien ihm im Nachhinein die bessere Alternative. Möglicherweise wäre er im Ansehen der anderen gewachsen, und die Angelegenheit mit den bescheuerten Heftchen wäre damit nicht mehr ganz so wichtig.

Dazu war es vielleicht noch nicht zu spät. Natürlich hatten sie die Story von seinem Diebstahl schon verbreitet, noch wussten aber nicht alle von dem Vorfall. Vor Davids innerem Auge fügte sich ein Szenario zusammen, wie er Malte in einem günstigen Moment allein abpasste und mit harten Worten direkt anging. Wie er den Gleichaltrigen zur Rede stellte und ihm Prügel androhte, wenn er die Angelegenheit nicht richtigstellte. David malte sich aus, wie Malte hämisch grinste, dann jedoch die Ernsthaftigkeit in den Augen seines Gegenübers als Drohung erkannte und einen Schritt zurückwich. In der nächsten Variante sah sich David mit geballten Fäusten auf seinen Klassenkameraden losgehen und ihn zu Boden stoßen, wo der weitere, von Wut befeuerte Hiebe kassierte …

»David, it is your turn!«, hörte er Herrn Köhler mit Nachdruck sagen. Über sein Brüten hatte er nicht bemerkt, wie die Reihe an ihn gekommen war. Unangenehm heiß fuhr es ihm in die Eingeweide und er wurde rot, als er aufblickte und sich dem auffordernden Blick des Lehrers ausgesetzt sah. Hektisch suchte er auf seinem Bogen die Stelle, die er vorlesen und mit den richtigen Verbformen versehen sollte.

»It is the last line on this page in front of you«, erklärte Herr Köhler und konnte sich ein Seufzen nicht verkneifen.

David brachte den ihm zugedachten Satz nicht flüssig zustande und baute zusätzlich einen Grammatikfehler ein. Hinter sich hörte er unterdrücktes Kichern. Herr Köhler fragte die übrige Klasse nach der richtigen Verbform. Kurz herrschte Schweigen, dann schnippte irgendwo ein Finger.

»Ja, bitte«, forderte Herr Köhler auf.

Es war Katarinas Stimme. »David has gone to sleep much too late«, hörte er sie sagen. Ein Schmunzeln ging durch die Klasse. David wurde abermals rot. Das war nicht der Satz, den er hatte vorlesen müssen. Katarina hatte improvisiert und damit versucht, ihn in Schutz zu nehmen. Herr Köhler honorierte das mit einem Lächeln.

Den Rest der Unterrichtsstunde konzentrierte sich David nach besten Kräften auf den Stoff und blendete alle Gedanken an den vorigen Freitag aus. Als es zur Pause klingelte, war er rasch auf den Beinen und suchte Tobis Aufmerksamkeit.

Der hatte sich auf seinem Stuhl nach hinten gelehnt und war mit Simon ins Gespräch geraten. Er warf David nur kurz einen entschuldigenden Seitenblick zu.

Er blieb wie angewurzelt stehen. Musste der jetzt mit Tobi quatschen?

Die meisten anderen verließen das Klassenzimmer. Katarina kam durch die Stuhlreihen nach vorn und zeigte ein breites Lächeln. »Na, da hast du aber noch einmal Glück gehabt«, stellte sie fest. David wurde es etwas wärmer ums Herz.

»Ja, das kann man wohl sagen«, gab er zu. »Das war echt nett von dir.«

»Nett«, sagte sie in gespielter Enttäuschung. »Nett ist die kleine Schwester von scheiße.«

David rang nach Worten. »Äh … lieb von dir.«

Katarina grinste. »Schon besser. Komm, lass uns rausgehen.«

Was blieb ihm anderes übrig? Tobi verließ gerade den Raum mit Simon und Frank an der Seite, die beide abwechselnd auf ihn einredeten. Sie taten das so leise, dass David nichts von dem Gespräch mitbekam. Die Geheimnistuerei jagte ihm einen Schauer über den Rücken, den Rest besorgten die argwöhnischen Blicke von Tobis Begleitern.

An jenem Montag schaffte es David nicht mehr, Tobi allein abzupassen. Der wurde in jeder freien Minute von jemandem belagert und in Gespräche verwickelt. David war sich sicher, dass es dabei um ihn ging und die Vorwürfe die Hefte betreffend. Er hegte die Hoffnung, dass Tobi ihn gut genug kannte, um diesen Unsinn nicht zu glauben. Sein Gedankenkarussell allerdings drehte sich ungebremst weiter und malte ihm in den schlimmsten Farben aus, wie es wäre, wenn Tobi all die Lügen für bare Münze nahm.

Katarina wich ihm nicht von der Seite. Ihre Sorglosigkeit war ein Lichtblick an diesem trüben Montag, und sie schaffte es, ihn mit harmlosen Sprüchen und lieb gemeinten Sticheleien aufzuheitern. Mehr als sonst war sie bemüht, ihn aus der Reserve zu locken. Sie merkte, dass mit ihm etwas nicht stimmte, und er hoffte, sie vermutete die Ursache in einem Vorfall mit seiner Mutter, den er nicht offen aussprechen wollte. Es wäre nicht das erste Mal gewesen.

Zum Außenposten zu fahren, kam definitiv nicht mehr in Frage. Ein Rest mutigen Aufbegehrens forderte von ihm, der Sache noch einmal nachzugehen und Beweise für seine Unschuld zu finden. Eventuell waren Kai und Malte so blöd gewesen, die fehlende Tüte mit den Heften an einer unauffälligen Stelle in der Nähe zu verstecken, anstatt sie tatsächlich mitzunehmen. Oder es fanden sich wirklich Spuren eines anderen, der die Zeitschriften mitgenommen hatte.

Davids Drang erstarb, sobald er sich alle möglichen Konsequenzen eines solchen Versuchs ausmalte. Womöglich warteten die beiden Mitschüler nur darauf, dass er sich noch einmal zum Außenposten wagte, um einen zusätzlichen Beweis für sein vermeintliches Verbrechen zu konstruieren.

Darin war er gut, kam prompt der Selbstvorwurf. Sich

tausend Gedanken darüber zu machen, welche Folgen sein Handeln haben könnte, bevor er auch nur den ersten Schritt getan hatte und es damit bereits im Keim zu ersticken.

David schaffte es gerade so mit halbwegs plausiblen Ausreden, sich nach dem Unterricht nach Hause abzusetzen. Katarina äußerte ihr Missfallen zwar mit schmollendem Gesicht, schien ihm aber beim Abschied nicht ernsthaft böse zu sein.

»Wir sehen uns dann morgen«, rief sie, bevor sie sich aufs Rad schwang.

Den Nachmittag verbrachte David in seinem Zimmer. Er ertappte sich dabei, wie er gewissenhaft Mathehausaufgaben erledigte und sich sogar schon einen Teil des Stoffs der Erdkundestunde vom Dienstag ansah. Anschließend widmete er sich der Spielkonsole, die ihm Tobis älterer Bruder Maximilian überlassen hatte und die ein wenig in die Jahre gekommen war. Oft wollte er modernere Spiele zocken, wie Tobi und die meisten seiner Klassenkameraden sie hatten, mit besserer Grafik und dem krasseren Sound. Heute waren ihm die einfachen Farben und die zweidimensionalen Welten eines antiquierten Jump-and-Run-Games allerdings lieber, weil sie in eine Zeit gehörten, als alles noch in Ordnung gewesen war.

Zwischendurch sah er nach seiner Mutter, die ausnahmsweise aufrecht auf der Couch saß und in einer der Zeitschriften las. Der Fernseher war leiser gedreht und spulte eine Reihe von Werbespots ab. Sie bemerkte ihren Sohn im Türrahmen hinter sich und wandte ihm den Blick zu.

»Alles in Ordnung mit dir?«, fragte sie unbekümmert und schenkte ihm ein Lächeln.

Allein dieses umschloss ihn mit ungewohnter Wärme und machte ihm die starke Verbindung zwischen ihnen wieder klar, die sonst unter Rauchschwaden und Alkoholrausch kaum spürbar war.

David unterdrückte ein Schluchzen und nickte lächelnd zurück. »Ja, alles bestens«, sagte er. »Ich wollte nur sehen, ob es dir gut geht.«

Seine Mutter hob grinsend zur Bestätigung den rechten Daumen. »Alles super.«

Am Dienstagmorgen war alles anders.

## 25

Simon spürte Carols warme Hand auf seinem Unterarm. Es war ihm unangenehm, dass er schwitzte. Dabei war es nicht einmal die brütende Hitze, die hier draußen auf der Veranda immer noch herrschte und seine Schweißausbrüche verursachte. Die Glut des lebensechten Infernos schien in sein Inneres übergesprungen zu sein und nach außen zu drängen. Er brachte diese Empfindung nicht physisch in Zusammenhang mit den technischen Vorgängen in seinem Kopf, aber Zufall oder allein der abrupte Klimawechsel konnten ihm seinen Zustand nicht erklären.

»Geht's wieder?«, fragte Carol und strich über seinen Arm. Ihre Finger verschmierten den feuchten Film auf seiner Haut, und er versuchte, ihr das zu ersparen, indem er die Hände vors Gesicht legte und sich die Augen rieb.

»Alles okay, geht schon wieder«, log er, senkte die Arme in den Schoß und ließ die Schultern hängen. Seine Schwester kaufte ihm das nicht ab.

»Tobi müsste gleich wieder hier sein.«

Simon wandte ihr träge den Kopf zu. »Traust du ihm?«

Die Frage schien sie zu erstaunen. Sie hob eine Augenbraue. »Wieso nicht? Er ist zwar kein Mediziner, aber er kommt herum.«

»Du meinst, er treibt sich herum«, sagte Simon humorlos. »Wo wird er die Pillen her haben, oder was auch immer er da gerade holt?«

»Du musst das Zeug ja nicht nehmen«, gab Carol mit einer Andeutung von Resignation zurück. »Ich dachte nur, es wäre einen Versuch wert.«

Schweigend beobachteten sie, wie die Schatten an den

umliegenden Gebäuden höher stiegen. Die Sonne würde bald hinter dem Horizont versinken. Erholsame Abkühlung war trotzdem nicht zu erwarten, vermutete Simon.

»Wieso ist es eigentlich so heiß hier?«, fragte er und schnitt Carol mit einer mürrischen Geste sofort das Wort ab. »Und wenn in deiner Antwort der Begriff *authentisch* in irgendeiner Form vorkommt, rede ich nicht mehr mit dir.«

Das brachte sie zum Lächeln. »Dir scheint es wirklich schon wieder besser zu gehen.« Sie seufzte. »Ich weiß es auch nicht genau. Die meisten anderen wollten, dass es möglichst …« Sie zögerte und verfolgte amüsiert Simons warnend hochgezogene Augenbraue. »Dass es möglichst echt wirkt.«

»Das tut es, muss ich zugeben.« Er rieb sich erneut mit der Rechten über die feuchte Stirn. »Für mich fühlt sich das auch überhaupt nicht nach einer Simulation an.«

»Ist es auch nur zum Teil«, sagte Carol. »Das Temperaturempfinden ist wohl mit am schwersten zu überlisten. Oder zu überzeugen, das trifft es besser.«

Er sah sie fragend an.

»Wir sind eine ganze Weile nach Süden gefahren«, erklärte sie zögernd. »Der Diner, oder was immer das da hinter dir ist, steht vermutlich in der Nähe unseres Heimatortes. Egal wo wir jetzt sind, dort ist es warm.«

»Heiß, wolltest du sagen.«

»Wie auch immer«, versetzte sie. »Was du als Hitze empfindest, ist größtenteils echt. Das Setting trägt dazu also nur wenig bei.«

»Ich dachte immer, dass Hören und Sehen am schwierigsten zu manipulieren wären.«

Carol winkte ab. »Dachte ich auch immer. Ich bin in Kanada mal mit einem Produktmanager von einer dieser

High-Tech-Firmen ins Gespräch gekommen.«

»Ins Gespräch«, echote Simon und grinste vielsagend.

»Ich bin verheiratet, vergiss das nicht«, gab Carol ernst zurück und hakte seinen plumpen Einwurf damit ab. »Wir haben uns in einer Lounge am Toronto Airport getroffen. Er hatte gerade ein lautstarkes Telefonat mit einem Mitarbeiter geführt, da konnte ich kaum weghören. Der Typ erzählte mir, dass es wesentlich einfacher sei, die verantwortlichen Gehirnareale für das Visuelle und die Akustik anzusprechen. Danach kommt der Geruch, dann der Geschmack. Das findet ja alles im Kopf statt. Er hat mir das noch etwas wissenschaftlicher auseinandergesetzt und von Fernsinnen und Nahsinnen schwadroniert, aber da hatte ich schon einen im Tee.«

Simon schwirrte der Kopf, er konnte Carol gerade so folgen. Er hob die Hand und rieb die Spitzen von Zeigefinger und Daumen aneinander. »Und das hier ist dann wohl das Schwierigste?«

»So sagt er es. Je größer das Organ, das die Reize erfasst, und je weiter weg vom Hirn es sich befindet, umso komplizierter lässt sich die Wahrnehmung simulieren. Die Haut ist dieses Organ. Der Stuhl, auf dem du da sitzt, ist nicht zwangsläufig aus Plastik.«

Simon sah nach unten und betastete mit den Fingerspitzen die Kante der Sitzfläche.

»Fühlt sich aber wie Plastik an«, stellte er fest.

»Dann ist es entweder eine gute Simulation, oder der Stuhl ist wirklich aus Plastik. Oder beides.«

Mit leichter Ablehnung im Blick schüttelte Simon den Kopf. »Was für ein kranker Scheiß. Ich werde mich wohl nie daran gewöhnen.«

»Ist nur eine Frage der Zeit«, bemerkte Carol und zuckte

mit den Achseln. »An Smartphones wollten sich einige Menschen anfangs auch nicht gewöhnen. Heute hat jeder ein Dutzend davon in irgendwelchen Schubladen liegen.«

Noch einmal fuhr Simon mit den Fingern über die Kante des Stuhls. »Mich würde schon interessieren, ob das Plastik ist oder etwas Anderes.«

»Du wirst es nicht herausfinden«, gab Carol gleichgültig zurück.

Er sah sie verschwörerisch an. »Wenn wir uns kurz ausklinken?«

Warnend hob seine Schwester den Finger ohne eine Spur Humor in den Augen. »Vergiss es!«

Er hob die Hände in einer hilflosen Geste. »Wieso? Was ist schon dabei, wenn ich am Ende weiß, worauf ich hier sitze?«

»Wir haben mit den anderen eine Vereinbarung, schon vergessen? Wer aussteigt, zahlt die komplette Zeche.«

»Die bekommen das doch gar nicht mit«, erwiderte Simon trotzig.

»Oh doch! Das Setting ist so konfiguriert, dass alle Teilnehmer über so ein Ereignis sofort informiert werden.«

»Ernsthaft: Nach dem, was ich da eben erlebt habe, wäre mir auch das egal. Ich habe dir schon mal gesagt, dass ich ohnehin keine Lust auf diese Farce hier habe.«

»Ja, und ich hab's inzwischen begriffen«, gab Carol bitter zurück. Sie lehnte sich zu ihm herüber. »Es ist allerdings auch nicht so einfach möglich, auszusteigen.«

Simon sah sie fragend an. »Wieso?«

»Ich weiß nicht mehr, wer es weitergegeben hat. In den Begleitinfos des Settings stand, dass ein Exit angekündigt und keinesfalls spontan erfolgen soll. Es könnte dabei zu Störungen kommen.«

»Störungen, ja klar«, giftete Simon. »Was für ein Stuss!«

»Ich würde es jedenfalls nicht probieren. Nachher platzt mir noch der Kopf.«

Einen Augenblick lang sah Simon seine Schwester sprachlos an. »Das ist so … gruselig. George Orwell würde ausflippen.«

Im Motel öffnete sich in der ersten Etage eine Tür. Tobi trat im schattigen Halbdunkel heraus und hastete die Treppe herunter. Mit langen Schritten überquerte er den Parkplatz und sprang, alle drei Stufen auf einmal nehmend, auf die Veranda. Er war kaum außer Atem, auf seiner Stirn waren jedoch Schweißperlen zu sehen.

»Da bin ich wieder.« Er hielt Simon einen unversehrten Blister mit acht kreisrunden weißen Tabletten von der Größe einer kleinen Knopfzelle hin. Simon betrachtete sie skeptisch.

»Ich hätte aber gern die rote Pille«, sagte er trocken.

Tobi schaute kurz irritiert, dann grinste er und sah Carol an.

Sie hob entschuldigend die Schultern. »Er ist schon wieder ganz gut beieinander, schätze ich.«

»Willst du eine nehmen?«, fragte Tobi ohne besonders viel Nachdruck.

»Lass mal, momentan geht's. Ich komme drauf zurück.« Simon hob abwehrend die Hände und stand auf. Er streckte sich und bemerkte erst jetzt, wie sehr ihn seine Erfahrung über das Mentale hinaus körperlich mitgenommen hatte.

Er drehte sich halb um und erhaschte einen Blick auf Arne, Kai und Malte, die nach wie vor rund um die Jukebox standen. Die drei trugen neben unsicherem Lächeln deutliche Verwirrung in ihren Gesichtern zur Schau und gestikulierten heftig in Richtung der Wurlitzer. Die Frauen auf der Bank schauten irritiert drein, Lydia und Maria waren von ihren Barhockern gestiegen und hatten sich zu den Jungs gesellt. Hinter der Theke war niemand zu sehen.

Carol folgte Simons Blick. »Was ist denn da los?«

Sie hörten nichts außer einigen Basstönen, die Simon vage bekannt vorkamen. Tobi schritt wortlos zur Tür und zog diese auf.

Damit konnten sie den Song hören. Mit den Worten war Simon sofort in der Melodie und hätte sowohl Strophe als auch Refrain mitsingen können. Er hörte Chris Cornell singen in seiner unverkennbar anklagenden Art, die Stimme begleitet von wabernden Gitarreneffekten und dem langsamen, getragenen Schlagzeug.

»Soundgarden?«, fragte Carol mit hochgezogenen Augenbrauen.

Simon nickte und hielt die Tür auf, während Tobi hineinging zu den anderen. Dabei steckte er beiläufig die Tabletten in seine Hemdtasche.

»Da hat sich Donnie aber in der Playlist ganz schön vertan«, meinte Carol lächelnd. Der Anflug von Humor erstarb, als sie Simons verhärtete Miene erkannte. Er hielt nach wie vor die Tür offen und blieb mit seiner Schwester draußen stehen.

Ernst schaute er ins Innere des Diners, ohne etwas oder jemanden konkret in den Fokus zu nehmen. Das Licht hatte sich verändert, wie beim Drehen eines Dimmers. Nein, das war nicht der Effekt, den Simon erkannte. Es schien, als hätte jemand die Lichtwellen, die von den Lampen ausgingen, in den unteren Spektralbereich verschoben. Es herrschte kein komplettes Rotlicht im Diner, so gering war die Änderung. Aber sie verlieh der Einrichtung und den Menschen darin etwas Glühendes. Sie sahen fiebrig aus, wie Besucher einer Sauna.

»Was geht hier vor?«, fragte Carol heiser. Simon konnte sie über den einsetzenden brachialen Chorus nur verstehen, weil sie neben ihn getreten war und wie er durch die offene Tür in den Diner starrte. »Irgendwas stimmt doch hier nicht.«

»Jetzt fällt es dir also auch auf«, sagte Simon grimmig.

Ihre ehemaligen Klassenkameraden waren nicht so irritiert wie Carol, Simon und Tobi. Sie lachten, teilweise etwas unsicher, über den eigenartigen musikalischen Lapsus, den das Setting mit der anachronistischen Songauswahl an den Tag legte. Malte warf sich in Pose und spielte das Solo von »Black Hole Sun« auf einer Luftgitarre. Arne und Kai tanzten dazu mit erhobenen Armen auf der Stelle, ihre Biergläser schwappend in der einen Hand, während die andere die Metal-Pommesgabel formte, und vermittelten den Eindruck von angetrunkenen Althippies.

Bisher hatte alles gepasst, der Diner, die Umgebung bis in die weiter entfernte Landschaft, durch die Simon und Carol und die anderen angereist waren. Donnie und Val, die momentan vermutlich wieder in der Küche zugange waren, trugen passende Kleidung, und selbst Lucia und ihr seltsam anmutender Sohn vermochten das Szenario gut zu ergänzen.

Noch vor wenigen Minuten wollte sich Simon seinen Aussetzer mit den allgemein bekannten Nebenwirkungen des kürzlich erfolgten Eingriffs erklären. Carol unterstützte diese Theorie mit allerhand weiteren Fakten, die von den Chipfirmen und den Softwareunternehmen verbreitet wurden, die für die vielfältigen Settings verantwortlich waren. Seine Schwester war von der Sicherheit der Technik überzeugt und hatte sich bisher wenig Sorgen hinsichtlich der Begleiterscheinungen gemacht.

Bis eben.

Carol legte ihre Hand auf Simons Schulter. Er merkte, wie sie sich umwandte, ohne ihn loszulassen. Ihr Griff verhärtete sich, die Finger gruben sich in seine Haut.

»Au!«, rief er aus und drehte sich ebenfalls um. »Was …?«

Weiter kam er nicht. Die Sonne musste gerade den Horizont berühren. Keine der Dachspitzen leuchtete mehr, alle Fassaden und Hausdächer waren in die graublaue Farbe der Dämmerung getaucht. Einzelne Antennen auf den Häusern glommen orange. Und ihr Leuchten wurde heller, wechselte zu Gelb und dann zu Weiß. Sie schimmerten von innen heraus und schienen die Sonnenstrahlen dazu nicht mehr zu benötigen. Zusätzlich umgab sie eine konturlose Aura weißen Lichts wie Sankt-Elms-Feuer.

Carol und Simon traten an die Kante der Veranda und verfolgten das Schauspiel. Ihre Klassenkameraden schien dieses nicht zu interessieren, oder sie bekamen es über das Gitarrensolo hinweg nicht mit. *Sahen sie es überhaupt?*, fragte sich Simon beiläufig. Der Gedanke wurde von den Ereignissen draußen weggefegt.

Der Himmel wechselte die Farbe, wurde innerhalb weniger Augenblicke zu einem schmutzigen Dunkelblau, dann einem kränklichen Grau. Sekunden später waberte dieser Farbton in Wellen, als ob das Firmament etwas gebären wollte. Abrupt beruhigte es sich wieder und änderte die Farbe zu einem dunklen Rot. Die weiß glühenden Antennen zerschnitten den purpurnen Himmel und brannten sich in Simons Netzhaut.

Der Parkplatz, die Palmen, die Mauer ringsum und alle

Häuser waren in ein düsteres rotes Licht getaucht, als befände sich der Ort in einer riesigen Dunkelkammer. Oder einem Vorzimmer der Hölle. Die Palmwedel hoben sich vor dem Himmel dunkel ab wie der fransige Kopfschmuck irgendwelcher per Voodoo heraufbeschworenen Zombies.

Bis jetzt hatte Simon keinen Wind wahrgenommen, nun spürte er ihn auf der schweißnassen Haut, zunächst als leichte Brise. Innerhalb von Sekunden wurde er stärker und schwang sich zu einem Sturm auf, der ihnen das Haar ins Gesicht peitschte. Heiße Böen fuhren den Geschwistern in die Seite. Hektisch klammerten sie sich aneinander.

Der Glut in ihrem Inneren konnten die gleißenden Antennen nicht mehr standhalten. Funken stoben an hunderten Stellen über den Häusern, das Metall bog sich zur Seite, brach und schmolz. Die grell glühenden Stäbe kippten und fielen auf die Dächer.

Im Diner gipfelte der Song in einigen kurz nacheinander wechselnden Akkorden. Simon wandte unwillig den Blick nach drinnen und verfolgte, wie Malte die Hand über der nicht vorhandenen Gitarre zum Schlag erhob. Als sie niederfuhr, schrammte sie den letzten Akkord des Songs, und der schwarze Vorhang fiel.

## 26

So fühlt es sich an, Freunde. Fühlt ihr es? Ihr fühlt nichts? Genau das meine ich!

Zu sehen, zu hören und zu spüren, das nehmt ihr als gegeben hin. An wie vielen Tagen macht ihr euch Gedanken darum, welch ein Geschenk euch gegeben wurde mit diesen Sinnen? Sie sind so erstaunlich, so kompliziert, dass sie teilweise noch immer nicht verstanden werden, nicht von den klügsten Köpfen dieser Welt. Sie sind so einzigartig, dass selbst ich in schwachen Momenten geneigt bin, an ein höheres Wesen zu glauben, welches sie für uns geschaffen hat. Und ich bin wahrhaftig nicht der religiöseste Mensch auf Erden.

Allein Farben: Das Farbspektrum, das wir wahrnehmen können, ist so gewaltig und umfangreich, dass es keine Technik damit aufnehmen kann. Regenbögen, Sonnenuntergänge, Herbstlaub. Nicht nur schenkt uns die Natur diese Farbexplosionen, sie gab uns auch noch das Werkzeug mit, diese zu erleben.

Und ihr? Jahrelang habt ihr auf Displays geglotzt, erst Fernseher, die nicht einmal Farbe kannten, dann kam diese dazu, aber in was für einer grauenhaften Qualität. »Egal«, dachtet ihr, bewegte Bilder vom anderen Ende der Welt, ohne den Arsch aus dem Sessel heben zu müssen, wie schön! Nicht genug damit, irgendwann die Smartphones, bunte Daddelei im Hosentaschenformat, Zeitverbrennung par excellence, Nackenprobleme inklusive, während um euch herum die echte Welt um Aufmerksamkeit buhlt.

Und diese letzte Chance habt ihr nun auch noch zunichtegemacht mit diesem grandiosen technischen

Overkill, der jegliche Realität ausblendet. Der ultimative Sündenfall. Ihr gebt alle eure Sinne auf für die Simulation, könnt nicht genug von künstlichen Farben bekommen, die niemals das geben werden, was die Natur euch bietet, egal wie intensiv und grell und bunt gerendert. Ihr nehmt freiwillig in Kauf, permanent connected zu sein, obwohl ihr mit Horror die Filme gesehen habt, Matrix, Source Code, Total Recall.

Ist es das alles wert? Kann euch der elektromagnetisch erzeugte Impuls, der euer Großhirn mit Illusionen befeuert, all das geben, zu dem eure Sinnesorgane imstande sind? Wie Junkies rennt ihr dem nächsten Kick hinterher, der noch krasser, noch länger sein muss als der vorherige. Bis ihr von dieser Droge nicht mehr loskommt, unfähig, die Verbindung zu kappen.

Ach, es könnte mir schlicht egal sein, dass ihr auf diese Weise emotional degeneriert bis zum ultimativen Phlegma, aufgedunsen und verweichlicht, unfähig zu irgendeiner kraftvollen Handlung. Das wäre mir Genugtuung und würde mir Frieden geben.

Doch ihr habt *ihm* diese wunderbaren Fähigkeiten genommen, die ihr so leichtsinnig verschenkt. Kein Sonnenuntergang mehr für ihn, kein Meeresrauschen, der Duft eines Rapsfeldes im Juni. Und nicht nur das wurde ihm entrissen, bevor er sich dieser wunderbaren Vielfalt voll bewusst werden konnte. Herumgetrampelt habt ihr auf seinen Gefühlen, die für ihn so komplex und verwirrend waren, mehr noch auf seiner Empfindsamkeit, die so viel intensiver war als eure eigene. Eine einzigartige Blüte, die im Begriff war, sich zu entfalten, wurde durch eure unflätigen Füße zerfetzt und in den Boden gestampft, obwohl sie der Welt so viel hätte geben können.

Deshalb seid ihr nun da, wo ihr seid. Blind, taub, stumm und bar jeden Gefühls. Wie fühlt sich das an?

# 27

David verließ erst um viertel vor acht die Wohnung. Seine Mutter hatte den Weg ins Schlafzimmer gefunden, er hörte sie sachte durch den Türspalt schnaufen. So leise wie möglich streifte er seine Jacke über und schlüpfte in seine Sneakers, bevor er hinaus auf den Flur trat und die Wohnungstür sanft hinter sich schloss.

Es waren nur acht Minuten zu Fuß vom Eingang des Zwölffamilienhauses zur Schule, wenn man normal lief. Er hatte das einmal mit der Stoppuhrfunktion seiner Armbanduhr gemessen. Seinen Aufbruch an diesem Morgen hatte er bewusst knapp geplant. Er nahm in Kauf, ein oder zwei Minuten zu spät zu kommen, um das Zusammentreffen mit den anderen möglichst hinauszuzögern. So konnte er während der ersten Stunde die Lage sondieren und sich mental auf die Konfrontation mit den Jungs vorbereiten.

Die Wolken lagen nach wie vor wie Milchglas über dem Land. Es war in der Nacht noch etwas kühler geworden. Der feine Nieselregen benetzte wie ein feuchtes Tuch die Haut im Gesicht. Auf den Straßen war wenig Verkehr, und die paar Menschen, die zu Fuß unterwegs sein mussten, hatten ihre Mützen und Kapuzen tief in die Stirn gezogen.

Ab der nächsten Hausecke, hinter dem Bäcker, waren es nur noch neunzig Sekunden bis zur Schule. David blieb unter der ausgeblichenen Markise stehen und sah auf die Uhr: 07:52:56. Er war ein bisschen zu schnell gewesen. Eine halbe Minute wartete er vor dem Schaufenster und lächelte der Verkäuferin im Laden unsicher zu, die ihn freundlich grüßte. Dann setzte er sich wieder in Bewegung.

Das Treiben auf dem Schulhof hatte sich bereits gelichtet. Einige Nachzügler eilten zu den Eingängen, David folgte ihnen. Der Gong zur ersten Stunde erscholl, als er die letzte Stufe der Treppe nahm.

Vor der offenen Tür zum Klassenzimmer hielt er inne. Von hier konnte er den halben Raum überblicken. Es herrschte das übliche Chaos vor dem Unterrichtsbeginn, Stühle wurden gerückt, Jacken achtlos über Lehnen geworfen, in Rucksäcken und Schulranzen gewühlt. Die Szenerie vermittelte David die nötige Normalität, um seine Befürchtungen zu dämpfen.

Er wollte gerade den Raum betreten, als hinter ihm Kai die Treppe heraufgestürmt kam und ihn erkannte. Der Junge stockte kurz in seiner Bewegung, ohne wirklich stehenzubleiben. David las in Kais Gesicht, wie innerhalb von Sekundenbruchteilen die Überraschung wich und grimmiger Entschlossenheit Platz machte, und der Mut war verflogen.

Kai stürmte an David vorbei und rammte ihm im Vorübergehen seinen vollgepackten Rucksack gegen Brust und Gesicht. Die scharfe Kante einer metallischen Schnalle scheuerte über Davids Wange.

»Ups, tschuldigung!«, hörte er Kai flöten.

Die Wucht des Aufpralls schleuderte David einen halben Meter zurück gegen die offenstehende Tür, die an die Wand dahinter knallte. Er verspürte einen dumpfen Schmerz am Hinterkopf. Ohne die Tür im Rücken wäre er getaumelt und vielleicht sogar gestürzt. Er bekam den Türgriff zu fassen und starrte entsetzt in den Klassenraum.

Die Stimmen waren größtenteils verstummt. Die meisten, die die Aktion verfolgt hatten, glotzten unverhohlen zurück. Einige der Mädchen waren peinlich berührt und versuchten, dies hinter eifrigem Blättern in Büchern oder dem Schreiben in Blöcken zu vertuschen. Arne und Malte hingegen nickten Kai anerkennend zu, als dieser sich zu ihnen in die hintere Reihe begab und seinen Rucksack neben den Stuhl plumpsen ließ. Sie klatschen sogar ab und versicherten sich durch Seitenblicke Richtung Tür, dass David ihren vermeintlichen Triumph mitbekam.

Der sah Tobi in der Reihe davor, der so tat, als ginge ihn das alles nichts an. Er schaute auf den Zettel vor sich und machte sich konzentriert irgendwelche Notizen. David glaubte keine Sekunde, dass Tobi nichts von dem Vorfall mitbekommen hatte. Am Tag zuvor hätte er ihm bestimmt zur Seite gestanden. Vielleicht wäre er nicht eingeschritten, weil Kais Rempler so unvermittelt gekommen war und niemand ihn richtig gesehen hatte. Aber er wäre sicher zu ihm geeilt und hätte ihn gefragt, was los und ob mit David alles in Ordnung war.

Ein Kloß bildete sich in seinem Inneren. Er brauchte nicht allzu viel Phantasie, um sich auszumalen, was Simon gestern Wichtiges mit Tobi zu besprechen gehabt hatte. Alles in ihm sträubte sich dagegen, zu glauben, dass Tobi sich so leicht von den Jungs hatte einlullen lassen. Er hoffte so sehr, dass sein Freund nur verunsichert war und später noch mit ihm sprechen würde. David wollte klarstellen, was vorgefallen war und dass die anderen nur Lügen über ihn verbreiteten.

Eilige Schritte auf den Stufen rissen ihn aus seinen Gedanken. Frau Nolte kam die Treppe herauf. Die lederne Umhängetasche schlug ihr bei jedem Schritt gegen die Hüfte. Sie trug eine offene graue Strickjacke über dem dunkelblauen Kleid, dazu schwarze Leggins und schwarzweiße Converse Sneaker. Ihr welliges dunkles Haar wippte bei jedem Schritt.

David schoss unwillkürlich durch den Kopf, dass Frau Nolte nicht hierher passte. Sie war die jüngste Lehrerin an der Schule, Mitte zwanzig, schätzte er, und machte gerade ihr Referendariat. Sie war viel zu nett und viel zu schön, um ihr Leben in einer solchen Klasse zu vergeuden, dachte David im Stillen.

»Na, heute keine Lust, David?«, fragte Frau Nolte und sah ihn aufmunternd an.

Nein, hätte er am liebsten gesagt. Und Sie gehen besser auch nicht da hinein zu diesen Arschgeigen, die sich einen Spaß daraus machen, ihre Freunde zu mobben, Sie lieb anlächeln und sich hinter Ihrem Rücken ausmalen, wie Sie sie flachlegen. Als ob diese Hirnkranken überhaupt eine Ahnung davon hätten.

Etwas in seinem Blick ließ seine Lehrerin innehalten. Seine Gedanken konnte sie doch nicht lesen, oder? David wurde rot.

Einen Augenblick lang sah sie ihn besorgt an. »Alles in Ordnung, David?«

Er rang mit sich, ihr genau hier und jetzt alles ins Gesicht zu sagen, so laut, dass jeder im Klassenraum es mitbekam. Die fiesen kleinen Sticheleien der Jungs, die schreiende Ungerechtigkeit, die falschen Geschichten über ihn und was das alles in ihm auslöste. Dass es ihn zerriss, nicht zu wissen, was er dagegen tun sollte, weil er zu schwach, zu nachdenklich, zu vorsichtig war. Die ganze grässliche Dummheit dieser boshaften Kerle und dieser oberflächlichen Tussis brachte ihn um den Verstand.

David holte tief Luft, suchte Worte, einen Anfang. Es war zu viel, zu kompliziert, zu wirr, um es erklären zu können in ein paar Sekunden. Er ließ den Atem seufzend entweichen und schüttelte nur stumm den Kopf.

»Dann vielleicht später? Na, komm«, sagte Frau Nolte und wollte ihm die Hand auf die Schulter legen. Da hatte er sich schon weggedreht und eilte zu seinem Platz.

Wie im Tunnel fokussierte David seinen Stuhl und den Tisch und nahm nicht wahr, was um ihn herum geschah. Er wollte nicht sehen, wie sie ihn anstarrten, ihnen keinerlei Anlass zu weiteren Sticheleien geben. Tobi schenkte er keine Beachtung.

Schwer ließ er sich auf seinen Stuhl fallen, öffnete seinen Rucksack und zerrte Bücher, Block und Stifte heraus. Während der ganzen Stunde wandte er nicht den Kopf nach hinten oder zur Seite und stierte sein Heft und die Lehrbücher an. Bei keiner von Frau Noltes Fragen meldete er sich, und er war ihr unendlich dankbar, dass sie ihn nicht zu einer Antwort aufforderte, wenn niemand anderes etwas beitrug.

Unauffällig betastete er mehrmals seine Wange an der Stelle, wo die Schnalle von Kais Rucksack die Haut gestreift hatte. Es brannte dort und fühlte sich rau an, Blut hatte David allerdings nicht an den Fingern.

Mehr als in den Wochen zuvor spürte er die Augen der anderen Schüler wie stechende Dornen im Rücken. Darüber hinaus war es in dieser Stunde auffallend still. Sonst wurde in den hinteren Reihen immer einmal getuschelt, was nur selten zu Ermahnungen von Frau Nolte führte. Heute vernahm David kaum ein Wort aus der Richtung.

Der Gong zur Pause war einerseits eine Erlösung, weil er sich dem Druck von hinten entziehen konnte. Andererseits musste er nun die schützende Festung seines Sitzplatzes aufgeben und sich seinen Mitschülern stellen. Unschlüssig kritzelte er sinnlose kleine Kringel an den

Rand des Blattes in seinem Block und versuchte so, Geschäftigkeit zu vermitteln.

Es war die kleine Pause zwischen der ersten und der zweiten Stunde, die er auf diese Weise gut überbrücken konnte. Die nächste Unterrichtsstunde, Religion bei Frau Persch, würde er auch noch überstehen. Dann musste er mit Tobi reden.

Vorsichtig wandte er zum ersten Mal seit einer Dreiviertelstunde den Kopf. Kai, Malte und Arne standen wieder in der hinteren Ecke beisammen und klopften auffallend laut Sprüche. Simon und Frank hatten sich zu ihnen gesellt. Tobi war nicht da. Er musste die kleine Pause genutzt haben, um zur Toilette zu gehen.

David nannte sich stumm einen Trottel, dass er das nicht mitbekommen hatte. Das wäre die Chance gewesen. Er sah auf die Uhr: Die Pause war fast um. Resigniert ließ er die Schultern hängen, da fuhr ihm ein weiterer Gedanke in die Glieder: Katarina war nicht da.

Hektisch sah er sich um und ignorierte die kühlen Blicke der anderen. Katarinas Platz war leer.

David nahm all seinen Mut zusammen, lehnte sich mit seinem Stuhl zurück und sprach Maria an, die schräg hinter ihm saß. »Wo ist denn Katarina heute?« Seine Stimme war heiser, er musste sich räuspern.

Maria sah ihn irritiert an. Ob sie nicht erwartet hatte, dass er sie ansprach oder dass er sich nach Katarina erkundigte, vermochte er nicht zu sagen. Es war ihm auch einerlei.

»Die ist wohl krank heute«, antwortete Maria knapp und widmete sich mit auffallend großem Interesse dem Kleinen Katechismus vor sich auf dem Tisch.

Dumpf ließ David seinen Stuhl nach vorn kippen und

sah die Tafel an, auf der nichts zu lesen war. Lydia hatte Tafeldienst und die Texte von Frau Nolte bereits weggewischt. Das Grün glänzte und zeigte weiße Schlieren.

David rieb sich mit Daumen und Zeigefinger die Augen. Als er sie wieder öffnete und zur Tafel schaute, waren die Schlieren verschwunden, und seine Fingerspitzen glänzten feucht.

# 28

Nach wie vor werden Mediziner weltweit nicht müde, vor akuten Nebenwirkungen der Chiptechnologie sowie deren Langzeitfolgen zu warnen. Während zu den Folgen Studien und darauf aufbauende Statistiken fehlen, forschen Wissenschaftler mit Hochdruck hinsichtlich organischer und psychischer Konsequenzen des Einsatzes der Technik.

»Unser Gehirn ist das komplexeste Organ, das wir kennen«, erklärt Prof Dr. Henry Singh vom Max-Planck-Institut für Hirnforschung in Frankfurt am Main. »Nach Jahrhunderten der Forschung haben wir seine Funktionsweise immer noch nicht bis ins letzte Detail verstanden. Es ist aus meiner und der Sicht vieler meiner Kollegen verantwortungslos und leichtsinnig, diesen wunderbaren Apparat, der uns diese Welt erst begreifen lässt, derart zu missbrauchen und Einflüssen auszusetzen, die nachweislich schädlich sind.«

Singh spielt damit auf die Verwendung der zur Sinnesbeeinflussung genutzten Wellen und elektrischen Impulse ebenso an wie auf die eingesetzte Kommunikationstechnik 7G.

»Noch vor anderthalb Jahrzehnten haben wir schnurlose DECT-Telefone verteufelt«, fährt der renommierte Mediziner fort. »Dann gab es WLAN und LTE überall. Manche Menschen klebten sich nutzlose Chips auf die Rückseiten ihrer Smartphones, um sich vor der Strahlung zu schützen. Und heute? Heute lassen sie sich bereitwillig Mikrochips und Empfangs- und Sendemodule ins Hirn pflanzen.«

Die psychologischen und sozialen Konsequenzen der bedenkenlosen Nutzung implantierter Chips und der mit ihnen eingesetzten Software erforscht neben vielen anderen eine interdisziplinär besetzte Gruppe um Professorin Nadine Uhlmann an der Universität Göttingen.

»Die Auswirkungen auf die Psyche nicht nur junger Menschen, die Social-Media-Plattformen in den vergangenen zwei Jahrzehnten hervorgebracht haben, können weitgehend kongruent auch bei Nutzern der Chiptechnologie beobachtet werden«, so Uhlmann. »Verzerrte Selbstwahrnehmung, Egomanie, Narzissmus, all das findet sich bei der überwiegenden Anzahl unserer Testgruppen wieder. Folgeerscheinungen sind Depressionen, Burn-Out bis hin zu Suizid. Wir beobachten das mit großer Sorge. Neben den beschriebenen Entwicklungen häufen sich Fälle von Vereinsamung und Isolation sowie konkreter physischer Degeneration aufgrund mangelnder Bewegung. Wir ziehen uns eine Generation von selbstverliebten adipösen Angebern heran, die stets auf der Schwelle zur Psychotherapie oder zum Suizid stehen. Diplomatischer kann ich es nicht formulieren.«

*Boris Walker: Chipped – Siegeszug der Vernetzung, 9. Kapitel*

## 29

Das Dunkel war vollkommen, nicht nur die absolute Abwesenheit von Licht. Simon umgab eine Schwärze, die er in dieser Perfektion noch nie erlebt hatte. Er kannte dunkle Nächte, in denen er die Jalousien komplett herunterfuhr, weil draußen ein Sturm tobte, aber selbst dann glomm irgendwo der Schalter einer Steckdose, die Ziffernanzeige einer Uhr oder wenigstens die LED eines elektrischen Geräts.

Diese Finsternis barg nicht eine einzige Lichtwelle. Kein noch so naher Anhaltspunkt bot die Chance, eine Entfernung festzustellen.

Mit dem Augenlicht hatte Simon alle anderen Sinne verloren. Er konnte nichts hören, nicht einmal seinen Atem oder das Pulsieren seines Blutes in den Ohren, ganz zu schweigen von den Geräuschen in seiner Umgebung.

Und er fühlte nichts mehr. Simon wusste nicht, ob seine Haut kalt oder warm war, spürte keine Haare darauf, nicht die sanfte Reibung des Hemdstoffs an seinen Armen. Der Druck von Carols Griff an seiner Schulter war nicht mehr da, und nicht einmal der Boden unter seinen Füßen stellte sich ihm entgegen, als hätte jemand die Gravitation abgeschaltet. Er hing im luftleeren Raum.

All das stürzte in Sekundenbruchteilen auf ihn ein. Wild ruderte er mit den Armen, suchte seine Schwester, eine Tischkante, fand keinen Halt, spürte einfach nichts. Der Verlust des Gehörs hatte ihn seines Gleichgewichtssinns beraubt. Simon glaubte zu taumeln, war sich aber auch dessen nicht sicher, bis aus dieser unkoordinierten Bewegung ein Fallen wurde. Er riss den Mund auf und schrie. Und hörte seinen eigenen Schrei nicht.

*Ich bin tot*, schoss es ihm durch den Sinn. In diesem Moment war er sich sicher.

Der Sturz schien ewig zu dauern, oder auch nicht. Simon bemerkte erst nach Sekunden, dass er nicht mehr fiel. Vielleicht lag er bereits am Boden und hatte den Aufprall einfach nicht gespürt. Da war keine Fläche in seinem Rücken. Trotzdem konnte er seine Arme nicht nach hinten (unten?) bewegen. Da musste etwas sein.

Noch ein Versuch. Simon tastete seine Arme und Beine ab, spürte an den Fingerspitzen jedoch keine Textur oder Temperatur, nur irgendeine Art Widerstand, der seine Bewegung blockierte. Er klopfte mit der Faust auf die Stelle, wo ungefähr sein Bauch sein musste, auch hier keinerlei Empfindung, weder an der Hand noch an seinem Körper. Verzweifelt schlug er mehrmals fester zu und hielt abrupt inne. Er spürte nichts, auch keinen Schmerz.

Was, wenn er sich gerade selbst verletzte? Hatte er sich bei dem Sturz wehgetan, war mit dem Kopf aufgeschlagen und blutete? Oder hatte er sich das Bein gebrochen?

Erneut wallte Panik in ihm auf. Mühsam schaffte er es, sie niederzuringen. Das konnte nicht der Tod sein! Wenn er zu Empfindungen wie Hysterie fähig war und darüber hinaus zu Gedanken an seine körperliche Unversehrtheit, solange konnte das noch nicht der Tod sein.

Aber wer wusste das schon? Berichte von Nahtoderlebnissen gab es millionenfach. Das Licht am Ende des Tunnels hatten Menschen gesehen, sich selbst, wie sie über ihrem Körper schwebten, oder der allzu bekannte Film des Lebens, der vor dem inneren Auge noch einmal abgespult wird. Simon stand fest auf dem Boden der Tatsachen und war davon überzeugt, dass diese Phänomene mit biochemischen Prozessen im Gehirn zusammenhingen. Er hielt nichts von mystischen Erklärungsansätzen.

Genauso wenig wie an seinen eigenen Tod glaubte Simon daran, dass sein derzeitiger Zustand real war. Zu viele ungewöhnliche und teilweise erschreckende Dinge hatte er in den vergangenen Stunden durchgemacht, um nicht sofort die verfluchte Kapsel in seinem Kopf dafür verantwortlich machen zu können.

Unwillkürlich versuchte Simon mit den Fingern die Stelle hinter dem linken Ohr zu ertasten, wo der Chip unter die Haut injiziert worden war. Natürlich war da nichts, absolut gar nichts, kein Haar, kein Ohr, keine Haut, geschweige denn eine Narbe. Wieder wurde seine Bewegung durch ein unsichtbares und nicht spürbares Hindernis abgeblockt. Fast dankbar realisierte Simon, dass es sich dabei sehr wohl um seinen Kopf handeln musste, dazu an der richtigen Stelle. Er war nicht tot.

Blanke, unverfälschte Wut stieg in ihm auf. Gut, dachte er, noch eine Empfindung, die die verfluchte Technik ihm nicht nehmen konnte. Exakt gegen diese Technik richtete sich sein Groll, und er machte sich im nächsten Moment abermals Vorwürfe, dass er sich auf die Implantation eingelassen hatte. Verantwortlich für seine derzeitige Misere waren jedoch andere.

Die Frage war nur, wie er sie beenden konnte, vor allem, wenn ihm alle Handlungsmöglichkeiten durch die Blockade seiner Sinne genommen waren.

Simon bewegte seine Arme in eine Position parallel zum Körper und von dort in Richtung Rücken. Immer noch kam er damit nicht weit. Er vermutete, dass er flach auf dem Boden lag. Versuchsweise hob er kurz den Kopf und senkte ihn wieder ab. Auch hier stieß sein Hinterkopf auf

Widerstand, was seine Vermutung bestätigte. Wahrscheinlich war der Boden hart, da die Bewegung seines Kopfes mit einem Mal abbrach und nicht durch etwas Weiches abgefedert wurde. Schmerz oder Druck empfand er indes nicht.

Eine neue Welle der Panik erfasste ihn. Lebendig begraben, so fühlte er sich. Eingesperrt in einen Sarg, anderthalb Meter tief unter der Erde, ohne Chance, diesem Gefängnis zu entkommen. Zusätzlich ohne Gehör. Wie lange hatte er wohl noch Luft zum Atmen?

Atmen, das war es. Simon konnte ihn nicht hören, den Luftstrom, der durch seine Nase und seinen Mund in seine Lungen gesogen und wieder ausgestoßen wurde. Aber er war da, sonst wäre er längst erstickt. Allein das Wissen um diesen Automatismus, der ihn mit Sauerstoff versorgte und Kohlendioxid nach draußen beförderte, ließ ihn sich etwas beruhigen. Vor seinem inneren Auge, ja, und das funktionierte, malte er sich das Bild seines schlagenden Herzens, das unaufhaltsam Blut in die Arterien pumpte, ungeachtet der allumfassenden Lähmung, die seinen übrigen Körper befallen hatte.

So weit ging der Griff der Technik nicht, dass wesentliche lebenserhaltende Körperfunktionen beeinflusst werden konnten. Simon verdrängte den Gedanken daran, dass diese Möglichkeit von den Erfindern der Chips eventuell schon in Betracht gezogen worden war.

Sachte spannte Simon die Bauchmuskeln an und manövrierte sich in eine sitzende Haltung. Da war immer noch kein Druck in seinen Füßen oder seinem Gesäß, trotzdem glaubte er, so etwas wie Schwerkraft zu spüren. Eine Ahnung von oben und unten huschte vorüber, die er nicht ungenutzt verschwinden lassen wollte. Er stieß mit dem Kopf an kein Hindernis, also befand er sich nicht in einem Sarg unter der Erde.

Instinktiv verlagerte er das Gewicht nach vorn auf seine Füße, so dass er in die Hocke kam. Er hielt inne und horchte in sich hinein. Das leichte Schwindelgefühl verging nach einigen Sekunden.

Langsam, Millimeter für Millimeter, streckte er sich, bemühte sich darum, das wiedererwachte Gleichgewicht zu beherrschen und nicht zu stürzen. Simon stellte sich vor, in welcher Haltung er sich gerade befand. Seine Knie mussten einen Neunzig-Grad-Winkel beschreiben, sein Oberkörper nach vorn gebeugt sein. Vorsichtig hob er ihn an, um in eine senkrechte Position zu gelangen.

Seine Bewegung wurde abrupt gestoppt, als sein Hinterkopf gegen ein Hindernis stieß. Dieses Mal spürte er wirklich den Widerstand und vernahm sogar ein fernes Klopfgeräusch. Der kurze Hoffnungsschimmer verblasste, und er verlor das Bewusstsein.

Wie viel Zeit verging, konnte er unmöglich sagen. Er schlug die Augen auf, und es war nach wie vor dunkel.

*Aber nicht mehr schwarz!*, fuhr es ihm durch den Sinn. Die Finsternis war nicht mehr absolut, Dunkelgrau umgab ihn, eintönig und massiv, bevor sich dunklere Streifen darin bildeten. Simon hatte den Eindruck von dichtem Nebel in der Nacht, der an manchen Stellen dünner wurde und sich dann wieder verdichtete.

Da spürte er den Schmerz. Sein rechter Oberarm tat an der Außenseite weh, ein pulsierendes Wummern. Reflexartig umfasste Simon mit der Linken seinen Arm. Kurz durchzuckte es ihn, weil der Schmerz dadurch zunahm. Das konnte die Freude darüber, seinen Körper wieder zu spüren, nicht vollends tilgen.

Ein zusätzlicher Druck an seinem linken Oberarm irritierte ihn. Dann begriff er, dass das nicht seine Hand war. Jemand hatte sich über ihn gebeugt und hielt ihn dort fest.

Da war ein Rauschen in seinen Ohren, das von einem fiesen Pfeifton durchsetzt war. Er hatte das Gefühl, seine Gehörgänge wären mit Watte verstopft, übermäßig laut hörte er seinen eigenen Atem und vernahm das vertraute Schlagen seines Pulses.

Aus weiter Ferne drang eine Stimme durch die Kakophonie in seinem Kopf. Worte erkannte Simon nicht, aber die Stimme war weiblich. Das musste Carol sein. Ja, sie rief seinen Namen!

»Simon! Simon, wach auf! Komm schon, lass mich nicht hängen.« Sie klang verzweifelt, panisch.

Ihre Anwesenheit gab ihm Kraft. Er blinzelte mehrfach, schaffte es, die linke Hand zu den Augen zu führen und kräftig mit Daumen und Zeigefinger seine Nasenwurzel zu reiben. Er öffnete die schweren Lider und erkannte durch die Schlieren vor seinen Pupillen unscharf das Gesicht seiner Schwester.

Simon saß mit dem Rücken an einen der Pfeiler der Veranda des Diners gelehnt, die Beine von sich gestreckt. Carol kniete neben ihm und hielt ihn am Arm. Auf den ersten Blick konnte er bei ihr keine Verletzungen feststellen, allerdings war sein Sehvermögen immer noch beeinträchtigt.

»Sind …«, krächzte er und musste husten. Geräuschvoll spuckte er einen Schleimklumpen zur anderen Seite aus. »Sorry. Sind wir tot?«

»Vollidiot«, blaffte Carol ihn an, aber er konnte die Erleichterung in ihrer Stimme hören. »Solange du solche blöden Fragen stellen kannst, ist es bestimmt noch nicht soweit.«

Simon rieb sich abermals die Augen, sein Blick schärfte sich allmählich. Die Veranda sah aus wie zu dem Zeitpunkt, als sie den Diner verlassen hatten. Es war dunkel geworden, eine normale Dunkelheit, nicht das apokalyptische Höllenrot, das dem Knockout vorangegangen war. Simon wandte den Kopf in Richtung Parkplatz. Auch der sah nicht ungewöhnlich aus. Dort standen die Autos so, wie sie diese am Nachmittag geparkt hatten. Die umliegenden Häuser lagen im Finsteren.

»Was ist passiert?«, fragte Simon und sah Carol hilfesuchend an.

»Ich habe nicht die leiseste Ahnung«, gab sie ratlos zurück.

»Warst du auch, äh, im Dunkeln gefangen?«

Sie nickte. »Ja, absolute Finsternis. Und kein Gehör und kein Gefühl. Der totale Horror.«

»Bist du verletzt?«

»Nein. Ich bin wohl einfach zusammengesackt«, antwortete Carol. »Ich glaube, ich konnte mich noch irgendwo festhalten und war dann bewusstlos. Aber dich hat es schlimmer erwischt, du bist bestimmt auf die obere Treppenstufe gestürzt. Tut es arg weh?«

Simon betastete wieder seinen Oberarm. »Geht so. Ist nichts gebrochen, denke ich. Mein Schädel brummt wie ein Nebelhorn.«

»Du bist, glaube ich, von unten gegen den Tisch da geknallt.« Carol nickte mit dem Kopf in die Richtung des am nächsten stehenden Möbels. »Vielleicht hat dich das da rausgeholt.«

Durch die Scheiben des Diners nahm Simon Bewegungen wahr. »Was ist mit den anderen?«, fragte er alarmiert.

»Tobi war hier, als ich zu mir kam, der war okay. Er ist dann hinein. Bei den anderen weiß ich es noch nicht. Ich bin auch noch nicht wieder lange an Bord. Komm, ich helfe dir auf.« Sie fasste ihren Bruder unter dem unverletzten linken Arm und stützte ihn. Mit der rechten Hand fand er Halt an dem Pfosten, an dem er gelehnt hatte. Erneut schoss Schmerz durch seinen Oberarm.

Die Tür wurde aufgestoßen, bevor sie sie erreichten. Maria stand im Rahmen und sah sie mit weit aufgerissenen Augen an.

»Gott sei Dank!«, stieß sie erleichtert aus. »Ihr seid in Ordnung.« Ihr Blick fiel auf Carols Hand unter Simons Arm. »Ihr seid doch in Ordnung, oder?«

»Alles gut«, beruhigte er sie. »Wie sieht es drinnen aus?« Im Stillen hoffte er, dass nur er und Carol den Aussetzer gehabt hatten. Marias Nervosität sagte allerdings etwas anderes.

Sie hielt die Tür ein Stück weiter auf und trat beiseite. »Kommt besser rein und macht euch selbst ein Bild.«

Sie brauchten ein paar Sekunden, um dieses Bild zu verarbeiten. Auf einer der Bänke an der Außenseite lag Lydia ausgestreckt und hielt sich die Stirn. Sie hatte die Augen geschlossen und atmete stoßweise. Sabine kniete auf der Bank dahinter und strich sanft über Lydias Hand. Nina redete auf sie ein und hielt inne, als sie Carol und Simon bemerkte. Maria ging zu ihrer Freundin hinüber.

Verheerender sah der Diner auf der anderen Seite aus. Die Jukebox war um drei Meter seitlich in Richtung der Toiletten verschoben. Dabei war das Stromkabel aus dem Gehäuse gerissen worden, hatte einen Kurzschluss verursacht und die Beleuchtung in dem Gang erlöschen lassen. Der Ventilator, der in der Nähe der hinteren Tür hing und das nervtötende Klappern von sich gegeben hatte, drehte sich nicht mehr. Ein Barhocker war umgestürzt und lag vor der Tür zu den Waschräumen.

Arne saß auf dem Boden, mit dem Rücken an die Außenseite der Theke gelehnt, und hatte die Augen geschlossen. Ein breites Rinnsal Blut sickerte aus seinen gegelten Haaren und lief über seine Schläfe und Wange. Der weiße Ärmel seiner Jacke trug zahlreiche rote Spritzer. Yvonne hielt ein zusammengeknülltes helles Tuch an Arnes Stirn, damit nicht weiteres Blut in seine Augen rann. Katarina und Malte standen dabei und betrachteten Arne voller Besorgnis.

»Was zur Hölle ist denn hier passiert?«, fragte Carol, ohne Simon loszulassen.

Katarina trat zu ihnen. »Hat es euch auch erwischt?«

»Ja. Komplette Finsternis.« Simon nickte in Arnes Richtung. »Was ist mit ihm?«

»Bewusstlos. Aber er atmet, und die Blutung hat schon etwas nachgelassen. Kai ist in der Küche und sucht Eis zum Kühlen.«

Simon betrachtete die verschobene Wurlitzer, die unbeleuchtet aussah wie ein lausig von einem Gothic-Nerd konstruierter Kühlschrank. In der Nähe des umgestürzten Barhockers erkannte er zahlreiche Sprünge in einer der großen Fensterscheiben.

»Hat Arne hier so randaliert?«

»Wahrscheinlich«, vermutete Katarina. »Wir sind alle mehr oder weniger durchgedreht, als das Licht ausging. Lydia ist vom Hocker gekippt und hat sich den Kopf angeschlagen. Wir fürchten, sie hat eine Gehirnerschütterung.«

»Hat jemand einen Krankenwagen gerufen?«, fragte Carol aufgeregt. »Sie muss in ein Krankenhaus. Und Arne auch.«

»Wir haben es schon versucht. Wir kommen nicht raus.« Katarina sagte das völlig emotionslos, als hätte sie die Worte aus einer Zeitung vorgelesen.

»Bitte was?«, fragte Carol verständnislos. »Wir sind in einem simulierten Setting, das uns per Mobilfunknetz ins Hirn gepumpt wird, und können nicht mit der Außenwelt kommunizieren? Ist das dein Ernst?« Es klang aggressiver, als sie es beabsichtigt hatte.

Katarina zuckte trotzig mit den Schultern. »Versuch du es doch«, sagte sie gleichmütig.

Simon beobachtete, wie seine Schwester die Stirn runzelte und konzentriert auf eine Stelle am Boden starrte. Er wusste, sie versuchte gerade, über einen gedanklich übermittelten Befehl an den Chip eine Kommunikationsverbindung aufzubauen. Nach mehreren Versuchen gab sie es auf.

»Das gibt es nicht«, hauchte sie.

»Wir haben es alle schon versucht«, sagte Katarina. »Tobi ist draußen auf der Straße, vielleicht ist dort die Verbindung besser.«

»Wo bleibt er überhaupt?«, fragte Maria, die das Gespräch mitverfolgt hatte. »Der ist doch schon eine Weile weg.«

»Ich geh nach ihm sehen«, sagte Simon.

»Bist du sicher?«, fragte Carol. »Du warst eben noch bewusstlos.«

Er nickte. »Es geht. Ich muss mich auch bewegen, meine Beine fühlen sich immer noch steif an.«

»Ich komme mit«, sagte Malte. »Ihr habt das ja im Griff hier.«

»Okay«, gab Carol zurück, immer noch besorgt. »Aber passt auf euch auf. Wer weiß, was als Nächstes passiert.«

# 30

Hinter der Haustür hörte David Caramel bellen. Der Golden Retriever war kein wirklicher Wachhund. Er nutzte jede sich ihm bietende Gelegenheit für eine Streicheleinheit. Das Klingeln der Türglocke war da vielversprechend.

Sonst tat sich nichts im Haus. Durch ein geschlossenes Fenster im ersten Stock hörte David dumpfes Stampfen von Bässen. Tobis Bruder Maximilian war wohl zuhause und nutzte die Abwesenheit der Eltern für diesen akustischen Exzess.

David klingelte noch einmal lang und lauschte. Der Hund bellte weiterhin, und nach ein paar Sekunden verstummte die Musik. Es dauerte einige Zeit, bis drinnen vernehmlich eine Tür zugeschlagen wurde und jemand eilig die knarzende Holztreppe herunterkam.

Die Haustür wurde schwungvoll geöffnet. Maximilian stand da in Socken, grauer Trainingshose und dunklem Hoodie, die Haare zerzaust. Er grinste den Jungen vor der Tür erfreut an. David hatte den Eindruck, dass er nicht allzu überrascht war, ihn zu sehen. Caramel stapfte neben Tobis Bruder aus dem Hausflur und sah hechelnd zu David auf.

»Hey, David. Alles im grünen Bereich?«, fragte Maximilian und gab ihm einen High Five.

In der Tat fiel die Begrüßung für Davids Begriffe etwas zu überschwänglich aus. So gut kannten sie beide sich nicht für diese kumpelhafte Geste.

»Äh, ja, geht so«, gab er schmallippig zurück und krault Caramel halbherzig zwischen den Ohren. »Ist Tobi da?«

»Nee, der ist mit Mama Klamotten kaufen«, kam die prompte Antwort. Auch etwas zu schnell, fand David.

»Aha, okay.« Er überlegte, ob er fragen sollte, wann sie ungefähr zurückkämen, um später noch einmal vorbeizusehen. Irgendwas stimmte nicht an Maximilians Auftritt. Er wirkte überdrehter als sonst. Und stand er nicht etwas zu … breit in der Tür? Wollte er verhindern, dass David hereinkam?

Unsinn, dachte er. Gewiss bildete er sich das ein, und Tobi hockte in irgendeinem Kaufhaus und probierte genervt den achten Pulli an.

»Kann ich ihm was ausrichten?«, fragte Maximilian und wippte von einem Bein auf das andere.

David schüttelte den Kopf. »Nein, lass mal. Wir sehen uns ja morgen in der Schule.«

»Top. Na denn, see you!« Tobis Bruder hob lapidar die Hand, trat ins Haus zurück und wartete, bis Caramel ihm gefolgt war. Mit einem Lächeln in Davids Richtung schloss er die Tür.

Es war praktisch egal, ob Tobi wirklich mit seiner Mutter unterwegs war oder oben in seinem Zimmer saß und ihn nicht sehen mochte. Der ergebnislose Besuch machte Davids miesen Tag komplett. Offensichtlich hatte sich die ganze Welt gegen ihn verschworen.

Das änderte sich auch am Mittwochmorgen nicht. David wachte nach einer unruhigen Nacht mit Bauchschmerzen auf. Er stand kurz unschlüssig allein in der kalten Küche und betrachtete den leeren Tisch. Bei der Vorstellung seines üblichen Frühstücks mit Toast und Marmelade wurde ihm mulmig im Magen, so dass er den Gedanken an die Mahlzeit verwarf. Er trank ein halbes Glas Wasser und ließ den Rest auf der Spüle stehen.

Den ganzen Weg zur Schule grübelte David, wie er mit der Situation umgehen sollte. Den restlichen Dienstag hatten ihn seine Mitschüler gemieden. Keiner hatte sich große Mühe gegeben, seine Abneigung zu verbergen. Mit abschätzigen Blicken oder offen zur Schau getragener Ignoranz hatten sie einen Bogen um ihn gemacht. David stand in den Pausen allein oder trottete mit eingezogenem Kopf den Säulengang entlang. Hier und da passierte er seine Klassenkameraden, die in kleinen Gruppen zusammenstanden. Ihre angeregten Gespräche wurden leiser, wenn sich David näherte, und verstummten ganz, wenn er in Hörweite war. Dann erntete er missfällige Blicke, oder sie drehten sich gleich um und bedachten ihn mit Missachtung.

Die Mädchen aus der Klasse verhielten sich ähnlich, außer dass ihre Gespräche in Davids Ohren aufgeregter und schriller klangen. Wenn sie seiner ansichtig wurden, wandten auch sie sich ab und setzten ihr hysterisches Geplapper fort, als wäre er ein Schüler aus der Grundschule.

Seinen Freund Tobi bekam David kaum zu Gesicht. Hin und wieder stand er mit Simon und Frank zusammen. Wenn David in ihre Nähe kam, verhielten die drei sich nicht anders als Malte und seine Gefährten oder die Gruppen der Mädchen.

Katarina war immer noch krank. Da David mit niemandem ins Gespräch kam, suchte er in der zweiten großen Pause Frau Nolte, die die Aufsicht hatte. Sie schritt aufmerksam den Säulengang auf und ab und verfolgte das wilde Treiben der Kinder und Jugendlichen.

»Wissen Sie, was Katarina hat?«, fragte David verhalten.

Die Lehrerin schüttelte den Kopf und wirkte ehrlich betroffen. »Nicht genau. Ihre Mutter hat gestern angerufen und gesagt, ihr ginge es nicht gut. Heute Morgen war das

Entschuldigungsschreiben in der Post, da stand aber auch nicht mehr drin.«

»Hm, schade«, antwortete David und wandte sich zum Gehen.

»Vielleicht gehst du heute Nachmittag einfach mal hin und fragst bei den Eltern nach«, schlug Frau Nolte vor. »Und sie freut sich sicher über deinen Besuch.«

Sie konnte nicht sehen, wie Davids Gesichtszüge sich verhärteten. Ihm war der Gedanke auch schon gekommen. Nach dem missglückten Besuch bei Tobi am Vortag sträubte sich alles in ihm gegen eine Begegnung mit den wenigen Freunden, die er in den letzten Wochen gewonnen hatte. Erst recht mit Katarina, die für ihn mehr als nur eine gute Freundin war.

Er drehte sich zu seiner Lehrerin um, sah ihr aber nicht direkt in die Augen. »Ja, vielleicht mache ich das.«

»Sie würde sich bestimmt freuen, da bin ich sicher«, wiederholte sie und lächelte David aufmunternd an. Dann schlich sich Besorgnis in ihre Züge, und Falten erschienen auf ihrer Stirn. Ohne Umschweife fragte sie: »Was ist, David? Ich habe gestern schon bemerkt, dass du dich nicht wohlfühlst. Du siehst ganz geknickt aus. Ärgern dich die anderen?«

*Volltreffer!*, dachte David und versuchte, sich seine Überraschung nicht anmerken zu lassen. Er hatte nicht erwartet, dass er seine Stimmung so offensichtlich zur Schau stellte. Seine ganzen Mitmenschen schätzte er so ein, dass sie jemanden wie ihn, der traurig und mit hochgezogenen Schultern umherstapfte, ignorierten oder nicht wahrnahmen. Niemand schien einen Sinn für sein Befinden zu haben. Vielleicht war das auch zu viel verlangt, und er musste seinen seelischen Schmerz herausschreien, damit er bemerkt wurde. Oder ihn herunterschlucken und aufhören, eine solche Memme zu sein.

Er tat Letzteres und zuckte mit den Achseln, die Hände in den Jackentaschen. »Nee, nichts Schlimmes. Wir hatten nur ein bisschen Streit, das wird schon wieder.«

Frau Noltes Misstrauen blieb. »Sicher? Ich sehe dich seit gestern praktisch nur allein. Wenn etwas vorgefallen ist, können wir das bestimmt aus der Welt schaffen. Du musst es nur sagen.«

Das Engagement seiner Lehrerin verursachte ihm einen Kloß im Hals, den er mühsam hinunterschluckte. Er nickte. »Ist schon gut, danke, ich … das ist alles halb so wild.« Die Schulglocke rief zur fünften Stunde und befreite ihn. »Ich muss dann.«

Zu Katarina ging er an diesem Nachmittag nicht.

Am Donnerstagmorgen verließ er das Haus mit gepacktem Rucksack und wieder mit einem Klumpen im Bauch. Er hatte erneut schlecht geschlafen und über lange Strecken wachgelegen. Gegen Morgen war er dann eingenickt und hatte fast seinen Wecker nicht gehört. Er war spät dran, aber es war ihm völlig gleich, ob er die nötigen acht Minuten Fußweg durch einen Sprint verkürzte, um noch rechtzeitig die Schule zu erreichen.

Wie durch Sirup trottete David die Gehwege entlang. Der Rucksack wurde mit jedem Schritt schwerer, sein Magen rebellierte. Mehrmals blieb er stehen und betrachtete Kleinigkeiten, die er an allen anderen Tagen ignorierte oder nur beiläufig wahrnahm.

Am Sockel des leerstehenden Hauses am Ende der Straße war wieder ein Stück Putz abgebröckelt. Die Sammlung hässlicher Zwerge im Garten der Schröders hatte einen Neuzugang erhalten und grinste ihn debil an. *Ja, ihr habt's gut, den ganzen Tag an der frischen Luft und blöde glotzen*, schoss es David durch den Kopf. Die Schröders sammelten die kleinen Figuren im Herbst ein, reinigten sie und besserten sie im Frühjahr sorgfältig mit Pinsel und Farbe aus. *Vollkommen idiotisch*, dachte er im Stillen.

Das Baggerloch von voriger Woche war geschlossen worden. Eine Platte auf dem Gehweg war lose, und David fragte sich, wieso die Bauarbeiter bei Ausbesserungen nicht in der Lage waren, den Belag so wiederherzustellen, dass man von der Maßnahme hinterher nichts sah. Mal war eine Platte umgedreht eingelegt worden, dort fehlte eine Ecke.

Es nieselte wieder aus einem milchig grauen Himmel. An der Hausecke beim Bäcker blieb David stehen. Er stopfte die Hände in die Jackentaschen und schaute hinüber zur Schule. Der Hof war bis auf ein paar Nachzügler schon menschenleer, die erste Stunde hatte begonnen. Hinter den Fenstern war Licht zu erkennen, in manchen davon erahnte David die Silhouette eines Lehrers oder einer Lehrerin, die gestikulierend durchs Klassenzimmer schritt. Die Schüler saßen brav auf ihren Stühlen und lauschten.

»Brav«, stieß David bitter aus. »Nur so lange Erwachsene ein Auge auf euch haben. Sobald sie wegsehen, packt ihr die Knüppel und die Fäuste wieder aus.«

Frustriert kickte er einen Stein beiseite. Er landete fünf Meter weiter im Rinnstein.

David fragte sich, wann dieses Verhalten bei den Kindern geweckt wurde. Es konnte nicht sein, dass Boshaftigkeit und Häme angeboren waren, er wollte das nicht glauben. Irgendwann musste jemand damit angefangen haben, hatte einen anderen beleidigt oder gedemütigt und dabei etwas Positives empfunden. Aber wieso? David wollte beileibe nicht einfallen, wie jemand Freude oder

Befriedigung empfinden konnte, wenn Menschen litten. Dieser eine hatte die Tyrannei vorgelebt, andere hatten das beobachtet oder mussten seine Taten erdulden und versuchten sich nun selbst darin, und war es auch nur, um ihren Frust wieder an Schwächeren abzureagieren. So hatte sich die Schlechtigkeit in der Welt verbreitet wie ein Virus.

David lächelte über die Schlüssigkeit seiner Theorie. Wie schön einfach diese Erklärung in seinen Ohren klang. Was wohl andere dazu sagen würden?

Gleichzeitig führte diese kleine Erkenntnis zu absolut nichts. Schon gar nicht trug sie zu einer Lösung seiner eigenen Probleme bei, die er hier an dieser Hausecke hin- und herwälzte.

Mit eingezogenem Kopf sah David sich um. Niemand nahm von ihm Notiz. Die Bäckersfrau, bei der er hin und wieder ein Brot kaufte und die ihn morgens manchmal vorbeigehen sah und nett grüßte, war gerade im hinteren Teil des Ladens verschwunden.

David wechselte die Straßenseite und ging dort weiter, bis sich die Fahrbahn gabelte. Rechts gelangte man zu den Parkplätzen und der Haupteinfahrt des Schulhofs, der schmalere Weg links beschrieb einen langen Bogen und führte in Richtung Ortsausgang.

Um diese Uhrzeit war auf dem Weg nichts los. Die meisten Bewohner der kleinen Häuser in dieser Straße waren an der Arbeit. In der Luft lag der Geruch von Kohlefeuer, aus den Kaminen stieg grauer Rauch auf. David warf Seitenblicke in Vorgärten, in denen buntes Laub zwischen verwelkten Stauden verstreut lag. Hier und da hatten die Eigentümer schon Ordnung geschaffen, anderen war diese entweder nicht wichtig, oder das Wetter hinderte sie an der Gartenarbeit. Frank wohnte in einem dieser Häuser, aber

David wusste nicht, in welchem. Mit seinem Klassenkameraden hatte er wenig zu tun, außerdem hielt der sich derzeit mehr an Simon und die anderen Jungs.

Die Straße stieg sachte an und ging nach weiteren zweihundert Metern in einen geschotterten Feldweg über. Ein Schild wies darauf hin, dass hier nur noch landwirtschaftliche Fahrzeuge erlaubt waren. Der Weg führte schnurgerade zum Wald südlich des Ortes. Der Acker rechts davon war bereits abgeerntet. An die andere Seite grenzte eine Koppel. Hinter den Drähten des Zauns waren keine Tiere zu entdecken.

Das letzte Haus am linken Straßenrand verbarg sich hinter einem hohen Lattenzaun und einer Wand aus dornigem Gestrüpp. Durch die ineinander verwachsenen Zweige von Holunder, Brombeeren und wilden Rosen war die Fassade kaum zu sehen.

Es war das Haus seiner Großeltern, die vor zwei Jahren innerhalb von drei Monaten gestorben waren. Seitdem stand es leer. Immerhin hatten sie das Dach kurz vor ihrem Tod instandsetzen lassen, so dass das Gebäude zumindest nicht durch Regen und Sturm weiter in Mitleidenschaft gezogen wurde.

David hatte durch den Spalt der angelehnten Wohnzimmertür ein paar hässliche Telefonate zwischen seiner Mutter und ihren beiden Brüdern mitverfolgt. So ganz verstand er den Anlass der Streitereien nicht. Es musste damit zu tun haben, dass sein Opa, der das Haus gebaut hatte, nicht der Papa seiner zwei Onkels war, die aber Anspruch darauf erhoben. Die beiden waren auch schon viel älter als seine Mutter. Sie wusste sich gegen ihre Brüder ohnehin kaum zu behaupten, und ihre alkoholbedingte Schwäche trug nicht zu einer Festigung ihrer Position bei.

Mit den Fingern strich David über die abblätternde Farbe der Zaunlatten und den rauen Beton der Pfosten, während er am Grundstück entlangging. Am Ende wandte er sich nach links und folgte dem Zaun, der sich parallel zur Koppel hinzog. Von dieser Seite aus war das Haus ebenfalls kaum zu erkennen. David erspähte überwucherte Beeteinfassungen und Plattenwege, durch deren Fugen schon kleine Bäume schossen.

Nach ein paar Metern gelangte er zu einer Stelle, an der kurz nach dem Tod seiner Großeltern ein Kirschbaum bei einem Sturm vom Grundstück hinaus auf die Koppel gestürzt war. Er hatte eine Bresche in den Zaun geschlagen. Der Bauer, dem die angrenzende Fläche gehörte, war so nett gewesen, die Krone zu zerlegen und abzutransportieren. Geblieben waren die Lücke im Zaun und dahinter der umgekippte Baumstumpf und das Loch, das das Wurzelwerk hinterlassen hatte.

David kletterte über die Reste des verrottenden Zaunriegels und bahnte sich seinen Weg durch das Dickicht aus Brombeeren und wilden Zwetschgen. Er war im Frühjahr das letzte Mal hier gewesen. Dieser Ort war ihm nicht mehr in den Sinn gekommen, seit Tobi und er den Außenposten bezogen hatten. Es kostete David einige Mühe und ein paar Schrammen im Gesicht und an den Händen, um die Zweige beiseite zu drücken und die Wiese auf der anderen Seite zu erreichen.

Der Garten war eine eigene Welt, abgeschottet vom Außen durch diese widerborstige Barriere aus Gestrüpp. Wie das Dornröschenschloss stand das kleine Haus seiner Großeltern dort. Die Klappläden waren geschlossen, kein Rauch quoll aus dem Kamin. David erkannte abbröckelnden Putz und Feuchtigkeit an den Wänden.

Efeu klammerte sich an die Hausecke und hatte schon mit unzähligen gierigen Fingern den Dachvorsprung auf der Höhe des Obergeschosses erreicht. Das Fallrohr der Dachentwässerung war zur Seite gekippt und zeigte nutzlos diagonal in den Himmel, während das Wasser aus der Dachrinne ungehindert heruntertropfte und dabei auch die Fassade durchnässte.

Dem Haus gegenüber in der hinteren Ecke stand ein bescheidener Schuppen, in dem Davids Opa seine Gartengeräte deponiert hatte. Außerdem hatte er als Werkstatt gedient. Die Tür war inzwischen extrem verzogen und hielt nur noch mit viel gutem Willen in ihren Angeln. David zog den rostigen Riegel zurück und musste einige Kraft dafür aufwenden, bevor sich das Metall kreischend fügte.

Das Innere des Schuppens war kühl, aber immerhin trocken. Onkel Franz hatte schon kurz nach der Beerdigung die Werkzeuge und Gartengeräte wie den Rasenmäher für sich beansprucht. Bis auf die Werkbank, die nicht mehr als eine massive Holzplatte mit geschweißten Stahlfüßen und nur mit erheblichem Aufwand zu bewegen war, gab es lediglich zwei verwitterte weiße Plastikstühle. An den grauen Brettern der Wände waren zahllose leere Haken und Nägel zurückgeblieben. In der Ecke hing eine gelblich verfärbte Grillschürze mit der Aufschrift »Achtung, Opa grillt!«.

David zog die Tür hinter sich zu und hakte den Riegel ein, mit dem sie sich von innen halbwegs verschließen ließ. Den Rucksack stellte er auf die Werkbank und spähte durch das kleine quadratische Fenster nach draußen. Durch den Vorhang aus Regentropfen, die vom Dach fielen, sah er das hohe Gras der Wiese, die seit zwei Jahren nicht gemäht worden war. Wege und Beete waren inzwischen von

Unkraut und mannshohen Bäumchen überwuchert.

David fröstelte. Das also blieb von einem Leben übrig, dachte er verbittert. Ein verrottendes Haus und eine Grillschürze mit einem blöden Spruch.

## 31

Die Tür des Haupteingangs fiel hinter Simon und Malte blechern zu. Sofort erfasste sie die schwüle Wärme des Abends. Nicht einmal die leichte Brise vermochte für Abkühlung zu sorgen und trieb den beiden Männern augenblicklich den Schweiß auf die Stirn.

Der Verkehr auf der breiten Durchgangsstraße hatte nachgelassen. Gerade fuhr ein Sattelschlepper voller amerikanischer Kleinwagen scheppernd vorüber und verschwand in Richtung Westen. Danach lag der Ort verlassen da. Auf den Gehwegen war niemand unterwegs. In der Ferne hörten Malte und Simon das Brummen einer Industrieanlage, ansonsten war das Rascheln der Palmwedel vor dem Diner das einzige Geräusch.

Die flachen Gebäude auf der anderen Straßenseite wirkten verlassen. Bis auf ein paar Wellblechgaragen handelte es sich um einstöckige Wohnhäuser, und nur in wenigen Fenstern war Licht zu erkennen. Simon fiel wieder die schlichte Darstellung der Häuser auf, die er bei seiner panischen Flucht vor dem vermeintlichen Feuer nur am Rande bemerkt hatte. Es gab ausschließlich gerade Kanten und schmucklose Fassaden ohne jeglichen Makel.

»Tote Hose hier«, stellte Malte fest.

»Hm«, machte Simon bloß und sah sich um.

»Wie weit kann Tobi denn gelaufen sein? Irgendwo müssen wir doch mal Empfang haben.«

»Keine Ahnung. Weit kann er aber nicht gekommen sein.«

»Wieso?«, fragte Malte sichtbar alarmiert und sah Simon an.

»Ich war vor … weiß nicht, einer Stunde drüben hinter dem Parkplatz. Da ging es nicht weiter.« Er berichtete Malte von dem Brummton, der sich zu dieser unerträglichen Intensität gesteigert hatte, je mehr sich Simon dem Rand des Grundstücks näherte. »Ich hätte nicht weitergehen können. Das war nicht auszuhalten.«

Malte sah ihn entgeistert an. »Was soll denn der Scheiß?«, rief er aus. »Sowas habe ich ja noch nie erlebt. Und ich habe schon einige Settings durch.«

»Ich habe absolut keine Ahnung, was hier vorgeht«, gab Simon zu. Er war zu erschöpft, um Malte von den weiteren Erlebnissen dieses Nachmittags zu erzählen. Ihr gemeinschaftlicher Knock-Out war Anzeichen genug dafür, dass hier etwas nicht mit rechten Dingen zuging.

»Sollen wir uns aufteilen und suchen?«, fragte Malte.

Simon schüttelte den Kopf. »Besser nicht. Ich hab da ein ganz mieses Gefühl.«

Malte grinste. »In Ordnung, Solo.«

Sie wandten sich nach links und passierten die Einfahrt, über die man zum Parkplatz hinter dem Diner gelangte. Der Gehweg war grob asphaltiert und wies einige spürbare Schlaglöcher auf. Simon sah nach unten und erkannte im gelben Licht der Straßenlaternen abgesehen von den Löchern zahllose Risse, die sich kreuz und quer durch den Beton zogen.

»Diese Nerds«, sagte er. »Sie haben sogar daran gedacht, dass man sich hier den Knöchel verstauchen kann, so beschissen sind die Gehwege.«

Kurz lachte Malte auf. »Dafür sind die Häuser dahinten ziemlich lausig.« Er wies mit dem Kopf die Straße hinab. Ihm war es also auch aufgefallen.

Die Gebäude in etwa zweihundert Metern Entfernung

sahen auf den ersten Blick nicht ungewöhnlich aus. Im Schein der Straßenbeleuchtung waren ohnehin kaum Details zu erkennen, es reihten sich einander ähnliche Einfamilienhäuser auf beiden Seiten aneinander. In der Tat sahen sich die Häuser *sehr* ähnlich.

»Die sehen alle gleich aus«, stellte Simon fest.

»Das meine ich«, sagte Malte. »Das ist wie in diesen alten Videospielen, als man noch Speicher sparen musste und alle, was weiß ich, Asteroiden und Aliens auf dem Bildschirm gleich aussahen.«

»So war es auch hinten am Parkplatz. Da war es der Schotter auf dem Weg und das Gras.«

»Vielleicht hätten wir nicht so ein billiges Setting buchen sollen.« Malte grinste freudlos, dann ging der Ansatz seines Lachens in ein Stöhnen über. Er blieb stehen, beugte sich mit schmerzverzerrtem Gesicht nach vorn und hielt sich die Ohren zu. »Ahh, was ist das denn?«

Jetzt nahm Simon es auch wahr. Das Brummen, das er beim Verlassen des Diners für eine Klimaanlage oder einen Generator gehalten hatte, wummerte ebenso in seinem Kopf. Es war unzweifelhaft dasselbe Geräusch, das er am hinteren Rand des Parkplatzes wahrgenommen hatte.

Simon fasste seinen Klassenkameraden an der Schulter. »Lass uns umkehren!«, rief er laut und zog Malte mit sich zurück in Richtung Diner.

Nach wenigen Metern entspannte er sich merklich und schüttelte den Kopf, als könnte er damit die Reste des Schmerzes loswerden.

»Was zur Hölle war das?«, keuchte Malte und blieb stehen. Er massierte sich mit den Fingern die Schläfen.

Zwei Trucks rollten vorbei, gefolgt von einem dunklen Pickup. Simon konnte im Inneren nichts Genaues erkennen, hatte aber den vagen Eindruck, der Fahrer hätte eckige Konturen, die sich vor dem hellen Hintergrund des Hauses auf der anderen Straßenseite abzeichneten. Wie eine grobe Pixelgrafik.

Verwirrt wandte sich Simon Malte zu. »Geht's wieder?«, fragte er. Er hörte das Wummern nach wie vor, allerdings verursachte es nicht mehr diesen stechenden Kopfschmerz.

Malte nickte. »Ist immer noch da, aber es geht.«

»Lass uns auf der anderen Seite nachschauen«, schlug Simon vor. »Wenn es Tobi genauso geht wie uns, kann er nur dort sein.«

Sie passierten die Vorderfront des Diners. Ein kurzer Blick durch die Scheiben zeigte ein unverändertes Bild. Am Ende der Theke standen Katarina und Carol und sprachen miteinander. Auf der gegenüberliegenden Seite war Maria zu erkennen, die mit verschränkten Armen stumm in Richtung der Sitzbänke schaute. Die anderen waren aus diesem Winkel nicht zu sehen.

Auf der linken Seite des Diners gab es eine weitere Einfahrt. Diese war deutlich schmaler als der Fahrweg zum Parkplatz und sank anderthalb Meter ab. Sie diente der Anlieferung für die Küche und den Moteltrakt auf der Hinterseite. Entlang des Restaurants zog sich eine betonierte Rampe, die von der Straße aus ebenerdig betreten werden konnte. Weg und Rampe waren unbeleuchtet bis auf eine einzelne Lampe, die über einer breiten Tür an einem Metallbogen montiert war. Die vorderen Meter wurden noch von einer der Laternen an der Durchgangsstraße erhellt, jenseits der Funzel an der Einfahrt herrschte Dunkelheit. Auch das hintere Ende der Rampe war für Simon und Malte nicht zu erkennen.

Sie tauschten stumm einen kurzen einvernehmlichen

Blick und wandten sich dem Weg hinter dem Diner zu.

Links von ihnen begrenzte ein Maschendrahtzaun die Einfahrt. Jenseits davon erkannten sie einen parallel verlaufenden Betonweg, der zur Rückseite eines niedrigen Gebäudes führte, das eine Werkstatt sein mochte. Die weitläufige Fläche dahinter war vollgestellt mit allerhand Fahrzeugen unterschiedlichster Marken und Bauart. Details waren nicht auszumachen, das Gelände war ohne Beleuchtung.

Sie betraten die Rampe. Die Außenwand des Diners war auf dieser Seite mit weiß gestrichenen Brettern verschalt und besaß einige schmale, waagerechte Fenster. Deren Unterkanten waren so hoch, dass weder Malte noch Simon einen Blick hineinwerfen konnten. Vermutlich befanden sich dahinter das Lager und die Küche. Eines der Fenster war erleuchtet.

Die Tür daneben besaß eine hohe, schmale Scheibe und war nicht geschlossen. Zwei dünne Streifen Licht fielen durch das Glas und den Türspalt auf den Beton.

Simon schloss die Hand um den Knauf und zog die Tür ein wenig weiter auf. Er erblickte einen breiten Gang mit mehreren Türen zu beiden Seiten und am gegenüberliegenden Ende. Allerhand Küchenutensilien, Rollwagen mit Stahltöpfen und Schrubber standen im fahlen Licht einer Deckenlampe.

Eine Hand legte sich auf Simons Schulter. Er zuckte unwillkürlich zusammen und ließ den Türgriff los. Der Streifen Licht wurde schmaler. Es war Malte.

»Hörst du das?«, fragte er und hielt die Luft an.

Zunächst war da nur der nervige Brummton, zwar weit entfernt, jedoch penetrant wie ein Tinnitus. Simon schüttelte den Kopf, dann hörte er ein Ächzen. Es kam vom Ende der Rampe.

Sie eilten an der Außenwand entlang und wurden nach wenigen Metern von Dunkelheit umschlungen. Die Männer hielten kurz inne, damit ihre Augen sich an die Finsternis außerhalb der dürftigen Beleuchtung gewöhnten, bevor sie vorsichtig bis zur hinteren Kante der schmalen Betonfläche schritten.

Die Rampe endete an einer Treppe mit einem halben Dutzend Stufen, über die man die Ebene der Einfahrt anderthalb Meter tiefer erreichte. Der weitere Weg verlor sich im Dunkeln.

Am unteren Ende erkannten Simon und Malte die dunklen Umrisse eines Menschen. Er musste kopfüber die Treppe hinuntergestürzt sein. Seine Beine lagen halb auf den Stufen, sein Kopf auf dem ausgestreckten rechten Arm. Es war Tobi.

»Ach du Scheiße!«, entfuhr es Malte.

Sie sprangen hinab. Simon hielt sein Ohr vor Tobis Gesicht und lauschte. Er atmete rasselnd, dann entrang sich seiner Kehle ein Stöhnen. Ein Stein fiel den anderen vom Herzen.

»Lass ihn uns hinsetzen«, schlug Simon vor.

»Und wenn etwas gebrochen ist?«, wandte Malte ein.

»Nix … gebrochen«, hörten sie Tobi nuscheln.

Gemeinsam brachten sie ihn in eine sitzende Position, Malte hob seine Beine von den Stufen, Simon stützte seinen Oberkörper. Als er aufrecht an der Wand lehnte, erfasste ein Rest des Lichtscheins seinen Kopf. Geschockt erkannten die beiden Männer, dass Tobi aus der Nase blutete. Hektisch fingerte Simon ein Taschentuch aus seiner Hose und drückte es Tobi auf die Nasenlöcher. Er war bei Bewusstsein, fasste selbst das Tuch und hielt es fest.

»Was ist denn passiert?«, fragte Simon aufgeregt. Er

hockte vor Tobi und versuchte in dem diffusen Licht, irgendwelche Verletzungen zu erkennen. Malte hatte sich auf die zweite Stufe der Treppe sinken lassen.

Tobi nahm das Tuch von der Nase und betrachtete es stirnrunzelnd. Der Stoff war nicht so durchtränkt, wie Simon es befürchtet hatte, die Blutung ließ nach. Trotzdem presste er es erneut vor die Nasenlöcher, bevor er antwortete.

»Ich bin ein Stück die Straße runtergelaufen. Ich wollte versuchen, Hilfe zu rufen, weil das drinnen nicht funktioniert hat.«

»Das wissen wir«, sagte Malte. »Wir haben das auch schon versucht.«

»Weit bin ich nicht gekommen«, fuhr Tobi fort. Er schniefte durch das Taschentuch. »Ein paar Schritte nach der Einfahrt hier hab ich Kopfschmerzen bekommen und so einen wahnsinnigen Ton in den Ohren.« Er schloss kurz fest die Augen, als wäre das Geräusch wieder da. »Ich musste umkehren, sonst wäre ich durchgedreht.«

Tobi holte tief Luft und unterdrückte ein Husten.

»Es ist wie eine Begrenzung«, versuchte Malte eine Erklärung. »Simon hat sie hinter dem Parkplatz bemerkt, und auf der Straße in der anderen Richtung kommt man auch nicht weit.«

»So was muss es sein«, bestätigte Tobi. »Ich bin dann hier in die Einfahrt gegangen, weil ich dachte, ich bekomme eine Verbindung.« Er schüttelte träge den Kopf. »Pustekuchen. Keine Chance. Dann hab ich den Exit versucht.«

Die beiden anderen rissen die Augen auf. »Was?«, rief Malte aus. »Du weißt doch, dass …«

Tobis erhobener Arm unterbrach ihn. »Ja, weiß ich«, sagte er unwirsch. »In so einem kollektiven Setting soll man das mit allen Beteiligten machen und gemeinsam initiieren, bla, blubb, und so weiter. Sonst riskiert man Defekte am Chip. Alles bekannt.«

»Und bei dem Versuch bist du ohnmächtig geworden«, sagte Simon düster.

»Das kam zum Schluss«, erwiderte Tobi. »Ich habe den Exit eingeleitet und hatte das Gefühl, mein Kopf steht in Flammen und würde als Nächstes abgerissen. Ich habe dann sofort abgebrochen.«

»What the fuck?!«, entfuhr es Simon.

Tobi nickte zur Bestätigung. »Jungs, wir sitzen bis zum Kinn in der Scheiße. Jemand hält uns hier fest. We are locked.«

## 32

Verwundert wandte seine Mutter David den Kopf zu. »Du bist schon wieder da?«, fragte sie. »Ist der Unterricht ausgefallen?«

Er stand im Türrahmen und wusste für einen Moment nicht, was er antworten sollte. Seine Mutter hatte nicht mitbekommen, dass er an diesem Freitag nicht das Haus verlassen hatte. Das war nicht bemerkenswert, da sie bis kurz vor Mittag geschlafen hatte. Dass er nicht zur Wohnungstür hereingekommen war und den ganzen Vormittag nebenan in seinem Zimmer gesessen hatte, war ihr völlig entgangen.

Kurz überlegte er, ob er ihr die Wahrheit sagen sollte. Dass er den gestrigen Morgen in Opas altem Schuppen verbracht und vor sich hingebrütet hatte. Zeitweise hatte er sinnloses Zeug in seinen Schreibblock gekritzelt. In Regenpausen war er nach draußen gegangen und hatte die Knospen der Haselsträucher betrachtet, die gelben Ähren der Gräser und die verwelkenden Blütenkränze der Herbstastern. Wenn der Regen wieder einsetzte, saß er drinnen auf einem der Plastikstühle vor der alten Werkbank und zeichnete aus der Erinnerung mit einem Kugelschreiber die botanischen Eindrücke in sein Heft.

David stand verloren auf halbem Weg zwischen Wohnzimmertür und Couch. Er sortierte seine Gedanken und konstruierte Erklärungen, warum er nicht zur Schule gehen konnte, und geriet dadurch in völlige Verwirrung.

Nichts, was er sagen mochte, fügte sich in logisch klingende Sätze. Er wollte mit den Ereignissen im Außenposten beginnen, als die Stimmung gekippt war, da fielen ihm die Azteken und Maya und Indios wieder ein, deren Geschichte sein Empfinden gut veranschaulicht hätte.

Dann drängten die Titelseiten der Pornohefte nach vorn und ließen seinen Magen erneut rebellieren. Wie sollte er erklären, was es in ihm angerichtet hatte, als Malte ihm diese Bilder unter die Nase gerieben hatte? David wusste bis jetzt nicht, was da passiert war. Ein ums andere Mal hatte er sich gefragt, ob er vielleicht schwul war, weil ihn die Bilder nicht abstießen, hatte diese Idee wieder verworfen, wenn er an Katarina dachte, an ihr Lächeln, ihren Kuss.

All das war nun den Bach hinunter. Seine Klassenkameraden mobbten ihn, grenzten ihn aus. Da war es doch nur verständlich, dass er dort nicht mehr hingehen wollte und lieber das Alleinsein suchte und …

Das Telefon klingelte. David erstarrte zu Stein.

Seine Mutter warf dem Apparat einen misstrauischen Blick zu. »Wer ruft denn um diese Uhrzeit an?«, fragte sie, an niemanden gerichtet.

Das Klingeln schrillte in Davids Ohren wie der Alarm in der Schule bei einer Feuerübung. Seine Mutter hatte recht. Um diese Tageszeit rief normalerweise niemand an, weil sie oft noch schlief und selbst das nervige Schrillen des altmodischen grünen Geräts mit der Schnur und den klappernden schwarzen Tasten sie nicht zu wecken vermochte.

Sie lehnte sich träge hinüber zu dem Beistelltisch neben der Couch, wobei ihr ein unwilliges Ächzen entfuhr, und klaubte den Hörer von der Gabel. Mit einem Finger der anderen Hand fand sie zielsicher die Stummtaste auf der Fernbedienung des TV-Geräts, das Gequassel einer Talkshow erstarb.

»Hallo?« Kurze Pause. »Ja, die bin ich.« Sie setzte sich aufrecht hin und sah nach wenigen gehörten Worten ihren

Sohn stirnrunzelnd an, während sie weiter zuhörte.

David wurde angst und bange. Das konnte nichts Gutes bedeuten. Er hatte schon eine Ahnung, wer da am anderen Ende der Leitung war. Und auch warum.

»Ja, er ist hier«, sagte seine Mutter. »Wollen Sie …? Nein, mich, ach, okay.« Wieder schwieg sie und hörte nur zu. Ihre Augen wanderten verständnislos durch die Wohnung, der Mund stand halb offen. Dann fiel wohl erneut Davids Name im Hörer, und ihr Blick schwenkte in seine Richtung. »Ja, schon besser. Ich denke, er ist am Montag wieder in der Schule.«

Die Hitze schoss ihm in den Kopf. Seine Mutter ließ die Augen nicht mehr von ihm, er fühlte sich wie unter dem Brennglas.

»Ja, die ist von mir persönlich, natürlich«, sagte sie ungewohnt barsch. »Ich weiß nicht, was die Frage soll.« Kurze Pause. »Ja, Ihnen auch.« Sie beugte sich wieder hinüber und legte den Hörer auf. Sie sank in sich zusammen und sah David mit ihren geröteten Augen an.

Jetzt würde das Donnerwetter folgen, er wusste es. Schlagen würde sie ihn nicht, das war nie vorgekommen. Dafür war sein Vater zuständig gewesen, wenn es auch bei ihm nur zu der einen oder anderen unkontrollierten Ohrfeige gereicht hatte. Anschreien würde sie ihn, zur Schnecke machen.

David beobachtete, wie sie die Hände auf dem abgewetzten Polster aufstützte, sich mühsam aufrichtete und auf ihn zukam. Einen halben Meter vor ihm blieb sie stehen und sah ausdruckslos auf ihn herab. Strähnen ihres Haars, die sie sich hinters Ohr gestrichen hatte, lösten sich und baumelten vor ihrem linken Auge. Ihre Arme hingen unschlüssig an ihren Seiten. Doch, sie würde ihn ohrfeigen.

»Das war dein Klassenlehrer«, sagte sie stattdessen, »Herr Köhler.«

David nickte stumm und schniefte. Er konnte seiner Mutter nicht in die Augen sehen und starrte abwechselnd auf die Knöpfe und die dazu passenden Knopflöcher an ihrer beigefarbenen Strickjacke.

»Er sagte, du wärst seit Mittwoch nicht in der Schule gewesen«, fuhr sie fort. »Stimmt das?«

Ohne Zögern nickte er erneut und wunderte sich einen kurzen Augenblick darüber, dass seine Mutter die Aussage seines Klassenlehrers anzweifelte.

»Wo warst du?«, wollte sie wissen.

»In Opas altem Schuppen«, gab er heiser zurück und schluckte die Tränen hinunter. »Gestern. Heute war ich zuhause.«

Seine Mutter legte die linke in die rechte Hand und knetete ihren Daumenballen. Sie tat das immer, wenn sie nervös war. Wenn sie längere Zeit keine Zigarette geraucht hatte oder der letzte Schluck Wein zu lange her war, verstärkte sich dieser Tick. David vermochte nach wie vor nicht zu sagen, ob sie wütend auf ihn war oder enttäuscht.

»Aber mir ist wirklich nicht gut«, fügte er hinzu und sah zu ihr auf. Er fühlte, wie sich seine Augen mit Tränen füllten. »Schon seit Montag nicht. Ich hab Bauchweh, die ganze Zeit, und richtig schlafen kann ich auch nicht.«

Sie hielt seinem verzweifelten Blick stand und sah ihn ratlos an. Sie hatten beide diese Art von Gespräch noch nie geführt, ging es David durch den Kopf, und stellten sich an wie zwei unbeholfene Teenager. Schließlich fiel etwas von der Anspannung seiner Mutter von ihr ab.

»Aber wieso?«, fragte sie mit belegter Stimme, und David verstand nicht sofort, was sie meinte. »Wieso sagst du mir das denn nicht?«

Er sah sie verständnislos an. Die Frage hatte er nicht erwartet. »Weil ich … weil es einfach …« Ein Schluchzen drängte nach oben, noch eines, dann sprudelten die Worte aus ihm heraus. »Es ist zu viel, Mama. Ich kann nicht mehr! Sie machen mich fertig. Ich kann da nicht mehr hin. Deswegen hab ich auch die Entschuldigung selbst geschrieben und deine Unterschrift … du sagst doch immer, dass ich so schön schreiben kann wie du, und da dachte ich …« Die Worte purzelten aus ihm heraus und verhedderten sich und er konnte nicht weitersprechen.

Seine Mutter zögerte nicht, trat den halben Schritt zu ihm hin und schloss ihn in die Arme.

»Schsch … alles ist gut, Schatz, alles ist gut«, sagte sie milde und ließ ihn weinen.

Weitere Erklärungen wollten aus ihm heraus, aber David konnte nur schluchzen und schlucken, während er den Kopf an ihre Brust presste. Er roch kalten Zigarettenrauch und Schweiß. Das war egal, solange er ihre schützenden Arme spürte und sie ihn nicht losließ.

David erzählte ihr nicht alles an diesem Wochenende. Er war zu durcheinander und fand für seine Gefühle und Erinnerungen oft nicht die richtigen Worte. Einige Ereignisse des vergangenen Sommers brachte er in die falsche Reihenfolge. Von seinem Gefühlschaos im Zusammenhang mit den Schwulenheftchen konnte er ihr nicht erzählen, alles in ihm sträubte sich dagegen und führte so weit, dass jeder Ansatz zu Erklärungen im Keim erstickte. Im Stillen resignierte er und redete sich ein, dass er noch Zeit brauchte, um dieses Tohuwabohu aufzuräumen.

Katarinas Rolle konnte er nur bruchstückhaft beschreiben. Er wusste selbst kaum, wie er ihr Verhalten einordnen sollte. Zuerst ihre pampige Art, ihr gemeinsamer Lachanfall im Wachtposten, der erste Kuss. Es war David unmöglich, das seelische Durcheinander, welches die Erinnerung an diese Achterbahn der Emotionen in ihm angerichtet hatte, schlüssig zu erklären.

Seine Mutter bemühte sich, ihm geduldig zuzuhören und sich nicht vom laufenden Fernseher ablenken zu lassen. Sie stellte ein paar Zwischenfragen, wenn sein Redeschwall ihr Gelegenheit dazu gab, wann was passiert war, wie der oder die reagiert hatte. David hörte irgendwann auf, zu zählen, wie viele Zigaretten sie an diesem Freitagnachmittag rauchte. So lange sie ihm ihre Aufmerksamkeit schenkte, nahm er den blauen Dunst und den Gestank hin.

David war froh, alles losgeworden zu sein und dass seine Mutter sich zusammengerissen hatte. Es war das erste Mal, so lang er sich erinnern konnte, dass sie über eine Stunde miteinander geredet und dabei auch noch so tiefschürfende Dinge besprochen hatten.

Am Ende blieb dennoch ein schaler Nachgeschmack. Nicht alles hatte David gut genug erklären und seiner Mutter nahebringen können. Er warf sich das selbst vor, das eigene Unvermögen, Gefühle in Worte zu verpacken. Und er verweigerte sich der Schuldzuweisung an seine Mutter, die erst jetzt ernsthaftes Interesse zeigte, das ansonsten dem Alkohol zum Opfer fiel.

Immerhin ließ sie sich zu dem Versprechen hinreißen, sich mehr zu kümmern und in der nächsten Woche mit seiner Vertrauenslehrerin Frau Nolte zu sprechen, deren Namen er bei seinen Berichten erwähnt hatte. Im Gegenzug sicherte David ihr zu, nicht mehr zu schwänzen.

Am Samstagabend überraschte ihn seine Mutter, wie sie Spaghetti Bolognese kochte. Zwar kam das Gericht bis auf das Hackfleisch aus der Tüte, aber normalerweise war er es, der den Impuls zur Zubereitung des Abendessens gab. Mit offenem Mund betrat er die kleine Küche und verfolgte gerührt, wie sie abwechselnd in den Töpfen rührte und nebenbei Teller und Besteck aus dem Schrank nahm. Dabei lächelte sie ihn über die Schulter hin weg an und bemühte sich, gute Laune zu verbreiten.

Vielleicht änderte sich nun doch etwas. Zumindest gab das Verhalten seiner Mutter ihm den nötigen Mut mit auf den Weg, um am nächsten Montag wieder in die Schule zu gehen.

# 33

Dieses Vorhaben entwickelt eine bedenkliche Eigendynamik, mit der ich nicht gerechnet habe. Natürlich konnte ich die Reaktionen aller Beteiligten nicht vorhersehen, selbst wenn ich sie in den vergangenen Jahren eingehend studiert habe.

Schwierig war das nicht. Sie alle tragen schon eine ganze Weile die Chips in ihren Köpfen, und mit Hilfe meines willfährigen kasachischen Experten war es ein Klacks, nicht nur ihre Lebensläufe zusammenzutragen. Viel interessanter und in großem Maße hilfreich war und ist es, hinter die Fassaden schauen zu können. Zu sehen und zu hören, was sie jenseits verschlossener Türen und zugezogener Vorhänge tun. Fast ausnahmslos strotzen sie von harmlosen Ticks wie pathologischem Nasebohren, dem Aufsammeln von allen möglichen Krümeln oder dem nervigen Blinzeln beim Sprechen.

Bei anderen geht es darüber hinaus und ziemlich ins Eingemachte. Yvonne bekommt ihr Gewichtsproblem nur so halbwegs in den Griff, indem sie sich regelmäßig den Finger in den Hals steckt. Nina steht mehrmals täglich hinter den Gardinen und starrt hinüber auf den Balkon des Nachbargebäudes, auf dem sich ein zwanzig Jahre jüngerer Schönling in der Sonne räkelt. Derweil dreht sie ein Obstmesser in den Fingern und merkt es erst, wenn die Spitze sich in ihre Fingerkuppe bohrt. Malte ritzt sich immer noch, nach all den Jahren, weil er meint, damit sein verschlepptes ADHS besänftigen zu können. Und dann Arne, der sich nachts Snuff-Videos reinzieht, während nebenan seine Frau ahnungslos und selig schläft.

Anzeichen für Gewalttätigkeit gibt es genug, und sie hätten mir eine Warnung sein sollen. Dass besonders Arne derart durchdreht, war nicht abzusehen. Okay, bei seinem Sturz habe ich ein wenig nachgeholfen, ein kleiner Schubs, der mit dem Hinterkopf an der Theke endete. Sollte er mir leidtun, wie er da am Boden liegt wie ein gefällter Baum? Wer weiß schon, was er in seiner Tobsucht noch angerichtet hätte? Immerhin ist seine Aggressivität berechenbar.

Anders sind die übrigen Jungs, besonders Malte und Kai. Ihnen traue ich subtilere und gezieltere Reaktionen zu. Sollten sie mein Spiel durchschauen, muss ich auf alles gefasst sein. Und bei den Frauen weiß ich gar nicht recht, woran ich bin.

Ich habe tatsächlich Angst, dass Schlimmeres geschehen könnte.

## 34

Tobi brauchte einige Minuten, um wieder zu Kräften zu kommen. Zusammen schafften Malte und Simon es, ihm aufzuhelfen. Er stützte sich mit der Linken an der Bretterwand ab und hielt sich das Tuch vor die Nase.

»Kommst du klar?«, fragte Simon, die Hand auf Tobis Schulter.

Der nickte. »Es geht. Ich habe nur noch ein wenig Schädelbrummen. Das kann aber auch immer noch der nervige Ton von eben sein.«

Simon lauschte. Er hörte das Wummern ebenfalls.

»Lasst uns hinein zu den anderen gehen«, sagte er. »Wir brauchen eine Lösung.«

Malte zeigte mit dem Daumen über die Schulter hinauf auf die Rampe. »Wir gehen hinten rein. Vielleicht laufen uns ja Donnie und Val über den Weg. Denen würde ich gern mal ein paar wirklich wichtige Fragen stellen.«

Simon ging sicherheitshalber dicht hinter Tobi her, für den Fall, dass der das Gleichgewicht verlor. Sehr sicher wirkte der großgewachsene Mann nicht auf den Beinen, als er die wenigen Stufen erklomm. Malte eilte voraus und hielt die Tür auf, durch die sie kurz zuvor einen Blick ins Innere geworfen hatten.

Der Gang war immer noch leer. Die weiß getünchten Wände wirkten schmuddelig, vor allem im unteren Drittel fanden sich dunkle Schleifspuren und verschieden große Flecken. Irgendwo brummte ein Transformator oder ein Gebläse. Überlagert wurde das Geräusch vom Summen der Neonröhren an der Decke. Das Licht in dem schlauchartigen Raum war grell und von einem kalten Weiß. Mehrere grau lackierte Türen befanden sich zu beiden Seiten und am gegenüberliegenden Ende des Gangs.

Die erste der Türen zur Rechten stand offen. Im Dunkeln dahinter erkannten die Männer Regale mit Putzmitteln, stapelweise Servietten und Kartons mit Etiketten, die Schrift darauf zu klein zum Lesen. Lose davorgestellt waren verschiedene Besen und Schrubber.

An die nächste Tür war in Augenhöhe ein Schild mit der Aufschrift »Staff only« geschraubt. Malte war das Einladung genug. Er sparte sich das Anklopfen und stieß die Tür auf.

»Ich werd bekloppt«, sagte er baff und riss die Augen auf.

Simon und Tobi lugten über seine Schulter. Der Raum war im besten Sinne des Wortes leer. Sie hatten ein Büro erwartet, einen Sozialraum mit Tischen und Stühlen oder eine Umkleide. Stattdessen sahen sie die Innenseite eines weißen Kubus ohne irgendeinen Makel an Wänden, Decke und Boden. Wenigstens hatten die Designer des Settings die Ausleuchtung so gewählt, dass die Ecken des Raums gerade so erkennbar waren und die drei Männer nicht in eine homogene weiße Fläche glotzten.

Malte sah über seine Schulter. »Da haben die Coder aber ganz schön geschlampt, würde ich sagen.«

Simon war mulmig zumute. »Ich bin inzwischen nicht mehr sicher, ob das die Absicht der Programmierer war. Da steckt jemand anderes dahinter.«

Sie schlossen die Tür, Malte drehte sich zu ihm um und legte die Stirn in Falten. »Was meinst du?«

»Ich hatte heute Nachmittag schon Visionen«, erklärte Simon. »Wirklich abgefahrenes Zeug. Der Diner hat gebrannt, Carol hatte das Gesicht von Frau Nolte.«

»Krasser Shit!«, rief Malte aus.

»Und vom Blackout brauche ich euch ja nicht zu erzählen, da hatten wir alle was von. Dann war da noch der Junge mit seiner Mutter.«

»Den hab ich gesehen«, bestätigte Tobi. »Was war an dem denn so ungewöhnlich?«

Mit Grausen berichtete Simon den beiden von den Essensresten auf dem Teller, die der Kleine zu einem Smiley arrangiert hatte. Die Beschreibung des eindringlichen Blicks des Jungen gelang ihm mehr schlecht als recht, aber seine ehemaligen Klassenkameraden wurden bleich.

»Ihr wisst, was das bedeutet«, sagte Malte düster. Er hatte die Stimme fast zu einem Flüstern gesenkt.

Tobi machte ein nachdenkliches Gesicht. »Egal ob das NPCs sind oder reale Teilnehmer, das sind ziemlich sicher keine Softwarefehler oder Kommunikationsprobleme«, stellte er fest. »Da hat jemand die Finger im Spiel, der uns auf dem Kieker hat. Der, der uns hier drin behalten möchte.«

Simon gefiel Tobis Sachlichkeit, sie schaffte es, ihn ein wenig zu beruhigen.

Sie sahen einander stumm an. Keiner wagte, das Offensichtliche auszusprechen. Sie teilten eine gemeinsame Vergangenheit, waren in Ereignisse involviert, die sie ihr Leben lang mit sich herumtrugen. Simon hatte vieles davon vergessen oder verdrängt, was seinem Seelenleben lange Zeit einigen Schmerz erspart hatte. Der heutige Tag förderte auf brutale Weise Erinnerungsfetzen zutage, die sich noch nicht zu einem Bild fügen wollten. Es waren einerseits die Bruchstücke selbst, die Simon wehtaten, darüber hinaus deren Weigerung, ihm gegenüber eine klare Sprache zu sprechen.

»Lasst uns zu den anderen gehen«, schlug Malte vor. »Wir müssen sie warnen, damit sie nicht den Exit versuchen. Und wir sollten beratschlagen, wie …«

Ihre Köpfe fuhren gleichzeitig herum. Die Tür am Ende des Gangs schwang auf, hinter der man in die Küche gelangte. Sie erzeugte dabei ein schleifendes Geräusch auf dem Boden, als hinge sie schief in den Angeln.

Es war Kai, der vorsichtig den Kopf durch den Türspalt steckte. Als er die drei Männer im Gang stehen sah, hellte sich seine finstere Miene auf.

»Ach, hier seid ihr«, sagte er sichtlich erfreut. »Wir haben uns schon Sorgen …«

Malte stieß einen gellenden Schrei aus und wich stolpernd zwei Schritte zurück. Dabei rempelte er Simon an seinem verletzten Oberarm, sein Fuß verfing sich unter einem Rollwagen. Mit rudernden Armen ging er zu Boden. Seine Linke krallte sich an die Kante des Metallwagens. Die Töpfe darauf schepperten, und einige Deckel fielen lautstark auf die Fliesen.

Mit der Rechten zeigte Malte auf Kai, der wie versteinert in der offenen Tür stehengeblieben war. Ein weiterer lang gezogener Schrei entrang sich seiner Kehle, seine Augen waren weit aufgerissen, Panik oder Wahnsinn spiegelten sich darin. Simon und Tobi wichen ihrerseits vor ihm zurück und pressten sich an die Wand.

»Was ist denn los?«, fragte Kai, sah zwischen den beiden hin und her und dann auf Malte.

»Er ist es!«, keuchte der, ohne die Augen von Kai abzuwenden. »Was ist das? Wieso bist … wie kannst du hier sein?«

Kai hob abwehrend die Hände und machte einen

unsicheren Schritt nach vorn. Das beflügelte Maltes Panik.

»Geh weg!«, schrie er, seine Stimme überschlug sich. »Hau ab! Wir haben dir nichts getan!«

Mit strampelnden Beinen bewegte sich Malte auf dem Boden zwei Meter rückwärts, den Blick unverwandt auf Kai gerichtet. Hilflos suchten seine Hände irgendwo Halt, tasteten über die Fliesen und die Wände. Er bekam den Rahmen der Tür zu fassen, hinter der sich die Regale mit den Kartons befanden, und schaffte es, auf die Füße zu kommen. Seinem hysterischen Rückzug tat das keinen Abbruch.

»He, Malte, beruhige dich«, rief Simon aus. »Was ist denn los? Was siehst du?« Er hatte eine Ahnung, dass Malte gerade Opfer einer für ihn grauenerregenden visuellen Täuschung wurde, die schlimmer war als die Züge von Frau Nolte in Carols Gesicht. Und die ihm allein vorbehalten war.

Bedächtig bewegte sich Simon einen halben Schritt auf Malte zu. Tobi und Kai sahen erschüttert zu und rührten sich nicht.

»Das ist alles nicht real«, sagte Simon, die Hände beruhigend erhoben. »Das ist alles nur eine Täuschung. Was immer du siehst, ignoriere es.«

Malte machte einen weiteren Schritt rückwärts und prallte mit dem Rücken an den Rahmen der Eingangstür, hinter der sich die Rampe befand. Seine weit aufgerissenen Augen starrten immer noch Kai an, der sich keinen Millimeter bewegte.

»Wir sind es«, fuhr Simon mit ruhiger Stimme fort. Er zeigte auf sich, dann auf die beiden Männer hinter sich. »Siehst du? Ich bin Simon, da ist Tobi, da hinten Kai.«

Der Letztgenannte nickte langsam und deutete mit beiden Daumen auf sich selbst, ein brüchiges Lächeln auf den

Lippen. »Genau, Malte, ich bin es. Kai, dein alter Kumpel.«

Damit war es aus. Malte schrie schrill auf, ein unartikulierter hoher Laut, von dem keiner der anderen gedacht hätte, dass ein Mann dazu imstande wäre. Stolpernd wich er einen Schritt zur Seite und drückte mit dem Rücken die Außentür auf. Seine Hände suchten willkürlich am Rahmen Halt. Er trat nach draußen und warf mit immenser Wucht die Tür zu.

Eine Sekunde später sahen sie sein von Angst entstelltes Gesicht im schmalen Fenster der Tür. Das von oben fallende Licht der dürftigen Außenlampe und die durch das Glas nach außen dringende Beleuchtung des Gangs verzerrten seine Züge zu einer Fratze des Irrsinns.

Kai löste sich aus seiner Starre und rannte an den anderen vorbei zur Tür. Seine Hände klatschten seitlich neben das Fenster. Simon hatte erwartet, dass die Tür dadurch aufgehen würde, doch die war verschlossen. Heftig rüttelte Kai an der Klinke, die Tür bewegte sich kein Stück.

Schockiert sah Kai nach draußen. Die beiden anderen drängten sich neben ihn und spähten über seine Schulter. Bei Kais Anblick hinter der Fensterscheibe prallte Malte mit einem Aufschrei zurück und fand rechtzeitig sein Gleichgewicht, sonst wäre er über die Kante der Rampe gestürzt.

Irritiert sah er sich um und blickte in die Schwärze das Nachbargrundstücks. Atemlos verfolgten die drei Männer im Gang, wie Malte abwehrend die Arme erhob und rückwärts wieder zum Diner taumelte. Durch die Scheibe vernahm Simon wimmernde Schreie, eine Mischung aus Verzweiflung und Bitten. Mit einem dumpfen Schlag prallte Malte mit dem Rücken gegen die Tür. Sie sahen den Kragen seiner Jacke und die Rückseite seines Kopfes, der sich hilfesuchend nach links und rechts wandte. Die Pomade in seinen Haaren verschmierte die Scheibe. Das Türblatt dämpfte seine Schreie kaum.

Ruckartig riss etwas Malte von der Tür weg und schleuderte ihn gleich darauf mit Wucht zurück. Die Angeln ächzten, hielten jedoch stand. Dann rutschte sein regloser Körper an der Außenseite herab und gab den Blick nach draußen frei.

Dort war niemand.

Auf den Zehenspitzen lugte Kai von oben durch das schmale Fenster.

»Was siehst du?«, fragte Simon ihn gehetzt.

Kai schüttelte hektisch den Kopf. »Nichts! Absolut nichts! Ich sehe nicht einmal seine Füße.«

»Sonst jemand?«

»Nein, da ist niemand.« Wütend griff Kai wieder nach der Klinke und rüttelte wie ein Berserker daran. »Wieso geht diese scheiß Papptür nicht auf?«

»Oh mein Gott«, krächzte Tobi.

Kai stoppte seine Versuche, die Tür aufzureißen. Mit von Schrecken geweiteten Augen verfolgten sie, wie drei dünne Rinnsale Blut vom oberen Rand der Scheibe herabliefen. Zwei vereinigten sich nach ein paar Zentimetern und beschleunigten ihre Geschwindigkeit.

»Geht zur Seite«, forderte Kai die beiden anderen auf und trat einige Schritte zurück.

»Nicht dein Ernst«, sagte Simon und schüttelte den Kopf. »Du wirst dir die Schulter auskugeln. Wahrscheinlich ist die Tür in echt nicht aus Pappe, sondern aus massivem Stahl.« Er trat trotzdem zurück, um Kai freie Bahn zu lassen.

Der antwortete nichts und stierte die Tür an wie einen

Gegner, den es zu überrennen galt.

In dem Moment erlosch mit einem gut hörbaren »Klack« draußen über der Tür die Lampe. Die Welt hinter der Scheibe wurde schwarz.

Kai vergaß sein Ansinnen und ging wieder zu Simon und Tobi, die vorgetreten waren und aus dem schmalen Fenster schauten. »Was seht ihr?«

Simon prallte zurück, als er in der dunklen Scheibe das Spiegelbild von Kais Gesicht erkannte.

Es war nicht seines. Es war überhaupt nicht menschlich. Eine Sekunde genügte, in der Simon einen kugelrunden Kopf von kränklicher gelb-grauer Färbung sah. Anstelle der Augen waren deutlich zwei dunkle Kreuze zu sehen, nicht aufgemalt, eher grob mit einem stumpfen Messer in die Kugel gestochen. Ebenso war der waagerechte Mund lediglich eine unsauber geschnittene schwarze Linie. Daraus ragte an der unteren linken Kante ein dunkelroter Fleck heraus, der sowohl eine heraushängende Zunge als auch Blut sein konnte. Es war grotesk anzusehen, dass dieser Smiley von Kais inzwischen zerzauster Rockabilly-Frisur umgeben war.

Tobi sog hörbar die Luft ein und wich bis an die Seitenwand zurück, er sah das Spiegelbild also auch. Beide starrten Kai an, der arglos nach draußen sah und sich dann verwirrt zu ihnen umdrehte. Sein normales Gesicht war das des Sechziger-Jahre-Machos. Verständnislos sah er vom einen zum anderen.

»Was ist denn los?«, fragte er ratlos. Er hatte weder draußen noch in der Spiegelung etwas Außergewöhnliches gesehen.

Tobi stieß keuchend die Luft aus. Er stützte sich am Türrahmen ab. Sein Sturz infolge des versuchten Exits steckte ihm noch in den Knochen. »Jetzt kann ich verstehen, weshalb Malte so durchgedreht ist.«

Hilflos spreizte Kai die Arme. »Was?«

»Dein Spiegelbild«, begann Simon. »Du hast es nicht gesehen?«

»Nein. Was meinst du?« Probeweise starrte Kai die Scheibe in der Tür an, wandte sich wieder seinen Freunden zu. Ratlos hob er die Hände. »Seid ihr bescheuert? Da ist nichts!«

»Dein Gesicht da im Fenster ist nicht deins«, erklärte Tobi. »Es sieht aus wie ein Smiley.«

Der Anflug eines Grinsens stahl sich auf Kais Züge. »Hä? Ihr spinnt!«

»Nicht das klassische Original-Smiley«, ergänzte Simon. »Es ist das mit den gekreuzten Augen und der heraushängenden Zunge. Und es war nicht gelb, sondern eher grau. Krank.«

Kais Grinsen erstarb. »Fuck!«

Im Türschloss klickte es vernehmlich. Kein Schlüssel wurde gedreht, trotzdem war es unverkennbar das Geräusch eines zurückschnappenden Riegels.

»Was zur Hölle geht hier vor?«, presste Kai hervor. Er griff nach der Klinke und drückte sie nieder. Die Tür ließ sich problemlos öffnen. Er schob sie vorsichtig auf, sie leistete keinen Widerstand. Kai trat hinaus und lugte um das Türblatt herum. »Er ist nicht da!«

Simon folgte Kai und blieb wie angewurzelt stehen. Er stand vor einer substanzlosen schwarzen Wand. Jenseits der Kante der Rampe erhob sich absolute Finsternis. Da war weder eine Einfahrt noch ein Maschendrahtzaun oder ein mit Autos vollgestellter Parkplatz hinter einer Werkstatt. Links zur Straße hin herrschte die gleiche Dunkelheit wie zur anderen Seite, wo das Motel hätte sein müssen. Es war das Negativbild der Wände in dem kleinen Raum am Gang. Schwarz statt Weiß.

Simon hörte Tobi hinter sich wieder die Luft einatmen.

»Er ist nicht da«, wiederholte Kai. Er hielt die Kante der Tür umklammert und starrte dahinter. »Wo ist …« Weiter kam er nicht.

Mit offenem Mund sah er in die Dunkelheit hinaus und ließ die Tür los. Simon packte die Klinke und spürte den stechenden Schmerz, als das Türblatt gegen seine geprellte Schulter stieß.

Wie benommen machte Kai einen Schritt zur Kante. Sachte beugte er sich nach vorn und sah hinab.

»Sei vorsichtig«, riet Tobi, der im Türrahmen stehenblieb.

»Was siehst du?«, fragte Simon. Kais Rücken wurde durch die offene Tür nur schwach von drinnen beleuchtet. Die weißen Ärmel seiner Jacke hoben sich gespenstisch vor der Schwärze ab.

Kai wandte den Blick von links nach rechts. Die Bewegung ging nahtlos in ein Kopfschütteln über. »Nichts«, sagte er ratlos, richtete sich auf und drehte sich zu den beiden anderen um. »Da unten ist auch nichts. Also, es ist nicht nur dunkel dort. Da ist einfach … Leere. Als ob der Diner im Nirgendwo schwebt.«

»Also auch von Malte keine Spur?«, fragte Tobi.

»Nein.«

Von drinnen hörten sie das Schleifen der Tür, durch die Kai den Gang betreten hatte. Sie wandten sich um.

Maria steckte den Kopf durch den Türspalt. Sie hatte die Augen weit aufgerissen und schien die Männer draußen nicht sofort wahrzunehmen. Ihr ohnehin blasses Gesicht war aschfahl und eine Grimasse des Schreckens. Es kostete sie einige Mühe, die Tür ein wenig weiter zu öffnen und in den Gang zu treten.

»Was ist denn los?«, fragte Tobi und ging einen Schritt auf sie zu. Simon ließ Kai an sich vorbei zurück in den Diner kommen und schloss die Tür.

»Ich … wollte nur nachsehen, wo Kai mit dem Eis bleibt«, stammelte Maria. Sie sah keinen der Männer an, ihr Blick ging direkt durch sie hindurch, als redete sie mit der Tür dahinter. »Nur nachsehen. Da war niemand in der Küche. Wirklich niemand. Donnie ist weg, nirgends zu finden. Wo ist der denn bloß? Ich muss ihm das sagen, das da in der Küche.«

Maria bewegte sich langsam auf sie zu. In ihrer rechten Hand hielt sie einen durchsichtigen Beutel mit Eiswürfeln, von dem es tropfte. Hinter ihr bildete sich eine Spur aus winzigen Pfützen.

»Ich hab einen Eisschrank geöffnet und das Eis gefunden«, fuhr Maria wie in Trance fort. Halbherzig hob sie den Beutel in die Höhe. »Dann hab ich die Tür zugemacht und …«

Simon blieb fast das Herz stehen. Zwischen den Wasserlachen erkannte er rote Tropfen und Schlieren auf dem Boden. An Marias Schuhsohlen klebte Blut.

Zwei Meter vor den Männern hielt sie inne. Sie hob den Kopf und sah einen nach dem anderen mit großen Augen an.

»Val ist tot.«

## 35

Wie argwöhnische Dörfler in einem Mittelalterfilm beäugten seine Mitschüler ihn, als David am Montagmorgen die Umkleidekabine der Sporthalle betrat. Offensichtlich hatten sie nicht mit ihm gerechnet. Er war absichtlich wieder etwas verspätet zuhause aufgebrochen.

Die meisten Jungs hatten bereits ihre Turnhosen und Shirts an und waren die Treppe hinauf in die Halle geeilt. Nur Frank und Simon saßen in dem länglichen Raum und schnürten gerade ihre Sportschuhe. In der Mädchenumkleide nebenan waren einige Mitschülerinnen noch nicht soweit und gackerten aufgeregt. David glaubte, Sabine und Nina an den Stimmen zu erkennen.

Zwischen zwei sich gegenüberstehenden Reihen von Spinden stand in der Mitte eine Bank, auf der man von beiden Seiten sitzen und sich umziehen konnte. Ein Metallgestänge mit Haken trennte die Bankhälften voneinander. In einem für die Altersgruppe üblichen Chaos hingen Jacken, Hosen und T-Shirts daran. Die meisten Jungs sparten sich die Mühe, ihre Sachen ordentlich in einem der Spinde zu deponieren.

David ließ die nichtssagenden Blicke der beiden Schulkameraden wortlos über sich ergehen und setzte sich auf die freie Bank. In seinem Rücken hörte er, wie Frank und Simon ihre Alltagssachen an Haken hängten und aufstanden. Ihr Gespräch war verstummt, als David die Umkleide betreten hatte. Er hatte das erwartet.

Träge streifte er die Schuhe von den Füßen und stellte sie auf das Gitter unter der Bank. Er hatte es nicht eilig, sich umzuziehen und wollte die Halle möglichst als Letzter betreten.

Simon stand auf und ging zur Tür, da raschelte es hinter David. Panisch drehte er sich um, weil er irgendeine Gemeinheit seines Klassenkameraden erwartete.

Franks dunkler Lockenkopf lugte zwischen zwei Jacken zu ihm herüber. Der Junge sah ihn durch die Gläser seiner Sportbrille unsicher an. David war irritiert: Er entdeckte keinen Groll im Blick seines Gegenübers, vielmehr war da ein Anflug von Besorgnis.

»Was ist?«, fragte er und versuchte so viel Souveränität in seine Worte zu legen, wie es ihm sein aufgewühltes Seelenleben gerade erlaubte.

In dem Moment kam Simon zurück und rief Frank zu: »Kommst du, Lahmarsch?«

Der Junge wandte sich dem in der Tür Stehenden zu. »Jaja, komme schon.« Er wartete kurz, bis Simon aus dem Türrahmen verschwunden war. Er drehte sich noch einmal zu David um und flüsterte so leise, dass Simon es draußen nicht mitbekam: »Pass auf dich auf.« Dann stand er auf und folgte seinem ungeduldigen Kumpel hinauf in die Halle.

Wie vor den Kopf geschlagen starrte David Frank hinterher, der längst verschwunden war, und konnte sich erst nach einigen Sekunden dazu durchringen, sich fertig umzuziehen.

Beim Betreten der Halle verschaffte sich David einen schnellen Überblick über die Anwesenden. Ein paar Jungs kickten sich den Ball zu und schossen auf eines der beiden Tore, in dem Arne den Torhüter mimte. Das Echo von quietschenden Turnschuhsohlen scholl durch den großen Raum. Die Mädchen standen beieinander und tauschten Neuigkeiten vom Wochenende aus.

Auf einer Bank entdeckte David Katarina. Sein Herz machte einen Sprung. Die Freude erfuhr allerdings sofort einen rüden Dämpfer, als er ihren Gesichtsausdruck registrierte. Mit zusammengepressten Lippen sah sie ihn an, von Wiedersehensfreude keine Spur. Dann wandte sie den Kopf wieder Nina und Sabine zu, um deren Gespräch zu lauschen.

David stand da wie verprügelt. Am liebsten wäre er rückwärts aus der Halle gerannt.

Dazu war es zu spät. Herr Ebel stieß einen schrillen Pfiff mit der Trillerpfeife aus und rief: »Völkerball!«

David ließ die Schultern hängen. Er hasste dieses Spiel. So sehr, wie es ihr Sportlehrer liebte.

Bei einem ihrer regelmäßigen Treffen, bei denen sie die Hausaufgaben gemeinsam bearbeiteten, hatten sie Tobis Vater davon erzählt, dass sie im Sportunterricht Völkerball spielten. Der hatte laut gelacht.

»Dieser antiquierte Quatsch wird immer noch praktiziert?«, hatte er ausgerufen. »Wisst ihr eigentlich, dass das einen richtig brutalen Hintergrund hat?«

Haarklein hatte er den beiden staunenden Jungs auseinandergesetzt, dass Völkerball Sinnbild für eine kriegerische Auseinandersetzung war und seit langer Zeit von Urvölkern mehr oder weniger blutig »gespielt« wurde. Selbst bei Turnvater Jahn stand das Spiel hoch im Kurs, da es angeblich die Wehrhaftigkeit der jugendlichen Sportler schulte.

Insgeheim hatte David das gewusst oder zumindest geahnt und wohl deshalb eine Abneigung gegen dieses aggressive Mannschaftsspiel entwickelt. Die meisten seiner Mitschüler warfen sich mit bemerkenswertem Enthusiasmus in die Auseinandersetzung. Besonders den Jungs konnte es beim Schleudern des Balls nicht heftig genug zugehen.

Heute ließ Herr Ebel gemischte Mannschaften bilden. Abwechselnd wählten die beiden vom Lehrer ernannten Mannschaftskapitäne ihre Mitspieler aus. Wer von ihnen begann, bestimmte das Los, in dem Fall eine vom Sportlehrer geworfene Münze. Heute waren es Kai und Arne, die die Teams zusammenstellen sollten.

Während die Gruppe der Auszuwählenden mit der Nennung der Namen immer kleiner wurde, stand David am Rand und sah schweigend zu. Bei jedem Aufgerufenen gab es eine Reihe von mehr oder weniger witzigen Kommentaren und Beifall, manchmal auch Buhrufe. Natürlich trat das ein, was David erwartet hatte: Am Ende blieb er übrig, und in Kais Mannschaft fehlte noch ein Spieler.

Für die meisten Anwesenden war die Aufteilung damit klar, und sie bezogen bereits Aufstellung in ihren jeweiligen Spielfeldern. Herr Ebel bemerkte, dass David zögerte, und auch die geringschätzigen Blicke einiger Mitspieler aus Kais Team entgingen ihm nicht. Für persönliche Befindlichkeiten zart besaiteter Zwölfjähriger hatte ihr Sportlehrer jedoch kein Gespür.

»Na, hopp, hopp!«, rief er aus. »Worauf wartet ihr noch?« Mit einem Pfiff aus der Trillerpfeife scheuchte er die unwilligen Jugendlichen auf ihre Positionen und startete das Spiel.

Tobi war in Arnes Team, Katarina in dem von Kai. David beobachtete sie, wie sie den gegnerischen Würfen geschickt auswich und es oft schaffte, einen geworfenen Ball aufzufangen. Sie war auch die Erste, die durch einen gezielten Treffer Nina in Arnes Team ausschaltete. Sie erntete Beifall von ihren Mitspielern, während Nina schmollend und mit wenig Eile aus dem Spielfeld trottete.

»Los, schneller!«, trieb Herr Ebel sie an. »Du kennst doch die Regeln. Wenn du den Ball in die Finger kriegst und jemanden triffst, darfst du wieder rein.«

Die pummelige Nina motivierte das kaum. Sie war nicht die große Sportskanone. Es dauerte mehrere Sekunden, bis sie an der Seitenlinie des gegnerischen Felds stand.

Einige der Mädchen waren ähnlich treffsicher wie Katarina, allerdings warfen die Jungs mit mehr Wucht. Ohne Rücksicht auf mögliche Blessuren oder das Geschlecht des Gegners schleuderten sie den Handball mit größtmöglicher Kraft gegen die Spieler auf der anderen Seite.

So ging es hin und her, und die Reihen lichteten sich allmählich. Je weniger Spieler auf dem Feld waren, umso länger dauerte es bis zum nächsten Treffer. David legte zwar keinen großen Elan an den Tag, schaffte es aber wegen seiner kleineren Statur und einer gewissen Wendigkeit, den Würfen auszuweichen.

Trotz des wilden Treibens konnte er beobachten, dass Tobi, wenn er den Ball bekam, hauptsächlich auf andere Mitglieder aus Kais Team zielte und David verschonte. Er hoffte, dass Absicht dahintersteckte und sein Freund ihm doch noch Sympathien entgegenbrachte.

Während er darüber nachdachte, geriet David ins Straucheln und fiel der Länge nach hin. Er rollte sich ungeschickt ab und sah dabei aus dem Augenwinkel, wie Malte, der bereits getroffen worden war und an der Seitenlinie stand, seinen Fuß aus dem Spielfeld zog. Er fiel in das Johlen der anderen mit ein, die David am Boden liegen sahen, und versuchte, seine Häme hinter der allgemeinen Begeisterung zu verbergen – war doch nur ein Spiel!

Im nächsten Augenblick spürte David die Wucht des

Balls an seiner Schulter. Er bekam nicht mit, wer ihn getroffen hatte. Als er sich umdrehte, sah er die restlichen Teammitglieder um Arne, die sich gegenseitig abklatschten.

»Na los, mach dich vom Acker«, rief ihm Kai ungeniert zu. David lag wie gelähmt am Boden. Erst die Trillerpfeife löste die Apathie. Für den Rest des Spiels stand er fast regungslos am Rand und verfolgte niedergeschlagen das Treiben.

Die Schüler absolvierten drei weitere Runden. David hatte schon vor der Eröffnungsrunde keine Lust gehabt. Nach dem Foul war das letzte Bisschen Motivation verflogen, und er ließ sich gern von den gegnerischen Werfern aus dem Spiel befördern. Dabei hoffte er, dass sein mangelnder Antrieb nicht zu offensichtlich war. Am Ende hatten beide Mannschaften zweimal gewonnen.

Herr Ebel scheuchte seine Schüler rechtzeitig vom Spielfeld und in die Umkleide, damit sie genug Zeit zum Umziehen hatten, bevor die große Pause begann. Als David an ihm vorbeikam, hielt der Mann ihn an der Schulter fest. Unwirsch trat er einen Schritt beiseite, um sich dem Griff seines Lehrers zu entziehen.

»Was ist los mit dir?«, wollte Herr Ebel wissen. Es war das erste Mal, dass er David in diesem Schuljahr ansprach. Die Frage kam für dessen Begriffe etwas zu schroff.

»Wieso?«, gab er bloß zurück und sah den athletischen Mann nichtssagend an.

Der erkannte, dass David auf den Feldwebelton nicht stand und eine andere Klaviatur vonnöten war. »Na, du hast nicht besonders hart gekämpft heute, bist ständig rausgeflogen.«

»Na und? Ist doch nur ein Spiel.« Hinter David verließ Tobi als Letzter die Halle, ohne ihn eines Blickes zu würdigen.

»Ich will nur sichergehen, dass es dir gutgeht«, erklärte der Lehrer in versöhnlichem Ton. »Wenn du mit dem Sport nicht klarkommst, sag mir das bitte, ja?«

»Geht klar, Herr Ebel. Sonst noch was?«

Den leiernden Ton Heranwachsender kannte sein Lehrer gut genug, um zu wissen, wann ein Gespräch beendet war. »Nein, das war's. Bis nächste Woche.«

Auf der Treppe kamen David Simon und Frank entgegen. Sie sprachen ihn nicht an. In der Umkleide war nur noch Tobi, der sich bereits umgezogen hatte. David konnte sein Glück kaum fassen, seinen Freund endlich allein anzutreffen, nachdem das in der vergangenen Woche unmöglich gewesen war.

»He, Tobi!«, rief er aus und ging zögernd auf seinen Freund zu.

Der sah ihn verunsichert an. Er hielt sein verschwitztes T-Shirt in den Händen und knüllte es zusammen.

»Hey, David«, gab er leise zurück, wo er doch sonst so volltönend sprach. Natürlich: Die anderen sollten nicht mitbekommen, dass er mit David redete.

Der wusste nicht, wie und wo anzufangen. »Geht's dir gut?«, fragte er aus einem Impuls heraus, bevor ihn der Mut verließ oder Tobi das Weite suchte. »Wir konnten ja vorige Woche gar nicht quatschen.«

»Ja, ich weiß. War viel los und so.« Nichts übrig von seiner stoischen Gelassenheit. Tobi schielte nervös zur Tür, als könnte er von dort aus bei etwas Illegalem erwischt werden oder ausloten, wie seine Fluchtchancen standen.

David nahm all seinen Mumm zusammen und kam zum Punkt. »Du, was ich noch sagen wollte, damit das auch nicht missverstanden wird. Ich weiß zwar nicht genau, was gerade über mich geredet wird. Ich meine, ich kann es mir vorstellen. Bin ja nicht blöd. Aber das ist alles Quatsch.« Er lächelte zaghaft. Selbst in seinen eigenen Ohren klangen die Worte nicht überzeugend. Wieso balancierte er um das Thema so gekünstelt herum? War doch nichts dabei.

Tobis Gesichtsausdruck wechselte von Verunsicherung zu Skepsis. Ein Teil seines Selbstbewusstseins kehrte zurück. Er nahm den Ball an. »Und woher willst du wissen, dass es Quatsch ist, wenn du nicht einmal weißt, was geredet wird?«

Seine Felle drohten ihm davon zu schwimmen, fühlte David. Er brauchte stichhaltige Argumente. Tobi würde zumachen und er wäre wieder am Anfang. Er entschied sich für den Frontalangriff.

»Dann sag du es mir doch.« Im selben Moment bemerkte er, dass seine Stimme einen schrillen Ton angenommen hatte und seine Worte äußerst barsch klangen. »Bitte, Tobi!«, fuhr er gedämpfter fort. »Was ist denn nur los? Alle schneiden mich wie einen Aussätzigen, und ich weiß nicht, was ich ihnen getan habe.«

Tobis Stirn legte sich in Falten. Er hörte auf, sein T-Shirt zu malträtieren und ließ die Arme hängen. »Du hast echt keine Ahnung?«, fragte er aufrichtig verwundert.

»N ... nein«, antwortete David und wusste nicht, ob er erfahren wollte, was die anderen über ihn redeten. »Das ging so richtig los, als die Hefte verschwunden sind.«

»Dann stimmt es also?« Es klang, als mochte Tobi die Frage am liebsten nicht stellen.

»Was denn genau, zur Hölle?«

Tobi sog scharf die Luft ein. »Sie sagen, du hättest die Hefte geklaut.«

Resigniert ließ David die Schultern hängen. »Das wusste

ich bereits. Das ist völliger Käse«, spie er aus. »Als ich kam, waren die Scheißhefte schon weg. Kai und Malte kamen dazu und haben das in den falschen Hals bekommen.«

»Das ist noch nicht alles«, fuhr Tobi fort.

»Was denn noch? Sag schon!« Allmählich kostete es David unendlich viel Kraft, seinem Freund jedes Wort aus der Nase ziehen zu müssen.

»Sie sagen auch, du hättest nur die … Schwulenheftchen mitgenommen. Um dich … weil du …« Weiter kam Tobi nicht.

»Was?«, rief David aus. »Das kann doch nicht wahr sein!«

Die Teile fielen an ihren Platz. Völlig überrollt von der Erkenntnis sah er weiter zu seinem größeren Freund auf. Wie niederträchtig konnte man sein? Erst verdrängten sie ihn aus dem Außenposten, den er mit Tobi aufgebaut hatte, und dann setzten sie Gerüchte über ihn in die Welt, die sein ganzes Leben zerstörten.

Mühsam unterdrückte David die hochkochende Wut. Er musste die Chance nutzen, um das in Ordnung zu bringen. Und da stand Tobi, sein bester Freund, mit dem er im Sommer durch Dick und Dünn gegangen war.

»Du weißt, dass das alles nicht wahr ist«, begann David behutsam. Seine Stimme war rau. Er hatte sein Durcheinander an Emotionen schon seiner Mutter nicht erklären können. Vielleicht war Tobi dem zugänglicher.

»Du bist nicht …?«, fragte Tobi unsicher.

David war wie vor den Kopf geschlagen. Warum dachte er das? Nein, weshalb dachte er *so*?

»Schwul?«, stieß er aus. »Nein. Ich …« Seine Gedanken rasten, auseinander, sie vollführten Kurven und Loopings und kamen mit hoher Geschwindigkeit aus allen

Richtungen zurück, verfehlten sich, krachten schlussendlich ineinander. Wieder war er an dem Punkt, an dem er nicht die richtigen Worte finden würde.

Er nahm all seinen Mut zusammen und trat auf Tobi zu, der nicht zurückweichen konnte, weil die Kante der Bank in seine Kniekehlen drückte. David ergriff sanft Tobis Unterarme und sah seinem Freund fest in die Augen. Er fühlte, dass ihm die Berührung Unbehagen bereitete, ließ aber nicht los.

»Nein, ich bin nicht schwul«, sagte er so ruhig und mit so viel Nachdruck wie möglich. Er wusste nicht, ob das stimmte. Für den Moment war das egal. Es war nach Davids Meinung das, was Tobi gerade hören wollte und hören musste, damit bestimmte Dinge wieder normal wurden. Er spürte, wie Tobis Anspannung etwas nachließ.

»Aber du bist mein Freund«, setzte er hinzu, »und ich möchte nicht, dass wir …«

Aus dem Augenwinkel nahm er einen Schatten wahr und wandte den Kopf zur Tür.

Katarina stand im Flur, den Rucksack über eine Schulter geworfen, und starrte die beiden Jungs an. Sie sagte kein Wort, hatte die Lippen fest aufeinandergepresst.

Hektisch ließ David Tobis Arme los, konnte sich aber sonst nicht bewegen. Bevor er etwas sagen konnte, war das Mädchen davongestürmt.

Katarinas Blick sprach Bände. Darin war ein Verstehen, das absolut nachvollziehbar war. Und so entsetzlich falsch.

## 36

Es vergingen etliche Sekunden, bis Simon Marias Worte verarbeitet hatte. Ihre Bedeutung erschloss sich ihm nicht. Vor ihm stand die kleinere Frau mit der dunklen Brille und dem schwarzen Dutt und sah hilflos zu ihm auf wie ein verängstigtes Kind. Ihr knallrotes Kleid mit den weißen Punkten wirkte in dem schäbigen Gang fehl am Platz.

Kai stürzte an Simon vorbei und rempelte ihn schmerzhaft an seinem verletzten Arm. Gelähmt verfolgte er, wie Kai die Tür aufriss und in die Küche dahinter stürmte. Es folgte ein langgezogener schriller Laut, den Simon niemandem zuordnen konnte und der ihn aus seiner Lethargie riss. So hatte Malte geschrien, als Kai in den Gang gekommen war, in dem sie standen.

Simon tätschelte Maria unbeholfen die Schulter. Er war seelisch selbst zu derangiert, als dass er ihr irgendeine Form von Trost hätte spenden können. Den meisten anderen ging es genauso.

Etwas in ihm sträubte sich dagegen, in die Küche zu gehen. Er hatte an diesem Tag schon zu viele haarsträubende Dinge erlebt. Der Verursacher dieser Phänomene legte dabei eine geradezu paranoide Kreativität an den Tag, die Simon überrollte und völlig hemmte. Nur mit Mühe konnte er sich losreißen.

Mit zitternden Knien ging er zur Tür, die sich am Boden verkantet hatte, und achtete eher instinktiv darauf, nicht in die Blutspuren zu treten. Hinter sich hörte er Maria schluchzen. Ein Blick zurück zeigte ihm Tobi, der die Frau schützend in die Arme nahm und ihm mit den Augen bedeutete, dass es in Ordnung war, wenn die beiden in dem Gang zurückließ.

Simon betrat die Küche von der Rückseite. Diese war hell erleuchtet, nur eine der Neonröhren war defekt und flackerte in unregelmäßigen Abständen. Der größere Bereich erstreckte sich links von ihm: Entlang aller Wände zogen sich Spülbecken, Backöfen, Herdplatten und Schränke aus Edelstahl. Das Zentrum des Raums bildete ein Block, der einen monströsen Grill mit verschiedenen Rosten beherbergte, unterbrochen von weiteren glänzenden Arbeits- und Ablageflächen und übergroßen Schneidbrettern aus speckigem Holz. Allerhand Pfannenwender, Fleischgabeln und Messer hingen entweder an dafür vorgesehenen Haken an der Wand oder der riesigen Abzugshaube über dem Grill. Einige Utensilien lagen achtlos hingeworfen auf den Arbeitsflächen.

Verwirrt stellte Simon fest, dass die Herdplatten nicht eingeschaltet waren. Unter den Grillrosten brannte kein Feuer. In der Luft hing kein Geruch nach gebratenem Fleisch oder frittiertem Gemüse, stattdessen abgestandener Muff von altem Bratfett. Waren die Geräusche von scheppernden Töpfen und das Geplapper nur wieder eine digitale Illusion gewesen?, schoss es Simon durch den Kopf. Genauso wie der Geruch nach gebratenem Burgerfleisch?

An der gegenüberliegenden Wand erkannte er die Rückseite der Durchreiche, die vom Gastraum des Diners aus zu sehen war. Die Schiebetür darin war verschlossen.

Am Ende des Gangs zwischen dem Grill und den Spülbecken, die sich parallel zur Wand mit der Durchreiche hinzogen, stand Carol. Sie hatte die Hand auf Kais Schulter gelegt. Der atmete heftig ein und aus und starrte vornübergebeugt auf den Boden, den Simon von seiner Position aus nicht sehen konnte.

Im vorderen Bereich des Gangs lief Katarina unruhig auf und ab und fuhr sich abwechselnd mit den Händen über die Schläfen und ihre Unterarme. Die Beine ihres dunkelroten Hosenanzugs flatterten ebenso unbändig wie ihr lockiges Haar.

Jeder Schritt in die Küche hinein kostete Simon Kraft. Seine Augen waren auf die Spuren auf dem Boden gerichtet, schmale verschmierte Streifen von Rot auf gelblichen Fliesen und dunkelgrauen, schmutzigen Fugen. Er nahm wahr, dass die anderen sein Eintreten bemerkten, und auch, dass niemand ihn ansprach.

Mit der linken Hand stützte sich Simon schwer auf die äußerste Ecke der voluminösen Kücheninsel. Katarina hielt in ihrem Auf und Ab inne und lehnte sich an die Spüle. Sie rieb sich weiterhin die Arme, als wäre ihr kalt. Die flackernde Lampe verursachte unwirkliche Schatten auf ihrem von wilden Locken umrahmten Gesicht und hüllte auch Kais und Carols Züge immer wieder in Dunkelheit.

Simon konnte nicht glauben, was er sah. Val saß auf dem Boden, mit dem Rücken an die Stahltür unter dem Grill gelehnt. Ihr Kopf war leicht zur Seite geneigt. Einige rotblonde Haarsträhnen hatten sich aus dem Dutt gelöst und lagen vor ihrem Gesicht. Sie starrte mit offenen Augen ungläubig die Schränke gegenüber an. Ihre Arme hingen schlaff an ihren Seiten, eine Hand lag geöffnet auf den Fliesen, die andere zur Faust geballt in ihrem Schoß. Das linke Bein war ausgestreckt, das rechte angewinkelt.

Aus Vals Brust ragte der schwarze Griff eines Messers. Die rote Bluse war dort dunkel verfärbt, umso greller war das Rot auf der weißen Schürze, in die die junge Frau ihre eine Hand gelegt hatte. Auf dem Boden links von ihr hatte sich eine kleine Blutlache gebildet. Maria musste hineingetreten sein und hatte Vals Blut in Panik auf ihrem Weg nach hinten verbreitet.

Simon sah auf und jedem einzelnen der Anwesenden ins Gesicht. Er erblickte Verständnislosigkeit, Panik, Hysterie. Erst jetzt nahm er wahr, dass in der Tür zum Gastraum, durch die Donnie und Val am Nachmittag gekommen waren, jemand stand. Sabine hatte ihren Arm um die kleinere Nina gelegt, die mit zusammengepressten Lippen die reglose Val anstarrte.

»Ist sie …?« Simon konnte selbst nicht glauben, dass er diese Frage formulierte. Maria hatte es gesagt, er sah es mit eigenen Augen: Da war der Messergriff, Blut auf dem Boden. Ein Teil von ihm wollte trotzdem unbedingt das »Nein« hören, wusste es aber besser.

»Was glaubst du denn?«, gab Katarina kühl zurück. »Sie hat ein Messer in der Brust!«

Simon schaute sie ratlos an. Natürlich, er sah es ja selbst. Der letzte Funken Hoffnung erstarb.

»Maria«, sagte er stockend. Er deutete mit einer Kopfbewegung in die Richtung des Hinterausgangs. »Sie ist hinten mit Tobi.« Weiter kam er nicht. Und Malte ist ins Nichts jenseits der Rampe gestürzt, setzte er in Gedanken hinzu, aber das machte seine Erklärung momentan nur unnötig kompliziert. Von Kais Spiegelbild ganz zu schweigen.

»Was ist mit ihr?«, fragte Sabine. Sie legte die Stirn in Falten. Katarina unterbrach das zwanghafte Reiben ihrer Unterarme.

»Was?« Simon sah Sabine verständnislos an.

»Was ist mit Maria?«, blaffte Katarina ihn an.

Das riss ihn aus seinen Gedanken. »Maria sagt, sie hätte Val gefunden. Ich habe sie so verstanden, dass die Küche leer war. Sie hat den Eisschrank geöffnet, den Beutel herausgenommen. Und als sie die Tür geschlossen hat, lag Val … tot am Boden.«

»Sie hat sie vorher nicht gesehen?«, fragte Katarina. »Der Eisschrank steht da drüben. Von dort kann man die Stelle hier nicht sehen.«

Simon zuckte ratlos mit den Schultern.

»Meint ihr, Maria hat sie …?«, begann Nina und schlug sich die Hand auf den Mund. Der Gedanke war zu ungeheuerlich.

»Warum sollte sie?«, herrschte Katarina sie an. Ihre Augen funkelten, und ihre lockigen Haare wippten wild, als ihr Kopf zu der kleineren Frau herumfuhr. Simon erkannte das resolute Mädchen wieder, das sie zu Schulzeiten gewesen war.

Nina zuckte zusammen und schüttelte verteidigend den Kopf. »Ich meine ja nur, ist doch komisch, wie sie es beschreibt.«

»Sie steht unter Schock«, sagte Simon. »Ich glaube auch nicht, dass sie die Kraft dazu hätte.«

»Wo wart ihr die ganze Zeit eigentlich?«, fragte Carol und legte die Stirn in Falten. Ein warnender Ton lag in ihrer Stimme. Sie stand weiterhin bei Kai, der in die Hocke gegangen war und mit dem Rücken schräg gegenüber von Val an einem der Unterschränke lehnte. Er hatte die Hände ungläubig auf den Mund gepresst und starrte die reglose junge Frau an.

Simon sah seine Schwester alarmiert an. »Du glaubst nicht wirklich, dass das einer von uns war.«

»Das hab ich nicht gesagt«, gab Carol beschwichtigend zurück. Trotzdem lag in ihrer Entgegnung etwas Ätzendes.

Simon zwang sich zur Ruhe. Eine elektrisierende

Anspannung machte sich breit, kaum spürbar. Es war mehr als die gezwungene Stimmung, mit der sie sich am Nachmittag nach so langer Zeit wieder begegnet waren. Noch konnte er es nicht benennen. Es lag etwas Ungutes in der Luft.

»Wir waren draußen auf der Straße und haben Tobi gesucht«, erklärte Simon gedehnt. »Wir sind nicht weit gekommen. Egal, in welche Richtung man geht, da ist so ein Brummton, der immer lauter wird. Irgendwann haben wir ihn nicht mehr ausgehalten und mussten umkehren.«

Ungläubig sahen sie ihn an. »Das heißt, wir kommen hier nicht weg?«, fragte Nina, einen Anflug von Panik in der Stimme.

Humorlos lachte Simon auf. »Schlimmer. Wir kommen hier nicht *raus*.«

»Was soll das heißen?«, fragte Sabine unwirsch. Sie ließ von Nina ab und verschränkte trotzig die Arme vor der Brust. »Wir können doch jederzeit …«

»Versuch es nicht einmal.« Tobi war durch die rückwärtige Tür eingetreten. Er hielt Maria im Arm, der es widerstrebte, weiter in die Küche hineinzugehen. Dem Anblick der toten Frau wollte sie sich nicht noch einmal aussetzen. Gehetzt blickte sie vom einen zum anderen.

»Was … wieso?«, gab Sabine zurück. Ihre Unsicherheit mochte auch von den Blutspuren in Tobis Gesicht herrühren, die er nur unzureichend mit dem ohnehin durchtränkten Tuch hatte beseitigen können.

»Ich hab den Exit versucht«, erklärte er. »Es hat mir fast den Kopf gesprengt. Da war ein Widerstand, als ich die Befehlssequenz gerade halb durch hatte. Dann gingen bei mir die Lichter aus.« Vielsagend deutete Tobi auf die inzwischen getrockneten Rinnsale von Blut und hob das rotfleckige Tuch in die Höhe.

»Und jetzt ist die Welt rings um den Diner komplett verschwunden«, fuhr Simon an seiner Stelle fort. »Da ist nichts mehr, nur Dunkelheit, totale Schwärze. So wie während des Blackouts, den wir alle hatten. Nur dass wir hier drin noch alle Sinne beisammen haben.«

»Da wäre ich mir nicht so sicher«, sagte Katarina bitter.

Nina keuchte und verfiel in heftiges Ein- und Ausatmen. »Wir kommen hier nicht mehr raus?«, stieß sie ungläubig aus. Sabine drückte sie wieder an sich.

»Schsch, beruhige dich. Das klärt sich alles auf.« An Simon und Tobi gerichtet fragte sie: »Wo ist Malte?«

Die beiden Angesprochenen sahen sich hilflos an. »Wir wissen es nicht«, sagte Simon. »Er ist hinten von der Rampe gestürzt, als er …«

»Was?«, fragte Katarina gereizt, weil er den Satz nicht beendete. »Und ihr habt ihn nicht gesucht?«

»Er hat irgendwas gesehen«, sagte Tobi an Simons statt und ging damit nicht auf Katarinas Frage ein. »Etwas hat ihn in Panik versetzt. Dann ist er zur Tür hinaus und über die Kante gefallen.«

»Was hat er gesehen?« Katarina ließ nicht locker und sah Simon und Tobi durchdringend an. Sie hatte die Hände auf die Arbeitsplatte gestützt. Die Sehnen ihrer Unterarme spannten sich an.

Simon spürte das gegenseitige Misstrauen aller Anwesenden im Raum. Es fühlte sich an wie die Schwüle des heißen Nachmittags, die glitschig auf der Haut haftete und den Stoff von Hemden und Hosen durchtränkte. Das elektrische Surren der kaputten Neonröhre schien jeden Moment auf die Atmosphäre im Raum überzuspringen und sie zur Explosion zu bringen.

»Mich«, hörten sie Kais Stimme aus dem hinteren Teil des Gangs. Er hockte immer noch am Boden und sah Val an. Seine Hände lagen ineinander und er knetete sich den Daumenballen.

Die Augen der anderen richteten sich auf ihn. »Wie meinst du das?«, fragte Katarina, als er nicht weitersprach.

Kai wandte den Kopf und sah die große Frau mit fiebrigem Blick an. »Er hat mich gesehen. Es war allerdings nicht *mein* Gesicht, das er gesehen hat.«

## 37

Zeitgleich mit der rasanten Entwicklung der Settingszene, die aktuell laut mehreren statistischen Erhebungen circa 3,6 Milliarden regelmäßige Nutzer umfasst, etablierte sich in deren Kielwasser eine weltweit verbreitete Community von passiven Konsumenten. Für diese ebenso rasch anwachsende Gruppe ist das Teilhaben an den Erlebnissen von aktiven Usern das, was Reality-TV für ihre Eltern war.

Ausnahmslos alle Anbieter von Settings bieten die meist mit Zusatzkosten verbundene Option, weitere Personen an den Sinneseindrücken der User teilhaben zu lassen, ohne dass diese ins Geschehen eingreifen können. In der Regel beschränken sich diese Beobachter auf die Verbindung zu einem der Teilnehmer und verfolgen dessen Handeln per Bild und Ton auf einem herkömmlichen Endgerät, beispielsweise einem TV-Gerät oder einem Smartphone. Mehr und mehr passive Nutzer wechseln jedoch zur Teilnahme unter Verwendung des eigenen Chips. Auf diese Weise stehen ihnen über die visuellen und akustischen Reize hinaus wahlweise Berührungen, Geschmack und Geruch zur Verfügung.

Während diese zusätzliche Funktion zu Beginn zum Ziel hatte, beispielsweise räumlich entfernten Verwandten die Teilnahme an familiären Ereignissen zu ermöglichen, haben Unternehmen schnell ihr wirtschaftliches Potenzial erkannt. Inzwischen kann man vom heimischen Sessel aus ungefährdet durch Knochenbrüche auf Klettertouren gehen, in der karibischen Tiefsee tauchen, ohne nass zu werden oder auch nur ein Flugzeug zu besteigen, oder ganz trivial einmal Lokführer sein.

Zahlreiche Firmen haben sich auf die Vermarktung solcher so genannter *passive participations* spezialisiert. Sie vermitteln für begrenzte Zeiten die Übertragung der Sinneswahrnehmungen von Extremsportlern, Arbeitern in exotischen Berufen auf der ganzen Welt und Prominenten wie Musikern und Schauspielern. Millionen Influencer haben ihre bisherigen Kanäle im Social-Media-Bereich um diesen Kommunikationsweg ergänzt oder sich der klassischen Präsentation per Videostreaming ganz abgewandt. Eine Win-Win-Situation, sollte man meinen.

Parallel hat sich ein vielfältiger Markt im Schatten aufgetan. Normalerweise bestimmen die Protagonisten strikt den Zeitraum, während dem sie ihre Eindrücke an ihre Interessenten übermitteln. Im Darknet gibt es inzwischen zahllose Anbieter von Software oder Plattformen, welche die Teilnahme an den Übermittlungen auch außerhalb dieser Limits ermöglichen. Produzenten der Chip-Technologie führen einen verzweifelten Wettkampf gegen eine Armee von Hackern, die einen Exploit realisiert haben, bevor die ursächliche Schwachstelle in der Verschlüsselung überhaupt bekannt wird. Während sich Datenschützer und der Staat darüber uneins sind, ob und wie weit Nachrichtendienste und der Verfassungsschutz derlei Sicherheitslücken zur Überwachung von potenziellen Terroristen und zur Verbrechensbekämpfung nutzen dürfen, hat sich längst ein weltweit im Untergrund agierendes Netzwerk von Kriminellen etabliert. Diesen wurde es noch nie so leicht gemacht, herauszufinden, ob ein Haus gerade bewohnt ist oder gefahrlos eingebrochen werden kann. Und das ist nur ein Beispiel von vielen.

*Boris Walker: Chipped – Siegeszug der Vernetzung, Kapitel 7*

# 38

»Es läuft alles schief!«, rief David aus und stützte die Hände auf die Knie. Die grauen Kacheln auf dem Boden der Umkleide begannen, sich zu drehen. Keuchend stieß er die Luft aus. Er fürchtete, jeden Moment zu kollabieren.

Er spürte eine Hand auf seiner Schulter und sah zur Seite. Es war Tobi.

»Beruhig dich«, sagte er sanft. »Setz dich kurz hin.«

David ließ sich auf der Bank nieder und starrte weiter auf den Boden vor sich.

Tobi stand vor den Spinden und sah seinen Freund mitfühlend an. »Da ist ... einiges schiefgelaufen in den letzten Wochen.«

David lehnte sich an einen Pfosten der Garderobe und sah Tobi mit müden Augen an. *Schiefgelaufen*. Das war die Untertreibung des Jahres.

»Und es tut mir unendlich leid, dass ich ... ich hab es nicht wirklich geglaubt«, erklärte Tobi. »Aber sie waren so überzeugend, alles klang so logisch.«

»Warum hast du mich nicht mal gefragt?« David hatte nicht vor, das Wenige an Sympathien zwischen ihnen sofort wieder zu zerstören, aber er musste diese Dinge wissen. »Wieso, Tobi? Ich wollte letzte Woche mit dir sprechen, gleich am Montag. Erinnerst du dich?«

Tobi nickte stumm.

»Und nach der ersten Pause haben sie dich gleich beiseite genommen und dich zugelabert mit diesem ganzen ... Stuss!« Er spie das letzte Wort regelrecht aus.

»Ich weiß«, erwiderte Tobi tonlos. »Da hätte ich

wirklich …«

»Ja«, unterbrach David ihn unwirsch. »Da hättest du zu mir kommen sollen, damit ich dir erzähle, was passiert ist.« Er seufzte und ließ die Schultern hängen. »Ich habe es in ihren Augen gelesen. Malte und Kai. Sie haben innerlich gejubelt, als sie mich bei den verfickten Säcken mit den Heften gefunden haben. Und weißt du was? Ich weiß, dass sie es mir reinwürgen wollten, die kleinen Wichser!«

Tobi sah zu Boden. Als kein weiterer Wutausbruch folgte, sagte er leise: »Das wollte ich nicht.«

So viel mehr Zorn brannte in Davids Innerem und drängte hinaus, wollte sich ungezügelt Luft verschaffen. Ein Rest Vernunft hielt ihn zurück. Er hatte Anlass genug, sauer auf Tobi zu sein. Dass er den Lügen der anderen Glauben geschenkt und nicht zu ihm gekommen war, lastete schwer auf Davids Gemüt. Eine innere Stimme schrie danach, seinem Freund vorzuwerfen, er hätte sich an der Haustür von seinem Bruder verleugnen lassen. Stattdessen biss sich David auf die Unterlippe.

»Lass uns rübergehen«, sagte er zerknirscht. »Die Stunde fängt gleich an. Geh ruhig schon mal, ich zieh mich noch um.«

»Okay«, gab Tobi zurück und stopfte das zerknüllte T-Shirt mit den übrigen Sportsachen in seinen Rucksack. Er zog seine Jacke über und schlenderte Richtung Tür. Dort drehte er sich noch einmal um. »Kommst du klar?«

David nickte und machte eine wegwerfende Geste mit der Hand. »Ja, klar, passt schon.«

»Ich rede mit Katarina, wenn du willst. Dann kommt das wieder ins Lot mit euch beiden.«

Der Vorschlag hätte David zu Tränen gerührt, wäre er nicht dermaßen aufgewühlt gewesen. Er rang sich ein

Lächeln ab und sah Tobi dankbar an. »Das ist echt nett von dir. Aber ich glaube, ich versuche es erstmal selbst.«

»Wie du meinst, Angebot steht«, sagte Tobi. »Bis gleich.« Er schulterte seinen Rucksack und verließ die Umkleide.

David war am Boden zerstört. Innerhalb von Minuten war endgültig alles vernichtet, was sich noch vor wenigen Wochen so wunderbar angefühlt hatte. Phantastische, unbeschwerte Tage hatten Tobi und er im Außenposten verbracht, einen Sommer ohne Sorgen und die Einmischung durch die Erwachsenen. Es hätte noch ewig so weitergehen können.

Dann waren Malte, Arne und die anderen in diese Idylle geplatzt und hatten innerhalb kürzester Zeit alles auf den Kopf gestellt, was sie beide sich aufgebaut hatten. Die Selbstbestimmung war dahin, auf einmal gab es Chefs und Untergebene, Bestimmer und Lakaien. Das war nicht Davids Vorstellung von Frieden und Freiheit.

Als er schon alles aufzugeben bereit war, erschien Katarina völlig unerwartet auf der Bildfläche und krempelte sein Leben um. Er erinnerte sich gut an jenen Nachmittag im Spätsommer, das Herumalbern im Wachtposten. Und natürlich ihren Kuss, der sich unauslöschlich in sein Gedächtnis und sein Herz gebrannt hatte.

Und jetzt saß er hier in dieser versifften Umkleide im Untergeschoss der Turnhalle wie ein Häufchen Elend, weil ... ja, warum eigentlich? Weil er schwach war! Ein Waschlappen, der niemandem die Stirn bieten konnte. Der sich nicht prügelte, wenn er sich ungerecht behandelt fühlte und lieber den Schwanz einzog.

Nein, das war zu einfach. Und einfach war nichts in seinem Leben. Andere mochten es als Schwäche interpretieren, wenn er sich zurückzog und der Konfrontation aus dem Weg ging. Er zog es vor, die Dinge von allen Seiten zu betrachten und abzuwägen, welche Handlung, welche Reaktion, welche Einstellung die richtige war, damit sie für alle Beteiligten ... *gut* war. Es waren die Spontanen, die mit unüberlegten Aktionen für Chaos und Leid sorgten und die ihm gegen den Strich gingen. Besonders die, die keine Reue zeigten, wenn eine dieser Aktionen ausgesprochen desaströse Folgen hatte.

Die Schulglocke, die dumpf durch das schmale Fenster erscholl, riss David aus seinem Gedankenstrudel.

Müde stieg er in seine normalen Sachen und stopfte die Sportkleidung achtlos in seinen Rucksack. Die Sportschuhe hängte er an den zusammengeknoteten Schnürsenkeln an den Tragegurt. Dann verließ er mit der gebotenen Eile die Umkleide.

Herr Köhler war noch nicht da, als David den Klassenraum betrat. Draußen auf dem Flur hatte er noch das Gefühl, er wäre von allen Ereignissen derart desillusioniert, dass ihm die erneute Begegnung mit seinen Klassenkameraden nichts mehr ausmachen würde. Ein Trugschluss. Kaum war er zur Tür herein, verstummten die Gespräche weitgehend oder verebbten zu verschwörerischem Flüstern.

Tobi saß schweigsam an seinem Platz und war wie so oft dabei, in seinen Block zu schreiben. Er hob nur kurz die Augen, als er David hereinkommen sah. An der hinteren Wand standen wie üblich Kai, Malte und Arne beisammen, Letzterer saß lässig auf der Kante seines Tisches, und ignorierten den Nachzügler. Die meisten anderen saßen und packten gerade ihre Hefte und Schreibsachen aus. Dabei erhaschte David viele verstohlene Blicke. Katarina hingegen gab sich Mühe, nicht in seine Richtung zu schauen.

Am liebsten hätte er sie alle angeschrien, sie sollten nicht so glotzen und besser offen aussprechen, welches Problem sie mit ihm hatten. Er wollte sie zur Rede stellen, ihnen um die Ohren hauen, wie niederträchtig das Verhalten von Malte und Kai war, diese ganze böse Aktion im Außenposten. Und dass sie allesamt nicht besser waren als diese drei Arschlöcher da hinten, so lange sie all den Unsinn glaubten und weiterverbreiteten.

David tat das nicht. Er wählte den Weg an der Tafel entlang und setzte sich stumm auf seinen Stuhl am äußeren Rand der ersten Reihe. Die Jacke warf er wie alle anderen über die Rückenlehne. Resigniert stopfte er die Hände in die Hosentaschen und wartete einfach.

Das Getuschel hinter ihm nahm wieder Fahrt auf. Die paar Wörter, die er aufschnappte, hatten nichts mit ihm zu tun. Immerhin. Indes war er sich sicher, dass die gesamte Klasse in den vergangenen Tagen kein anderes Thema kannte außer seinen vermeintlichen Diebstahl der Hefte und den damit unumstößlich erbrachten Beweis, dass er schwul war.

Unwillkürlich musste er lächeln. Das alles war so absurd. Egal wie er es drehte und wendete, ihm wollte kein Grund einfallen, warum Menschen, selbst Kinder wie sie, anderen so etwas Böses antaten. Die ganzen Gedanken, die er sich in den vergangenen Wochen darüber gemacht hatte, waren zu einem unförmigen Klumpen geschrumpft, der keinen Sinn mehr ergab und ihn zu erdrücken drohte, je länger er ihn mit Grübelei nährte.

Das Getuschel verstummte. Herr Köhler trat gewohnt energisch ein und schloss schwungvoll die Tür.

»Guten Morgen«, rief er fröhlich gestimmt in die Klasse. Pflichtschuldig belohnten ihn die Schüler mit einer halb gemurmelten asynchronen Antwort. Der Lehrer verlangsamte kurz seinen Schritt auf dem Weg zu seinem Tisch. »Nicht so euphorisch, meine Lieben!«, gab er spöttisch zurück. Sein Sarkasmus ging an den meisten im Raum vorüber.

Mit einem dumpfen Schlag ließ Herr Köhler seine Ledertasche auf den Tisch plumpsen und sah sich freudestrahlend um. »Ich habe es ja vorige Woche angekündigt, heute ist es soweit: Diktat!«

Ein Raunen rollte durch die Reihen, Augen wurden himmelwärts gedreht.

»Ich freue mich, dass ihr meine Begeisterung teilt«, sagte der Lehrer und rieb sich voller Tatendrang die Hände. »Also, Hefte raus, und los geht's!«

Von dem Diktat hatte David nichts gewusst, die Ankündigung musste an einem der Tage erfolgt sein, an denen er nicht die Schule besucht hatte. Vor einigen Wochen hätte ihn diese Herausforderung in den Wahnsinn getrieben. Diktate waren nicht seine Stärke. Zwar konnte man sich bis auf regelmäßige Übungen kaum auf diese Aufgabe vorbereiten, es machte für David aber einen gewaltigen Unterschied, ob er sich zumindest mental darauf einstellen konnte.

Heute war ihm all das egal. Sollte das Diktat doch mies ausfallen. Vielleicht war es nicht die schlechteste Idee, wenn er ab jetzt nur noch Fünfen und Sechsen schrieb. Am Ende blieb er sitzen und wiederholte die sechste Klasse mit einer Horde von Schülern, die ein Jahr jünger waren als er. Denen wäre er wenigstens gewachsen. Oder man schickte ihn auf irgendeine Sonderschule. Hauptsache weg von diesen Missgeburten.

David öffnete den Reißverschluss seines Rucksacks und zerrte seine Schreibmappe mit den Stiften und den Collegeblock heraus. Für Diktate, deren Benotung nicht in die Gesamtbewertung einfloss, legte Herr Köhler keinen Wert auf ein Diktatheft, da taten es für ihn Blätter aus ihren Schreibblöcken, wenn sie diese ohne Schäden heraustrennten. Platschend landeten Dutzende Blöcke auf den Tischen.

Nervös war David doch ein wenig, während er die nächste freie Stelle zum Schreiben suchte. Er ließ die Ecken der Seiten über die Kuppe seines Daumens gleiten und hielt mit einem Mal inne. Da lugte die bunte Ecke eines Blattes hervor, das dort nicht hineingehörte.

Wenig später wusste er, dass er einen Fehler beging.

Er schlug seinen Block an der betreffenden Stelle auf und starrte geschockt auf das lose Blatt Papier mit der ausgefransten Kante, das da in seinem Heft lag.

Halb geschlossene Augen, die zur Decke eines schummrigen Raumes gerichtet waren. Ein geöffneter Mund. Zwei nackte Männer, der eine hinter dem anderen. Einige sinnlose Textzeilen, in albernen Textblasen rund um die Szene angeordnet.

Das Hochglanzpapier wirkte matt und abgegriffen und war am unteren Rand teilweise eingerissen. An zwei Stellen gab es gelbliche Flecken von einer getrockneten Flüssigkeit.

David nahm kaum wahr, dass in der Klasse absolute Stille herrschte. Wie durch Sirup drang Herrn Köhlers Stimme zu ihm durch, der ihn wahrscheinlich schon mehrmals angesprochen hatte.

»David? Was ist das?«, fragte ihn sein Lehrer. Er stand ihm gegenüber auf der anderen Seite des Tisches und sah irritiert abwechselnd seinen Schüler und die Heftseite vor ihm an. Sein unsicherer Blick wanderte einmal durch die Klasse.

Das Blut pulsierte in Davids Ohren. Er spürte keine Hitze aufwallen, wie sonst, wenn er vor Verlegenheit rot wurde. Ihm war übel. Seine Hand, die halb auf dem Blatt Papier vor ihm ruhte, schwitzte und war zugleich eiskalt. Stumm beobachtete er, wie sich die Finger dieser Hand wie von selbst krümmten und die Heftseite zusammenknüllten. Sie öffneten sich wieder, schlossen sich abermals, wiederholten mechanisch die Bewegung, wie eine Schrottpresse, bis die Seite nur noch ein Klumpen war.

Ohne einen weiteren Blick zu seinem Lehrer stopfte David den Ballen Papier in seinen Rucksack und schob Stifte und Block hinterher.

»Was soll das?«, hörte er Herrn Köhler sagen. David erkannte keinen nennenswerten Nachdruck in den Worten.

Er zog seine Jacke an und warf sich den Rucksack über die Schulter. Keiner sagte etwas. David sah niemanden direkt an. Er wusste, dass sie ihn anstarrten, während er den Weg zurückging, auf dem er zu seinem Platz gekommen war.

»Was soll das, David?«, wiederholte Herr Köhler, als er zwischen ihm und der Tafel vorbeikam.

Der Junge blieb stehen und sah nun doch an dem Lehrer vorbei in die Reihen seiner Mitschüler. Alle Emotionen spiegelten sich in deren Gesichtern wider: Verwirrung, Überraschung, Häme, Arroganz, Ignoranz, Betrübnis. Ein paar schafften es nicht, ihn anzusehen, darunter Katarina und Tobi.

Müde hob David den Kopf und sah Herrn Köhler niedergeschlagen an. »Sie tun mir leid«, sagte er, gerade so laut, dass auch die Jungs in der letzten Reihe es hören konnten. Er wandte sich ab und verließ das Klassenzimmer.

Am folgenden Morgen stand bereits die nächste Englischstunde an. Herr Köhler brachte ein mulmiges Gefühl mit in die Schule, das beim Anblick seiner Schüler nicht weichen wollte. Der Anruf bei Davids Mutter am Vortag hatte nichts Besorgniserregendes ergeben. Sie sagte ihm, ihr Sohn sei in seinem Zimmer und es ginge ihm gut. Sie würde aber mal nach ihm sehen. Dabei hatte er es belassen. Die Ereignisse im Klassenraum schilderte er ihr zunächst nicht und rang ihr die Vereinbarung ab, bald zu einem persönlichen Gespräch zu erscheinen.

»Guten Morgen!«, rief Herr Köhler aus und erntete lediglich ein verhaltenes Echo. Eine spöttische Bemerkung verkniff er sich an diesem Tag.

Davids Platz war leer. Seine Mitschüler verhielten sich ungewöhnlich still, während ihr Lehrer zu seinem Tisch schritt und dort routiniert seine Tasche fallen ließ. Etwas ratlos schweifte sein Blick durch die Klasse. Müde Gesichter von Zwölfjährigen, von denen höchstens ein Viertel ihn erwartungsvoll ansah. Die meisten ließen abwesend Stifte durch die Finger gleiten oder kritzelten Unleserliches in ihre Blöcke.

Herr Köhler drehte sich um und schritt zur Tafel, deren seitliche Flügel zugeklappt waren. Die beiden Außenseiten waren geputzt. Wenn der Tafeldienst unter den Schülern seinen Pflichten nicht nachkam, erledigten die Reinigungskräfte nachmittags diese Aufgabe. Schwungvoll öffnete der Lehrer die quadratischen Tafeln und ließ sie aufklappen.

Ein Raunen lief durch die Klasse. Einzelne hohe Laute des Entsetzens waren zu hören. Herr Köhler wusste nicht, von wem sie stammten und nahm sie nur am Rande wahr.

Er starrte irritiert auf die Mitte der Tafel.

Dort hing, mit einem Magneten fixiert, die glatt gestrichene Seite aus dem Pornomagazin, die er am Tag zuvor auf Davids Tisch erkannt hatte. Die Knitterfalten waren deutlich zu sehen. Darunter war mit gelber Kreide ein Smiley gezeichnet. Die Augen waren mit dem Finger in Form von zwei Kreuzen in den schraffierten Kreis gewischt worden, der Mund ein waagerechter Strich, aus dem eine Zunge hing.

Zwischen der herausgerissenen Seite und dem Smiley hatte jemand in Großbuchstaben eine eindeutige Nachricht gekritzelt.

»DAFÜR WERDET IHR BEZAHLEN! ALLE!«

# 39

Das Brummen des Eisschranks bohrte sich in Simons Gedanken, überlagert vom kranken Surren der flackernden Neonröhre über dem Gang. Dort lag Val, die junge Frau, die am Nachmittag so freundlich zu ihm gewesen war. Der Anblick des Messers in ihrer Brust, ihre gebrochenen Augen und der halb offene Mund stießen Simon ein ums andere Mal selbst Dolche in die Eingeweide. Zwar war er inzwischen imstande, Vals leblosen Körper anzusehen, von Gewöhnung konnte allerdings keine Rede sein. Vielmehr versuchte sein Verstand, in vielen hilflosen Anläufen zu verarbeiten, was seine Augen ihm übermittelten.

Kai ging es ähnlich. Während er den anderen stockend berichtete, was in dem Gang im hinteren Teil des Gebäudes vorgefallen war, ruhte sein Blick auf der reglosen Frau ihm gegenüber. Er bekam die ungläubigen Reaktionen seiner ehemaligen Klassenkameraden nicht mit, während er von seinem Spiegelbild im Fenster der Tür erzählte, das Malte gesehen und zu seiner kopflosen Flucht veranlasst hatte.

»Bis eben dachte ich, das wäre alles ein grausamer Scherz«, fügte Kai hinzu. »Ein ganz böser Scherz. Aber das hier, das ist nicht mehr lustig.« Er sah auf und einen nach dem anderen an. »Wo ist eigentlich Donnie abgeblieben? Interessiert der sich nicht für sein Personal?«

»Würde mich auch interessieren«, pflichtete Katarina ihm bei. »Ich hab ihn das letzte Mal vor dem Blackout gesehen. Da ist er in der Küche verschwunden.«

Simon lachte bitter auf. »Meint ihr wirklich, dass diese Küche in letzter Zeit mal benutzt wurde? Seht euch doch mal um! Hier wurde seit Jahren nicht gekocht.«

»Und was soll das bedeuten?«, fragte Katarina gereizt.

»Dass Donnie wahrscheinlich nicht der eigentliche Chef von diesem Laden ist«, erklärte Simon. »Ich denke, er hat das Ganze hier inszeniert, vielleicht mit einem Komplizen, was weiß ich!«

»Und jetzt ist er getürmt und überlässt uns unserem Schicksal.« Carol nickte düster.

Zur Anspannung schlich sich wachsendes Entsetzen. Simon hatte es wie alle anderen nicht wahrhaben wollen. Nun drängte die Erkenntnis mit Wucht in seine Gedanken.

Kai kam ihm zuvor. »Er ist es«, sagte er mit Grabesstimme. »Er hat das alles hier inszeniert.«

»Du meinst auch, Donnie ...?«, fragte Nina und sah ihn verstört an.

»Nicht Donnie! Ist das so schwer zu begreifen?« Kai richtete seine Augen auf die Frau in Sabines Arm. Ein ironisches Lächeln umspielte seine Lippen. Simon erkannte darin keine Spur von Humor.

»David«, sagte er schlicht. Er fühlte, wie eine Welle der Bestürzung durch den Raum rollte. Kai sah ihn dankbar an und nickte sachte.

»Das ist absurd«, stieß Katarina barsch hervor und schüttelte den Kopf. »Er ist damals spurlos verschwunden, und es gab kein Lebenszeichen von ihm.«

Sabine sprang ihr zur Seite. »Die Polizei hat die Ermittlungen eingestellt. Er wurde nie gefunden.«

»Das ist es ja gerade«, gab Kai zurück. »Wer sagt denn, dass David tot ist?« Mühsam richtete er sich auf und stützte sich wie Katarina an die Kante der Arbeitsfläche hinter sich. Er strahlte eine ungeheure Ruhe aus, die sich Simon nicht erklären konnte. War das Resignation? Oder hatte er sich nur gut unter Kontrolle?

»Was redest du da?«, fragte Carol irritiert. Sie stand neben ihm an den Schrank gelehnt und hatte die Arme vor der Brust verschränkt. »Er ist abgehauen. Das sagten sie doch alle.« Fragend sah sie Simon an.

Ihre Skepsis versetzte ihm einen Stich. Carol hatte die Ereignisse damals nicht direkt mitverfolgt, war nicht einmal in ihrer Klasse gewesen. Seiner Zwillingsschwester hatte er von Kindesbeinen an nichts vormachen können. Sie hatte stets bemerkt, wenn ihn etwas bedrückte und ihn oft so lange bedrängt, bis er mit der Sprache herausgerückt war. Im Alter von zwölf war ihm das bisweilen unheimlich gewesen. Aus jugendlichem Trotz hatte er sich mit der ganzen Wahrheit zu jener Zeit meistens zurückgehalten. Carol hatte das immer bemerkt und war in solchen Fällen schmollend abgezogen.

Genau dieses Gefühl beschlich ihn nun wieder: Sie ahnte, dass mehr hinter den Ereignissen des Tages steckte und dass Simon darüber Bescheid wusste. Er hielt Carols Blick nicht stand. Das schlechte Gewissen nagte an ihm. Dabei klafften in seiner Erinnerung riesige Lücken.

Nicht nur Carol war misstrauisch. Katarina reckte den Kopf vor und sprach Simon an. »Das stimmt doch, oder? David war vom einen Tag auf den anderen von der Bildfläche verschwunden. Er ist abgehauen, sagte die Polizei.«

»So hieß es«, erwiderte Tobi. »In dem Sommer haben sie jeden Stein im Ort herumgedreht, erst recht im Außenposten. Sie haben ihn nicht gefunden, nicht die leiseste Spur.«

Tobi stand nach wie vor in der Nähe der Tür, die zum Gang in den hinteren Bereich des Diners führte. Er kam einige Schritte auf die anderen zu und zog die verängstigte

Maria mit sich. Widerstrebend warf sie einen zaghaften Blick auf die tote Val und ließ sich bereitwillig von Sabine in den freien Arm nehmen.

Mit zusammengepressten Lippen betrachtete Tobi die leblose Gestalt am Boden und sah kurz schockiert weg. Er musste sich sichtlich zusammennehmen, um den Anblick zu ertragen.

»Wer macht so etwas?«, presste er hervor. »Und warum sie?«

»Die Aktion mit diesem Setting ist völlig aus dem Ruder gelaufen«, sagte Simon düster. »Wenn das wirklich von David inszeniert wurde, dann … das kann er nicht geplant haben.« Und wenn er es geplant hatte, welchen Sinn hatte diese grausame Tat?

Nina begann wieder heftig zu atmen und wand sich in Sabines Arm. Die anderen wandten ihr den Blick zu. »Ich halt das nicht mehr aus«, keuchte sie. »Ich muss hier raus. Lasst uns das sofort beenden, zusammen, bitte!«

Tobi schüttelte heftig den Kopf und trat vor sie hin. »Nein, auf keinen Fall! Hör doch, es funktioniert nicht, du wirst dir schrecklich wehtun. Sieh doch!« Er hielt der zitternden Frau das blutige Tuch vors Gesicht.

»Wir müssen das beenden!«, rief Nina unbeirrt aus. Den Stofffetzen nahm sie überhaupt nicht wahr. »Wir müssen die Polizei rufen. Da … da liegt eine Tote!« Ihr Oberkörper bebte. Beim Ausatmen entrangen sich ihrer Kehle klagende Laute.

»Bringt sie nach vorn zu den anderen«, sagte Tobi mit Nachdruck an Sabine gerichtet, die Mühe hatte, Nina aufrecht zu halten. »Und sorg dafür, dass niemand einen Exit versucht.«

Ninas Klagelaute wurden länger und lauter. Sie stützte

sich auf die Knie, beugte sich nach vorn. Tränen strömten über ihre Wangen. Mit geweiteten Augen starrte sie auf den Boden vor sich, als müsste sie sich jeden Augenblick übergeben.

»Nicht!«, schrie Tobi in der Hoffnung, sie zu erreichen, aber es war zu spät.

Nina stieß einen langen, krächzenden Schrei aus, dann mischte sich ein tiefes Gurgeln in den Laut. Blut schoss aus ihrer Nase, klatschte in dicken Tropfen auf den Boden und spritzte auf ihr Kleid. Simon sah ihren ganzen Körper beben. Ihre Augen rollten nach oben und ihre Knie gaben nach. Sabine und Tobi reagierten instinktiv und packten Nina an der Taille und den Armen und verhinderten einen schlimmeren Sturz. Sie landete sachte auf dem Hintern, mit schlaff abgewinkelten Beinen, aber aufrecht zwischen ihren ehemaligen Klassenkameraden gestützt. Bestürzt verfolgten die anderen, wie Tobi Nina sein durchtränktes Tuch vor die Nase hielt. Maria stand hilflos daneben und hatte entsetzt die Hände vor den Mund geschlagen.

»Wir bringen sie nach vorn«, sagte Tobi nüchtern. »Wir müssen sie hinlegen. Simon?«

»Lass, ich helfe dir« Sabines Arm lag schützend um Ninas Schulter. Tobi sah sie fragend an.

»Bist du sicher?«

Sie nickte und schlang sich Ninas schlaffen Arm um die eigenen Schultern, so dass sie gemeinsam die zitternde Frau aufrichten konnten. Nina hing zwischen ihnen wie eine Stoffpuppe.

Wortlos verfolgte Simon, wie Maria eilig die Schwingtür zum Gastraum öffnete und Tobi und Sabine die bewusstlose Nina nach draußen trugen. Die Spitzen ihrer Schuhe schleiften klackernd über den Boden und zeichneten dünne rote Streifen auf die Fliesen. Mit einigen Schwüngen schloss sich die Tür hinter ihnen.

»Was machen wir denn jetzt?«, fragte Katarina, an niemanden der Verbliebenen konkret gerichtet. In ihre sonst vorherrschende eiserne Fassung schlich sich eine Spur Panik. »Nina hat doch recht, wir müssen etwas unternehmen. Es hat hier einen Mord gegeben!«

Simon nickte düster. Welchen Plan derjenige auch verfolgte, der ihnen dieses Horrorszenario aufbürdete, er war damit noch nicht am Ziel. Bis vor – wie lange war das her? – einer Stunde wäre Simon im Leben nicht auf den Gedanken gekommen, dass ihr ehemaliger Klassenkamerad ihnen eins auswischen wollte. Grund genug dazu hatte er, und alle Zeichen sprachen dafür, dass er die vor Jahrzehnten eilig auf die Tafel gekritzelte Drohung wahrmachte.

»Warum tut er das?«, fragte Carol. Sie trat am hinteren Ende des Küchentresens mit verschränkten Armen nervös vom einen Bein aufs andere. »Kann mir bitte mal jemand erklären, wieso er das macht? Nach so langer Zeit taucht er aus dem Nichts auf, stellt dieses ganze digitale Scheiß-Klassentreffen völlig auf den Kopf, nimmt Verletzte in Kauf und dann … das?« Sie deutete mit ausgestrecktem Arm auf Val. Carol war stehengeblieben und ließ ihren Blick zwischen Simon, Katarina und Kai hin- und herwandern.

Kai sah Simon grimmig an. »Respekt, Alter, du hast echt dichtgehalten.«

»Halt bloß die Fresse!«, grollte Simon. Seine impulsive Wut fokussierte er auf Kai und wich damit dem herausfordernden Blick seiner Schwester aus.

Katarina trat einen Schritt auf Kai zu, der aus schmalen Lidern Simon ansah. »Was meinst du? Los, sag schon!« Als Kai nicht antwortete, wandte sie sich an Simon. »Was soll das heißen, dichtgehalten? Das Mobbing? Wie ihr ihn alle fertiggemacht habt?«

»Davon weiß ich«, rief Carol aus. »Davon hat mir Simon erzählt. Wie ihr David das Leben zur Hölle gemacht habt.«

Eine Spur Enttäuschung machte sich auf Kais Zügen breit. »Also konntest du doch nicht die Klappe halten.«

»War das für dich also in Ordnung?«, blaffte Simon ihn an. »Ihm diese Schwulengeschichte anzudichten?«

Kai hob entschuldigend die Schultern. »Hey, wir waren zwölf!«

»Ja, auch David war zwölf!«, schrie Katarina ihn an und reckte das von Wut gerötete Gesicht nach vorn. Ihre Locken bebten erneut. Zitternd stützte sie sich auf die Kante der Arbeitsfläche. »Ein Zwölfjähriger, der wie wir alle noch nicht wusste, wo er hingehört.«

»Ja, so wie wir alle, du sagst es ja selbst.« Verachtung schwang in Kais Stimme mit.

»Ach, hör doch auf!«, rief Katarina aus. »Ich hab es doch mitverfolgt, wie ihr ihm systematisch das Leben zur Hölle gemacht habt, du und Arne und Malte. Und euch hat das nichts, aber auch gar nichts ausgemacht. Ihr hattet noch Spaß dabei.«

»Nicht nur wir«, entgegnete Kai grimmig und warf Simon einen vielsagenden Blick zu.

Die Entrüstung durchflutete Simon in glühenden Wogen. »Du verdammtes Arschloch«, grollte er und trat neben Katarina. Er war kurz davor, auf Kai loszugehen.

»Tu nicht so moralisch«, warf der ihm geringschätzig entgegen. »Du hast die Stories von der Schwuchtel damals lustig weitererzählt. Genau wie alle anderen in der Klasse. Da war keiner besser als der andere.«

»Weil ihr uns allen Prügel angedroht habt«, brüllte

Simon, außer sich vor Zorn. »Und dass man eure Drohungen ernst nehmen sollte, hat Davids Verschwinden ja bewiesen.«

Simon fing Carols Blick ein, die mit verschränkten Armen hinter Kai stand. Widerstreitende Gefühle erkannte er in ihren Augen, Enttäuschung, Wut, Zweifel. Sie konnte nicht glauben, dass ihr Bruder an diesem niederträchtigen Treiben mitgewirkt haben sollte.

»Ihr drei wart das«, rief Simon aus. Er mühte sich um Sicherheit, er wollte sich selbst glauben machen, dass seine Beteiligung nur passiver Natur gewesen war. »Ihr wart so überzeugend mit eurer Story, wie ihr David im Außenposten überrascht habt mit den Heften und offener Hose und ... Das hat euch jeder abgekauft.«

Carol schüttelte den Kopf. »Ihr widert mich an«, spie sie aus.

»Oh, jetzt kommt auch von der Seite die höhere moralische Instanz«, höhnte Kai und sah sie verächtlich an. »Du bist ja fein raus, Frau Besserbetucht. Du warst ja damals noch gar nicht in unserer Klasse. Von dir erwarte ich kein objektives Urteil.«

Carol funkelte ihn an. Simon kannte diese Stimmung. Es fehlte nicht viel, und sie war diejenige, die auf Kai losging und ihm die Augen auskratzte.

»Lass sie da raus, hörst du?«, mischte sich Katarina ein. »Ihr drei habt das angezettelt. Und die Seite aus dem Heft habt ihr David am Ende auch untergejubelt. Oder?«

Wieder dieses gleichgültige Schulterzucken, mit dem er all sein verruchtes Tun zu entschuldigen versuchte und das Simon schon seit über vierzig Jahren hasste. Da war keine Spur von Reue.

»Wer weiß das schon?« Kais süffisantes Lächeln hätte

Simon ihm am liebsten auf der Stelle eingeschlagen. Heiß schoss es ihm durch den Kopf: So musste sich David gefühlt haben.

Sein Augenmerk fiel auf Val, die ihn von dort, wo er stand, aus trüben Augen direkt anzusehen schien. Eisiger Schrecken durchfuhr ihn, nicht nur, weil es die Augen einer Toten waren. Es lag eine Frage darin, die schon den ganzen Nachmittag in Simon herumschwirrte, wummerte wie der grauenhafte Ton an der Grenze ihres Settings: Warum? Warum habt ihr mir das angetan? Und es war nicht nur Val, die diese Frage stellte.

Ein Gedanke formte sich, der Simon zunächst absurd vorkam.

»Das ist nicht Val, oder?«, fragte er. Er konnte sehen, wie Kais Selbstsicherheit einen Riss bekam.

»Was soll die Frage?«, gab der entrüstet zurück. Sein Lächeln vermochte die Beklommenheit in seinen Worten nicht zu überspielen.

»Sag schon, wen hast du gesehen, als du eben in die Küche gekommen bist?«, bohrte Simon nach. »Ich hab deinen Schrei gehört, als du hier rein bist.« Aus dem Augenwinkel bemerkte er, wie Katarina ihn verwundert ansah, bevor Sie Kai ins Visier nahm.

»Ich weiß nicht, was du meinst.«

»Du warst vor Maria der Letzte in der Küche«, erklärte Katarina an Simons statt.

»Und da du keinen Grund dazu hattest, Val umzubringen, musst du jemand anderen gesehen haben«, vollendete Simon die Schlussfolgerung.

Kais Gesicht gefror zu Eis. »Was für ein grandioser Schwachsinn!«, rief er aus und warf die Arme in die Höhe. Er sah sie nacheinander an, zum Schluss Carol.

»Für mich klingt das schlüssig«, sagte sie trocken.

Gehetzt richtete sich Kais Blick auf Simon, dann auf Katarina. Er presste sich gegen die Kante hinter sich, die Hände aufgestützt, wie ein Tier, das bereit war zum Sprung. Er schüttelte den Kopf. »Nein, ganz sicher nicht. Das könnt ihr mir nicht anhängen.«

»Was denn?«, fragte Carol hinter ihm, die pure Provokation.

Kais Kopf fuhr herum. Voller Wut starrte er die etwas größere Frau an. Sie zuckte unmerklich zurück, schaffte es jedoch, seinem Ausbruch zu trotzen. Die Luft zwischen den beiden war wie elektrisch aufgeladen.

Im nächsten Augenblick hielt Kai ein Fleischmesser in der Rechten, das hinter ihm auf der Arbeitsfläche gelegen hatte. Er packte Carol mit der anderen Hand am Oberarm und riss sie herum. Innerhalb einer Sekunde war er in ihrem Rücken und hatte seinen Arm um ihren Hals gelegt. Die Spitze des Messers deutete unter ihr Kinn, das flackernde Neonlicht blitzte in der Schneide auf.

»Bist du jetzt völlig wahnsinnig geworden?«, keuchte Carol. Mit beiden Händen klammerte sie sich an Kais sehnigen Unterarm, der sie im Schwitzkasten hielt.

»Halt die Klappe!«, geiferte er ihr ins Ohr. Sie schloss kurz die Augen.

Simon fühlte sich wie gelähmt. »Kai, was soll das? Lass sie los!«

Aus Kais Blick sprach pure Verzweiflung. »Das hängt ihr mir nicht an«, wiederholte er.

»Was denn?«, rief Katarina ihm wutentbrannt zu. »Wenn du Val nicht getötet hast, warum veranstaltest du dann dieses Theater?«

»Komm, leg das Messer weg«, sagte Simon. Er

versuchte, beruhigend zu wirken, auch wenn sein eigener Zorn im Inneren Amok lief. »Lass Carol los. Wir reden drüber, okay?«

Kai schüttelte den Kopf. »Das war ich nicht. Ich bin bestimmt nicht immer ein netter Kerl gewesen, aber das da war ich nicht. Er war schon tot, als ich reinkam.«

»Er? Wieso er?«, fragte Katarina.

»Also hast du David gesehen«, erklärte Simon.

Kurz zögerte Kai, dann nickte er heftig. »Aber er war schon tot, ich schwöre es.«

»Alles in Ordnung, Kai. Wirklich. Ich glaube dir«, sagte Simon. Momentan wäre er bereit gewesen, alles zu glauben. Seinen Sinnen vertraute er seit Stunden nicht mehr. Was auch immer diesen Wahnsinnigen davon abhalten konnte, seiner Schwester etwas anzutun, er würde es in Kauf nehmen.

Die Gedanken überschlugen sich. Das Wummern, das Simon bisher nur draußen gespürt und gehört hatte, war zurückgekehrt, begleitet von heranrollenden Kopfschmerzen. Das flackernde Licht gab ihm den Rest.

*Nicht jetzt, ich kann das jetzt nicht brauchen. Ich muss nachdenken! Mich erinnern!*

## 40

Ausgerechnet am Samstagnachmittag, um diese Uhrzeit. Nur Ignoranten und komplette Sportbanausen riefen ihren Kollegen zu einem solchen Zeitpunkt an, um ihn an einen Tatort zu beordern. Das Bundesligaspitzenspiel stand an, letzter Spieltag, heute wurde die Meisterschaft 2033/2034 entschieden. Das war ein Feiertag, verdammt nochmal!

»Alles in Ordnung, Chef?« Jonas Felsberg löste die Augen kurz von der Fahrbahn und sah seinen Vorgesetzten unsicher an. Seine Hände ruhten auf dem Lenkrad. Er hatte die Ärmel seines hellblauen Hemds hochgekrempelt. Trotz aufgedrehter Klimaanlage glänzte ein Schweißfilm auf seinen sehnigen Unterarmen.

*Nein, Jonas, es ist nichts in Ordnung,* rollte eine Antwort durch Falks Gedanken, die er mühsam unterdrückte. Kriminalhauptkommissar Tiberius Falk ist unglücklich, siehst du das nicht? Er hat nur noch eine Handvoll Jahre bis zur Pension. Er hat einem gemütlichen Nachmittag im Schatten der Platanen in seinem Garten entgegengesehen, ein Bier in der einen Hand und die Grillzange in der anderen, in infantiler Vorfreude auf das alles entscheidende Bundesligaspiel. Danach vier Wochen Sommerurlaub an der dänischen Küste, weg von dieser Gluthitze. Und was passiert stattdessen?

»Wissen Sie, um was es bei dem Fall ging?«, gab Falk anstelle einer Antwort zurück.

Der junge Kollege hob ratlos die Schultern. »Ich hatte keine Zeit, die Akte zu lesen, bevor ich Sie abgeholt habe. Carla hat mich nur kurz per Call gebrieft.«

Falk schnaubte verächtlich und fuhr sich über die dünnen grauen Haare. Dazwischen ertastete er trockene Haut. »Per Call gebrieft«, stieß er aus. »Können Sie nicht sagen, dass sie Sie angerufen und ihnen den Sachverhalt geschildert hat?«

Jonas Felsberg grinste. Er durfte sich das erlauben. Zwar waren die beiden immer noch beim Sie, allerdings arbeiteten sie schon seit seiner Ernennung zum Kommissar im Team zusammen, und das war immerhin fünf Jahre her. Falk sah in Jonas nach wie vor den Frischling, der aber nicht versuchte, durch Übereifer oder Alleingänge zu brillieren. Vielmehr überzeugte er durch Kooperationsbereitschaft und eine – manchmal arg – rationale Herangehensweise. Da waren sein blonder Yuppie-Haarschnitt und der verwegene Dreitagebart verzeihlich.

»Carla erzählte mir nur, dass damals ein Junge verschwunden ist«, sagte Felsberg. »Ein Zwölfjähriger, David Wollner. Eher durchschnittlicher Schüler, nicht auffällig, introvertiert. Die Mutter Alkoholikerin, der Vater tot.«

Falk nickte. »Kettenraucher, Schlaganfall. Der Junge hat ihn im Garten gefunden.«

»Shit.« Felsberg schluckte schwer. »Die Mutter hat eine Vermisstenmeldung auf die Reihe bekommen, allerdings erst auf mehrfache Nachfrage der Lehrer des Jungen, die sich Sorgen um ihn machten. Er war da schon drei Tage nicht in der Schule gewesen.«

Grimmig sah Falk hinaus auf die flimmernde Straße. Die Sonne stand am Westhimmel und wurde von der Blende im Auto nur notdürftig verdeckt. Ansonsten prallten ihre Strahlen durch die Windschutzscheibe fast unvermindert auf sein dunkles Hemd und trieben ihm Sturzbäche von Schweiß aus der Haut. Warum hatte er kein weißes

Hemd gewählt? Wenigstens hätte man die Flecken unter den Armen nicht gesehen.

Wie oft war er diese Strecke gefahren, damals vor neununddreißig Jahren? Er war selbst noch ein Frischling gewesen, nicht einmal Kommissar hatte er sich nennen dürfen. Martin Wirbzik, sein Vorgesetzter, gab ihm alle Freiheiten, die im Rahmen seiner Kompetenzen lagen, und hatte mit Wohlwollen die steile Karriere seines Schützlings gefördert. Dadurch war er mit gerade mal Anfang zwanzig mit seinen ersten Kriminalfällen konfrontiert worden.

Viele davon steckten ihm heute noch in den Knochen. Der des verschwundenen Jungen zählte zwar nicht zu der spektakulären Sorte. Es war allerdings höchst unbefriedigend, den Vorfall ungeklärt zu den Akten legen zu müssen. Die Nachforschungen waren langwierig und die Befragungen besonders der Minderjährigen eine Tortur gewesen. Noch heute sah er die genervten und gleichgültigen Blicke der Teenager vor sich, die nicht schnell genug das Weite suchen konnten, wenn er sie aus den Gesprächen entließ. Unzählige Male hatte sich Falk in den letzten vier Jahrzehnten gefragt, was in den Köpfen dieser Rotzlöffel eigentlich vorging angesichts der Frage, was mit ihrem Klassenkameraden geschehen war.

»Wir haben die Kids damals alle befragt«, sagte er. »Die sprichwörtliche Mauer der Ahnungslosigkeit. Die meisten konnten gut mit dem Kleinen, einigen ging er am Arsch vorbei, der eine oder andere fand ihn etwas nervig.«

»Sehr verdächtig«, kommentierte Felsberg trocken.

Falk seufzte vernehmlich. »Alles nichts von Bedeutung. Die üblichen Ränkespiele von Heranwachsenden. Bis auf ein paar Andeutungen in Richtung Mobbing. Einige von den Scheißern haben dem Kleinen ziemlich zugesetzt.

Anhängen konnten wir ihnen aber auch nichts.«

»Und im Dorf?«

»Ebenfalls Fehlanzeige. Für die meisten nur der Junge einer Säuferin, der allen leidtat. Aber wirklich gekümmert hat sich auch keiner. Die Frau hat es ja irgendwie hinbekommen, dass er ordentliche Klamotten trug und nicht verhungert ist.«

»Häusliche Gewalt?«, fragte Felsberg sachlich.

»Nicht die Bohne. Die Mutter war abseits ihrer Alkoholexzesse die Fürsorge in Person. So hat sie sich uns gegenüber jedenfalls aufgeführt. Irgendwie glaubwürdig. Die Nachbarn haben auch nichts in der Richtung bemerkt. Ich denke, dass sie es ernst meinte, auch wenn sie ihren Kumpels Bardolino und Barolo oft mehr Aufmerksamkeit schenkte als ihrem Sohn.«

»Was ist aus ihr geworden?«

»Sie ist etwa ein Jahr nach dem Verschwinden ihres Sohns weggezogen«, sagte Falk. »Erst vor ein paar Jahren kam sie wieder hierher.«

Sie schwiegen eine Weile und ließen die glühende Landschaft vorbeiziehen. Das Gras an den Straßenrändern war von der wochenlangen Hitze gelb verdorrt. Kein Tropfen Regen war seit Anfang Juni gefallen. Egal wie oft Klimaforscher und die Meteorologen im Fernsehen es herunterbeteten, Falk konnte sich nicht daran gewöhnen, dass Süddeutschland inzwischen fast ohne Ausnahme jedes Jahr provenzalisches Klima erlebte. Abgesehen von kurzen, dafür umso brachialeren Unwettern, die maximal für einen Tag Abkühlung brachten, herrschten über längere Perioden trockene, heiße Verhältnisse.

Falk öffnete einen Knopf an seinem Hemd und wischte sich den Schweiß mit einem Taschentuch von der Stirn. Die

Ermittlungen hatten damals im November begonnen. Zu jener Zeit hatte er das Schmuddelwetter verflucht, die alles durchdringende Kälte von Nebel und Nieselregen. All das hatte gut zur Stimmung gepasst, die das ganze Dorf erfasst hatte, nachdem das Verschwinden des Jungen bekanntgeworden war.

»Woher kam der Tipp?«, fragte Falk in das Schweigen hinein.

Jonas zuckte mit den Achseln. »Ein anonymer Anruf. Carla hat keine Nummer oder eine Chip-ID.«

Falk hob fragend eine Augenbraue. »Sie meinen einen richtigen *Anruf*? Von einem *Telefon*? Gibt es sowas heute noch?«

»Der Anrufer hatte vermutlich seine Gründe. Und nicht jeder kann sich mit den Chips anfreunden«, gab Jonas zurück und warf seinem Vorgesetzten einen schelmischen Seitenblick zu.

»Ja, ja, schon verstanden«, grummelte der. »Ich bin halt langsam zu alt, um auf jeden technischen Fortschritt gleich mit jugendlichem Eifer abzufahren. Dass ich mir das Ding hab einpflanzen lassen, hatte vor allem berufliche Gründe.«

Das war erst eineinhalb Jahre her, und Tiberius hatte die subkutane Variante gewählt. Er hatte immense Vorbehalte gegen Eingriffe ins Gehirn und konnte sich gerade so mit dem Chip unter der Haut hinter seinem linken Ohr anfreunden. Direkt nach der Pensionierung würde er sich das Ding wieder entfernen lassen.

»Aber es hat doch auch Vorteile, oder nicht?«, fragte Jonas.

»Ja, ständige Erreichbarkeit …«

»Die Sie deaktivieren können.«

»Da hab ich den Dreh noch nicht raus. Früher konnte

ich das Smartphone abschalten oder im Keller vergessen. Oder der Akku war leer. Da wäre ich am letzten Tag der Bundesligasaison selig und ahnungslos gewesen.«

»Noch ein Vorteil ist, dass man sich nicht mehr verfahren kann«, ergänzte Jonas und setzte den Blinker.

An dem Abzweig wäre Falk ohne die Navigationsinformationen, die Jonas über seinen Chip direkt ins Gehör gesendet bekam, tatsächlich glatt vorbeigefahren. Der junge Kollege war zwar aktueller Technik weit mehr zugetan als Falk, dennoch verzichtete er auf den Autopiloten des elektrischen Einsatzfahrzeugs. Zumindest lenken wollte er den Wagen noch, wenn schon allerlei Assistenzsysteme ihm ununterbrochen Hinweise zu Abständen, Fahrspur, Verbrauch und unzählige weitere Daten lieferten.

Der Feldweg war knochentrocken, ganz im Gegensatz zu Falks letztem Besuch an diesem Ort. Matsch und Pfützen hatten damals die Spuren fast unbefahrbar gemacht. Heute knirschten unter den Reifen Schotter und andere Steine, mit denen Schlaglöcher aufgefüllt worden waren.

Nach einer sanften Steigung und einer Biegung kamen zwei Fahrzeuge in Sicht. Ein Streifenwagen war parallel zum Weg auf der trockenen Wiese geparkt, ein Stück weiter stand ein grauer Transporter schräg im Gras. An der Seite klebte die nüchterne weiße Aufschrift »Kriminaltechnik«. Heckklappe und Seitentür waren offen, über dem Dach flimmerte die Luft. Eine Kollegin hatte sich auf der hinteren Stoßstange niedergelassen und schälte sich gerade aus ihrem weißen Papieroverall.

Die beiden Ermittler stiegen aus. Falk wäre am liebsten sofort in seinen Sitz zurückgefallen. Die Hitze schlug ihm wie eine glühende Platte ins Gesicht. Hastig klaubte er die Baseballkappe mit dem Logo seines favorisierten

Fußballvereins vom Armaturenbrett und setzte sie auf, während er mit dem Ellenbogen die Autotür zuschlug.

Auf den wenigen Schritten zum Transporter sah sich Falk um. Viel hatte sich in den letzten vierzig Jahren nicht verändert, die Zeit schien hier stehengeblieben zu sein. Bäume und Sträucher waren heute andere, die Vegetation hatte sich mit den gestiegenen Temperaturen gewandelt, ansonsten hatten die Menschen hier offensichtlich nicht eingegriffen. Jenseits des Transporters begann dichtes Gestrüpp mit einzelnen höheren Bäumen. Der Weg endete fünfzig Meter weiter am Rand eines Feldes. Am Horizont sah Falk die Spitze eines Baukrans, der auf die Erweiterung des nahegelegenen Industriegebiets hindeutete. Der Kommissar hörte das Surren und Brummen eines automatischen Feldfahrzeugs in der Ferne, das vermutlich Dünger oder Pestizide ausbrachte. Am Himmel über ihnen summte eine Drohne, mit der der Landwirt die Arbeit überwachte. Falk beneidete ihn. Der Mann saß wahrscheinlich zuhause in seinem klimatisierten Büro und verfolgte das Tun seiner Geräte auf dem Bildschirm.

Keuchend blieben sie vor dem Heck des Transporters stehen. Falk nahm kurz seine Mütze vom Kopf und wischte sich abermals mit dem Tuch die Stirn ab.

»Hallo Emilia, gut schaust du aus«, begrüßte er die schmale Frau. Sie war dabei, den Overall flüchtig zusammenzulegen und in eine Kiste zu stopfen. Ihr von grauen Strähnen durchzogenes schwarzes Haar hatte sie zu einem losen Pferdeschwanz gebunden. Leggins und ein Sportshirt deuteten darauf hin, dass man sie ebenfalls aus einer ihrer Freizeitaktivitäten gerissen hatte. Falk wusste, dass sie Ende fünfzig war, hätte sie aber mindestens zehn Jahre jünger geschätzt.

Emilia schenkte den beiden Männern ein einnehmendes Lächeln. »Charmant, Tiberius«, gab sie zurück. »Sehr nett. Wenn man davon absieht, dass ich schon vom Joggen völlig durchnässt war und dann noch eine Stunde in dieser Wurstpelle verbracht habe, bei der Hitze.«

»Tut mir echt leid«, sagte Falk. »Ich wäre auch gern woanders. Wo sind die anderen?«

Die Frau deutete mit einem Kopfnicken in die Richtung des Buschwerks neben dem Transporter. »Pasquale ist auf der Lichtung da drin. Sind etwa fünfzig Meter. Er sammelt unser restliches Besteck ein. Zwei Jungs von der Bereitschaft sind ein Stück weiter gegangen und schauen, ob sie etwas Wichtiges finden.«

»Habt ihr denn was gefunden?«, erkundigte sich Felsberg.

Emilia schnaubte. »Nichts, was sich wissenschaftlich verwerten ließe. Spuren von Schuhen könnt ihr komplett vergessen, da gibt es nur Steine und Laub, und den Rest haben die Wildschweine unbrauchbar gemacht. Aber seht am besten selbst, vielleicht werdet ihr ja schlau aus diesem … Arrangement.« Sie unterstrich das letzte Wort, indem sie mit den Zeigefingern Anführungszeichen in der Luft andeutete.

»Danke dir«, sagte Falk. »Wenn wir uns nicht mehr sehen: schönes Wochenende noch.«

Emilia stand auf. »Ich komme mit. Ich musste nur Werkzeug holen.« Sie hielt einen großen Schraubenzieher und eine Kneifzange in die Höhe. »Außerdem will ich wissen, was ihr von der ganzen Sache haltet.« Sie grinste und ließ die beiden Männer irritiert stehen. Mit ausgreifenden Schritten stapfte sie voran.

Die Kollegen hatten notdürftig eine Bresche in die

Sträucher gehauen. Früher mochte hier der Weg gewesen sein, den Falk bei seinen Ermittlungen zum Verschwinden des Jungen einige Male gelaufen war. Inzwischen war er wieder zugewachsen.

Nach den angekündigten fünfzig Metern und unzählbaren Kratzern auf den Unterarmen gelangten die beiden Ermittler mit Emilia zu einer grasbewachsenen Fläche, auf der nur wenige kleinere Bäume standen. Etliche Buckel und Löcher zeugten vom Wüten der Wildschweine und anderer Tiere und erklärten, weshalb dieser Bereich nicht zugewachsen war. Ein Halbkreis von Steinen deutete auf eine ehemalige Feuerstelle hin. Einige Meter dahinter lagen auf einem wüsten Haufen die verrotteten Überreste irgendeiner zerfallenen Behausung.

»Was ist denn das hier?«, fragte Jonas.

Falk lehnte sich im Schatten am Rand der Lichtung mit der Schulter an einen älteren Zwetschgenbaum. »Hier haben sich die Jungs und Mädels damals den Sommer über aufgehalten«, erinnerte er sich. »Sie kennen das wahrscheinlich nicht mehr. Wir nannten es Budenbauen. Meistens hat es nur zu einem Unterschlupf mit einer Plane gereicht. Bei Regen sind wir trotzdem nass geworden, und der Wind hat unser Konstrukt in der Regel schnell wieder zerlegt. Die Kameraden hier hatten allerdings einiges Geschick.« Er deutete auf die Anhäufung von verfaulten Pfählen und Brettern. »Das war vor vierzig Jahren ein richtig solides Häuschen. Und bevor Sie fragen: Nein, es gab darin wirklich keine brauchbaren Spuren des Jungen.«

»Pasquale ist dort hinten«, sagte Emilia und deutete ins Gebüsch jenseits der Ruine.

Das Unterholz war hier nicht so undurchdringlich wie auf den vorherigen Metern. Durch das Blätterdach fielen ausreichend Sonnenstrahlen, um den Weg zu erhellen. Nach wenigen Schritten erkannte Falk den schmalen Bachlauf zur Rechten wieder, der vor vier Jahrzehnten mehr Wasser geführt hatte. Nicht nur der Sommer hatte ihn zu einem Rinnsal verkümmern lassen, hier und da schien er unter dem Laub des Vorjahrs vollständig zu versickern.

Sie erreichten eine Stelle, an der das Wasser des Bachs über einen kniehohen Absatz rieselte und einen kleinen Tümpel gebildet hatte. Daneben stand eine alte Erle, deren Wurzeln sich auf der einen Seite in das Ufer gruben und auf der anderen fast kunstvoll verschlungen waren.

»Was soll das denn bedeuten?«, entfuhr es Jonas. Tiberius blieb wie versteinert stehen.

Auf Augenhöhe war mit einem Nagel eine gelbe Frisbeescheibe am Baum befestigt worden. Sie zeigte mit wenigen schwarzen Strichen das Gesicht eines kranken oder toten Smileys: Zwei Kreuze symbolisierten die Augen, und unterhalb der waagerechten Linie, die den Mund darstellte, hing der Bogen einer Zunge heraus.

## 41

»Mach die Tür zu«, blaffte Kai Simon an.
»Das ist eine Schwingtür, du Vollidiot!«, gab der zurück.
»Die unten und oben Riegel hat, Schlauberger!«
Simon fühlte sich überrumpelt. Er hatte nicht einmal zur Tür gesehen, weil er Kai mit dem Messer nicht aus den Augen lassen wollte. Mit dem Fuß trat er auf die Pedale am unteren Rand der Flügel, worauf jeweils ein Bolzen in die Löcher der Schließbleche im Boden fuhr. Die Riegel oben schloss er ebenfalls.
»Und nun?«, fragte Katarina, die sich nicht vom Fleck bewegt hatte. Sie reckte herausfordernd das Kinn nach vorn. »Was hast du nun vor, du Genie? Meinst du, die Aktion macht es irgendwie besser?«
»Sehe ich auch so«, setzte Simon hinzu. »Deiner Glaubwürdigkeit ist das nicht gerade zuträglich.«
Kai rollte genervt die Augen. »Du und dein geschwollenes Geschwafel! Das hat mich schon immer angekotzt.«
Simon fing Carols alarmierten Blick auf. Wie sie spürte auch er Kais Unberechenbarkeit. Irgendein Schalter war bei ihm umgelegt worden, eine Sicherung durchgebrannt, als er Davids Leiche am Boden entdeckt hatte. Sie durften die Situation mit Provokationen nicht weiter anheizen. Die Spitze des Messers zeigte unerbittlich auf Carols hochgezogenes Kinn. Jede unbedachte Bewegung dieses Irren konnte sie verletzen oder sogar das Leben kosten.
Katarina schien diesen Wink nicht mitzubekommen oder ignorierte ihn einfach. Ihre Wut auf Kai wurde mit jeder Sekunde größer.

»Du und deine Scheißkomplexe interessieren hier keinen«, spie sie ihm entgegen. »Dein großkotziges Machogehabe, das ist das, was mich schon immer angewidert hat, hörst du?«

Wenn sie dazu in Kais Klammergriff in der Lage gewesen wäre, hätte Carol heftig mit dem Kopf geschüttelt, um Katarina zu bremsen. »Nicht«, keuchte sie stattdessen bloß gequält.

Simon hob warnend die Hand. »Schnee von gestern, hörst du? Das ist sicher alles nur ein riesiges Missverständnis. Wer weiß, ob David das tatsächlich eingefädelt hat. Ob er das da wirklich ist.«

»Er ist es, ich hab ihn gesehen«, rief Kai fast flehentlich aus. »So echt kann die Simulation gar nicht sein.«

»Und du hast ihn auf dem Gewissen«, knurrte Katarina und bewegte sich auf Kai und Carol zu.

Simon war mit zwei Schritten bei ihr und hielt sie am Arm zurück. Er spürte sie heftig zittern. Auf ihre Worte ging er nicht ein, sah stattdessen weiter Kai fest in die Augen, in denen es gefährlich aufblitzte. Er fragte sich fieberhaft, was es noch brauchte, um ihn vollständig die Nerven verlieren zu lassen. Beschwichtigend hob Simon die Hände.

»Du sagst es selber, das ist eine Simulation.« Er deutete vage in Vals Richtung. »Das ist alles nicht echt. Selbst wenn das Davids Werk ist, das kann er nicht gewollt haben. Das war bestimmt nicht sein Plan.«

Kai keuchte, schien zu hyperventilieren. »Was weißt du schon? Weißt du, was aus ihm geworden ist? Vielleicht ist das genau das, was er wollte. Dass wir uns hier gegenseitig an die Gurgel gehen.« Er schielte kurz auf Vals Leichnam. »Und jetzt liegt er da in seinem Blut, und nur ich kann ihn sehen. Das ganze Theater eben mit dem Blackout. Schau dich doch draußen um, Arne und Lydia kaltgestellt, Nina und Tobi, die beim Exit ohnmächtig werden. Malte liegt irgendwo hinter dem Haus. Natürlich hat er das geplant.«

Simon schluckte. All das ließ sich nicht von der Hand weisen. »Mag alles sein«, gab er zu, »aber es ist doch möglich, dass er uns an der Nase herumführt, dass das alles total harmlos ist.«

»Harmlos?«, rief Kai hysterisch aus und zeigte kurz mit der Messerspitze auf Val. Blitzartig besann er sich und richtete die Klinge wieder auf Carol. »Nennst du das harmlos?«

»Du machst es nur schlimmer«, sagte Katarina kalt. »Wenn wir dieses Setting verlassen, wirst du merken, dass das völlig unnötig ist.«

Kai lachte freudlos auf. »*Wenn* wir das Setting jemals verlassen. Wenn das da David ist, dann ist er tot, und keiner wird uns hier rausholen. Und selbst wenn das nicht David wäre … was, wenn er irgendwo da draußen sitzt und sich einen drauf runterholt, dass wir uns hier die Köpfe einschlagen? Bestimmt hat er sich noch weitere fiese Sachen ausgedacht. Bis keiner mehr von uns übrig ist.«

»Du hast zu viele Horrorfilme gesehen«. Katarina lachte freudlos auf. »Was für ein hirnverbrannter Quatsch!«

»Katarina, bitte«, sagte Simon.

»Was denn?«, herrschte sie ihn an. »Der Typ ist völlig durchgeknallt!«

Donnernde Schläge an der Tür zum Gastraum ließen die beiden herumfahren. Die Flügel ächzten in den Angeln und den Schlössern, hielten jedoch stand.

»Was ist da drin los?«, hörten sie Tobi rufen. »Warum ist die Tür zu? Alles in Ordnung?«

»Verschwinde!«, schrie Kai. Carol kniff schmerzverzerrt die Augen zusammen, weil er ihr ins Ohr gebrüllt hatte.

»Was soll das?«, kam Tobis Antwort.

»Kai dreht mit Schwung am Rad«, erwiderte Katarina und sah dem Genannten dabei fest in die Augen. »Er hält Carol ein Messer an die Kehle.«

»Halt die Fresse, Bitch!«, geiferte Kai.

»Was? Was soll das?« Tobis Stimme überschlug sich. Draußen war Tumult zu vernehmen, wenige Sekunden später schob er seinen Kopf durch die Durchreiche. Er brauchte nur einen Augenblick, um den Ernst der Lage zu erkennen. »Bist du völlig von Sinnen? Leg sofort das Messer weg!«

»Gar nichts werde ich. Und jetzt verzieh dich wieder, oder das nimmt ein böses Ende hier.« Um seinen Durchsetzungswillen zu unterstreichen, legte er die Schneide über Carols Kehle. Sie sog scharf die Luft ein.

»Bitte, tu, was er sagt«, bat Simon an Tobi gewandt. »Und versuch irgendwie, hier rauszukommen und diesen Wahnsinn zu beenden.«

Tobi sah ihn hilflos an. »Ich weiß nicht, wie das funktionieren soll, aber okay.« Mit einem letzten Seitenblick zu Kai zog er sich zurück.

»Und mach die verfluchte Klappe zu!«, bellte der. Als Tobi die Luke der Durchreiche geschlossen hatte, senkte Kai das Messer, hielt es aber weiter auf Carols Kinn gerichtet.

»Wie, denkst du, wird das hier ausgehen?«, fragte Katarina. Sie verschränkte die Arme vor der Brust und sah Kai kühl an. »Wenn du so davon überzeugt bist, dass du David nicht umgebracht hast, was hast du dann zu befürchten?«

»Eben«, setzte Simon hinzu. »Das ist dann völlig unnötig.«

In Kais Blick vollzog sich eine Veränderung, etwas

brach. Ohne den Griff um Carols Hals zu lockern oder das Messer zu senken, sah er gedankenverloren zu Vals leblosem Körper hinab. »Nach all den Jahren … es geht nicht um heute. Ihr wisst es doch, oder?«

Simon hob hilflos die Arme. »Was? Was meinst du?«

Ein Lächeln umspielte Kais Lippen. Sein Blick schien sich irgendwo in der Ferne zu verlieren.

»He, Kai!«, rief Katarina aus. »Rede mit uns!«

Ihre Stimme holte ihn ins Hier und Jetzt zurück. »Du kannst es doch nicht vergessen haben, Simon. Oder?« Er sprach die Worte nicht mehr mit voller Überzeugung aus. Darin war Unsicherheit darüber, ob er bei Simon oder seinen anderen Freunden von damals den notwendigen Rückhalt bekommen würde.

Simon durchwühlte fieberhaft seine Erinnerungen, sprang zurück in das Jahr, in dem David verschwunden war. Diesen endlosen heißen Sommer, während dem fast die ganze Klasse ihre Sommerferien in dem Dickicht außerhalb des Ortes zugebracht hatte, um den Außenposten aufzubauen. Ein paar Wochen jugendliche Freiheit, wie die ersten Kapitel des Herrn der Fliegen ohne dessen grausamen Fortgang, kein Mord und Totschlag.

Aber stimmte das wirklich? Worauf hatte Kai zuvor angespielt, als er Simons Verschwiegenheit erwähnt hatte?

Er spürte Katarinas Augen ihn durchbohren. »Was meint er damit?«, fragte sie. Ihre Stimme war eisig, aber das Eis hatte Risse. Sie ahnte, dass etwas Furchtbares hinter all dem steckte.

Simon presste die Hände auf die Augen. Wenn nur dieses Wummern nicht wäre, dieser Kopfschmerz. Das flackernde Licht über ihnen machte alles nur noch schlimmer.

Bilder flammten im Dunkel hinter seinen Lidern auf,

Bruchstücke von Ereignissen, willkürlich aus einem Film geschnitten. Die Geräusche der Küche verstummten, das Summen des Kühlschranks und das Geklapper der defekten Neonröhre.

Eine Trauergemeinde, schwarz gekleidete Menschen, eine junge Mutter, ihre Tränen von einem Schleier verborgen. Sie schreiten hinter einem Sarg her. Es ist ein sonniger Tag, es muss Frühling sein. Kastanien pressen ihre hellgrünen Blätter vor einem knallblauen Himmel aus den Knospen.

Der naheliegende Gedanke ist, dass es Davids Beerdigung ist. Simon versucht, Gesichter zu erkennen, die seine Vermutung bestätigen. Sie entgleiten seiner Aufmerksamkeit, sobald er den Blick auf sie richtet.

Simon wendet sich um, sieht dort die offenen Türen der Einsegnungshalle. Eine einsame Gestalt steht im Rahmen und schaut dem sich entfernenden Tross hinterher. Es ist ein Mann in seinem Alter, dessen eingefallene Züge ihm vertraut vorkommen. Er ist ebenfalls in Schwarz gekleidet, einzig das weiße Hemd und das blasse Gesicht stehen dazu im Kontrast. Die Hände an den langen Armen sind vor dem Bauch verschränkt, als halte er stille Andacht.

Das ist nicht Davids Beerdigung. Der Mann ist nicht David. Hektisch schaut Simon dem Trauerzug hinterher, der sich bereits einige Meter weiterbewegt hat.

Die junge Mutter hat sich zu ihm umgedreht und sieht ihn durch die Reihen der ihr Folgenden an, ohne anzuhalten. Der Wind hat ihren Schleier erfasst und über die Stirn zurückgeworfen, er umrahmt ihr zeitlos schönes, von Trauer gezeichnetes Gesicht zusammen mit den dunkelblonden Haaren. Ihr Blick ist nicht vorwurfsvoll, eher fragend. Simon vermag ihr Alter nicht zu bestimmen, sie kann

Mitte zwanzig sein oder fünfzig. Er kennt sie. Sie hat ihm an Kindergeburtstagen Kuchen auf den Teller geschaufelt, hat ihn vom Schwimmtraining abgeholt. Zusammen mit seinem Freund.

Sein Kopf fährt herum. Einen Meter vor ihm steht ein zwölfjähriger Junge mit dunklen, lockigen Haaren, auf der Nase eine Brille. Er trägt dieselben feinen schwarzen Sachen wie sein älteres Pendant, das Sekunden zuvor im Türrahmen gestanden hat, jetzt in der Kleidergröße eines Jugendlichen.

Simon steht ratlos da. Er müsste schockiert sein, von Furcht zur Flucht getrieben. Aber von dem Jungen geht keine Bedrohung aus. Er sieht den Größeren stumm an, in seinen Augen dasselbe fragende Interesse.

Ein Ächzen drängt sich in Simons Bewusstsein, und es dauert einige Augenblicke, bis er bemerkt, dass er selbst es ist, dessen Kehle sich dieser klagende Laut entrungen hat.

Deine Mutter konnte nicht Abschied nehmen. Die Bestatter haben den Sarg nicht noch einmal geöffnet, weil die achtzig Tonnen des ICE nichts Ansehnliches von dir übriggelassen haben.

Du willst wissen, warum ich nach wie vor hier bin, mein Freund. Wie ich all die Jahre mit den Erinnerungen leben konnte, während du ihnen mit Alkohol und Drogen begegnet bist. Verdrängt habe ich sie, von mir geschoben, weil dieses Bild zu viel für mich war, für meinen kleinen Kopf damals. Und später, im Erwachsenenalter, immer noch.

Als sie Simon vor nicht allzu langer Zeit haarklein erzählten, was der Zug mit Frank angerichtet hatte und sich die Schilderungen zu einem äußerst plastischen Horrorszenario zusammenfügten, kapitulierte sein überforderter Geist. Der Schock radierte alle Erinnerungen an damals aus und legte einen gnädigen Schleier des Vergessens über die Reste. Dumpf wummerten in der Ferne noch Eindrücke des Erlebten, wie der Hintergrund eines Fotos mit geringer Schärfentiefe.

Jetzt kehrten die Details mit Macht zurück, rissen die schützenden Mauern der Verdrängung ein und förderten längst verschüttete Bilder zutage.

Erneut rollte dieser klagende Laut aus unvorstellbarer Tiefe hinaus über Simons Kehle. Er riss die Augen auf, stützte sich schwer auf die Arbeitsplatte neben sich und sah sich wieder Kai gegenüber. Der nickte sachte und lächelte, weil er die Erkenntnis in Simons Blick bemerkte.

»Jetzt weißt du es wieder.«

## 42

»Ah, da seid ihr ja«, begrüßte sie Pasquale. Er war noch in den weißen Schutzanzug gehüllt und schloss gerade einen Metallkoffer zu seinen Füßen. Die Kapuze hatte er zurückgeworfen und entblößte damit seinen braungebrannten Schädel.

»Hallo, Pasquale«, erwiderte Jonas. »Sag mir bitte nicht, dass wir wegen einer Frisbeescheibe hier herausgekommen sind. Das ist doch wohl ein Scherz.«

Der Forensiker legte den Kopf schräg und grinste die beiden Männer an. Seine dunklen Augen blitzten unter den buschigen schwarzen Brauen verschmitzt auf.

»Nicht ganz, obwohl das schon sehr schräg ist«, gab er zu. »Tiberius wird sich eventuell noch erinnern, warum das sicher kein Spaß sein kann.«

Der Angesprochene nickte düster. »Am Tag, als David Wollner verschwunden ist, hatte jemand so einen Smiley an die Tafel gezeichnet.«

»Nicht Ihr Ernst.« Sein Kollege sah ihn erstaunt an.

»Todernst. Darunter klebte die Seite aus einem Schwulenheft und an der Tafel stand: Dafür werdet ihr alle bezahlen. Oder so ähnlich.«

»Stammte das von David Wollner?«, wollte Emilia wissen.

»Wir haben es nie herausgefunden. Wie gesagt, die meisten seiner Klassenkameraden verbarrikadierten sich hinter einer Mauer aus Schweigen. Aber auch die hatte Risse. Ein paar wenige Mitschüler machten Andeutungen in Richtung Mobbing. Da passte die Drohung an der Tafel gut ins Bild. Wir konnten allerdings keinen aus der Klasse wirklich näher verdächtigen. Alle Spuren waren am Ende nichts wert. Der Junge ist nie wieder aufgetaucht, auch nicht seine Leiche.«

»Und das da? Wo kommt das jetzt her?« Jonas deutete mit einem Kopfnicken zu dem Baum mit der Frisbeescheibe und trat ein paar Schritte näher. »Er kann sich wohl kaum vierzig Jahre lang in einem Erdloch versteckt haben, um jetzt mit dem Spielzeug da Witze zu reißen.«

»Vielleicht eine Warnung an seine Klassenkameraden?«, riet Tiberius. »Damit sie sich an ihn erinnern?«

»Oder Schlimmeres«, fügte Pasquale an.

»Du meinst Rache?«, fragte der Kommissar, woraufhin sein Kollege ratlos die Hände spreizte.

Emilia hatte sich wieder Latexhandschuhe übergezogen und sich dem Baum genähert. Dort setzte sie den Schraubenzieher hinter der Frisbeescheibe an. Mit ein paar Hebelbewegungen drückte sie den Nagel soweit aus der Rinde, dass sie vorn die Zange ansetzen und ihn komplett herausziehen konnte.

»Et voilà!« Triumphierend hielt Emilia die Scheibe in die Höhe. Sie schaute auf die Rückseite, und ihr Lächeln verblasste. Sie drehte das Spielgerät um und präsentierte es ihren Kollegen. »Seht mal.«

Über dem Loch, das der Nagel in das gelbe Plastik geschlagen hatte, stand: »34/06/03« Darunter waren zwei lange Kommazahlen zu lesen.

»Ein Datum«, sagte Jonas ohne Zögern. »Das ist heute.«

»Und das andere?«, fragte Tiberius, auch wenn er eine Ahnung hatte.

»Koordinaten«, bestätigte Pasquale seine Vermutung.

In den wenigen Sekunden hatte Jonas bereits die Daten mithilfe seines Chips an einen Polizeiserver übermittelt und ein Ergebnis erhalten. »Das ist die Position einer Gaststätte, etwa zwölf Kilometer von hier. Der Grundhof.«

»Kenne ich«, sagte Emilia. »War früher mal bei Bikern sehr beliebt. Das liegt etwas außerhalb der Ortschaft direkt an der Landstraße. Drumherum ist nix, die einzigen weiteren Behausungen sind ein paar Karnickellöcher auf den Feldern.«

»Hat der Schuppen noch offen?«, fragte Jonas.

Emilia wiegte nachdenklich den Kopf. »Seit ein paar Jahren gibt es einen neuen Pächter, der das Lokal an Hochzeitsgesellschaften, Vereine und so weiter vermietet. Soweit ich weiß, haben die aber nicht mehr regelmäßig offen. Wenn der Laden nicht doch komplett geschlossen ist.«

Tiberius seufzte. »Dann werde ich mir das Spiel eben heute Abend ansehen müssen.«

Die Sonne senkte sich bereits zum Westhorizont, als sie wieder ins Auto stiegen. Jonas hatte die Stand-Klimaanlage laufen lassen, und seinem Vorgesetzten entrang sich ein dankbarer Seufzer.

Wenige Minuten später passierten sie den Ortskern. Rechts erkannte Tiberius die Schule, an der die Kinder damals Schüler gewesen waren.

Sie ließen die letzten Gebäude des Dorfes hinter sich, und die Sonne schien ihnen schlagartig ins Gesicht. Hastig klappten die beiden Männer die Blenden herunter. Die Scheibe war voller zermatschter Insekten. Jonas betätigte die Scheibenwaschanlage, und die Wischer machten das Desaster perfekt.

»Montag Waschanlage«, sagte Tiberius knapp und ohne viel Nachdruck.

»Ist vermerkt«, gab Jonas ebenso einsilbig zurück und bemühte sich, eine Stelle in der Scheibe zu finden, die ihm einen besseren Durchblick gewährte.

Deutlich langsamer als zuvor folgten sie der Landstraße, die sie durch zwei weitere kleine Orte führte.

Das Ortsschild huschte vorbei, dann waren sie wieder auf freiem Feld. In einem Kilometer Entfernung glaubte Tiberius, die Umrisse von Gebäuden vor dem gleißenden Abendhimmel zu erkennen.

Urplötzlich stieg Jonas mit beiden Füßen und voller Kraft auf die Bremse. Die Ermittler wurden in die Gurte geschleudert. Dank der eingebauten Technik schaffte es Jonas, das Auto in der Spur zu halten.

Draußen war es schlagartig Nacht geworden. Tiberius brauchte einen Moment, um sich der Veränderung bewusst zu werden. Sie standen auf einer grob asphaltierten Straße, zu beiden Seiten gesäumt von flachen Wohnhäusern, aus deren Fenstern vereinzelt Licht schimmerte. Zehn Sekunden zuvor waren dort nur abgeerntete Felder zu sehen gewesen.

»Was ist denn jetzt los?«, rief Tiberius aus und sah sich irritiert im Auto um. Es roch auf einmal nach kaltem Zigarettenrauch und speckigen Lederbezügen. Sie saßen nicht mehr in dem modernen Elektroauto. Dies war irgendein altes amerikanisches Gefährt. Tiberius kannte sich da überhaupt nicht aus und war zu verwirrt, um das genauer unter die Lupe zu nehmen.

Über der Mittelkonsole war der Touchscreen verschwunden, der bis eben noch ihre Route nachgezeichnet hatte. Stattdessen hing dort ein uraltes Modell eines Funkgeräts. Ein Spiralkabel verband das technische Artefakt mit einem Mikrofon, das in einer Halterung am Armaturenbrett steckte.

Wortlos stiegen sie aus und sahen sich um. Das schwarz-weiß lackierte Auto schien tatsächlich einem

Oldtimermuseum zu entstammen. Auf das Dach war eine Leiste mit roten und blauen Leuchten geschraubt.

»Sind wir …?«, begann Tiberius und sah sich vielsagend um.

»In einem Setting«, bestätigte sein junger Kollege.

»Verdammte Axt.«

»Aber schickes Outfit«, meinte Jonas, schnalzte mit der Zunge und nickte anerkennend in die Richtung seines Vorgesetzten.

Tiberius sah an sich herab. Er trug eine dunkle Stoffhose und auf Hochglanz polierte schwarze Lederschuhe. Das Hemd war immer noch verschwitzt und tiefblau, allerdings besaß es einen unverkennbaren Retroschnitt.

»Sie sehen aber auch ganz schön fesch aus«, gab Tiberius zurück. »Sie könnten glatt James Dean Konkurrenz machen.«

In der Tat hatte Jonas für Tiberius' Begriffe mit der blonden Sturmfrisur etwas von dem Hollywood-Star. Das am Kragen offene weiße Hemd mit der lose gebundenen schwarzen Krawatte rundete das Bild ab.

Es herrschte bedrückende Stille. Abgesehen von einigen Grillen, vermutlich waren es hier Zikaden, und dem fernen Brummen einer Industrieanlage war nichts zu hören. Nirgends waren Autos oder Fußgänger zu sehen. Die dürftig beleuchtete Straße führte weiter in den Ort hinein. In der Gegenrichtung, aus der die Ermittler gekommen waren, verlor sie sich in undurchdringlichem Dunkel.

»Sollen wir umkehren und Verstärkung rufen?«, fragte Jonas.

»Wenn Sie meine ganz persönliche Meinung hören wollen, dann sollten wir genau das tun.«

»Aber?«

Tiberius seufzte. »Gegenfrage: Können oder sollten wir das Setting deaktivieren, jedenfalls für uns?«

Jonas zögerte kurz. »Ich habe die Erfahrung gemacht, dass ein Ad-hoc-Exit meistens Probleme mit sich bringt, vor allem, wenn man das Setting nicht kennt.«

»Und Sie wundern sich, dass ich nicht scharf auf den Chip in meinem Kopf bin«, lachte Tiberius bitter auf. »Was schlagen Sie vor?«

»Wir sollten diese Spelunke finden. Irgendwas sagt mir, dass das hier etwas mit dem Fall zu tun hat. Das ist doch kein Zufall. Wer bezieht denn ein ganzes Dorf in sein Setting mit ein? Wenn wir es verlassen, entgehen uns vielleicht wesentliche Aspekte.«

»Guter Punkt«, gab Tiberius zu. »Finden Sie den Laden auch ohne das Navi? In dem Bluesmobil hier gibt es jetzt nur noch ein lumpiges Funkgerät.«

Jonas prüfte kurz seine Möglichkeiten. »Ich habe keinen Empfang mehr, aber die Route hat mein Chip offline gespeichert. Damit sollte es trotzdem gehen.«

Die vorbeiziehenden Gebäude wirkten wie aus dem amerikanischen Klischeebaukasten der Sechziger: weiß getünchte Holzfassaden hinter ebenso lackierten Zäunen, hier und da Zypressen in den Vorgärten. Einige Male musste Jonas geparkten Autos ausweichen, allesamt US-Modelle aus der Mitte des vorigen Jahrhunderts. Einmal kam den beiden ein Truck mit einem Tankauflieger entgegen, der donnernd hinter ihnen im Dunkel verschwand.

»Müssen Sie nicht schalten?«, fragte Tiberius verwirrt. Er war mit den Implikationen der hybriden Realität nicht gut vertraut, auch wenn diese Teil von diversen Schulungen waren und er die eine oder andere virtuelle Reise mit seiner Frau unternommen hatte. Außer einem Barbesuch und einem Nachmittag an einem simulierten Strand, wo sie sich praktisch nicht bewegt hatten, hatte er sich jedoch nicht weiter damit beschäftigt.

Jonas schüttelte den Kopf. »Physisch sitzen wir immer noch in dem E-Auto. Der Schaltknüppel am Lenkrad hier ist nur Dekoration.« Er deutete mit einem Kopfnicken nach vorn. »Da muss es sein.«

Er verlangsamte den Wagen. Rechts der Fahrbahn ragte eine hohe Säule, an deren oberem Ende eine beleuchtete Tafel angebracht war, in den Nachthimmel. »Donnie's Diner« war dort zu lesen. Nach wenigen Metern kam das zugehörige niedrige Gebäude in Sicht. Die Vorderfront und eine Seite waren voll verglast und innen erleuchtet. Rund um die Kante des flachen Dachs zog sich eine Reihe von Glühbirnen wie bei einem Autoscooter, und ein weiteres Schild zeigte noch einmal den Namen des Restaurants.

Jonas ließ den Wagen ausrollen und an der Kante des Gehsteigs vor dem Eingang halten. Die beiden Männer stiegen aus und sahen zwischen zwei Palmen hinauf zur Tür.

»Donnie's Diner?« Jonas zog skeptisch eine Augenbraue hoch.

Tiberius zuckte mit den Schultern. »Nicht der Name des Pächters. Der hat einen eher konservativen Namen, Schmidt, Müller, Maier. Ich komme nicht drauf. Ich wusste nur nicht, dass er auch an Setting-Partys vermietet.«

Mit wenigen agilen Schritten sprang Jonas die Stufen hinauf, Tiberius folgte ihm in entspanntem Tempo. Sie warfen einen Blick durch die Scheibe. Drinnen schien nichts Ungewöhnliches vorzugehen: Hinter der Theke beugte sich jemand zu einer Durchreiche, sonst war auf der linken Seite niemand zu sehen. Auf den Bänken rechts erspähten sie einige jugendlich aussehende Personen.

Jonas hielt seinem Vorgesetzten die Tür auf und machte mit der freien Hand eine einladende Geste. »Der Herr?«

Sie traten ein, und hinter ihnen fiel die Tür ins Schloss. Die Welt jenseits der Fensterscheiben wurde schwarz, doch das bemerkten die beiden Kommissare zunächst nicht.

»Was ist denn hier los?«, entfuhr es Jonas. Mit hochgezogenen Augenbrauen betrachtete er die Streifen von Blut auf dem Fliesenboden, die sich aus einem Gang neben dem Tresen quer durch den Raum bis zu den Bänken entlang der Fensterfront zogen. Dort saßen mehrere Frauen in Petticoats von verschiedener Farbe. Ihre Frisuren entstammten unzweifelhaft den Sixties. Jonas eilte zu ihnen. Auf einer der Bänke ragte ein Paar weiblicher Füße in den Raum.

Der Mann hinter dem Tresen war überdurchschnittlich groß und trug ebenfalls altmodische Kleidung, die gegelten Haare waren zurückgekämmt. Er riss sich von der geschlossenen Durchreiche los, die bis zum Eintreffen der Kommissare seine gesamte Aufmerksamkeit beansprucht hatte. Ungläubig sah er die Eintretenden an.

Tiberius folgte seinem Kollegen, dabei fiel sein Augenmerk auf ein weiteres Paar Beine in Hosen, das ausgestreckt am hinteren Ende des Tresens auf dem Boden lag. Eine Frau richtete sich auf und sah die beiden Neuankömmlinge überrascht an. Sie war schlank und ungewöhnlich groß. Im Gegensatz zu den anderen Frauen trug sie ein schlichtes weißes Kleid und wirkte mit den kurzen Haaren zum einen fast androgyn, darüber hinaus war sie auf ungesunde Weise mager. Sie hielt ein Tuch in der Hand, das mit Blut durchtränkt war.

»Wer sind Sie?«, wollte sie wissen. »Sind Sie von der

Polizei?«

Tiberius ignorierte sie zunächst und ging neben dem Verletzten in die Hocke. Der Mann atmete flach und gleichmäßig. Die Blutung an seinem Kopf war inzwischen zum Erliegen gekommen und sah nach Meinung des Kommissars schlimmer aus, als sie war.

Ein Seitenblick offenbarte ihm ein Bild der Verwüstung. Schleifspuren auf dem Fliesenboden endeten unter einer Jukebox, die mit einiger Anstrengung verschoben worden war. Die Scheibe in der Außenwand dahinter zeigte eine gefährliche Anzahl an Rissen.

Mühsam richtete Tiberius sich auf. Fahrig betastete er die aufgenähten Taschen seines Hemds und durchwühlte die seiner ungewohnten Hose. Immerhin fand er das kleine Lederetui mit dem Dienstausweis. Er hielt ihn der jungen Frau hin.

»Kriminalhauptkommissar Falk«, stellte er sich vor.

»Da steht Detective Chief Inspector Hawkins«, entgegnete die Frau und legte die Stirn in Falten.

Verblüfft betrachtete Tiberius seinen vermeintlichen Ausweis. Die Plastikkarte war nicht mehr rot, sondern dunkelgrün und aus Pappe, und auf der anderen Innenseite klebte ein voluminöses metallisches Dienstsiegel, das die Form eines Sheriffsterns besaß.

Bevor er dazu etwas sagen konnte, winkte die Frau ab. »Vergessen Sie es. Hier sind schon so viele abgefahrene Dinge passiert, da kommt es auf Ihren Ausweis nicht an.«

»Wie heißen Sie, und was ist hier geschehen?«, fragte Tiberius geradeheraus. Er warf einen kurzen Blick zu Jonas hinüber, der die Vitalfunktionen einer der Frauen prüfte, die ausgestreckt auf der Bank lag. Leise redete er auf sie ein und stellte den Umstehenden Fragen zu den Ursachen des

Zustands der Verletzten. Tiberius wandte sich seiner Gesprächspartnerin zu.

»Yvonne Steinberger ist mein Name. Wir haben hier ein Klassentreffen, fünfunddreißig Jahre. Ein hybrides Treffen.«

»Ist mir nicht entgangen.«

Der Mann hinter dem Tresen war mit schnellen Schritten bei ihnen. »Gott sei Dank sind sie da!«, rief er aus. »Sie müssen diesen Albtraum beenden.«

»Was ist denn hier …«, begann Tiberius von Neuem.

Gedämpft drang ein langgezogener gequälter Laut durch die Durchreiche.

# 43

Wir machen Ihre Träume wahr!
Wählen Sie aus über 8.000 Settings!
Mehr als 50.000 individuelle Zusatzfeatures!

Das ist kein leeres Versprechen: Wir bieten die größte Auswahl an Settings weltweit. Karibikurlaub, Polarexpedition, Kanutour, das sind die gängigen Highlights unserer Mitbewerber, die auch wir bis ins kleinste Detail im Programm haben.

Aber es geht nicht nur ums Reisen!

Sie wollten immer schon wissen, wie es sich im achtzehnten Jahrhundert in Frankreich lebte? Sie interessieren sich für das antike Griechenland und die Philosophen? Sie möchten den Bau der Pyramiden miterleben? Oder wollen Sie weiter zurück in der Zeit: Babylon, die Bronzezeit, oder gleich zu den Dinosauriern?

Das alles ist möglich mit unseren vorkonfigurierten, detailverliebten Settings. Gestalten Sie diese individuell nach Ihren Vorzügen: mehr interaktive Komparsen, die ihre Welt authentisch bereichern, wortgewandt und mit lebensechtem Verhalten und Reaktionen, die Sie überraschen werden. Bestimmen Sie das Wetter, definieren Sie Schlüsselereignisse, um Ihre Lieben zu verblüffen. Ihr nächstes Familienfest werden Sie nicht vergessen!

*Morris Foucault, CEO von Mind Escape Ltd., bei einer Präsentation anlässlich der International Virtual Fair in London im März 2034*

## 44

Achtlos kickte Frank einen Stein über den Asphalt des Sportfeldes. Seine Augen ruhten auf dem Boden, die Hände hatte er tief in den Hosentaschen vergraben. Seit sie den Klassenraum verlassen hatten, war kein Wort von ihm gekommen. Sein Gesicht war so grau wie der wolkenverhangene Himmel. In der dicken Daunenjacke wirkte seine schmächtige Gestalt vollkommen verloren.

Franks Schweigen machte Simon nur noch nervöser. Ziellos wanderte sein Blick umher, beobachtete die unbekümmert umhertollenden Grundschüler. Egal wo er hinsah, überall brannte sich der auf die Tafel gekritzelte tote Smiley in seine Netzhaut. Die darunter geschriebene unmissverständliche Botschaft lief ihm in Dauerschleife durch den Sinn. *Dafür werdet ihr bezahlen. Alle. Dafür werdet ihr bezahlen. Alle. Dafür werdet ihr ...*

Herr Köhler hatte nach der Entdeckung der düsteren Nachricht und dem Vorfall am Tag zuvor schnell eins und eins zusammengezählt. »Ihr bleibt hier sitzen und rührt euch nicht vom Fleck.« Sein Tonfall hatte keine Widerworte geduldet, geschweige denn Zuwiderhandeln. Er hatte Stillarbeit angeordnet, irgendein Vokabeltest, und war aus dem Klassenzimmer geeilt.

Nach seiner Rückkehr teilte er ihnen mit, er hätte sofort Davids Mutter kontaktiert. Die konnte mit den Fragen des Lehrers nichts anfangen. Erst auf mehrmaliges Nachfragen hin sagte sie ihm, David sei nicht zuhause und sie wüsste auch nicht, wo er sich aufhielt. Hinter vorgehaltener Hand bestätigten sich Simons Mitschüler gegenseitig, dass das

Telefon sie wahrscheinlich aus dem Suff geweckt hatte.

Herr Köhler hatte die versammelte Klasse gefragt, was das zu bedeuten hätte und nur betretenes Schweigen geerntet. Er forderte sie auf, alles Relevante auf den Tisch zu legen, um die Situation zu klären. Keiner sagte ein Wort.

Am Ende gab er auf und ermahnte seine Schüler, in sich zu gehen und darüber nachzudenken, ob ihr Verhalten angemessen wäre.

»Ich werde das weiter verfolgen und versuchen aufzuklären«, hatte er gesagt und drohend den Zeigefinger erhoben. »Und das empfehle ich euch auch. David muss gefunden werden, und dann solltet ihr dafür sorgen, dass das alles aus der Welt geschafft wird.« Er zeigte auf die Tafel. »Wenn euer Mitschüler Schaden nimmt und herauskommen sollte, dass einer oder mehrere von euch dafür verantwortlich sind, dann wird das Folgen haben. Haben wir uns verstanden?«

Simon spürte noch jetzt in der großen Pause den Schock, der durch die Reihen gerollt war. Manche nahmen die Drohung als das wahr, was sie war. Allen war bewusst, dass die Worte gegen jede und jeden Einzelnen gerichtet waren. Sie hatten dazu beigetragen, dass David sich angegriffen und ausgegrenzt fühlte, sei es aktiv oder durch Schweigen und Wegsehen. Einzig Tobi hatte aufrecht auf seinem Stuhl gesessen und grimmig den Blick durch die Klasse schweifen lassen. Gesagt hatte er aber auch nichts. Vielleicht hatte er Angst vor irgendwelchen Reaktionen seitens Kai, Malte oder Arne.

»Was machen wir denn jetzt?«, murmelte Frank verhalten und trat gegen ein weiteres kleines Steinchen, das über den Platz davonrollte.

»Wir gehen ihn suchen«, antwortete Simon. »Wir fangen

mit dem Außenposten an.«

Die restlichen Stunden waren die reinste Tortur. Simon und Frank konnten den letzten Gong kaum erwarten und waren wenige Minuten später auf ihren Rädern.

Seit der großen Pause war es noch ein paar Grad kälter geworden. Ein feiner Nieselregen hatte eingesetzt. Die Hosen der Jungs waren schon nach wenigen Minuten kalt und klamm. Ihr Atem kondensierte zu weißem Dunst, der in dünnen Schleiern hinter ihnen zurückblieb, während sie Richtung Ortsausgang rasten. Die Gläser in Franks Brille beschlugen, und er wischte den Film mit dem Jackenärmel immer wieder weg.

Am Beginn des Feldwegs mussten sie absteigen. Die Fahrrinnen waren glitschig, und Frank hätte es nach dem Abbiegen fast umgeworfen. Ohne Pause hasteten sie weiter, die Fahrräder neben sich. Ihre Gesichter waren feucht und ihre Wangen steifgefroren. Simon hingen Strähnen nassen Haars vor den Augen, die er mit den Fingern zurückstrich.

Am Rand des Dickichts ließen sie die Räder zurück und stapften über den ausgetretenen Trampelpfad zu der kleinen Lichtung. Der Platz lag verlassen da. Vergilbtes Gras und kahle Bäume, von deren Zweigen der Nieselregen tropfte, verliehen dem Außenposten etwas Trostloses. Nichts deutete darauf hin, dass sich kürzlich jemand hier aufgehalten hatte.

Simon warf einen Blick in den Unterstand. Der Wind hatte Laub in einer Ecke angesammelt, ein Stapel durchgeweichter Pizzakartons gammelte in einer anderen vor sich hin.

»Nichts«, sagte Simon schlicht. »Hier war er garantiert seit Tagen nicht.«

Frank stand ratlos neben der Feuerstelle. »Vielleicht hinten bei dem Versteck?«

Simon zuckte wortlos mit den Schultern und folgte seinem Freund an dunkelgrauen Stämmen vorbei ins Unterholz. Die Kälte kroch ihm in Ärmel und Hosenbeine.

Sie fanden das Ufer zu beiden Seiten des kleinen Wasserfalls von Wildschweinen zerwühlt, darüber hinaus gab es keine Spuren, vor allem nicht von Schuhen. Zwischen den Wurzeln der Erle erkannten die Jungs helle Plastikfolie, in der sich vermutlich immer noch einige der Hefte befanden.

Simon schauderte. Hier hatten Kai und Malte David erwischt, als er die Pornohefte geklaut hatte. So zumindest lauteten ihre Worte. Jedenfalls standen Frank und er an derselben Stelle wie ihr Mitschüler. Wenn sie nun einen Blick in die Hefte warfen und währenddessen die anderen Jungs hier auftauchten, wie würde das aussehen?

»Meinst du, das stimmt wirklich?«, riss Frank ihn aus seiner Grübelei.

»Was denn?«

»Dass David die Hefte geklaut hat?«

»Kannst du Gedanken lesen? Das habe ich gerade auch überlegt.«

Frank kaute auf seiner Lippe. »Das wäre übel. Ziemlich gemein.«

Das Gewissen meldete sich zaghaft zu Wort. Simon wollte das seinem Freund gegenüber nicht zugeben, aber er fühlte sich unwohl.

»Lass uns verschwinden«, sagte er. »David wird schon wieder auftauchen.«

Auf seine Hausaufgaben konnte sich Simon an diesem Nachmittag nicht konzentrieren. Frau Nolte hatte ihnen Fotokopien mit Texten über die Inka ausgeteilt, die sie bis zum nächsten Morgen durcharbeiten sollten. Einen Test hatte sie zu den Inhalten zu allem Überfluss auch noch angekündigt.

Die Wörter verschwammen vor Simons Augen zu sinnlosen Buchstabenkombinationen, keins der geschilderten historischen Ereignisse wollte ihm im Gedächtnis bleiben. Er sah sich immer wieder mit Frank im Wald hinter dem Außenposten stehen, wie sie die Plastikfolien anstarrten, in denen diese verfluchten Hefte lagen. Wie alle anderen Jungs und manche der Mädchen hatte Simon die gezeigten Bilder mit großem Interesse betrachtet. Sie hatten ihn erregt und seine pubertäre Gefühlswelt komplett aus den Fugen geraten lassen. Natürlich hatten sie schon vor der Entdeckung der Hefte viel über Sex gewusst oder hatten das zumindest geglaubt. Einige aus der Klasse hatten sich mit allerhand Sprüchen und Erzählungen als besonders erfahren hervortun wollen. Wie viel Wahrheit drinsteckte, ließ sich allenfalls erahnen.

David musste es ebenso ergangen sein. Simon fragte sich, ob der Junge mit jemandem über die ganze Verwirrung sprechen konnte. Seiner Mutter sagte man nach, ständig betrunken zu sein. Simon konnte sich nicht vorstellen, dass sie eine große Hilfe für ihren Sohn darstellte.

Lernen war unmöglich. Mehrmals lenkte sich Simon mit dem Gameboy ab, aber die Spiele liefen für ihn nicht rund. Immer wieder erschienen die Worte auf der Tafel und der tote Smiley vor seinem innern Auge oder sogar dem Display.

Draußen war es bereits dunkel. Simon vernahm im Flur im Erdgeschoss das Schrillen des Telefons. Bestimmt für seine ältere Schwester, dachte er. Es verging kein Tag, an dem Carola nicht mindestens drei Anrufe ihrer hysterischen Freundinnen erhielt.

»Simon!«, hörte er sie rufen. Verwundert erhob er sich und eilte aus dem Zimmer und die Treppe hinunter.

Seine Schwester stand im Flur vor der Anrichte mit dem Telefon und hielt ihm den Hörer hin. »Ist für dich«, sagte sie ernst.

Simon wunderte sich. Üblicherweise erntete er genervtes Augenrollen, wenn er das Gerät für sich beanspruchte und damit die immens wichtige Kommunikation seiner Schwester blockierte.

Sie drückte ihm den Hörer in die Hand. »Es ist Frank. Er klingt ganz komisch.« Wortlos verzog sie sich ins Wohnzimmer und schloss die Tür.

»Hallo?«, sagte Simon.

Am anderen Ende der Leitung hörte er ein Schnaufen. Er benötigte ein paar Sekunden, bis er das Geräusch als Schniefen erkannte. »Simon? Kannst du kommen?« Franks Stimme klang rau, tränenerstickt. Er räusperte sich.

Simon hatte urplötzlich einen Klumpen im Bauch. »Alles in Ordnung bei dir? Was ist denn los?«

»Du musst kommen«, keuchte Frank. »Ich hab ihn gefunden!«

Ob er noch etwas gesagt hatte, wusste Simon wenige Minuten später nicht mehr, während er im Dunkel des Novembernachmittags auf dem Rad durch die Straßen strampelte. Seine Schwester hatte ihn irritiert angesehen, jedoch nichts gesagt und stumm die Haustür hinter ihm geschlossen.

Keuchend raste Simon die Seitenstraße zum Haus von Franks Familie hinauf. Weiße Atemwolken zerstieben in der feuchten Luft. Der Regen hatte bis auf wenige Tropfen ausgesetzt, aber der Himmel drohte weiterhin mit

Niederschlag.

Vor der Tür zum Grundstück unter der Straßenlaterne sah Simon schon von fern vier Menschen dicht beieinanderstehen. Sie waren in dicke Jacken gekleidet und sahen ihm entgegen.

»Da bist du ja endlich!«, rief einer aus. Es war Kai. Neben ihm standen Arne und Malte. Frank hatte die Arme fest um den Oberkörper geschlungen. Sie trugen dicke Mützen gegen die Kälte.

Achtlos lehnte Simon sein Fahrrad neben die der anderen an den Zaun. Er rang nach Atem. »Was macht ihr denn hier?«, keuchte er.

»Ich hab Kai angerufen«, erklärte Frank sichtlich verlegen. »Ich hab dich nicht gleich erreicht.«

Carola, schoss es Simon durch den Sinn. Egal. »Wo ist er? Was ist mit ihm?«

Frank presste die Lippen aufeinander und senkte den Kopf.

»Was ist denn los?«, hakte Simon nach.

»Wir haben ihn auch schon gelöchert«, sagte Malte und zuckte mit den Schultern.

»Ich kann nicht«, murmelte Frank. »Es ist so furchtbar.«

»Was denn?«, rief Simon aus. Sein Unbehagen wandelte sich allmählich in Panik.

»Ich hab ihn heute Mittag gefunden«, begann Frank zögerlich.

»Heute Mittag?«, entfuhr es Kai und Simon gleichzeitig.

Frank nickte.

»Wieso hast du nicht gleich angerufen?«, fragte Simon und unterdrückte den vorwurfsvollen Ton in seiner Stimme.

Es schien, als fiele Frank in sich zusammen. »Ich weiß

es nicht. Es ist so schrecklich. Ich dachte erst, er schläft.«

Voller Entsetzen sahen sich die anderen an. Die Bedeutung dieser Worte fuhr ihnen eisig in die Glieder.

»Was soll … wo ist er?«, fragte Simon.

Frank fasste sich ein Herz. »Kommt mit.«

Er führte sie die Straße hinauf. Zuerst waren seine Schritte zögerlich, und die anderen wären ihm mehrmals fast in die Hacken gelaufen. Schließlich erhöhte er das Tempo. Vorbei an einer Handvoll ähnlich aussehender Einfamilienhäuser erreichten sie das Ende des Ortes.

»Wo bringst du uns denn hin?«, wollte Malte wissen. In seiner Stimme schwang Unbehagen mit, und Simon ging es angesichts der Finsternis nicht anders. Wie eine Wand erhob sie sich, wo die Straße in einen Feldweg überging, der nicht mehr von Laternen beleuchtet war.

Links von ihnen zog sich ein Lattenzaun dahin, dahinter nur wildes Gestrüpp. Das Gartentor war mit einer Kette und einem Vorhängeschloss gesichert. Schemenhaft erhob sich auf dem Grundstück der First eines Hauses vor dem nur wenig helleren Himmel.

»Das Haus gehörte Davids Großeltern«, erklärte Frank. »Seit sie gestorben sind, steht es leer.«

»Und er ist da drin?«, fragte Arne unsicher.

Frank schüttelte den Kopf. »Nein. Kommt mit.«

Er führte sie zum Ende des Grundstücks und bog dann nach links ab. Im Schatten des Zauns, der sich parallel zum Feld hinter dem Haus zog, und der hohen Sträucher konnten sie kaum ihre Füße am Boden erkennen. Kai und Frank hatten Taschenlampen dabei, die für ein wenig Abhilfe sorgten. Unsicher staksten sie durch nasses Gras und ein paar letzte störrische Unkräuter und gelangten zu einer Stelle, wo ein Baum auf den Zaun gestürzt war und eine

Bresche darin hinterlassen hatte. Frank kletterte voraus und beleuchtete das Hindernis, während die anderen vier ihm folgten.

In dem verwilderten Garten konnten sie kaum etwas erkennen. Der Lichtschein der Taschenlampen verursachte tanzende Schatten auf den wenigen offenen Flächen. Das Dach des Hauses hob sich schwarz vor dem diesigen Strahlen der dahinter stehenden Straßenlampe ab. Die Regentropfen wurden zahlreicher.

»Wie kommen wir da rein?«, fragte Simon an Frank gewandt.

Ohne eine Antwort wandte dieser sich vom Haus ab und schritt in die entgegengesetzte Richtung. Dort erhoben sich größere verwilderte Obstbäume und Haselsträucher. Hinter einem dieser Gehölze tauchte im Schein der Taschenlampen eine Bretterwand auf. Sie entpuppte sich als Vorderseite eines kleinen Schuppens. Darin befand sich eine Tür, die angelehnt und nicht verriegelt war. Wassertropfen blitzten auf, die von der Dachkante fielen.

»Da drin?«, fragte Simon und wandte sich zu Frank um. Der stand zwei Meter hinter den anderen und nickte stumm. Den Ausdruck auf seinem Gesicht konnten sie im Dunkeln nicht erkennen.

Simon nahm all seinen Mut zusammen und verdrängte die Bilder, die ihm seine Fantasie präsentieren wollte. Ein Strick, aufgeschnittene Pulsadern, Knochen, Blut.

Bereitwillig händigte Kai seine Taschenlampe an Simon aus.

Er griff nach dem rostigen Riegel und zog die Tür auf. Die Angeln quietschten widerwillig. Mit einem dumpfen Laut schlug der grob gezimmerte und ziemlich heruntergekommene Türflügel gegen die Seitenwand des Schuppens.

Der Schein der Taschenlampe zeigte in dem beleuchteten Ausschnitt hinter dem Türrahmen nur die Innenseite der Rückwand mit einigen leeren rostigen Haken. Der Boden bestand aus dicken Bohlen und schien trocken zu sein. Wie im Außenposten hatte der Wind Blätter in das innere geweht und in der Ecke gegenüber der Tür zu einem Haufen aufgetürmt.

Zögernd trat Simon in den Türrahmen und schwenkte die Lampe in den bisher verborgenen, dunklen Teil des kleinen Raums.

Ein spitzer Schrei entfuhr ihm und er prallte mit dem Rücken gegen das Holz. Sekundenbruchteile später erkannte er in der weißen Gestalt in der Ecke den vergilbten Stoff einer alten Grillschürze.

Arne, Malte und Kai waren unvermittelt bei ihm und lugten ins Innere des Schuppens.

Da war nichts weiter außer einem zerkratzten Tisch, der einmal als Werkbank gedient hatte, und zwei aufeinandergestapelten Plastikstühlen. In der Seitenwand des Gebäudes gähnte eine leere Fensteröffnung.

Arne wandte sich um. »Willst du uns verarschen?«, fuhr er Frank an, ließ aber wenig seiner üblichen schroffen Art an dem Kleineren aus. Der stand immer noch einige Meter entfernt, als hielte ihn eine unsichtbare Kraft vom Näherkommen ab. Seine Taschenlampe beleuchtete nutzlos den Boden an seiner Seite.

»Was ... wieso?«, stammelte er. Die anderen Jungs drehten sich zu ihm um und traten auf ihn zu. Ängstlich wich er einen Schritt zurück.

Simon drängte an seinen Mitschülern vorbei. Er fühlte Franks Verunsicherung. »Er ist nicht da drin«, sagte er. »Der Schuppen ist komplett leer.«

Sein Freund schüttelte langsam den Kopf. »Das kann nicht sein«, hauchte er kaum hörbar.

»Sorry, Frank«, setzte Simon hinzu. »Da ist niemand drin.«

»Das kann nicht sein«, wiederholte Frank, nun lauter. »Er lag da drin, in der Ecke unter dem Fenster. Sein Kopf war gegen die Wand gelehnt.« Seine Stimme wurde heftiger, schriller. »Er war da, wirklich! Er hatte noch die Sachen von gestern an. Seine Augen waren zu, deswegen dachte ich zuerst, er schläft nur.«

Die drei Jungs hinter Simon schwiegen. Ihnen ging es wahrscheinlich wie ihm. Sie wollten einerseits glauben, dass Frank sich irrte und einer Schreckensvision aufgesessen war, dass er halluzinierte, wie auch immer. Andererseits beschrieb er sein Erlebnis vom Mittag so voller Schrecken und Intensität, dass zumindest Simon nicht davon ausging, dass er sich das ausdachte.

»Hast du nachgesehen?«, fragte Kai. »Seinen Puls gefühlt?«

»Ich konnte nicht«, greinte Frank. »Er sah so … es ging nicht, versteht doch! Aber er hat nicht geatmet. Da bin ich ganz sicher.«

Eine Weile herrschte Stille, abgesehen vom Plätschern des leichten Regens auf dem Dach des Schuppens. Simon konnte gut nachvollziehen, was den anderen durch den Kopf gehen musste. Wenn Frank sie hier nicht an der Nase herumführte, dann war es ein ganz übles Spiel, das David mit ihnen spielte.

Träge setzte sich Frank in Bewegung und schritt auf den Schuppen zu. Stumm traten die anderen beiseite.

Vor der Tür blieb der Junge stehen und nahm seinen ganzen Mut zusammen. Dann hob er die Taschenlampe und ging hinein. Zielsicher richtete Frank den Lichtstrahl in die Ecke unter dem Fenster. Mehrere Sekunden lang stand er wie versteinert da und starrte den leeren Fußboden an. Sein Gesicht war im Licht der beiden Lampen eine Grimasse des Schocks.

Franks Knie gaben nach. Wie in Zeitlupe sank er zu Boden, ohne die Augen abzuwenden. Für ihn war da immer noch das beschriebene grausame Bild. Sein Mund öffnete sich, und erst Sekunden später entrang sich seiner Kehle ein entsetzlicher Klagelaut, so als hätte er diesen zunächst formulieren müssen. Innerer Schmerz ließ Frank sich zusammenkrümmen und vornüberkippen.

Simon hatte noch nie solch menschliches Leid erfahren und dachte, er würde Franks Schrei und seinen Zusammenbruch niemals vergessen.

Er irrte sich. Er vergaß ihn. Und fast alles, was seitdem geschehen war.

# 45

Ihr habt das all die Jahre über mit euch rumgeschleppt?«, schrie Katarina. Ihr Blick ließ Simon einen Schritt zurückweichen und abwehrend die Hände heben. Ein Seitenblick präsentierte ihm Carols schreckgeweitete Augen.

»Ich ... Frank hat sich das eingebildet«, wagte er eine Verteidigung. »Wir waren wirklich dort. Der Schuppen war leer.«

»Das war deine Erklärung«, schnappte Kai. Sein Griff um Carols Hals lockerte sich nicht. »Wir waren immer der Meinung, dass er abgehauen ist.«

»Wen meinst du?«, fragte ihn Katarina. »Dich und deine Spießgesellen, Arne und Malte? Euch konnte es doch nur recht und billig sein, dass David spurlos verschwunden und nie wieder aufgetaucht ist.«

Kai lachte verächtlich auf. »Hast du eine Ahnung! Anfangs stimmte das vielleicht. Es tat uns ja fast leid, dass er nicht mehr da war. Wir hatten niemanden mehr, auf dem wir rumhacken konnten.«

»Euch hat das also echt Spaß gemacht«, fauchte Katarina. Ihr Kopf fuhr von Kai zu Simon herum. »Nicht wahr?«

»Hey, du weißt es doch selbst noch. Wir waren Kinder.«

»Ja, damals.« Sie ballte ihre Hände zu Fäusten. »Und irgendwann waren wir erwachsen. Da hättet ihr reinen Tisch machen müssen. Ich kann diese beschissene Entschuldigung nicht mehr hören!«

»Wieso denn? Was hätte das gebracht?«, fragte Kai mit einem Schnauben. Seine Gleichgültigkeit fachte Katarinas

Wut noch weiter an.

»Es gab bestimmt Spuren in dem Schuppen«, sagte sie.

»Ja die gab es«, bestätigte Simon. »Weil David sich dort hin und wieder tatsächlich versteckt hat. Die Polizei hat das ganze Grundstück abgesucht und nichts gefunden.«

Verständnislos schüttelte Katarina den Kopf. »Und was ist mit Frank?«, fragte sie einsilbig. Simon versetzte der Name einen Stich.

»Was soll mit ihm sein?«

Sie verschränkte die Arme. »Habt ihr ihm geholfen damals?«

Sie hatte den wunden Punkt erwischt. Nein, das hatten sie nicht. Den anderen war der verstörte Junge mehr oder weniger egal gewesen. Seine weitere Entwicklung hatte Simon schlichtweg überfordert. Frank kehrte immer mehr in sich und wollte selbst Simon, seinen besten Freund, nicht mehr treffen. Im Unterricht saß er apathisch an seinem Platz, seine Noten wurden innerhalb des Schuljahrs, in dem David verschwand, so schlecht, dass er die Schule wechseln musste. Ab dem Zeitpunkt hatte Simon ihn aus den Augen verloren.

»Natürlich nicht.« Katarina nickte in bitterer Überzeugung.

»Ich habe ihn erst Jahre später wieder getroffen«, sagte Simon heiser. »Da hatte er schon unzählige Therapien hinter sich. Depressionen, PTBS. Er hatte es mit Alkohol, Drogen, das ganze Sortiment. Als ich ihn traf, machte er aber eigentlich einen ganz guten Eindruck.«

»Für'n Arsch!«, stieß Katarina aus. »Wann war das? Vor acht Jahren? Mehr als die Hälfte seines Lebens hat er mit Albträumen verbracht, mit ergebnislosen Gesprächen mit Therapeuten. Er hat kiloweise Psychopharmaka gefressen.

Und da hat er auf dich *einen ganz guten Eindruck* gemacht? Fick dich!«

»Was glaubst du, wie es mir ging, als ich von seinem Selbstmord erfahren habe?«, schrie er sie an.

Sie hob in gespieltem Erstaunen die Augenbrauen. »Wen interessiert das?«

»Wie bitte?«

»Begreifst du es nicht? Das wäre alles nicht passiert, wenn ihr damals das Maul aufgemacht hättet.«

»Dann wäre Frank trotzdem durchgedreht«, sagte Kai.

»Idiot, das meine ich nicht«, blaffte Katarina ihn an. »Euer ganzes niederträchtiges Tun gegenüber David hat zu alledem geführt. Der Junge wusste damals nicht, wohin mit sich. Und ihr habt seine Schwächen ausgenutzt, ohne mit der Wimper zu zucken.«

»So einfach war das nicht«, begann Simon eine Erklärung.

»Doch!«, herrschte Katarina ihn an. »So einfach war das.«

»Du hast ihn doch auch fallen gelassen«, grollte Kai. »Nach der Nummer in der Umkleide.«

»Das war ein völliges Missverständnis«, entgegnete sie ungehalten. »Tagelang habt ihr mich zugelabert mit der Story von meinem schwulen Freund, der mich nur verarscht. Und dann sehe ich ihn da in der Turnhalle Händchen halten mit Tobi. Was glaubst du, wie das bei mir ankam?«

»Es war der Beweis, dass …«, begann Kai.

»Ein Scheiß war das!«, schrie Katarina und ließ ihn verstummen. Sie zeigte mit ausgestrecktem Arm auf die geschlossene Durchreiche. »Tobi hat mir hinterher erzählt, dass David und er sich dort ausgesprochen haben, völlig harmlos. David war nicht schwul. Und wenn schon!«

»Du warst in ihn verknallt«, versetzte Kai.

Katarina stierte ihn irritiert an. »Ja und? Hey, wir waren zwölf!«

»Und jetzt spielst du selbst diese Karte aus«, ätzte er, wieder ganz der Alte. »Wie armselig.«

»Eins führt zum anderen, Kai.« Katarina keuchte und ließ einen Hauch von Entkräftung erkennen. Sie stützte sich mit einer Hand auf die Kante der Arbeitsfläche und stemmte die Faust in die Hüfte. »Was es auch immer war, deine Eifersucht, eure bescheuerte Homophobie … Ursache und Wirkung. And here we are!« Sie hob in einer weiten Geste die Arme und sah sich vielsagend um.

Ungestümes Klopfen gegen die geschlossene Schwingtür ließ sie alle zusammenfahren. Ihre Köpfe fuhren herum.

»Aufmachen!«, tönte es von draußen, eine männliche Stimme. »Polizei! Machen Sie sofort die Tür auf!«

In Kais Augen erkannte Simon einen Anflug von Verunsicherung, die sich jedoch schnell verflüchtigte.

»Netter Versuch!«, brüllte er an Carols Ohr vorbei, sie zuckte zusammen. »Wo sollen die Bullen denn plötzlich herkommen? Verarschen kann ich mich selbst.« Um Bestätigung heischend sah er abwechselnd Katarina und Simon an, erntete allerdings nichts als Ablehnung.

»Das ist doch wieder nur so ein Bluff im Setting«, rief Kai in Richtung Tür. »Beweisen Sie, dass Sie von der Polizei sind.«

Kurzes Schweigen. »Das kann ich nicht, wenn Sie uns nicht reinlassen.«

»Hier sind zwei Kommissare«, hörten Sie Tobi durch die Tür rufen. »Sie sind eben von draußen gekommen.«

»Das reicht mir nicht als Beweis!«

Mit einem Scharren wurde die Durchreiche geöffnet. Kais Blick fuhr herum. Er vollführte mit Carol eine kleine Drehung und brachte sie zwischen sich und die Öffnung.

»Lassen Sie mich bitte kurz hineinschauen«, erscholl eine andere Stimme durch das rechteckige Loch.

Katarina wich auf die gegenüberliegende Seite neben Simon zurück. Gemeinsam beobachteten sie, wie sich ein junger Mann mit dunkelblonden Haaren durch die Durchreiche beugte. Die Ärmel seines Hemds waren hochgekrempelt. Er hielt die Hände ausgestreckt vor sich, zwischen den Fingern der einen präsentierte er einen Dienstausweis.

»Sehen Sie? Ich bin unbewaffnet.«

Der Mann sondierte kurz die Lage, sah Katarina und Simon an. Seine Augen weiteten sich, als er Vals reglosen Körper am Boden sah, dann blieben sie auf Kai gerichtet. Den ganzen Hergang konnte er sich auf diese Weise nicht herleiten. Von wem die Gefahr ausging, war jedoch sofort klar.

»Mein Name ist Jonas Felsberg, Kommissar Felsberg. Vor der Tür da steht mein Kollege, Hauptkommissar Falk.« Er deutete auf die verschlossene Schwingtür. »Legen Sie bitte das Messer weg und lassen Sie uns reden.«

»Ausgezeichnete Idee«, sagte Katarina. Nach Simons Dafürhalten schien sie das ernst zu meinen.

»Halt die Fresse!«, schrie Kai sie an. »Das ist doch wieder nur ein Trick von dieser kleinen Schwuchtel. Er will uns alle fertigmachen. Versteht ihr das denn nicht?«

Simon schüttelte den Kopf und trat einen Schritt vor. Jonas Felsberg warf ihm einen warnenden Blick zu.

»Hör auf, Kai«, sagte Simon. »Das ist doch Unsinn. Du hast doch den ganzen Abend erlebt. Glaubst du nicht, er hätte das schon viel früher gemacht, wenn er es uns heimzahlen wollte? Warum erst jetzt, so viele Jahre später?«

Da war es. Simon erkannte eine Spur Verunsicherung in Kais Augen. Der Griff um Carols Hals lockerte sich ein wenig, und das Messer entfernte sich ein paar Zentimeter von ihrem Kinn.

»Aber … warum denn nur?«, sagte Kai heiser. »Warum all das Theater? Wenn das wirklich von David stammt, woher all dieser Hass? Diese ganze Energie?«

Simon trat einen weiteren Schritt auf Kai zu, die Hände von sich gestreckt.

»Nicht«, hörte er den Kommissar neben sich sagen. »Vorsicht, besser nicht.«

Er ignorierte den Mann. Seine Gedanken rasten. Er hatte es geschafft, Zweifel in Kai zu säen. Es fehlte nicht viel, und die Verunsicherung würde siegen.

»Gib mir die Chance, dir zu beweisen, dass das alles nur Fake ist«, sagte er und ließ Kai nicht aus den Augen. Seine linke Hand schwebte über dem Tresen in der Mitte der Küche, auf dem allerhand Küchenutensilien lagen, Messer und Fleischgabeln und der langsam auftauende Eisbeutel, den Maria dort abgelegt hatte. Eine Pfütze mit Kondenswasser hatte sich darum herum gebildet.

Simon griff nach dem Beutel, die Folie gab unter seinen Fingern nach. Ein Teil des Eises war bereits geschmolzen, trotzdem war der Inhalt immer noch kalt.

Kai hob alarmiert das Messer an. Carols Augen weiteten sich, panisch versuchte sie, ihren Kopf ein wenig weiter nach hinten zu neigen.

»Bleib ruhig, Kai«, sagte Simon und hob beschwichtigend die freie Hand. Langsam hob er den Eisbeutel hoch und drückte ihn hinter sein linkes Ohr.

»Was tust du da?«, fragte Katarina irritiert. »Was soll der Unsinn?«

Simon trat einen weiteren Schritt auf Kai und Carol zu. »Ich denke, dass derjenige, der das alles hier inszeniert hat, nie die Absicht hatte, jemandem wehzutun.«

»Ha«, rief Kai aus. »Das ist aber mal gründlich schiefgegangen.«

»Mag sein. Vielleicht war das aber auch nicht bis ins letzte Detail geplant.«

»Hätte er sich früher überlegen sollen. Außerdem wäre es jetzt mal an der Zeit, dem Ganzen ein Ende zu setzen.«

Die Kälte an Simons Kopf begann zu schmerzen. Er hatte gehofft, der Effekt würde schneller einsetzen, aber bis auf ein Kribbeln und Stechen, das sich bis zu seinem Hinterkopf ausbreitete, spürte er nichts. Ein halber Schritt trennte ihn von Vals ausgestreckten Beinen. Wenn er näher an Kai und Carol herankommen wollte, musste er darübersteigen.

»He, hören Sie.« Es war der Kommissar in der Durchreiche. »Wie heißen Sie?«

»Simon.« Er wandte die Augen nicht von Carol, versuchte, ihr mit einem Lächeln Zuversicht zu vermitteln.

»Hören Sie, Simon, machen Sie nichts Unüberlegtes«, sagte Kommissar Felsberg. »Wir beruhigen uns alle erst einmal und besprechen das Ganze in Ruhe. Es muss hier niemand sonst zu Schaden kommen. Okay?«

Die Neonröhre flackerte heftiger als vorher, oder bildete sich Simon das ein? Schatten tanzten an den Wänden, der Umriss von Kai und Carol schwankte wenige Zentimeter nach links und nach rechts und zurück.

»Er hat recht«, hörte er Katarina hinter sich sagen. »Es ist genug. Kai, leg das Messer weg.« Lauter fügte sie hinzu:

»Hörst du, wer immer du bist? Wir haben genug und spielen dein Spiel nicht mehr mit. Es reicht!« Simon sah sie nicht an, stellte sich jedoch vor, wie sie den Blick zur Decke gehoben hatte und zu jemandem sprach, der dort nicht war.

»Bleib zurück, Simon«, keuchte Kai. »Ich schwöre es, ich tu's.«

»Wieso denn? Du hast schon geschworen, dass du David nicht auf dem Gewissen hast.« Simon deutete mit der freien Hand hinab auf Vals Körper. »Noch einmal: Wenn das stimmt, was hast du zu befürchten?«

»Blickst du es immer noch nicht?«, schrie Kai ihn an. »Nach all den Jahren?«

Doch, Simon wusste, worum es ging. »Sprich es aus, Kai.«

»Was denn?«, heulte Kai. »Was zur Hölle willst du hören?«

Die Schatten, die Kai und Carol im flackernden Licht an die Wand warfen, verschwammen und bekamen weichere Konturen. Kais inzwischen derangierte Haartolle wurde im Takt der defekten Lampe durchsichtig und wieder voll sichtbar. Auf die gleiche Weise konnte Simon durch den Rand von Carols Kleid die schmuddelige Wand sehen.

Er hörte von fern ein Grollen, nicht von der Art wie das Wummern, das er hinter dem Diner wahrgenommen hatte. Es klang wie das Tosen einer Brandung. Die Kopfschmerzen, die ihm der Ton noch vor einer Stunde beschert hatte, blieben jedoch aus.

Trotzdem brachten Simon diese unerwarteten Phänomene ins Wanken. Sein Gleichgewichtssinn geriet in Schieflage, sein rechtes Knie gab nach. Gerade so konnte er sich mit der Hand auf der Kante des Tresens abstützen.

Mühsam presste er den Eisbeutel weiter an seinen Schädel. Er fühlte, wie der Chip nach und nach versagte. Die thermoelektrischen Generatoren schafften es kaum noch, die Prozessoren in Simons Implantat mit Strom zu versorgen.

Er sah auf seine zitternde Hand hinab. Im aufflammenden Lichtschein erkannte er Altersflecken und hervortretende Adern auf dem Handrücken.

Zu seinen Füßen lag Vals regloser Körper, in dem Kai den toten David sah. Für ihn war es die weibliche Gestalt der Kellnerin, die ihn am Nachmittag bedient hatte.

»Was siehst du?«, fragte Simon in Kais Richtung. Seine Augen schafften es nur mühsam, die Personen an der gegenüberliegenden Wand zu fokussieren. Er senkte den Kopf. Auch Vals Umrisse waren unscharf und verschwommen zu einer groben Kontur. Simon erkannte das rote Kostüm und die weiße Schürze, bleiche Beine und das von dunkelblondem Haar umrahmte Gesicht. Vielleicht war es gnädiges Glück, dass er ihre blicklosen Augen nicht mehr so genau sehen konnte.

»Simon, was ist mit dir?«, fragte Katarina hinter ihm.

Er ignorierte sie. »Was siehst du?«, wiederholte er, nun heftiger. Sein Atem beschleunigte sich. »*Wen* siehst du?«

»Was soll das?«, rief Kai voller Verzweiflung. »David! Das ist David, jemand hat ihn ermordet!«

Simon nickte heftig. »Ja, jemand hat ihn ermordet. Wir waren es.« Seine rechte Hand tastete über die Arbeitsfläche des Tresens. »Wir haben ihn ermordet, aber nicht hier. Nicht jetzt.«

Kai lachte hysterisch auf. »Bist du irre?«

»Ganz und gar nicht«, stieß Simon hervor. Seine Finger ertasteten einen hölzernen Griff, schlossen sich darum. Er konnte nicht klar erkennen, was er da zu fassen bekam. Das

Gewicht stimmte. Ein Lichtreflex flammte in der breiten Schneide auf. Es musste das Fleischerbeil sein, das er vor wenigen Minuten entdeckt hatte.

»Simon«, sagte Jonas Felsberg mit Nachdruck. »Legen Sie das hin.«

»Wir kommen hier nicht raus, wenn wir die Schuld nicht auf uns nehmen«, erklärte Simon und richtete seinen Oberkörper auf.

»Bitte, Simon, hör auf«, sagte Katarina hinter ihm. Ihr Zorn war verflogen, sie klang verzweifelt. »Legt die Messer weg, bitte Jungs. Das ist es alles nicht wert.«

Simon machte einen weiteren Schritt nach vorn. Sein Fuß stieß gegen Vals rechtes Bein. Hinter sich vernahm er ein Klicken, das vom Entsichern einer Waffe stammte.

»Noch einmal, Simon«, hörte er den Kommissar sagen. »Legen Sie das Beil hin. Ich warne Sie. Eine unbedachte Bewegung, und ich muss von meiner Waffe Gebrauch machen.«

*War es das wirklich wert?*, fragte sich Simon. Die Pläne ihres unsichtbaren Peinigers waren ihm fremd und nicht nachvollziehbar. Nach so vielen Jahren brachte jemand diese ganze Energie auf, entlud seinen Hass in einem perfiden Racheakt und schreckte nicht vor körperlicher Gewalt zurück. Möglicherweise war es kein Bestandteil des Plans, dass es Verletzte oder sogar Tote gab. Kai mochte recht haben, wenn er sagte, dass das Vorhaben aus dem Ruder gelaufen war und eine unerwartete Eigendynamik entwickelt hatte. Mit den individuellen Charakteren, ihrem Werdegang und ihrer unterschiedlich ausgeprägten Neigung zur Aggression geriet selbst dieses ausgeklügelte Unterfangen unkalkulierbar. Konnte man das in Kauf nehmen? Wie groß musste der Hass sein?

Simon vermochte es sich nicht vorzustellen. Vor seinem inneren Auge erschien Davids jungenhafte Gestalt, zu zierlich für sein Alter. Er trug stets diese latente Ratlosigkeit zur Schau, als verstünde er die Welt nicht. Nicht im Sinne einer naiven Beschränktheit, vielmehr als Ausdruck des Unverständnisses gegenüber den menschengemachten Unbilden und Fährnissen, der unnötigen Komplexität des Zusammenlebens.

Simon verstand nun, dass David mehr in den Menschen gesehen hatte. Er schaute über scheinbar plumpes und manchmal boshaftes Verhalten hinaus und versuchte Ursachen zu ergründen. Gemeinheiten ihm gegenüber waren jenseits der Demütigung Grund zu hinterfragen, was der Antrieb war. Dabei konnte sich der Junge ebenso über die kleinen Dinge freuen und schämte sich nicht, dies euphorisch zur Schau zu stellen. Diese Ambivalenz musste David schon früh vor große Herausforderungen gestellt haben.

Unbeholfen sank Simon auf sein rechtes Knie. Die sich aufbäumende Elektronik in seinem Implantat brachte seinen Gleichgewichtssinn völlig durcheinander. Schmerz zuckte durch sein Bein, als sein anderes Knie auf den Boden schlug. Seine Augen waren auf den weißen Fleck gerichtet, der Vals Gesicht sein musste. Sie schafften es nicht, scharf zu sehen.

»Wir sind auf seinen Gefühlen herumgetrampelt«, sagte er gepresst. »Ja, wir waren Kinder, haben vieles nicht verstanden. Aber das gab uns kein Recht, so mit ihm umzugehen.«

»Was faselst du da?«, rief Kai.

Er würde es nie verstehen. David musste das erkannt haben, und auch Frank war das in dem Moment aufgegangen, als er seinen Klassenkameraden in dem Schuppen gefunden hatte. Therapien und Psychopharmaka hatten das nicht reparieren können. Die Biologie hatte das wohl so vorgesehen oder die natürliche Auslese. Oder ein gelangweilter Gott, der es interessanter fand, ein paar grobe Körner ins Getriebe seiner Schöpfung zu streuen. Es würde immer Menschen geben, denen Mitgefühl und ein Sinn für das Befinden anderer abgingen, die diese Fähigkeiten nicht mitbrachten und nicht erlernen konnten.

Simon stützte sich mit beiden Händen auf den Boden. Der Eisbeutel entglitt ihm. Hastig tastete er danach, ergriff ihn und presste das kalte Plastik wieder an seinen Kopf. Sein rechter Handrücken streifte Vals Schienbein. Die Haut war eiskalt und dabei ungewöhnlich glatt.

Ein Lächeln umspielte Simons Lippen. Fast hätte er gelacht. Klappernd fiel das Beil zu Boden. Ächzend beugte er sich vor und streckte vorsichtig die Rechte aus in die Richtung, in der seine brennenden Augen den schemenhaften Kreis von Vals Gesicht wahrnahmen. Seine Fingerspitzen berührten ihre linke Wange. Sie fühlte sich an wie das kalte Bein. Glatt. Und hart.

»Simon, was tust du da?«, fragte Katarina. Er hörte sie wie durch Watte. Die Elektronik in seinem Chip stand kurz vor dem Kollaps, gab ihm seine natürlichen Sinne jedoch nicht kampflos zurück. Vielleicht mussten diese sich zunächst regenerieren, weil sie so lange unter dem Bombardement der simulierten Reize gestanden hatten.

Simons Fingerspitzen bewegten sich unbeholfen über das Gesicht der Gestalt vor ihm. Da war die Nase, eine viel zu kleine Erhebung in der Mitte des weißen Kreises, die rechte Wange, das seltsam geformte Ohr, das so eng am Schädel anlag, dass man den Finger nicht dahinterlegen konnte.

Ein leichter Druck zeigte keinen spürbaren Widerstand. Der Kopf kippte zur linken Schulter hinüber, weiter als es anatomisch hätte möglich sein dürfen. Im Innersten hatte Simon es erwartet oder zumindest gehofft.

Neben sich hörte er Katarina einen Laut des Entsetzens ausstoßen, und Carol zog schockiert die Luft ein.

Der Schädel rollte den linken Oberarm hinab und landete mit einem dumpfen Laut auf dem Fliesenboden. Er kullerte einen Meter in Kais und Carols Richtung und blieb dann liegen.

Simon glaubte, eine fremde Stimme zu hören, die zu keinem der Anwesenden passen wollte, an die er sich allerdings gut erinnerte. »Dafür werdet ihr bezahlen. Alle. Dafür werdet ihr …«

Die Worte wurden von einem langgezogenen, hysterischen Schrei übertönt, den Simon niemandem zuordnen konnte.

Er merkte, wie die Welt zur Seite kippte. Das Klirren des zu Boden fallenden Messers hörte er nicht mehr.

# 46

Nun ist es zu Ende. Mehr kann ich nicht tun oder erwarten.

Ich könnte es auf die Spitze treiben und einige von ihnen in den Wahnsinn stürzen. Wenn mir das nicht ohnehin schon gelungen ist. Es hat Verletzte gegeben, nicht zu ernste Verletzungen, hoffe ich. Das habe ich in Kauf genommen, nicht geplant.

Bis vor wenigen Stunden gingen mir andere Optionen durch den Kopf. Wie weit würde ich gehen mit den Möglichkeiten, die mir das Setting bietet? Mein kasachischer Adjutant hat sie mir aufgezählt und dabei offengelassen, ob er davon bereits selbst einmal Gebrauch gemacht hat. Völlig ohne Emotion. Vielleicht ist das aber auch seinem starken Akzent zuzuschreiben. Ein bisschen hoffe ich das.

Die nächsten Tage und Monate werden zeigen, wo mein Plan aufgegangen ist. Nicht bei allen wird er die erhofften Konsequenzen haben. Ich muss mich damit abfinden, dass bei einigen späte Erkenntnis oder gar Reue nie eintreten werden. Ich werde mich damit abfinden müssen und darüber freuen, dass wenigstens eine Handvoll von ihnen zur Besinnung gekommen ist.

Das mag mir helfen, wieder an das Gute in den Menschen zu glauben und sie nicht ganz abzuschreiben.

Der Rest mag zur Hölle fahren.

# 47

Der Garten rund um das Haus war nicht wiederzuerkennen. Tiberius besaß ein ausgezeichnetes Gedächtnis. Er hatte das Grundstück noch gut in Erinnerung, selbst nach annähernd vierzig Jahren. Die Veränderungen waren beileibe nicht subtil.

Der Zaun war erneuert worden, weiß lackierte Latten bildeten eine bieder wirkende Abgrenzung zum Gehweg. Keine Zweige bohrten sich mehr hindurch. Die Sträucher dahinter waren in Form gebracht oder ganz entfernt worden. In den entstandenen Lücken waren verschiedene Stauden gepflanzt. Erst am Ende des Zauns, wo das Grundstück an das Feld grenzte, gab es größere Bäume.

Das Haus wirkte nicht mehr verwahrlost. Das Dach war neu eingedeckt, die Fensterscheiben sauber, die Rahmen weiß lackiert. Für einen Anstrich der Fassade indes hatte es nicht gereicht. Hier und da blätterte der Putz ab und gewährte einen Blick auf das darunterliegende Backsteinmauerwerk.

Mit einem Taschentuch wischte sich Tiberius abermals den Schweiß von der Stirn. Die Nachmittagssonne wollte ihn mit aller Macht niederdrücken. Hinter ihm schloss Jonas die Gartentür.

»Niemand da?«

Tiberius schüttelte den Kopf. »Keine Klingel. Ich hab geklopft.«

Erst da sah er an einem Nagel neben der Haustür ein lackiertes Brett, auf dem mit schnörkeliger Schrift stand: »Bin im Garten.« Der Hinweis wurde durch einen ebenso kunstvoll gestalteten Pfeil komplettiert, der nach links zeigte.

Die Waschbetonplatten endeten unter einem bogenförmigen Rankgitter, durch dessen Streben eine Kletterrose emporstrebte. Volle gelbe Blüten verströmten einen betörenden Duft. Hinter dem Bogen eröffnete sich den beiden Männern ein kleines Gartenparadies.

Mit hellem Kalkstein geschotterte Wege wanden sich zwischen Rabatten mit allerhand Stauden dahin, die in allen Farben des Regenbogens blühten: Phlox, Kokarden, Sonnenhut, Rittersporn, Hortensien. Manche Beete waren mit niedrigem Lavendel eingefasst und beherbergten Rosen unterschiedlichster Couleur und Größe, rotblühende Edelrosen genauso wie weiße Strauchrosen. Süßlicher Duft zog zart durch den Garten.

»Da weiß aber jemand Bescheid«, sagte Jonas anerkennend, der hinter Tiberius an einer Wegkreuzung stehengeblieben war.

Sein Chef nickte. »Ich wünschte, ich hätte einen nur halbwegs so grünen Daumen.« Er wandte sich Jonas zu. »Denken Sie daran: Der Sohn der Dame ist damals verschwunden und wurde nie gefunden. Sie ist Ex-Alki, nach mehreren Therapien nun trocken, soweit ich weiß. Trotzdem könnten unsere neuen Erkenntnisse sie ziemlich aufwühlen. Ich weiß nicht, wie labil sie ist.«

Hinter den handballgroßen Dolden einer Bauernhortensie erhob sich ein Strohhut mit breiter Krempe. Das sonnengebräunte Gesicht einer älteren Frau sah die beiden Männer verdutzt an. Sie hatte ihr weißes Haar zu einem Zopf geflochten, der über ihre Schulter hing. Aus den kurzen Ärmeln ihres hellen Baumwollhemds ragten sehnige braune Arme.

»Oh, hallo. Ich habe Sie gar nicht kommen hören«, sagte

sie freundlich.

»Entschuldigen Sie bitte die Störung«, begrüßte Tiberius sie. »Wir waren an der Haustür, da hat aber niemand gehört.«

»Ich wohne allein hier«, antwortete die alte Frau. Tiberius hätte sie auf Mitte sechzig geschätzt, wusste aber aus den Akten, dass sie bereits dreiundsiebzig war. Sie legte den Kopf schief und sah ihn interessiert an. Ein Funken des Erkennens stahl sich auf ihre faltigen Züge. »Ich glaube, ich kenne Sie.«

»Kriminalhauptkommissar Tiberius Falk. Wir hatten 1995 schon einmal miteinander zu tun.«

Das Lächeln der Frau bekam Risse, verschwand aber nicht gänzlich. Sie nickte wissend. »Sie waren damals ein wenig frischer, wenn ich mich recht entsinne.«

Jonas Felsberg unterdrückte ein Grinsen. Tiberius nickte und konnte sich das Lächeln nicht verkneifen.

»Das ist korrekt«, gab er zu. »Kurz nach der Ausbildung sind wir alle fit wie die Turnschuhe. Aber das lässt schnell nach. Vor allem, wenn man die meiste Zeit hinter einem Schreibtisch verbringt.« Er deutete mit dem Daumen auf seinen Kollegen. »Das ist Kommissar Jonas Felsberg.«

Der junge Mann nickte der Frau zu.

»Marlies Wollner«, stellte sie sich vor. »Aber das wussten Sie vermutlich schon.«

»Stand auf ihrem Postkasten«, sagte Jonas. »Sonst wären wir nie drauf gekommen.«

Marlies nahm den ironischen Ball entgegen. »Sie sind ja ein ganz helles Köpfchen. Passen Sie auf, Herr Falk, dass er Ihnen nicht Ihren Posten streitig macht.«

Tiberius machte mit der Hand eine wegwerfende Geste. »Ich mach den Job eh nicht mehr lange. Er kann ihn gern haben. Vielleicht welke ich ja schon vorher dahin und lande auf den Kompost.«

»Ach, kommen Sie!«

»Apropos: Können wir vielleicht in den Schatten gehen?«

»Natürlich. Dahinten ist die Terrasse.«

Marlies führte die beiden Männer über eine schmale Rasenfläche hinter das Haus. Die übrige Wiese war nicht gemäht und voller blühender Sommerblumen, über die sich zahllose Insekten hermachten. Einzelne junge Obstbäume und eine Handvoll ausladender Apfelbäume spendeten hier und da Schatten. Jenseits der Wiese erhob sich ein Dickicht von Sträuchern, die gemeinsam mit einigen alten Kastanien und Walnussbäumen das Grundstück hinten begrenzten.

»Einen schönen Garten haben Sie«, sagte Jonas aufrichtig. »Bestimmt eine Menge Arbeit.«

»Das kann man wohl sagen«, gab Marlies über die Schulter zurück, ohne stehenzubleiben. »Aber es hält fit. Außerdem kann ich hier endlich schalten und walten, wie es mir beliebt und diese Oase genießen, ohne dass mir jemand reinredet.«

Tiberius entging der beißende Beigeschmack in ihren Ausführungen nicht. »Das Grundstück gehört Ihnen?«

»Ja. Nachdem auch mein zweiter Stiefbruder vor elf Jahren gestorben ist, ging das Haus an mich. Vorher stand es lange Zeit leer und war ziemlich heruntergekommen.«

Tiberius erinnerte sich daran. Das Dach war moosbewachsen gewesen, hinter den Fenstern hatten graue Gardinen gehangen. Im Haus hatte es nach abgestandenem Wasser und Schimmel gerochen. Der Garten war eine einzige Wildnis gewesen.

Der vergilbte Stoff eines breiten Sonnenschirms

empfing die Männer auf der Rückseite des Hauses, darunter ein runder Tisch aus inzwischen grauem Holz, daneben ein ebensolcher Stuhl. Eine Zeitung lag zusammengefaltet auf der Sitzfläche. Auf dem Tisch stand eine Glaskaraffe mit einer gelblichen Flüssigkeit, in der Eiswürfel schwammen, und ein leeres Glas.

»Kann ich Ihnen einen Eistee anbieten?«, fragte Marlies. »Ist selbstgemacht. Oder ein Wasser. Was anderes hab ich leider nicht im Haus.«

Tiberius lehnte mit einer fahrigen Geste ab. »Vielen Dank, nein.« Prinzipiell hätte er gern etwas getrunken, die Hitze brachte ihn schier um. Allerdings hatte er es sich angewöhnt, derlei Angebote abzulehnen, weil er sich nicht zu Gegenleistungen hinreißen lassen wollte. Das konnten kleinste Gesten bis hin zu Zugeständnissen an den Befragten sein. Neutralität war sein oberstes Gebot. »Wir wollen Sie auch gar nicht lange aufhalten.«

»Um was geht es denn eigentlich?« Marlies füllte das Glas aus der Karaffe auf und genehmigte sich einen Schluck. Sie hob das Getränk in Jonas Felsbergs Richtung. »Sie auch nichts?«

Er schüttelte lächelnd den Kopf. »Vielen Dank.« Er straffte sich. »Wir sind wegen der Ereignisse im Grundhof hier. Sie haben vielleicht davon gehört.«

Marlies warf der Zeitung auf dem Stuhl einen kurzen Blick zu und nickte. »Ja, es gab heute einen Artikel darüber. Irgendeine Party in einer Simulation, die nicht richtig funktioniert hat. Es gab wohl Verletzte. Ich hoffe, doch nicht schlimm?«

»Ein paar von den Partygästen mussten ins Krankenhaus«, berichtete Jonas. »Bei einem ist der Zustand noch sehr ernst, aber er ist wohl aus der Gefahrenzone.«

»Na zum Glück.« Sie seufzte aufrichtig. »Aber was hat das mit mir zu tun?«

»Bei der Party handelte es sich um ein Klassentreffen«, erklärte Tiberius. »Die Schulklasse, der Ihr Sohn David angehörte, hat im Grundhof ihr Fünfunddreißigjähriges gefeiert.«

Marlies' letzter Rest eines Lächelns verblasste. »Schön für sie«, sagte sie kühl.

»Es kam in der Folge der Ereignisse zu einigen Befragungen unsererseits«, fuhr Tiberius fort. »Wie gesagt, das war so eine halb-virtuelle Feier, deren Zustandekommen uns noch nicht ganz klar ist. Aber das ist ein anderes Thema.«

Er holte tief Luft, nicht nur, weil ihm die Hitze zu schaffen machte. Marlies Wollner wirkte zunehmend distanziert. Die folgenden Worte musste er sorgfältig wählen, damit sie sich ihnen nicht völlig verschloss.

»Einige der Partygäste nahmen bei ihren Aussagen unabhängig voneinander Bezug auf die Ereignisse im Herbst 1995.« Selbst in Tiberius' Ohren klang der Satz furchtbar bürokratisch. Er fragte sich, wie es Marlies Wollner angesichts ihres Verlusts bei dieser nüchternen Eröffnung gehen musste. »Einer der Jungs soll damals Ihren Sohn im Geräteschuppen gefunden haben.«

Marlies riss die Augen auf und stützte sich mit der freien Hand auf die Tischkante. Der Eistee schwappte gefährlich in ihrem Glas. »Was ist das denn für ein Unsinn?«

Tiberius hob beschwichtigend die Hände. »Diese Aussagen sind praktisch nicht belastbar. Der Junge hat Freunde angerufen und sie zu dem Schuppen geführt. David war nicht da. Und der Junge, der ihn entdeckt haben will, ist vor einigen Jahren ums Leben gekommen.«

»Das ist ja furchtbar«, entfuhr es Marlies. Sie legte entsetzt die Hand vor den Mund.

Jonas trat einen Schritt auf sie zu. »Möchten Sie sich setzen?«

»Nein, schon gut.« Sie stellte das Glas ab und verschränkte die Finger. Nervös knetete sie ihre Hände und versuchte so, das Zittern zu verbergen. »Was … bedeutet das nun?«

»Sie erinnern sich vielleicht«, fuhr Tiberius fort, »wir haben damals durchaus Spuren von David in dem Schuppen gefunden.«

»Er hat sich dort regelmäßig versteckt und gespielt«, sagte Marlies mit einem Schulterzucken. »Hätte mich gewundert, wenn Sie nichts von ihm gefunden hätten. Er liebte diesen verwunschenen Ort. Ein paar Mal hat er mich gefragt, warum wir nicht hier wohnen könnten. Damals hatte ich noch den Stress mit meinen Stiefbrüdern.«

Tiberius wappnete sich. »Mir fällt es schwer, Ihnen das zu erklären. Bei dem Klassentreffen gab es in der Simulation Sequenzen, die mit Ihrem Sohn zu tun hatten.«

Marlies' Stirn legte sich in Falten, ihre Augen wurden schmal. »Wie darf ich das verstehen?«

Jonas sprang seinem Chef zur Seite. »Eine virtuelle Version Ihres Sohns tauchte in der Simulation auf. Das hat die Gäste zumindest verunsichert, einige extrem schockiert.«

Die alte Frau legte bestürzt beide Hände vor den Mund, ließ sie dann leicht sinken. »Was ist das denn für ein kranker Mist?«

»Es tut mir sehr leid, Frau Wollner«, sagte Tiberius. »Die Ereignisse legen nahe, dass jemand, der Ihren Sohn kannte, dieses Klassentreffen, also die Simulation manipuliert hat.«

Sie sah ihn irritiert an. »Aber wieso?«

Anstatt zu antworten, fragte Tiberius: »Hatten Sie in den letzten Monaten oder auch zwei bis drei Jahren Kontakt zu einem der ehemaligen Klassenkameraden Ihres Sohns?«

Marlies' Verwirrung wuchs. Sie stemmte die Fäuste in die Hüften und schüttelte den Kopf. »Nein, ziemlich sicher nicht. Mit der Bagage wollte ich definitiv nichts mehr zu tun haben.«

Tiberius nickte und seufzte ergeben. »Wir möchten nur sichergehen.«

Abwechselnd sah Marlies die beiden Männer intensiv an. Sie knetete wieder ihre Hände. »Sie wollen doch nicht etwa andeuten, David könnte … er könnte noch …«

Jonas hob abwehrend die Arme. »Momentan können wir nichts ausschließen. Ihr … Fall, Davids Fall wurde nie zu den Akten gelegt. Aber die Wahrscheinlichkeit ist gering, dass wir ihn nach so vielen Jahren noch finden.«

Marlies sank ein wenig in sich zusammen. Der kleine Funken Hoffnung war wieder erloschen.

»Natürlich halten wir Sie auf dem Laufenden«, setzte Tiberius hinzu. »Es gibt gerade im Zusammenhang mit der Simulation noch ein paar offene Fragen zu klären. Eventuell kommen wir in den nächsten Wochen noch einmal auf Sie zu.«

Sie nickte. »Ja, äh, Danke. Machen Sie das.« Ihr Blick verlor sich für einige Sekunden in der Ferne, bevor sie die Kommissare wieder ansah. »Kann ich sonst noch etwas für Sie tun?«

»Danke, nein«, sagte Tiberius. »Das war es zunächst. Wie gesagt, wir melden uns, sollte es etwas Neues geben.«

Jonas verabschiedete sich. »Wir finden den Weg. Einen schönen Tag noch.«

Sie ließen Marlies Wollner im Schatten des Schirms

zurück. Tiberius winkte ihr noch einmal zu. An der Hausecke zögerte er kurz und blieb stehen.

Die alte Frau stand verloren in der Weite ihres Gartens und sah den beiden Männern ratlos hinterher. Genau konnte Tiberius es nicht sehen, vielleicht ruhten ihre Augen schon wieder gedankenverloren in weiter Ferne. Oder der Vergangenheit.

Er holte Jonas vor dem Tor ein. Er hatte den Wagen geöffnet und ließ die Gluthitze aus dem Inneren entweichen.

»Die arme Frau«, sagte Tiberius. »Nach all den Jahren.«

»Wie halten Sie das eigentlich aus?«, wollte Jonas wissen.

»Was meinen Sie?«

»Den Menschen solche Botschaften zu überbringen und daran nicht kaputtzugehen.«

Tiberius wandte den Blick zurück zum Haus, betrachtete das Flimmern der Hitze über dem Dach. Dann sah er Jonas müde an. »Wissen Sie, ich bin ja nur der Überbringer der Botschaft. Aushalten müssen es Menschen wie Marlies Wollner.«

# 48

Fünf Verletzte bei HR-Event – Verschärfung der Digitalgesetze gefordert

Bei einem Hybrid-Reality-Event in der Nähe von Stuttgart kam es am Samstag, dem 10. Juni, zu massiven Störungen im Setting. Dabei wurden fünf Teilnehmer verletzt, drei von ihnen schwer. Alle Verletzten befinden sich nach Angaben der behandelnden Ärzte nicht mehr in Lebensgefahr.

Im Rahmen eines Klassentreffens fanden sich in einem leerstehenden Gasthaus, das vom Pächter zeitweise für HR-Events vermietet wird, etwa zwölf Personen zwischen 52 und 54 Jahren zusammen. Während des Treffens, das von den Teilnehmern als Retro-Event in den Sechzigerjahren geplant war, kam es vermehrt zu außergewöhnlichen simulierten Sequenzen, welche die Gäste in ernsthafte Gefahr brachten. Zu Details wollten sich die Betroffenen nicht äußern.

Der Pächter, der namentlich nicht genannt werden möchte, verwies auf die Eigenverantwortung der Mieter und wies jede Kritik von sich.

»Mein Lokal wurde zuerst für ein American-Diner-Setting gebucht«, erklärt er auf Anfrage der Redaktion. »Das haben wir regelmäßig. Fürs Catering sorgen in der Regel wir, die Mieter können das aber auch selbst organisieren. Erst sollten wir das also machen, dann kam ein Anruf, dass die Schulklasse das übernimmt und dass das Event nun als Escape-Game veranstaltet wird. Ich weiß beim besten Willen nicht, was sich die Leute da gedacht haben. Ich habe das Lokal dann nur aufgeschlossen. Mein Personal und ich waren überhaupt nicht vor Ort.«

Dazu, wer die beschriebene Änderung im Ablauf veranlasst hat, konnte der Pächter keine Angaben machen. Auch die Teilnehmer geben sich ahnungslos. Die Polizei verweist auf laufende Ermittlungen.

Indes mehren sich Stimmen, die in den im Setting vorgefallenen Abweichungen keinen technischen Fehler als vielmehr Absicht vermuten. Während der Vertreiber des Settings vehement versichert, die Manipulation sei unmöglich, wird diese Behauptung in einschlägigen Foren geringschätzig belächelt. Software, Verschlüsselung und Übertragung hätten immer Schwachstellen, legen anonyme Stimmen dar.

In der Konsequenz fordern Oppositionspolitiker eine Verschärfung der Auflagen für Betreiber der Plattformen sowie weitgehende Möglichkeiten zur Überwachung sowohl der involvierten Unternehmen wie auch der Anwender. Der Kampf zwischen den Befürwortern solcher Gesetzesinitiativen und den Datenschützern dürfte damit ein neues Level erreichen.

*Südwest-Bote, 16.06.2034*

# 49

Die Luft in der Business-Lounge fühlte sich an wie im Eisschrank. Es war nur eine Frage der Zeit, bis er sich eine Erkältung zuzog, schoss es Tobi durch den Kopf.

Zuerst hatte er eine halbe Stunde in der Gluthitze am Taxistand in der Nähe des Hotels verbracht. Während der zwanzigminütigen Fahrt zum Flughafen ließ er neben der Gefrierfachatmosphäre der bis zum Anschlag aufgedrehten Klimaanlage das Lamento des Taxifahrers zum zwölften Rekordhitzesommer in Folge über sich ergehen. Vor dem Terminal erfuhr er exakt diese Hitze für ein paar Minuten am eigenen Leib und tauchte schließlich in das frostige Innenleben des Flughafenkomplexes ab.

Die automatischen Türen schoben sich mit einem diskreten Zischen zusammen und schlossen den rauschenden Trubel der Abfertigungsschalter und Wartehallen aus. Nur wenige der niedrigen Möbel und Loungesessel waren mit Männern in Anzügen und Frauen in feinen Kostümen besetzt. Sie waren entweder in leise Gespräche vertieft oder saßen augenscheinlich gedankenverloren da, bevor sie urplötzlich zu sprechen begannen.

Tobi würde sich nie daran gewöhnen, dass Menschen über den Chip im Kopf Ferngespräche führten, auch wenn er diese Form der Kommunikation selbst regelmäßig nutzte.

Draußen vor den Panoramafenstern donnerte eine vierstrahlige Maschine über die flirrende Startbahn und erhob sich schwerfällig in den strahlend blauen Himmel.

Außer Atem bugsierte er seinen handlichen Rollkoffer

zwischen zwei Hocker vor der Bar und warf das unnütze Jackett auf einen freien Sitz.

»Da bist du ja!«, freute sich Carol und begrüßte ihn mit einem Küsschen auf beide Wangen. Sie saß in ihrer üblichen dunklen Uniform auf einem der Hocker, vor sich ein Mineralwasser mit Eis. Das Glas war beschlagen. Daneben lag zusammengefaltet eine Tageszeitung.

»Danke, dass du es einrichten konntest«, sagte Tobi. Er schwitzte zwar immer noch, musste aber gegen den Luftzug der Klimaanlage zwei Knöpfe an seinem Hemd schließen.

»Gar kein Ding«, gab Carol zurück. »Passt ja gerade ganz gut. Und bevor du wieder nach Norden entschwindest. Ich wollte ja sowieso noch mit dir sprechen. Persönlich ist mir das lieber. Sorry, wenn ich etwas zerknittert aussehe. Jetlag. Ich war heute Morgen noch in Kalkutta.«

»So ein Unsinn. Gut siehst du aus«, sagte Tobi und taxierte anerkennend ihre schlanke Silhouette, die sich von der im Setting kaum unterschied. Er hievte sich auf den Sitz neben ihr. »Wie hältst du die Hitze in den Sachen denn aus?«

Carol lachte auf. »Ich versuche, das Gebäude und den Flieger nach Möglichkeit nicht zu verlassen. Von Indien habe ich gestern nur das Innere des Airports gesehen.«

»Bestechende Strategie.« Tobi klaubte eine Papierserviette aus einem Spender auf dem Tresen und tupfte sich den Schweiß von der Stirn und aus dem Nacken. »Für mich praktisch nicht anwendbar. Staudämme werden üblicherweise nicht in Hallen gebaut.«

Erneut lachte Carol amüsiert auf. Zusätzliche Grübchen, die auf ihren fröhlichen Charakter hinwiesen, gesellten sich zu den Lachfältchen der Mittfünfzigerin. Sie bestellte beim Barkeeper ein weiteres Wasser. »Geht auf mich.«

»Vielen Dank.« Tobis Blick fiel auf die Zeitung. »Druckerzeugnisse, soso. Wirst du nostalgisch?«

»Sicher nicht, aber es tut manchmal gut, wenn am Rand des Sichtfelds kein Werbespot aufflammt oder eine Stimme dir beim Lesen eines Artikels gleich dazu passende Produkte aufschwatzen will.«

»Auch wieder wahr.«

»Es gibt darin einen Text zu unserem Klassentreffen«, erklärte Carol mit hörbarer Skepsis.

»Und?«

»Viele Details gibt es nicht zu lesen. Ist vielleicht auch besser so. Das übliche sensationsgeile Geschnatter über die Sicherheit der Chiptechnik, und die Politiker stürzen sich auch schon wieder auf das Thema.« Sie seufzte. »Und die Verletzten werden erwähnt.«

»Namentlich?«, fragte Tobi und hob erstaunt eine Augenbraue.

»Nein, das zum Glück nicht.«

»Wie geht es deinem Bruder?«

Carol sah Tobi ernst an und seufzte. »Inzwischen wieder ganz gut. Er lag drei Tage im Koma. Gestern haben sie ihn auf die normale Station verlegt. Sie konnten noch nicht sagen, ob die Deaktivierung des Chips durch die Kälte des Eisbeutels irgendwelche Nervenschäden verursacht hat.«

»Was für ein Albtraum«, sagte Tobi bitter. »Ich hoffe, er wird wieder.« Der Barkeeper platzierte gekonnt das bestellte Wasser vor ihnen auf dem Tresen.

Sachte strich Carol mit den Fingerspitzen über den Rand ihres Glases und beobachtete, wie die Wassertropfen an der Außenseite abperlten. »Ich auch. Aber er ist ein

Sturkopf. Er kriegt das hin.« Sie sah Tobi an. »Er wird den Chip wieder entfernen lassen.«

Erneut hob Tobi überrascht die Augenbrauen. »Ernsthaft? Er hat ihn doch erst seit ein paar Monaten.«

»Das Klassentreffen hat ihn kuriert. Er war ohnehin nie überzeugt davon. Genau genommen habe ich ihn dazu überredet. Sonst hätte er an dem Treffen nicht teilnehmen können.«

»So einfach geht das aber nicht, soviel ich weiß.«

Carol nickte. »Das stimmt, und er wird auch noch ein paar Monate warten müssen, zumindest bis er wieder mental auf den Beinen ist. Sein Vorteil ist, dass er ihn nur subkutan implantieren ließ. Das war schon irgendwie weise Voraussicht von ihm.«

Nachdenklich betrachtete Tobi seine ehemalige Klassenkameradin. »Was ist mit dir? Denkst du auch darüber nach?«

Sie wiegte den Kopf. »Das habe ich. Aber bei mir steckt er eben im Schädel, und für den Job ist es unausgesprochene Voraussetzung, praktisch bei allen Fluggesellschaften. Ist halt die direkteste Möglichkeit der Kommunikation.«

»Nicht nur dort«, bestätigte Tobi. »Ohne Chip kommst du in der freien Wirtschaft nicht mehr weit, vor allem nicht in den höheren Etagen.«

»Ich überlege, ihn zumindest zu deaktivieren, wenn ich in den Ruhestand gehe. Vielleicht höre ich früher auf, die Abzüge sind mir einerlei. Dann sind es noch sieben oder acht Jahre, und ich habe Ruhe vor dem Ding.«

»Ein bisschen beneide ich Simon darum«, bekannte Tobi lächelnd.

Carol lachte auf. »Oh ja. Wer hätte das vor ein paar

Wochen noch gedacht.«

Tobi legte den Kopf schief. »Wirklich alles in Ordnung?«

Sie sah ihn müde an. »Ja. Also mit mir. Simon macht mir Sorgen, trotz der guten Prognose. Ist mehr so ein Gefühl. Mag auch dran liegen, dass wir Zwillinge sind.«

»Was meinst du?«, fragte Tobi ernst.

Carol dachte nach und seufzte. »Die Auswirkungen seines brachialen Exits mit dem Eisbeutel sind das eine. Ich denke, das wird körperlich kein Problem darstellen. Er wird nur ziemlich mit der ganzen Vergangenheit zu tun haben. Das Wochenende hat alte Wunden wieder aufgerissen.«

»Die Sache mit Frank?«

Sie nickte. »Du glaubst nicht, was für ein Eiertanz die letzten Jahre teilweise waren. Als Simon von Franks Suizid erfahren hat, ist er kollabiert und hat praktisch alles über seinen Freund vergessen, was zwischen Davids Verschwinden und Franks Selbstmord passiert ist und mit den beiden zu tun hat. Die Ärzte diagnostizierten eine besondere Kombination verschiedener Amnesieformen.«

»Ganz schön schräg«, konstatierte Tobi trocken. »Gab es keine Therapie? Simon machte im Großen und Ganzen einen guten Eindruck. Abgesehen von seiner grummeligen Art.«

»Er hatte einige Sitzungen«, sagte Carol. »Am Ende hieß es, seine Erinnerungen an die beiden Jungs sollten besser begraben bleiben. Wenn es an der Zeit wäre, kämen sie von selbst zurück.«

Tobi lachte humorlos auf. »Und das sind sie.«

Eine Lautsprecherdurchsage kündigte die nächsten Abflugzeiten an. Carol lauschte aufmerksam.

»Musst du los?«, fragte Tobi.

Sie schüttelte den Kopf. »Ein wenig Zeit habe ich noch.« Sie nahm einen Schluck aus ihrem Glas. »Themawechsel. Was hast du in den letzten Tagen so getrieben? Ich meine, abgesehen von unzähligen Videocalls mit deinem Fußvolk.«

»Ich habe meine Eltern besucht. Und ein paar von den anderen aus unserer Klasse.«

»Oh … wie geht's denen?« Carol hatte sich vorrangig um ihren Bruder gesorgt, ihre übrigen Ex-Schulkameraden hatten hinten anstehen müssen. Und dann waren die beruflichen Verpflichtungen zurückgekehrt.

»Nina und Lydia sind wieder in Ordnung. Zumindest Lydia überlegt ebenfalls, ob sie ihren Chip deaktivieren lässt. Nina braucht ihn wohl für ihr Ego.«

Ein flüchtiges Lächeln huschte über Carols Lippen.

Tobi ging in Gedanken die Namen der anderen Teilnehmer ihres Klassentreffens durch. »Katarina ist ziemlich niedergeschlagen. Sie war ja damals recht eng mit David.«

»Eine Jugendliebe«, warf Carol ein und bemerkte Tobis skeptischen Gesichtsausdruck. »Ich meine ja nur. So ernst kann es nicht gewesen sein.«

»Sie wirft sich immer noch vor, David nicht beigestanden zu haben. Wie auch immer, das Wochenende hat sie sehr mitgenommen. Sie wollte eigentlich gar nicht drüber reden.«

»Sie hat schon immer vieles mit sich selbst ausgemacht. Aber sie ist tough, sie wird das hinbekommen.«

»Arne trägt einen dicken Verband am Kopf«, fuhr Tobi fort, »aber den bringt nichts um. Malte wird wohl noch ein halbes Jahr im Rollstuhl verbringen. Für ihn muss das Stillhalten die Hölle sein.«

»Beinbruch, habe ich gehört«, sagte Carol betroffen.

»Ja, beide Beine. Und den linken Arm. Er muss bei seinem Sturz von der Rampe ziemlich unglücklich aufgeschlagen sein.« Tobi seufzte. »Kai hat es noch schlimmer erwischt.«

Carol riss die Augen auf. »Um Himmels Willen, was ist mit ihm?«

»Körperlich ist alles in Ordnung. Er hat allerdings die ganze Sache mental gar nicht verkraftet. Ihn habe ich heute Morgen besucht. Du würdest ihn nicht wiedererkennen. Ein seelisches Wrack. Er will sich freiwillig einweisen lassen.«

»Du lieber Himmel!«, stieß Carol aus. Ihr Blick heftete sich auf einen willkürlichen Punkt auf dem Tresen. »Aber auf gewisse Weise kann ich das verstehen. Der abgetrennte Kopf, der dann auch noch … gesprochen hat.«

»Davids Kopf«, fügte Tobi an. »Zumindest für Kai.«

»Für mich war es Val, aber Davids Stimme.« Carol sah Tobi an. »Kannst du dir das vorstellen? Ich habe die Stimme eines Zwölfjährigen gehört, der seit fast vierzig Jahren verschwunden ist. Wer erinnert sich schon an eine Stimme? Die Menschen haben ja schon mit Gesichtern ihre Probleme.«

»Ja, das war schon sehr perfide umgesetzt. Wer kommt darauf, einer Schaufensterpuppe ein Messer in die Brust zu rammen?« Tobi biss sich auf die Unterlippe und sah sinnierend sein Glas an.

»Das ist es ja, was mich so verwirrt«, setzte Carol aufgekratzt hinzu. »Das Ganze war so detailliert vorbereitet, dass nur jemand aus Davids Umfeld in Frage kommt. Jemand aus unserer Klasse. Jemand, der ihm nahestand.« Sie sah Tobi stirnrunzelnd an.

»Was?«, versetzte er und grinste unsicher. »Du glaubst

doch nicht, dass ich ...?«

»Du warst doch dicke mit ihm. Wieso nicht?«

»Vergiss es«, gab Tobi mit Nachdruck zurück. »Ich habe David gern gehabt, er war wirklich mein bester Freund damals. Und als solchen habe ich ihn in Erinnerung behalten. Selbst wenn ich auf Rache aus gewesen wäre, diese Energie und den Einfallsreichtum hätte ich nicht gehabt.«

Carol lächelte. »Sorry, ich habe das auch nicht eine Sekunde angenommen.«

Tobi ging darüber hinweg. »Die Polizei hat uns alle befragt, wenigstens die, bei denen das in den letzten Tagen möglich war.«

»Ja, und die kommen für mich nicht in Frage. Auch keiner von denen, die nicht am Treffen teilgenommen haben.« Carol ließ die Schultern sinken. »Es ist wie verhext. Dieser Kommissar, Falk heißt er, glaube ich, der tut mir schon fast leid. Er hat schon damals Davids Verschwinden nicht aufklären können. Und heute wird das alles wieder so ... krass hochgekocht, und er steht abermals mit leeren Händen da.«

»Meinst du nicht, sie werden dieses Mal etwas herausfinden?«

»Keine Ahnung. Ich hoffe nur, dass Davids Mutter nicht allzu viel davon mitbekommt. Und vielleicht war es am Ende ja doch zu etwas nütze.«

»Was genau meinst du?«, fragte Tobi.

Carol beugte sich ein wenig zu ihm vor. »Wer auch immer dahintersteckt, wollte die Wahrheit ans Licht bringen«, erklärte sie verschwörerisch. »Vielleicht, ob David damals gestorben ist und wer ihn auf dem Gewissen hat. Das wäre die Erfüllung des Plans gewesen. Aber es muss trotzdem schon eine Genugtuung sein, die Geständnisse der Jungs und Mädels zu hören. Dass sie zugeben, David gemobbt und schlechtgemacht zu haben, und dass sie jahrelang, ach was, jahrzehntelang dazu geschwiegen haben. Am Ende war das vielleicht sogar wichtiger, als einem von uns zu schaden.«

Tobi schwieg und dachte über das Gehörte nach. »Ob das wirklich ausreicht?«

Carol seufzte. »Wer weiß.«

Die Lautsprecherdurchsage rief erneut einige Flüge auf. Carol trank ihr Glas aus und rutschte von ihrem Barhocker. Sie strich ihren Rock glatt.

»Es war schön, dich noch einmal zu sehen«, sagte sie.

Eilig stand Tobi auf und gab Carol zwei Wangenküsschen. »Ja, hat mich auch gefreut. Pass auf dich auf da oben.«

Sie lächelte und fuhr den Griff ihres Rollkoffers aus. »Ja, du auch. Und viel Erfolg mit deinem Staudamm.«

Tobi sah ihr hinterher, während sie auf die Schiebetüren zusteuerte. Dort blieb sie stehen und drehte sich noch einmal um. »Und grüß deine Frau von mir. E … Elena?«

»Sie heißt Elvira«, rief Tobi ihr lächelnd zu und hob die Hand.

## 50

Das Glas war kalt zwischen ihren Fingern. Die Kühle des Rinnsals von kondensiertem Wasser, das über ihre Haut rann, weckte sie aus ihrer Apathie.

Mit dem Besuch der Kommissare hatte Marlies gerechnet, früher oder später. Auf ihre Fragen war sie in gewisser Weise vorbereitet gewesen. Nach der Lektüre des Zeitungsartikels waren die Schlussfolgerungen nachvollziehbar. Trotzdem taten die ausgesprochenen Gedankengänge weh bis auf die untersten Ebenen ihrer Seele.

Mit zitternden Fingern stellte sie das Glas auf dem Tisch ab und begann erneut, mit den Daumen die Ballen der jeweils anderen Hand zu kneten. Sie hasste das, aber es war die einzige Möglichkeit, sich selbst unter Kontrolle zu halten. Solange sich ihre Hände gegenseitig hielten, konnten sie keine Flasche greifen und keine Zigarette aus einer Packung ziehen.

Schmetterlinge wirbelten unbekümmert über das Blütenmeer der Wiese. David hätte hier stehen sollen, um sie zu beobachten, sich daran zu erfreuen und sie zu zeichnen.

Hinter Marlies klingelte das Telefon und riss sie aus ihrer Trübsal, die sich immer breitzumachen drohte, wenn sie die Schönheit dieses Gartens durch die Augen ihres Sohnes betrachtete. Sie wandte sich um und schob die Zeitung auf dem Stuhl beiseite. Das Display auf dem Mobilteil zeigte keine Telefonnummer an.

»Hallo?«, meldete sie sich.

»Ich bin's«, erwiderte eine Frauenstimme.

»Ah, schön«, antwortete Marlies erfreut. »Ich dachte es

mir bereits.«

»Ich hatte es schon per Chip versucht, aber da habe ich nur die Info bekommen, dass diese Verbindung nicht mehr möglich sei. Hast du ihn schon entfernen lassen?«

Marlies nickte, dann fiel ihr ein, dass die Frau am anderen Ende der Leitung das nicht sehen konnte. »Ja, schon vor fast einer Woche.«

»Und, wie ist es?«

»Unglaublich befreiend«, sagte Marlies und musste unwillkürlich lächeln. Sie fuhr sich mit den Fingern ihrer freien Hand über das Pflaster hinter ihrem Ohr. »Jetzt bin ich wieder zu hundert Prozent biologisch abbaubar.«

Die Frau lachte herzlich. »Glückwunsch!«

»Wirst du das auch machen?«

»In absehbarer Zeit. Es gibt noch einige Dinge zu regeln, aber dann kommt das verfluchte Ding auch raus.«

»Warte nicht zu lang damit.«

Die Frau am anderen Ende der Leitung wurde unvermittelt ernst. »War die Polizei schon bei dir?«

»Ja, in der Tat, gerade vorhin.«

»Die haben ja nicht lange auf sich warten lassen. Was wollten sie wissen?«

»Was zu erwarten war«, erklärte Marlies. »Ob ich kürzlich mit einem von Davids Mitschülern Kontakt hatte. Hatte ich ja nicht.« Was nicht komplett der Wahrheit entsprach, dachte sie im Stillen. »Sie tappen absolut im Dunkeln.«

»Das wird auch so bleiben.«

»Bist du dir sicher?« Davids Mutter kam ein Gedanke, und es fuhr ihr eiskalt in die Glieder. »Ist diese Leitung denn auch sicher?«

»Mach dir keine Sorgen, Marlies. Mein kasachischer

Freund hat für alles gesorgt. Das Setting und alle Spuren sind restlos getilgt. Alle Zahlungen erfolgten über Kryptokonten, auch die an den Pächter des Grundhofs. Der ist völlig ahnungslos. Genauso wie die Polizei.«

Erleichterung machte sich vorsichtig in Marlies breit. »Das hört sich gut an. Und ich bin froh, dass niemand ernsthaft zu Schaden gekommen ist. Die Verletzten tun mir schon leid.«

»Nun, zumindest seelisch wird es einige von ihnen noch eine Weile beschäftigen. Das ist gut so, und so wollten wir es ja auch. Es ist ein Klacks verglichen mit dem, was wir beide durchgemacht haben. Ich erinnere dich nur an die Therapien.« Sie redete sich in Rage. »Ich habe dir ja erzählt, dass sie mich als Kind auch fertiggemacht haben. Und wie oft habe ich die gleiche Scheiße in den vergangenen Jahren wieder und wieder beobachtet!«

»Du hast ja recht«, erwiderte Marlies beschwichtigend.

»Und vergiss nicht, was sie David angetan haben. Und Frank.«

Erneut stockte Marlies der Atem. Ihr Blick huschte in den hinteren Teil des Gartens, wo unter den Haselsträuchern der kleine Schuppen gestanden hatte. Sein Abriss war eine ihrer ersten Handlungen gewesen, nachdem ihr das Grundstück überschrieben worden war.

Deutlicher als den Schuppen sah sie Frank vor ihrem inneren Auge. Nicht den zwölfjährigen Jungen von den Klassenfotos mit dem hageren Gesicht und den strubbeligen dunklen Locken und der Brille. Es war der Mann Mitte vierzig, dem die verwaschene Jeans viel zu locker an den Beinen hing und dessen Haare bereits dünn wurden. Im Gegensatz zu seinen dürren Gliedern wirkten seine Züge aufgedunsen. Die geschwollene rote Nase bestätigte

Marlies, dass er ein Leidensgenosse war, der den Abschied von der Flasche noch nicht geschafft hatte, wenn er dazu jemals in der Lage sein würde.

Egal wie tief er die Hände in den Taschen seiner Hose vergrub, Marlies war das Zittern nicht entgangen. Zielstrebig war er durch den Garten zu der Stelle gegangen, an der sich der Schuppen befunden hatte. Mit leerem Blick und bebenden Lippen starrte er den Flecken auf dem Boden an, auf dem sich gerade wieder einige Gräser und Kräuter breitmachten.

Irgendwann drehte er sich zu Marlies um. Aus unendlich traurigen Augen schwappte ihr eine Welle der Verzweiflung entgegen. Keine Tränen. Die mochte er bereits aufgebraucht haben.

»Ich habe ihn gesehen«, krächzte Frank, musste sich räuspern. »Ich habe ihn dort gesehen, in diesem Schuppen.« Die Worte kamen schleppend und mit träger Zunge. Sicher hatte er getrunken. Ein Grundpegel mochte stets vorhanden sein, und er hatte noch ein paar Drinks hinzugefügt, um den Mut für seinen Besuch aufzubringen. Er zog eine Hand aus der Tasche und deutete vage hinter sich. »Er lag da in der Ecke neben der Schürze. Er hatte die Augen zu. Ich dachte, er schläft. Hab ihn gerufen, immer wieder, aber er ist nicht aufgewacht.«

Marlies schlug eine Hand vor den Mund. Zu einer Entgegnung war sie nicht in der Lage.

»Jahrelang hab ich geglaubt, ich hab mir das eingebildet«, fuhr Frank fort. »Ich hab die anderen angerufen, und wir sind hin und haben nachgeschaut.« Jetzt bahnte sich doch eine Träne ihren Weg auf Franks Wange. »Er war nicht mehr da.«

»Warum bist du nicht zu mir gekommen?«, fragte

Marlies, und das Echo ihrer Worte hallte voran in die Gegenwart. Sie musste sie laut ausgesprochen haben.

»Was meinst du?« Es war die Frau am Telefon.

Marlies schüttelte den Kopf, vor allem, um die Erinnerung zurückzudrängen. »Nichts. Du hast recht. Frank hatte das nicht verdient. Sie haben ihm den Mund verboten. Und er hatte Angst, dass sie ihn ebenso lächerlich machen wie David.«

All das hatte Frank ihr mit schwerer Zunge berichtet. Seinen Weg in die endlosen Tiefen des Suffs und der Drogen, in dem es nur noch mehr Albträume gab und kein Zurück.

»Es tut mir so leid«, hatte er gelallt. »So unendlich leid. Können Sie mir verzeihen, Frau Wollner? Ich hab das nicht gewollt. Ich kann nur für mich sprechen. Ich weiß nicht, wie die anderen das aushalten. Ich wollte nicht, dass David sich das antut.«

Marlies vermochte nichts zu erwidern. Sie nickte stumm, die Augen voller Tränen.

Einige Sekunden hatte Frank sie ratlos angesehen und dann ihre Reaktion als Absolution für sich angenommen.

»Danke«, sagte er, und sie glaubte tatsächlich, so etwas wie Erleichterung in seinem Blick zu erkennen. Wortlos hatte sie ihn ziehen lassen.

Zwei Wochen später las sie in der Zeitung von dem Selbstmord.

Sein Besuch bei ihr wäre Anlass genug gewesen, bei dem ausgeklügelten Plan mitzuwirken. Franks Tod hatte Marlies letzte Gewissheit verliehen, dass ihr Tun rechtens war.

»Ist alles in Ordnung bei dir?« Wieder die Stimme am Telefon.

»Ja, alles gut. Es ist nun alles gut.« Sie wiederholte die

Worte für sich im Stillen, damit sie diese selbst glaubte.

An Franks Tod war sie nicht schuld. Auch das sagte sie sich jeden Tag. Sie hätte ihn nicht aufhalten können. All die Ereignisse aus der Schulzeit hatten dazu geführt, und für diese gab es so vielfältige Gründe und Vorgeschichten, die sich ihrem Einfluss entzogen. Vielleicht hätte sie Franks Freitod verhindern können, wenn sie ihm nicht nur verziehen hätte. Wenn sie ihm gesagt hätte, dass sie ihm glaubte, was er gesehen hatte.

Weil sie wusste, dass es stimmte.

Der kleine zerbrechliche Körper in der muffigen Ecke des Schuppens. Die leicht geöffneten Lippen, bereit zu einer letzten großen Frage, die keine Antwort kannte. Die leere Flasche WC-Reiniger an seiner Seite. Bange Stunden in der Küche bei Befragungen durch den Kommissar, während ihr Sohn in einer luftdichten Plastikfolie unter ihrem Bett gelegen hatte. Der unerträgliche Gedanke, dass sie ihn ihr wegnahmen und aufschnitten.

»Alles ist jetzt gut«, sagte sie noch einmal.

In der Leitung herrschte kurz Stille. »Wir kommen dich besuchen, wenn etwas Gras über die Sache gewachsen ist«, hörte Marlies die Frau sagen. Besorgnis schwang darin mit.

»Das ist lieb von dir«, gab sie zurück. »Ich freu mich drauf.« Sie überlegte kurz. »Weiß Tobi Bescheid?«

»Nein, noch nicht. Ich werde ihm alles erklären, wenn die Zeit reif dafür ist.«

»Bitte tu das. David war ihm sehr wichtig.«

»Ich weiß. Ich hab das auch für ihn getan. Und ohne ihn hätte ich das alles wirklich nicht geschafft. Vielleicht nicht einmal angefangen.«

»Du hast deinen Mann auch in Gefahr gebracht«, stellte Marlies fest.

»Das ist mir bewusst. Ich musste es in Kauf nehmen, aber ich hatte ein Auge auf ihn.« Die Frau holte hörbar Luft. Marlies vermutete, dass sie ebenfalls gegen die Tränen kämpfte.

»Ist ja alles gutgegangen«, versuchte sie ihre Gesprächspartnerin zu beruhigen. »Und wir haben uns ganz gut geschlagen da im Diner.«

Die Frau lachte. »Ja, das stimmt, Boss.«

»Und entschuldige noch einmal, dass ich früher ausgestiegen bin als geplant. Ich habe es wirklich mit der Angst bekommen, als sie alle ausgerastet sind.«

»Mach dir keine Gedanken, Marlies. So hatten wir es abgesprochen. Wir gehen nur so weit, wie es jeder von uns schafft.«

»Ich danke dir. Für alles«

Ein Seufzer war in der Leitung zu hören. »Pass bitte auf dich auf. Wir sehen uns demnächst. Und sag deinem Sohn einen lieben Gruß von mir.«

Die Worte versetzten Davids Mutter einen Stich ins Herz. »Das mach ich. Bis bald.« Es klickte in der Leitung.

Ohne den Blick vom Garten abzuwenden, legte Marlies das Telefon auf den Tisch. Sie streifte die alten Gartenschuhe aus rissigem Leder von den Füßen und trat ohne Hast von der Terrasse auf den gemähten Streifen, der die Platten umgab. Das kurze Gras war trocken und warm unter ihren nackten Sohlen.

Zwei Schritte weiter stand sie zwischen den hohen Halmen und den Stängeln der Wiese. Ihre Finger strichen über die weichen Ähren von Rotschwingel und Kammgras, berührten zarte Blüten von Nachtkerze, Storchschnabel und Leinkraut. Hier war das Gras am halbschattigen Boden noch feucht und wohltuend kühl.

Mit sonorem Brummen schwebte ein Rosenkäfer an ihrem Kopf vorüber und ließ sich auf der weißen Blütendolde eines nahe stehenden Sommerflieders nieder. Dort faltete er sorgfältig seine golden schimmernden Flügel zusammen und begann sich zu putzen.

Was für ein wunderschönes Tier, dachte Marlies, dabei so unscheinbar auf den ersten Blick.

Jeden halben Schritt blieb sie stehen und verfolgte fasziniert das Treiben der Insekten auf den Halmen und in den Kelchen der Blumen. So hatte es David getan. Ganze Nachmittage hatte er in diesem Garten verbracht, hatte Flora und Fauna mit unerschütterlicher Faszination studiert und seiner Mutter mit leuchtenden Augen von seinen Entdeckungen berichtet. Ungezählte Seiten in Blöcken und Notizbüchern hatte er mit Zeichnungen von Insekten und Blüten gefüllt. Die Vielfalt des überschaubaren Grundstücks und der verschiedenen Gewächse im Jahreswechsel boten ihm genügend Eindrücke für mehr als ein Leben.

Jenseits der Wiese, unter den tief hängenden Zweigen der Obstbäume, wurden die Pflanzen niedriger. Am Stamm eines alten Zwetschgenbaums stand eine eiserne Bank, die angeblich ihr Großvater geschmiedet hatte. Sie hatte auf der Terrasse die Jahre überstanden und erfreute sich nach einer intensiven Behandlung mit dem Winkelschleifer und Lack einer zweiten Karriere.

Marlies ließ sich auf das kühle Metall sinken und lehnte sich zurück. Über die Wiese hinweg betrachtete sie das alte Haus, das nach einigem Widerstreben zu ihrem Heim geworden war. Die Menschen im Ort kannten ihre Geschichte, wussten von ihrem ausgestandenen Alkoholproblem und den Streitereien mit ihren Stiefbrüdern. Sie begegneten ihr mit wohlwollender, diskreter Zurückhaltung, sprachen die schwierigen Themen nicht an. Vor allem nicht den Verlust ihres Sohns.

Über der alten Frau raschelten die Blätter des Zwetschgenbaums leise in der heißen Brise. Im Gegensatz zu den anderen Obstbäumen schnitt Marlies die Äste nicht zurück und ließ die Zweige nach Belieben sprießen und sich entfalten. Die Krone war so dicht, dass das Blätterdach ausreichend Schatten spendete.

Durch die wenigen Lücken erspähte Marlies Flecken blauen Himmels, an einer Stelle blinzelte die Sonne zu ihr herunter.

Den Baum hatte sie selbst gepflanzt, schon Jahre, bevor sie das Grundstück übernommen hatte, unbemerkt von ihren Stiefbrüdern, geschweige denn irgendjemandem sonst. Danach war sie lange fortgegangen.

Sie schloss die Augen, spürte den warmen Wind auf den Wangen und das Kitzeln der Sonnenstrahlen. Die Blätter raschelten.

Ein Lächeln stahl sich auf Marlies' Gesicht. »Fast hätte ich es vergessen«, murmelte sie ihnen zu. »Ich soll dich von deiner Lehrerin grüßen.«

# Danke und Gedanken

Im Oktober 2021 erreichte mich einer der zahllosen Newsletter, die üblicherweise schon nach dem Überfliegen der Betreffzeile im Papierkorb landen. »Nimm am NaNoWriMo 2021 teil!«, stand da und erregte ausreichend Interesse, um den Rest der Nachricht zu lesen.

Der jährliche NaNoWriMo fordert Autoren heraus, in den dreißig Tagen des Novembers mindestens 50.000 Wörter eines neuen Projekts zu schreiben. Einen Preis gibt es nicht, es geht vorrangig darum, Schreibblockaden niederzureißen und ungeachtet von Autokorrektur, Rechtschreibprüfung und eigenem Schweinehund das Werk voran- und im besten Fall zum Ende zu bringen. Das Resultat hältst du in den Händen.

Ganz allein schreibt sich so ein Buch jedoch nicht. Mein Dank geht an meine Testleser Conny, Armin, Regina und Dieter, deren Rückmeldungen mir noch vollkommen unerwartete Sichtweisen auf das Manuskript eröffnet und so zu einigen wertvollen Änderungen und Ergänzungen beigetragen haben.

Besonderer Dank ein weiteres Mal an Armin für den Vorschlag, dem Leser an dieser Stelle die im Text fehlenden Satzzeichen zur eigenen Verwendung bereitzustellen. Diese hier sind übriggeblieben und dürfen nach persönlichem Geschmack eingefügt werden: ....,,,,;??!!»»» Wer weitere Fehler findet, darf diese gern mit nach Hause nehmen.

Und ein ganz besonderer Dank gilt meiner Frau Doreen, die nicht nur das Cover wundervoll gestaltet und unermüdlich Teaser und Video-Trailer produziert hat. Sie hat mir überdies im November 2021 den Rücken freigehalten, damit ich das Soll erfüllen konnte. Auch sie hat das Buch zum Test gelesen, entschuldigt sich aber an dieser Stelle dafür, dass sie keine Fehler gefunden hat - sie fand den Text einfach zu spannend.